Mission:
Polaroid

INVICTICON

Klimaneutral
Druckprodukt
ClimatePartner.com/14701-2007-1003

Printausgabe, erschienen 2017
2. unveränderte Auflage 2021

ISBN: 978-3-95949-479-3

www.main-verlag.de
www.facebook.com/MAIN.Verlag
order@main-verlag.de

Druck: Eisermann Media GmbH

Bibliografische Information der Deutschen Nationalbibliothek:
Die Deutsche Nationalbibliothek verzeichnet diese Publikation in der Deutschen Nationalbibliografie; detaillierte bibliografische Daten sind im Internet über http://dnb.d-nb.de abrufbar.

TOM REVEN

Mission: Polaroid

Du bist mehr
als nur mein Ozean.

1

Vince

Ich habe kein Problem damit, schwul zu sein. Wenn allerdings jeder andere meines Heimatdorfs ein Problem damit hat, wird es ätzend. Als es herauskam, wurde aus *Vince* innerhalb kürzester Zeit *Schwuchtel* oder auch der *Staatsfeind Nummer Eins* sämtlicher Schulkameraden. Dabei habe ich niemandem etwas getan. Ich habe nur existiert und das war schon zu viel. Besonders die Jungs bekamen sich überhaupt nicht mehr ein, ganz so, als hätte ich ihnen geradewegs ans Hinterteil gefasst. Bestimmt ist in diesem Dorf durch irgendeine schwarze Magie die Zeit stehen geblieben und in Wirklichkeit ist es dort noch 1960.

Dabei war mein Outing nicht einmal gewollt. Als wäre ich blöd genug, in einem derart engstirnigen Kuhdorf an die große Glocke zu hängen, dass ich Jungen mag. Das Outing hat Facebook für mich übernommen. Eher gesagt die Gruppe von Typen, die dort eindeutiges Beweismaterial gepostet haben. Ich bin nämlich der dümmste von all den dummen Idioten dieses Kaffs. Ich wurde mit der ältesten Masche der Welt reingelegt. Lockvogel macht sich an das nichtsahnende Opfer heran, das Opfer verliebt sich Hals über Kopf und wird dann heimlich dabei gefilmt, wie es seine Gefühle gesteht, dicht gefolgt von der hämischen Abfuhr des Lockvogels. Warum die ganze Tour? Um klarzustellen, dass das Opfer, wie schon immer angenommen, Jungen mag. Und ja, das tut genauso weh, wie es sich anhört.

Die nachfolgenden Wochen waren die Hölle. Meine sogenannten Freunde ließen mich fallen wie eine heiße Kartoffel. Der Junge, in den ich mich verguckt hatte, würdigte mich keines Blickes mehr und das tiefsitzende Gefühl allumfassenden Verrats boxte mir jeden Morgen mit Schwung in den Magen. Alles, was ich tat oder sagte, war ein gefundenes Fressen für die Idioten, die sich wegen ihrer Schnüffelei in meinem Privatleben wie Helden beweihräucherten. Vielleicht kann man verstehen, dass mir nach einer Weile eine Sicherung durchgebrannt ist. Ich schlug zu und kassierte die schlimmste Abreibung meines Lebens. Es war einfach nicht klug, sich alleine mit vier Leuten anzulegen.

Ehrlich gesagt ist es mir immer noch schleierhaft, wie ich bis zu den nächsten Ferien überlebt habe – und ich habe auch keine Ahnung, wie mein Vater von all dem nicht wirklich etwas mitbekommen hat. Ein blaues Auge ist immerhin nicht gerade unauffällig. Aber egal, ich habe nun wirklich keine Lust, meine sexuelle Orientierung auch noch vor ihm rechtfertigen zu müssen. Workaholic, der er nun einmal ist, passt es ihm wahrscheinlich sogar ganz gut in den Kram, dass ich zu meiner Tante Eleanor gezogen bin und er sich um nichts mehr außer seiner Arbeit kümmern muss.

Meine Tante Eleanor ist eine Heilige. Für sie war es kein Problem, mir ein Dach über dem Kopf anzubieten. Die Tatsache, dass sie meinen Vater nicht sonderlich gut abkann, hat mir da sogar noch in die Hände gespielt. Die Wahrheit habe ich ihr nicht gesagt. Wenn dieser Mist nämlich von vorne losgeht, flippe ich aus. Seit einigen Monaten lebe ich also in der Großstadt, weit weg von meinem Heimatdorf, habe alle Brücken zur Vergangenheit niedergebrannt und halte einfach die Schnauze. Ich gehe den Leuten meiner neuen Schule nicht auf den Sack und im Gegenzug gehen sie mir nicht auf den Sack. Das ist auf jeden Fall ein besseres Arrangement, als der Spießrutenlauf an meiner alten Schule. In zwei Jahren habe ich mein Abi in der Tasche und dann können mich eh alle mal.

Ich stehe in der U-Bahn und wie immer ist es unglaublich laut. Das Rattern der Bahn selbst, telefonierende Menschen, lachende Schüler, lautstark plärrende Kinder mit überforderten Elternteilen. Ohne meine Kopfhörer würde ich es hier keine Sekunde lang aushalten. Irgendjemand rempelt mich von hinten an und ich mache unwillkürlich einen Schritt vor, um mein Gleichgewicht zu halten. Die eventuell gemurmelte Entschuldigung erreicht mich nicht, dafür ist die Musik zu laut. Wer Körperkontakt mit Fremden vermeiden möchte, sollte wirklich nicht zur Rushhour mit der U-Bahn fahren. Ich will nicht mal darüber nachdenken, wie viele Leute mir hier die Luft weg atmen und mir schon mit ihrer bloßen Anwesenheit die Laune verderben. Ich werfe einen Blick auf meine Uhr. Wenn ich mich nicht verrechnet habe, sollte ich in wenigen Minuten bei meiner Haltestelle angekommen sein. Vorher noch zwei Zwischenstopps, schätze ich, denn im morgendlichen Halbdelirium drifte ich gedanklich immer so weit ab, dass es ein kleines Wunder ist, dass ich noch nie verpennt habe, rechtzeitig auszusteigen.

In Gedanken bin ich schon bei meinem Kaffee, den ich mir jeden Morgen hole, bevor ich von der Haltestelle zur Schule laufe. Wenn ich den intus habe, bin ich bei Unterrichtsbeginn eventuell minimal leistungsfähig. Als die Bahn in die nächste Station einfährt, sammeln sich die Menschen vor den Türen, und während wir die letzten Meter rollen, sehe ich über die Schulter, um herauszufinden, wie lange ich noch ausharren muss.

Bunte Haare. Regenbogenbunt. Himmel, sieht das abgefahren aus. Es ist nicht so, als wäre das Mädchen, das ein Stück hinter mir steht, eine sensationelle Schönheit. Sie ist eher die Sorte Mädchen, die in der Masse untergeht. Aber ihre Haare sind der Wahnsinn. Lockig fallen ihr die grün, lila, rosa, rot, orange und gelb gefärbten Strähnen über die Schulter und bevor ich überhaupt weiß, was ich tue, krame ich meine Kamera aus meinem Rucksack. Es ist eine Sofortbildkamera, eine jener Sorte, die sofort ein Polaroid ausspuckt, wenn man den Auslöser betätigt hat. Ja, ich weiß, ich bin ein elender Hipster. Aber seit der Facebook-Sache finde ich die ganze Digitalisierung nicht mehr so toll und darum heißt es für mich wenigstens in diesem Bereich im Moment *back to the roots*. Ein Polaroid landet eben nicht ganz so leicht im Internet. Außerdem mag ich, wie einzigartig und exklusiv jedes Bild ist. Es gibt nur dieses eine und man kann es nicht beliebig vervielfältigen. Man hat nur eine Chance, um es auf die Reihe zu kriegen.

Auch in einer überfüllten U-Bahn kann man das verräterische Klicken und Surren einer Sofortbildkamera nur schwer überhören. Mehrere Köpfe drehen sich in meine Richtung. Ich lasse die Kamera sinken, das Polaroid bereits sicher in der Hand, und versuche, die Blicke der Pendler zu ignorieren. Auch das Regenbogenmädchen sieht mich verwundert an. Dann gehen auch schon die Türen auf und sie lässt ein Lächeln aufblitzen, neben dem die Bahnbeleuchtung wie eine trübe Funzel wirkt. Einen Moment später ist sie verschwunden, von der Menge nach draußen getragen. Plötzlich merke ich, dass auch ich lächle. Und das, bevor ich meinen Kaffee hatte.

Ich blicke auf das Foto hinab. Man kann bereits erahnen, wie das Bild im vollentwickelten Zustand aussehen wird. Eine Welle der Erleichterung überspült mich. Ich habe es nicht versaut. Dieses Bild wird nicht als Leiche in dem Schuhkarton unter meinem Bett enden, in dem ich alle Bilder sammle, die nichts geworden sind. Erst, als die U-Bahn wieder durch einen Tunnel zur nächsten Station rauscht, fällt mir auf, dass ich noch immer keine Ahnung habe, wo ich gerade bin, aber während ich so dabei zusehe, wie das Bild deutlicher wird, ist mir das ziemlich egal. Auf der rechteckigen Aufnahme blickt das Mädchen gedankenverloren geradeaus, die Haare ein bunter Strudel im morgendlichen Alltagsgrau. Es kommt mir vor, als habe ich ein Fabeltier fotografiert. Vorsichtig schiebe ich das entwickelte Polaroid zwischen die Seiten meines Notizbuchs und versenke es anschließend zusammen mit meiner Kamera zurück in die Tiefen meines Rucksacks. Beim nächsten Halt stoppt die U-Bahn an meiner Station und ich beeile mich, mit den anderen Leuten auszusteigen, den geistigen Autopiloten schon ganz auf Kaffee und Schule eingestellt.

Selbst, als ich meinen Kaffee endlich habe und mir die Zunge daran verbrenne, kann ich nicht aufhören, an das unverhoffte Polaroid zu denken. In mir keimt die Hoffnung auf, dass dieser Tag nicht ganz so eintönig wie all die anderen wird. Ja, man hat nur eine Chance, es bei einem Sofortbild richtig zu machen, aber wenn es einem gelingt, ist es das beste Gefühl überhaupt.

Seit den Sommerferien sind vier Wochen vergangen und der Unterricht hat die übliche Fahrt aufgenommen. Unser Mathelehrer, Herr Schöll, erklärt an der Tafel zum gefühlt zehnten Mal die Gleichungen, die wir als Hausaufgaben hatten, aber niemand hört ihm richtig zu. Schon jetzt ist es bullenheiß im Klassenzimmer. Für September sind die Temperaturen dieses Jahr außergewöhnlich hoch und niemand hat Lust, sich bei so einer Hitze zu konzentrieren. Auch ich habe mich mental schon vor einer ganzen Weile vom Matheunterricht verabschiedet. Mein Notizbuch liegt aufgeschlagen auf dem Tisch und mein Blick wird immer wieder von dem Foto, das ich von dem Regenbogenmädchen gemacht habe, angezogen. Natürlich habe ich nicht die geringste Ahnung, wer sie ist, aber irgendwie hat sie bei mir Eindruck hinterlassen. Ich hänge lieber meiner Fantasie nach, als diese langweiligen Gleichungen noch einmal durchzukauen.

Ein energisches Klopfen stört den träge dahinplätschernden Unterricht und wie der Rest der Klasse sehe ich reflexartig auf. Herr Winterfeld, der stellvertretende Schulleiter, betritt den Klassenraum, und schleppt einen Jungen in unserem Alter mit sich.

»Guten Morgen zusammen«, begrüßt Herr Winterfeld uns. »Herr Schöll«, er schaut zu unserem Lehrer hinüber, »Sie wissen ja Bescheid, darum eine kurze Erklärung für euch.« Nun wendet er sich wieder an uns. »Wir haben sehr spontan noch einen neuen Schüler aufgenommen, den wir zu euch in die Klasse stecken werden, also seid nett.«

Hier und da wird gegrinst – wir mögen Herrn Winterfeld. Er ist Mitte fünfzig und noch recht gutaussehend. Ich würde meine linke Hand dafür ins Feuer legen, dass er was mit unserer Schulleiterin am Laufen hat.

»Nein, ernsthaft, ich hoffe, ich kann mich auf euch verlassen. Führt ihn ein wenig herum, zeigt ihm, wo die Turnhalle ist und wir alle sind glücklich.« Er wendet sich an den Neuling. »Willst du dich vorstellen?«

»Sicher. Hi, mein Name ist Liam. Freut mich, euch kennenzulernen«, sagt er und hebt grüßend die Hand.

Erst jetzt betrachte ich ihn ein wenig genauer. Jeans, Chucks und ein hellgraues, einfaches T-Shirt, dazu zerzauste, hellbraune Haare und ein verschmitztes Kleinjungenlächeln, mit dem er unter Garantie bei den Mädchen landen wird. Die ganze Aufmerksamkeit scheint ihn nicht im Geringsten zu verunsichern. Vielleicht bin ich kurz ein wenig beeindruckt.

»Dann setz dich ruhig, Liam, und wir machen mit dem Unterricht weiter. Wenn du nach der Stunde zu mir kommst, können wir den bisherigen Stoff durchsprechen und wie du ihn am besten nachholen kannst«, mischt sich Herr Schöll etwas ungeduldig ein und nickt dem stellvertretenden Schulleiter zu.

Liam lässt den Blick durch den Klassenraum schweifen, um einen freien Platz auszumachen. Für einen Rucksack ist er anscheinend zu cool, denn er trägt Papier und Hefter einfach in der Hand. Während ich still die Augen verdrehe, lehne ich mich höflich ein Stück zur Seite, sodass Liam den einzigen, leeren Tisch hinter mir erspähen kann. Liams Gesicht erhellt sich und ich gebe vor, es nicht zu bemerken. Der Typ soll sich schön mit jemand anders anfreunden. Leises Geflüster folgt ihm, als er durch den Raum geht.

»Sehr schön, sehr schön – oh, und solltest du noch Fragen bezüglich deiner anderen Fächer haben, kannst du dich natürlich jederzeit an mich wenden, Liam.« Herr Winterfeld blickt zufrieden in die Runde, nickt Herrn Schöll zu, und öffnet die Tür. »Dann lasst euch nicht weiter stören.«

Herr Winterfeld verlässt uns im gleichen Moment, in dem Liam meinen Platz passiert. Aus den Augenwinkeln kann ich sehen, wie er neugierig auf meinen Tisch blickt. Rasch klappe ich mein Notizbuch zu, obwohl das jetzt auch nichts mehr ändert – er hat das Polaroid gesehen. Meine gerade noch halbwegs akzeptable Laune sackt ein ordentliches Stück ab. Ich würde mich am liebsten umdrehen und dem Neuen mein Notizbuch durchs Gesicht ziehen. Warum kann der sich nicht um seinen eigenen Kram kümmern? Plötzlich kocht Wut in mir hoch. Ich muss mich dazu zwingen, den Blick gesenkt zu halten und keinen Mucks von mir zu geben. Einfach die Schnauze halten, Vince.

Es vergehen keine fünf Minuten, bis von hinten ein kleiner, zusammengefalteter Zettel auf meinen Tisch fliegt. Ein paar Atemzüge lang starre ich ihn an wie eine Klapperschlange. Ernsthaft? Ich erwäge, den Zettel einfach auf den Boden zu wischen oder zumindest zu ignorieren, doch ich fürchte, das widerspricht meiner Keinen-Ärger-Politik. Egal, wie wütend ich bin, ich habe mir hier einen ziemlich neutralen Status erarbeitet. Den will ich unter keinen Umständen aufs Spiel setzen. Wie in Zeitlupe strecke ich meine Hand aus und fische die Nachricht von der Tischplatte. Mit einem flüchtigen Blick zu Herrn Schöll stelle ich sicher, dass er in seine Gleichungen vertieft ist, und entfalte den Zettel.

Hi, ich bin Liam.

Mehr steht nicht auf dem Papierstück und ich runzle die Stirn. Will der mich verarschen? Ich unterdrücke den Drang, mich umzudrehen und Liam seine Nachricht mit voller Wucht ins Gesicht zu schmeißen. Dann wäre es definitiv damit vorbei, unter dem Radar zu fliegen, und das ist es mir echt nicht wert. Ich will einfach nur meine Ruhe. Also schreibe ich zähneknirschend eine Antwort auf den Papierfetzen.

Ich erinnere mich vage.

Unauffällig lehne ich mich zurück und schnippe den Zettel auf Liams Tisch. Es dauert nicht lange, bis er zu mir zurückkehrt.

Ich weiß, aber ich find solche Vorstellungsansprachen total nervig und unpersönlich. Wie heißt du? Und, die viel wichtigere Frage, hast du eine Ahnung, wo die Toiletten sind? Herr Winterfeld hat mir sogar die Abstellkammer gezeigt, aber die Toiletten hat er vergessen.

Für gewöhnlich rede ich nur dann mit meinen Mitschülern, wenn es um Schulkram geht. Ich schätze, darum kann ich Liams Nachricht noch einmal durchgehen lassen. Auch, wenn mir das immer noch nicht so recht schmeckt.

Vince. Die Toiletten sind rechts den Gang runter.

Das sollte reichen. Irgendwo, ganz tief drinnen und unter meiner Wut versteckt, tut es mir fast leid, dass ich so wortkarg bin, aber ich will diese ganze Schulgeschichte nicht noch komplizierter machen – sorry, Liam. Allerdings bin ich mir sicher, dass nach der Doppelstunde Mathe noch genug Leute mit ihm sprechen wollen. Immerhin wird er für den Rest der Woche die Hauptattraktion sein. Drei Monate vor den Sommerferien hatte ich dasselbe Vergnügen, doch da ich den Kopf unten gehalten habe und Gesprächen ausgewichen bin, hat sich das Interesse schnell gelegt. Jetzt bin ich nur noch ein weiterer, leicht abgefuckt aussehender Typ in zerrissenen Jeans.

Ich schmuggle den Zettel zurück auf Liams Tisch und versuche, Herrn Schöll meine Aufmerksamkeit zuzuwenden. Es ist mir jedoch einfach unmöglich, ihm zuzuhören. Lieber klappe ich mein Notizbuch auf und betrachte das Regenbogenmädchen auf dem Polaroid einmal mehr. Diese Haare sind echt der Hammer.

Mich trifft etwas am Hinterkopf und ich höre ein geflüstertes »Verdammt, tut mir leid«, das beinahe in Herrn Schölls Ausführungen untergeht. Alter Schwede, der Neue ist ja wirklich hartnäckig. Widerwillig beuge ich mich runter und hebe das Flugobjekt auf. Es ist schon wieder der Zettel.

Danke! Damit hast du mir vermutlich das Leben gerettet. Vince wie in Vincent?

Genau in diesem Moment fange ich den mahnenden Blick auf, den Herr Schöll mir zuwirft. Vermutlich ist er nur so nachsichtig, weil Liam neu ist. Ich lasse den Zettel in meiner Hosentasche verschwinden und bin froh darüber, dass mir die Entscheidung, ob ich antworten soll oder nicht, von höherer Instanz abgenommen wurde. Ich muss mich nämlich nicht mal umdrehen, um zu wissen, dass meine Klassenkameraden mich ganz genau im Auge behalten. Den Rest der Stunde beschäftige ich mich damit, die Kästchen auf meinem karierten Papier schwarz auszumalen.

Nach einer gefühlten Ewigkeit schrillt die Klingel und erklärt den Matheunterricht für beendet. Eilig stopfe ich meine Sachen in meinen Rucksack, werfe ihn mir über die Schulter und gehe geradewegs zur Tür. Die anderen Pfeifen lassen sich immer mehr Zeit, sie lachen und reden und strömen in kleinen Grüppchen nach draußen. Der Horror. Also bin ich immer schon weg, bevor sich die Masse überhaupt in Bewegung setzt. Heute bin ich sogar noch ein bisschen schneller, weil ich auf gar keinen Fall in ein Gespräch über meinen Zettelwechsel mit dem Neuen verwickelt werden will. Darüber können sie Liam selbst ausquetschen und er wird gleichzeitig auch noch in die Klasse integriert. Geniale Lösung, finde ich.

Wir haben eine Viertelstunde Pause, ehe es in die nächste Runde Folter geht. Ich bleibe kurz auf dem stickigen Flur stehen, um mich zu orientieren. Auf dem Schulhof wird mich schon niemand anquatschen. Inzwischen habe ich es echt gut drauf, möglichst finster und abweisend in die Welt zu starren.

»Also … Vince wie in Vincent?«, fragt jemand hinter mir und ich erstarre kurz.

Verdammt, zu langsam. Ich kann nicht so tun, als habe ich es nicht gehört, und so bleibt mir nichts Anderes übrig, als mich umzudrehen.

Liam lächelt mich schief an, eine Hand in die Hosentasche geschoben, und *heilige Scheiße*. Er hat die radioaktivsten grünen Augen, die ich jemals gesehen habe. Ich muss ihn unbedingt fotografieren. Nahaufnahme. Wenn ich dieses Foto nicht mache, werde ich sterben. Aber meine Kamera ist in meinem Rucksack und wenn ich mich jetzt rühre, wird der Moment vorbei sein. Außerdem kann ich das echt nicht bringen.

»Ja«, bringe ich nach viel zu langem Schweigen hervor und würde mir am liebsten ins Gesicht boxen. Diese Augen!

»Cool«, sagt Liam. Mein Hirn ist so leer, dass es nicht verwunderlich wäre, wenn ich den Mund öffnen und schließen würde wie ein Karpfen. Aber selbst, wenn ich das tatsächlich tun sollte, fährt er einfach ungerührt fort. »Ich weiß, dass es unhöflich ist, die Nase in fremder Leute

Angelegenheiten zu stecken, aber ich habe vorhin dieses Foto auf deinem Tisch gesehen und bekomme es seitdem nicht mehr aus dem Kopf. Diese Haare sind echt krass. Hast du das Bild gemacht? Geht das Mädchen auf diese Schule? Kennst du sie?«

Die Fragen prasseln in einem Tempo auf mich ein, dem ich nicht folgen kann. Ich blinzle einfach nur stumm. Liams Begeisterung spült wie eine Welle über mich hinweg, eine turmhohe, unwiderstehliche Welle, deren Gischt in seinen grünen Augen sprüht. Als er vor der Klasse stand, habe ich nicht darauf geachtet welche Farbe seine Augen haben, aber jetzt weiß ich es und bin komplett fixiert.

»Ja, keine Ahnung und nein«, antworte ich und muss direkt weiterreden, sonst ersticke ich noch an meinen Gedanken. »Ich stand heute Morgen in der U-Bahn und habe mich gefühlt, als hätte ich mein Hirn im Bett vergessen, weil ich meinen Kaffee noch nicht getrunken hatte, da habe ich sie plötzlich gesehen und bämm.«

Liams Lächeln wird zu einem Grinsen.

»Bämm«, wiederholt er nickend, als wisse er ganz genau, wie es sich angefühlt hat. »Finde ich gut, echt. Irgendwer muss so was schließlich für die Nachwelt dokumentieren.«

Ich will seine Augen für die Nachwelt dokumentieren. Sehr dringend. Ich möchte Liam sagen, dass er sich nicht rühren soll, ich würde gerne die Zeit anhalten, doch weil ich ein Idiot bin, sage ich einfach nur: »Ganz genau.«

Liam nickt schon wieder, lächelt mit Grübchen und strahlenden Augen und dem ganzen Mist, aber seine Antwort werde ich niemals hören. Die Masse hat uns gefunden, oder eher gesagt ihn. Raphaela, Leonie, Florian und Dominik nähern sich wie eine hungrige Zombiehorde und bleiben hinter Liam stehen.

»Hey, Liam, sollen wir dir mal alles Wichtige zeigen?«, kommt es von Leonie und egal, wie sehr ich mittels Telepathie und mittelschwerer Todesblicke versuche, sie alle zu verscheuchen, es bringt nichts. Wie üblich ignorieren sie mich. Normalerweise bin ich dafür dankbar, aber nun krampft sich mein Magen zusammen und ich werde wieder wütend. Liam dreht sich um und plötzlich ist der Moment vorbei, einfach vorbei, und ich habe kein Foto. Also sterbe ich wohl.

Während Liam und seine grünen Augen von den Zombies absorbiert werden, mache ich auf dem Absatz kehrt und flüchte nach draußen, ohne noch ein weiteres Wort zu verlieren. So viel zum Thema Schnauze halten. Wenn ich so weitermache, kann ich direkt ein Transparent mit den Worten »Ich bin schwul und Liams Augen lassen mein Gehirn schmelzen« vor mir hertragen. Nur, weil ich einen Jungen treffe, an dem mir zum ersten Mal seit diesem ekelhaften Lügner Tobias etwas gefällt, flippe ich innerlich total aus und werfe meine Prinzipien über Bord, die mein Überleben bis zum Abi sicherstellen sollten?

Auf dem Schulhof sammeln sich inzwischen dutzende Grüppchen, die den warmen Sonnenschein genießen. Ich fische meine Kopfhörer aus dem Rucksack und setzte sie auf. Musik ertränkt die Außenwelt, so laut, dass mir beinahe das Gehör wegfliegt. Ich gehe an den Rand des Schulhofs, möglichst weit weg von allen, atme erst einmal tief durch. Mein Herz hämmert zu schnell und ich fühle mich wie nach zehn Achterbahnfahrten hintereinander.

Das ist nicht nur das erste Mal, dass ich ein Foto versaut habe und es nicht in den Schuhkarton unter meinem Bett stecken kann, ich habe vermutlich auch mehr geredet als in den ganzen letzten vier Wochen.

Ach, Scheiße.

2

Vince

Bei Berührung könnte ich einen ganzen Weihnachtsbaum aufleuchten lassen, so sehr stehe ich unter Strom. Vermutlich hätten durch mich sogar Atomkraftwerke ausgedient. Bloß weiß das außer mir keiner und so wird sich die Energiefrage wohl noch ein paar Jahre in die Länge ziehen – mein schlechtes Gewissen hält sich in Grenzen. Das hat es übrigens auch, als ich mich nach der Pause krankgemeldet habe und nach Hause abgehauen bin. Für heute habe ich einfach keine Lust mehr und Geduld erst recht nicht. Asche auf mein sündiges Haupt.

Als ich die Tür aufschließe und lauschend einen Moment verharre, höre ich nichts als selige Stille. Glück gehabt! Wie es aussieht, arbeitet Tante Eleanor heute nicht zuhause und ich muss mich nicht draußen herumtreiben, bis die Schule offiziell endet. Meine Tante ist zwar wirklich liberal, aber auch sie findet es nicht allzu lustig, wenn ich schwänze.

Ich schlüpfe in den Flur und werfe die Tür schwungvoll zu, während meine Chucks irgendwo in der Ecke landen. Mein Zimmer ist nicht sonderlich groß, aber für Bett, Schrank, Bücherregal und Schreibtisch reicht der Platz. An der Wand über meinem Bett hängen zwei große Pinnwände aus Kork. Meine ganz persönliche Galerie und Lichtstreif am Horizont meiner trüben Existenz. Seit ich in den Sommerferien Polaroids für mich entdeckt habe, sammle ich dort die besten Bilder, die ich gemacht habe. Es sind die unterschiedlichsten Motive, begonnen bei einer simplen Pusteblume, geendet bei einer Betonwand voll mit buntem Graffiti, Hauptsache, es hat meine Aufmerksamkeit gefesselt. Ich liebe diese Bilderflut. Würde irgendwer drohen, sie zu zerstören, ich würde einen Arm dafür geben, um sie zu retten. Mit anderen Worten ist mein Leben bis auf das Fotografieren ziemlich langweilig, doch das habe ich mir ja selbst so ausgesucht. Alles vollkommen risikofrei.

Mit einem Seufzen schmeiße ich meinen Rucksack auf den Schreibtischstuhl und lasse mich der Länge nach aufs Bett fallen.

»Das ist doch alles Scheiße«, teile ich meinem Kissen undeutlich mit.

Wie immer hat es natürlich keine Meinung dazu. Durch die Ritzen in den Rollläden fällt Sonnenlicht in mein Zimmer und malt leuchtende Streifen auf den dunkelgrauen Teppich zwischen Bett und Schreibtisch. Ganz unwillkürlich wandern meine Gedanken zu Liam zurück. Sogar jetzt, mit mehr als genug Abstand, komme ich noch immer nicht darauf klar, wie grün seine Augen sind. Ernsthaft, es sind nur Augen, aber ich will sie unbedingt fotografieren und gleichzeitig haben sie mich auf ziemlich schwule Art und Weise vom Hocker gehauen. Ersteres ist ja schon problematisch genug, doch ich habe keine Ahnung, wie ich mit der anderen Sache umgehen soll. Ich kann schlecht jeden Tag die Schule schwänzen, bis ich einen Plan habe.

Problemlösungsorientiert, wie ich nun einmal bin, schlafe ich über dieser Sackgasse ein und erst einmal bis nachmittags durch.

Als ich wieder zu mir komme, fühle ich mich wie von einem Lastwagen überrollt. Ich wanke in die Küche, um mir einen Kaffee zu machen. Fahrig hantiere ich mit Filter und Kaffeepulver herum und versetze der Maschine einen zärtlichen Schlag, ehe sie mit dem üblichen Husten zum Leben erwacht. Wie lange sich dieses Relikt schon im Besitz meiner Tante befindet, weiß ich nicht, aber ich habe den Verdacht, dass es sogar älter ist als meine sechzehnjährige Wenigkeit.

»Mach schon«, murmle ich der prähistorischen Kaffeemaschine ungeduldig zu und reibe mir über das zerknitterte Gesicht. Ich kann bereits spüren, wie mein Biorhythmus mir in den Hintern tritt. Spätestens heute Abend werde ich mit Sicherheit dafür bezahlen, dass ich so lange geschlafen habe, und kein Auge zu machen können.

Sobald der Kaffee durchgelaufen ist, gieße ich mir eine Tasse ein und stürze sie regelrecht herunter. Langsam fühle ich mich fast wieder menschlich, doch leider kehren damit all die Fragen zurück, denen ich mit meinem Nickerchen aus dem Weg gegangen bin. Es erleichtert mich tatsächlich, meine Tante in die Wohnung poltern zu hören. Mit einem Seufzen, das man vermutlich noch in Timbuktu mitkriegt, lässt sie im Flur ihre Tasche auf den Boden fallen. Solidarisch nehme ich eine zweite Tasse aus dem Regal, fülle sie mit Kaffee und halte sie meiner Tante entgegen, als sie in die Küche kommt.

»Klingt, als hättest du einen üblen Tag gehabt«, begrüße ich sie.

Eleanor nimmt die Tasse mit einem dankbaren Lächeln entgegen und lehnt sich neben mir gegen die Anrichte. Wir haben dieselben dunklen Haare, nur sind ihre wesentlich länger und lockiger und sehen aus wie eine Gewitterwolke. Sie ist die jüngere Schwester meiner Mutter und wird seit drei Jahren in Folge neununddreißig, aber ich finde, dass sie eher wie Anfang dreißig aussieht. Außer in Momenten wie diesem, wo der Arbeitsstress die feinen Falten um ihre blauen Augen herum tiefer wirken lässt, als sie es eigentlich sind.

»Du hast ja keine Ahnung«, entgegnet sie und kneift sich in die Nasenwurzel. »Ernsthaft, Vince, ich weiß nicht, woher diese ganzen Idioten kommen und warum sie ausgerechnet mir das Leben schwermachen müssen.«

»Sind halt Idioten«, gebe ich achselzuckend zurück und gieße mir Kaffee nach. Einträchtig schweigend trinken wir ein paar Schlucke.

»Wie war die Schule?«, fragt Eleanor schließlich. Unauffällig hebe ich die Tasse erneut an die Lippen. Ich schwöre, meine Tante hat einen siebten Sinn, wenn es um Geheimnisse geht.

»Wie Schule bei so einer Affenhitze, die einem das Gehirn verdampft, eben ist. Oh, und wir haben einen Neuen in der Klasse. Kann noch nicht einschätzen, wie er so drauf ist, aber mal abwarten.«

Womit ich wieder beim Thema wäre. Liam, Liam, Liam. Der Kerl kotzt mich mit seiner ständigen Anwesenheit in meinem Kopf echt an.

Meine Tante stellt ihre Tasse in die Spüle und tätschelt mir wie üblich schrecklich verständnisvoll die Schulter.

»Ich habe vollstes Vertrauen in dich.«

»Danke.«

Ich zwinge mich zu einem Lächeln und stürze den letzten Rest Kaffee herunter, während Eleanor die Spülmaschine ausräumt. So kann das nicht weitergehen. Ich muss diese verdammte Liamkrankheit irgendwie loswerden und wenn ich meinen Schädel dafür mit einer Brechstange bearbeiten muss.

Ein wenig heftiger als nötig knalle ich die Tasse auf die Anrichte und rausche aus der Küche. Ich werde diese plötzliche Fixierung mit dem einfachsten Mittel bekämpfen: Rausgehen und fotografieren, bis mir diese blöden grünen Augen komplett egal sind. In meinem Zimmer stopfe ich mir meine Schlüssel in die eine, meinen MP3-Player in die andere Hosentasche und schnappe mir meine Kopfhörer. Die Kamera hänge ich mir über die Schulter. Schließlich greife ich auch nach meinem Longboard. Ich werde mit Sicherheit nicht zu Fuß durch die Stadt latschen.

»Bin weg, die Inspiration verlangt nach mir!«, rufe ich einmal quer durch die Wohnung, steige in meine Chucks und warte nicht darauf, dass Eleanor mir antwortet. Wieder einmal knalle ich die Tür hinter mir zu und nehme die Treppenstufen so schnell, dass ich praktisch fliege.

Die Apokalypse wartet in Form von sieben miesen Polaroids in meiner hinteren Hosentasche. Sieben. Frustriert sitze ich auf einer Bank im Park, die Füße auf meinem Board abgestellt, und kapiere gar nichts mehr. Um mich herum rauschen die Blätter im sanften Spätsommerabendwind, Vögel zwitschern und fröhliche Menschen spazieren entspannt an mir vorbei. Fehlen nur noch rosa Zuckerwolken am Himmel und ich gebe mir die Kugel.

Ich halte meine Kamera in den Händen und betrachte den Verräter eingehend. Es ist wie verhext. Kein einziges Bild ist etwas geworden. Mein Foto-Mojo funktioniert ganz offensichtlich nicht mehr und ich habe eine vage Vermutung, woran das liegen könnte. Schnaubend lege ich meine Kamera neben mir auf die Sitzfläche der Bank und konzentriere mich darauf, nicht aus der Haut zu fahren. Jetzt habe ich mich schon halbwegs damit arrangiert, dass ich dieses eine besondere Foto nicht machen werde und kriege doch nichts auf die Reihe. Ich will einfach nur Fotos machen, die nicht in die Kategorie »grottig« beziehungsweise »Schuhkarton« fallen und so wieder zurück auf den Teppich kommen.

Meine Laune ist derart beschissen, dass ich die Augen zumache, um diese ganze Harmonie um mich herum nicht mehr sehen zu müssen. Mal angenommen, ich habe eine Blockade, die anhält, bis ich dieses Bild gemacht habe, das mir im Kopf herumgeistert. Wie soll ich bitte die Gelegenheit bekommen, Liam aus nächster Nähe zu fotografieren? Dafür müsste ich ihn fragen. *Hi, ich habe innerhalb kürzester Zeit eine total irre Obsession für deine Augen entwickelt, es stört dich doch nicht, wenn ich eben ein Bild von ihnen mache, oder?*

So geht das nicht. Nicht, wenn ich weiter die Schnauze halten und nicht auffallen will. Diese ganze Situation ist so vertrackt, dass ich mich fühle, als stehe ich vor dem Mount Everest und werde mit einem Sandwich und einem aufmunternden Schulterklopfen zur Bergspitze geschickt. Gleichzeitig weiß ich eigentlich, wie ich das alles lösen könnte, aber ich will es nicht. Mit welchem Recht platzt dieser Kerl einfach in mein Leben und wirbelt alles durcheinander?

»Hey, bist du nicht der merkwürdige Typ, der mich fotografiert hat?«

Ich sterbe fast an einem Herzkasper, als ich so unvermittelt angesprochen werde. Rein aus Prinzip will ich angepisst etwas zurückraunzen, aber als ich die Augen öffne, nehmen mir die bunten Haare des Mädchens den Wind aus den Segeln. Perplex klappe ich den Mund wieder zu. Das Regenbogenmädchen trägt dieselben Klamotten wie heute Morgen, komplett schwarz, und mustert mich eingehend.

»Bist du doch, oder?«, bohrt sie nach.

»Äh«, mache ich und räuspere mich. »Hi?«

Das hat mir gerade noch gefehlt. Wäre ja nicht das erste Mal, dass ich von irgendwem rundgemacht werde, weil ich ihn einfach fotografiert habe.

»Du bist schon so ein kleiner Stalker, oder?«, meint das Regenbogenmädchen. »Und Ähnlichkeit mit einem Obdachlosen hast du auch irgendwie ein bisschen.«

»Immerhin sehen meine Haare nicht so aus, als hätte ein Einhorn draufgekotzt«, schieße ich, doch wieder ein wenig angefressen, zurück und ernte ein Grinsen.

»Du müsstest mal das Bad sehen, wenn ich mir die Haare färbe. Als wäre ein Einhorn drin gestorben.«

Unbekümmert lässt sie sich neben mir auf die Bank fallen. Ich muss mich mächtig anstrengen, mich nicht von ihrem Grinsen anstecken zu lassen. Also doch kein Kampf?

»Und?«, frage ich fast so unfreundlich wie beabsichtigt.

Sie hebt beschwichtigend die Hände. »Frieden, du wandelnde Altkleidersammlung.«

»Im Überzeugen bist du echt richtig mies.«

»Ich weiß, konnte ich noch nie besonders gut. Sorry dafür.« Sie streckt mir eine Hand hin. »Ich heiße Isabell, aber bitte nenn mich Isa. Isabell lässt mich immer ein wenig würgen.«

Wäre es eine Klassenkameradin, hätte ich mich genau jetzt verdrückt, doch ich weiß ja sicher, dass sie nicht einmal auf meine Schule geht. Noch immer misstrauisch ergreife ich Isas Hand und schüttle sie kurz.

»Vince. Lernst du immer neue Leute kennen, indem du sie beleidigst?«

»Klappt todsicher.«

»Du spinnst.«

»Ach, und du nicht? Ich bin es jedenfalls nicht, der wildfremde Leute ablichtet.«

Kurz überlege ich, ob ich darauf mit einem gepflegten »Verpiss dich« antworten soll, aber dann atmete ich nur sehr tief aus. Ich bin zu erschöpft, um mich noch einmal aufzuregen.

»Hör mal«, sage ich stattdessen matt, »ich bin heute etwas neben der Spur und wenn du mir jetzt eine Standpauke darüber halten willst, dass ich dich ohne zu fragen fotografiert habe, tu dir keinen Zwang an, aber ich werde dabei geistig an einem karibischen Strand sein, ja?«

Isa blinzelt mehrmals und schließlich lächelte sie mich mit dem strahlenden Lächeln aus der U-Bahn an. Es ist wie eine Rebellion gegen die ganzen Sticheleien zuvor.

»Ich will dir keine Standpauke halten, ich will dich fragen, ob du morgen Nachmittag zum alten Skatepark kommen willst, ich treffe mich da nämlich mit ein paar Freunden.«

»Dein Ernst?«

Noch immer lächelnd verdreht sie die Augen und rutscht von der Bank herunter.

»Überleg's dir einfach. Ehrlicherweise hat es mir nämlich den Tag gerettet, dass du mich heute Morgen schamlos wie ein Paparazzi geknipst hast und darum … sieh es einfach als eine Art Dankeschön.«

Verwundert sehe ich dabei zu, wie Isa mir zum Abschied zuwinkt und als Gebilde aus Schwarz, Bunt und Flutlichtlächeln einfach in den Sonnenuntergang verschwindet. Sie wartet meine Antwort nicht ab, ganz so, als wisse sie bereits, dass ich kommen werde.

3

Liam

Es klingt erbärmlich, aber ich freue mich wie blöd auf die Schule. Ich bin nun wirklich kein Streber, dessen einziger Lebensinhalt darin besteht, gute Noten zu schreiben, aber ich liebe es, zur Abwechslung einmal unter normalen Leuten zu sein. Ehrlich gesagt ist es auch das Einzige, was mich momentan nicht durchdrehen lässt. Meine Eltern hegen entschieden zu viel Interesse daran, aus mir einen braven Vorzeigesohn zu machen, mit dem man bei steifen Familienfeiern angeben kann, nachdem das mit meinem älteren Bruder, dem elenden Verräter, schon nicht geklappt hat. Im Grunde sind diese Zusammenkünfte ein einziger Statusschwanzvergleich. Seht nur, was für eine perfekte Familie wir sind und was für ein perfektes Leben wir haben! Kotz.

Darum sind wir auch umgezogen. Ein Haus sagt ja so viel mehr aus als eine sowieso schon übergroße, luxuriöse Wohnung. Dass ich dafür all meine Freunde zurücklassen musste, hat meine Eltern keine Sekunde lang interessiert. Hauptsache, man kann bei der nächsten Gelegenheit damit prahlen, wie viel Kohle man für dieses Haus hingeblättert hat. Doppelkotz. Manchmal frage ich mich, ob ich nicht doch adoptiert wurde, denn dieses Materialisten-Gen ist vollkommen an mir vorbeigegangen.

Als ich, im Gegensatz zu meinem ersten Tag gestern, pünktlich in den Klassenraum stiefle, sind erst eine Handvoll Leute da. Leonie, die mich gestern mit ihren Freunden aufgesammelt und durch die Schule geführt hat, lümmelt auf ihrem Stuhl herum. Lächelnd winkt sie mir zu.

Ich winke zurück, ebenfalls lächelnd, und gehe erst einmal zu meinem Platz, um meinen Kram auf dem Tisch abzulegen. Ich habe wieder keinen Rucksack dabei. Nicht, weil ich keinen besitze, sondern einfach, weil meine Eltern es nicht gutheißen, wenn ich wie der letzte Penner durch die Gegend laufe. Also ein Grund mehr, wie der letzte Penner durch die Gegend zu laufen.

Außer Leonie und den paar anderen Gestalten, mit denen ich noch keinen näheren Kontakt hatte, ist auch noch Vince anwesend. Zumindest physisch. Er hat den Kopf auf den Tisch gelegt und rührt sich keinen Millimeter. Entweder hatte er eine verdammt gute oder eine richtig miese Nacht. Unwillkürlich muss ich grinsen, als ich an dem scheintoten Polaroidjungen vorbei zu Leonie marschiere und mich neben ihrem Platz gegen die Wand lehne.

»Wie kann man so früh schon so gut gelaunt sein?«, begrüßt sie mich gequält.

»Alles eine Frage der Einstellung«, entgegne ich mit einem Schulterzucken. Die Wahrheit wäre für den Anfang vielleicht etwas zu viel. »Warum bist du nicht gut gelaunt?«

Leonie streckt mir die Zunge raus. »Weil nicht jeder so eine elende Grinsebacke sein kann und wir außerdem gleich Deutsch haben?«

»Ist Deutsch denn so schlimm?«

»Die Frau ist die reinste Schlaftablette.«

»Besser als ein Pitbull, der einem den Kopf abreißt, wenn man geistig nicht ganz da ist«, befinde ich und grinse erneut.

Widerwillig lässt Leonie sich von meinem Grinsen anstecken und verdreht gleichzeitig die Augen. »Na, wenn du meinst. Aber wir sprechen uns dann noch einmal nach der längsten Doppelstunde seit Menschengedenken.«

»Abgemacht.«

Ich löse mich von der Wand und schlendere zu meinem Tisch zurück. Die Wahrheit ist, dass ich bei meinen strengen Eltern Freunde zum Überleben brauche. Wie die Freunde, die ich in der Stadt hatte, aus der wir weggezogen sind. Wir schreiben uns zwar regelmäßig per WhatsApp und Facebook, aber es ist einfach nicht dasselbe. Ich kann nicht zu ihnen gehen, wenn mir Zuhause die Decke auf den Kopf fällt. Sporadische Skypekonferenzen machen es auch nicht besser. Eigentlich fühle ich mich danach nur noch einsamer als vorher. Mein älterer Bruder ist neunzehn und hat quasi direkt nach seinem Abi die Beine in die Hand genommen, um am anderen Ende des Landes zu studieren. Ich kann es ihm nicht verdenken, aber es fühlt sich trotzdem ein wenig so an, als hätte er mich bei den Wölfen zurückgelassen.

Vince hat sich noch immer nicht bewegt und ich erwäge, seine Atmung zu überprüfen. Überhaupt haben wir unser Gespräch von gestern nicht beendet. Nachdem Leonie und Konsorten mich angesprochen haben, war er auf einmal weg. Ich hätte ihn gern gefragt, ob er nicht mitkommen will, aber … warum nicht jetzt? Er sieht definitiv zu müde aus, um sich noch einmal heimlich zu verdrücken. Vielleicht finde ich auch heraus, warum er so plötzlich verschwunden ist.

»He, lebst du noch?«, frage ich kurzerhand.

Keine Reaktion. Womöglich ist er ja doch schon über die Schwelle des Scheintods hinaus? Ich stupse seine Schulter an.

»Vince?«

»Mmmhrm«, brummt er mir unartikuliert entgegen, ohne den Kopf anzuheben.

Sieht doch eher nach einer miesen Nacht aus. Aber immerhin lebt er noch und das ist ja auch schon mal etwas, oder? Unschlüssig bleibe ich noch einen Augenblick stehen, ehe ich mich schicksalsergeben auf meinen Platz trolle.

Kaum, dass ich sitze, ziehe ich reflexartig mein Smartphone aus der Hosentasche und werfe einen Blick auf das Display. Keine einzige Nachricht. Ein deprimierender Anblick, der auch dann nicht besser wird, als ich durch meine WhatsApp-Chats scrolle. Eigentlich weiß ich schon, dass ich es bin, der überall auf Rückmeldung wartet. Früher war es nicht so schlimm, aber inzwischen gehöre ich zu den Menschen, die innerhalb einer Nanosekunde zurückschreiben, so sehr giere ich nach jedem bisschen Kommunikation. Ironischerweise sind mir diese Typen früher immer am meisten auf den Zeiger gegangen. Ich bin angemessen angewidert von mir selbst, doch so schnell kann es gehen.

Wahrscheinlich bin ich einfach zu ungeduldig. Der Unterricht beginnt erst in fünf Minuten und so checke ich noch Facebook, um die restliche Zeit totzuschlagen. Mein bester Freund Alex hat erst vor wenigen Minuten ein Bild des gestrigen Abends geteilt. All meine Freunde sitzen versammelt an unserem Platz am Fluss, Bier und Chips in greifbarer Nähe, und genießen den Sonnenuntergang. Nur ich fehle. Die meisten haben das Foto sogar schon kommentiert oder geliked, obwohl es erst seit so kurzer Zeit online ist.

Die glücklichen Gesichter und fröhlichen Kommentare sorgen dafür, dass sich etwas in mir zusammenkrampft. Mein Daumen schwebt über dem »Gefällt mir«-Button, aber ich kann einfach nicht. Es ist zum Heulen. Meine Eltern hätten genauso gut auf den Mond ziehen können, so weit weg fühle ich mich von allem. Ich versuche, nicht näher darüber nachzudenken, dass mir trotz Facebook-Aktivität niemand auf meine Nachrichten antwortet, und sperre mein Smartphone. Mit mehr Frust, als mir gefällt, schiebe ich es in meine Hosentasche zurück.

Keinen Moment zu früh. Inzwischen sind gut 95 Prozent der Klasse anwesend und die grauhaarige Schnalle, die ins Klassenzimmer tritt, muss wohl unsere Deutschlehrerin sein. Leonie wirft mir einen vielsagenden Blick quer durch den Raum zu und ich muss lächeln. Nicht, weil ich so übermäßig fröhlich bin, es geschieht ganz automatisch. Als hätte es mir irgendwer ins Hirn programmiert, ein Autorun, der startet, sobald ich mich in Gesellschaft anderer Leute befinde.

»Guten Morgen«, begrüßt uns Frau Pfeiffer mit der wohl langweiligsten Stimme, die ich je gehört habe. Plötzlich habe ich eine Ahnung davon, wie schwer es sein wird, dem Unterricht zu folgen.

Allerdings besitzt die Ätzstimme eine durchaus unerwartete Fähigkeit. Sie sorgt dafür, dass Bewegung in die Gestalt an dem Tisch vor mir kommt. Vince hebt den Kopf und richtet sich so langsam und angestrengt auf, als habe ihm irgendwer zehn Ausgaben des Dudens auf die Schultern geladen. Jetzt ist mein Grinsen echt. Das Ganze erinnert mich an jene Stelle in alten Horrorstreifen, in denen das schreckliche Monster aufersteht, um die Menschheit heimzusuchen. Bloß ist Vince nicht blutdürstig, sondern vergräbt das Gesicht in den Händen, irgendetwas murmelnd, was nach einem deftigen Fluch klingt. Die dunklen Haare thronen wie ein Wischmopp auf seinem Kopf. Selbst von hinten kann ich mir lebhaft vorstellen, wie untot er aussehen muss. Am liebsten hätte ich ihm vor lauter Mitleid einen Kaffee hingestellt, aber da Frau Pfeiffer vollkommen elanbefreit mit dem Unterricht beginnt, ist dieser Zug abgefahren … und er fährt sehr, sehr lange.

Als Deutsch endlich vorbei ist, fühle ich mich dreitausend Jahre älter. Ich kann nicht glauben, dass uns die Klingel erlöst, so angeödet bin ich. Während die Klasse langsam zu sich kommt, drückt uns Frau Pfeiffer noch irgendwelche Hausaufgaben aufs Auge. Warum bin ich mir nur so sicher, dass sie kaum jemand erledigen wird? Geht ja auf keine Kuhhaut, sich noch weiter mit diesem Gedicht zu befassen, nachdem die Pfeiffer es eh schon in epischer Länge und Breite bis auf die Buchstaben zerpflückt hat.

Schwerfällig sammle ich meine Hefter und Zettel zusammen. Ich greife gerade nach meinem Kugelschreiber, da springt Vince regelrecht auf, wirft sich seinen Rucksack über die Schulter und stürmt noch vor allen anderen aus der Klasse. Wie kann man denn nach dieser Einschläferungskur noch so flink unterwegs sein? Ein wenig verwirrt blicke ich ihm hinterher. Die Nummer hat er gestern auch schon gebracht, nur war er da nicht der Tod auf Latschen. Ich habe mich mächtig anstrengen müssen, um ihn auf dem Flur noch zu erwischen und selbst dann hat er gewirkt, als sei er auf der Flucht. Heute habe ich einfach nicht die Energie dafür. Schade. Das Gespräch von gestern werden wir vermutlich nicht so bald weiterführen.

Plötzlich frage ich mich, ob er es wegen mir so eilig hat, und der Gedanke behagt mir nicht. Ich habe ihm doch nichts getan. Wäre aber ein neuer Rekord. Nach einem Tag schon bei jemandem verkackt, ohne zu wissen, was der Auslöser ist. Das wurmt mich und ich halte direkt Ausschau nach meinen neuen Freunden. Leonie verlässt das Klassenzimmer und ich eile hinterher, meinen Schulkram lose unter den Arm geklemmt.

»Ich ziehe meine Aussage zurück«, eröffne ich inbrünstig, als ich sie erreiche. »Lieber ein Pitbull als so eine üble Schlaftablette.«

»Habe ich doch gesagt«, entgegnet Leonie triumphierend.

»Und wie lange wirst du mir das jetzt noch unter die Nase reiben?«

»Mindestens so lang, wie sich Pfeiffers Doppelstunde anfühlt.«

Ich stöhnlache, Leonie geht hoch erhobenen Hauptes an mir vorbei und gemeinsam stoßen wir zu Raphaela, Florian und Dominik.

Raphaela hat blonde, lockige Haare und spielt gerne Volleyball. Sie ist langbeinig und sportlich und ich bin mir ziemlich sicher, dass Florian in sie verschossen ist. Seine ständigen Blicke sind so offensichtlich, dass sogar ich nach einem Tag kapiert habe, was Sache ist. Florian ist ein Polohemdenträger und sieht auch heute aus wie geleckt. Dominik fällt mit Jeans, T-Shirt und Strickjacke nicht wirklich auf, aber dafür ist er extrem offen. Er hat mir von allen die meisten Fragen gestellt und auch sehr viel von sich erzählt. Ich muss gestehen, dass ich die Hälfte bereits wieder vergessen habe, einfach, weil ich gestern mit neuen Informationen regelrecht überflutet wurde, aber nichtsdestotrotz ist er mir sympathisch. Es ist eine nette kleine Runde und das gibt mir zumindest etwas Hoffnung, die nächsten Wochen und Monate zu überstehen.

»Alter, ich brauch frische Luft!«, empfängt Florian uns gequält und so machen wir uns direkt auf zum Ausgang.

»Ich glaube, als die noch jung war, war ihr Unterricht gar nicht so schrecklich«, meint Raphaela und rollt mit den Augen. »Aber jetzt ist es der Horror. Dass sie sich nicht selbst zu Tode langweilt ist auch alles.«

»Ich werde die nächste Klassenarbeit unter Garantie in den Sand setzen, weil ich einfach nicht aufpassen kann«, setzt Florian noch einen drauf.

»Es ist wirklich übel«, bestätige ich und kassiere von ihm einen bestätigenden Schlag auf die Schulter.

»Meine Rede, Mann.«

»Du würdest die Klassenarbeit aber auch mit einem nicht halb so langweiligen Lehrer in den Sand setzen«, stichelt Leonie.

»Was soll das denn heißen?«

Florian stößt die Tür nach draußen so schwungvoll auf, dass sie donnernd gegen den Stopper an der Wand schlägt. Warme Septemberluft schlägt uns entgegen und ich atme tief durch. Ich liebe dieses Wetter.

»Ich glaube, das soll heißen, dass du in Deutsch noch nie die allergrößte Leuchte gewesen bist«, übersetzt Dominik und lächelt so fröhlich, dass man es ihm fast gar nicht übelnehmen kann.

»Ihr seid doch Scheiße. Wenigstens auf meinen neuen besten Kumpel Liam kann ich mich noch verlassen.«

Florian legt den Arm um meine Schultern und macht Anstalten, gespielt beleidigt mit mir abzuziehen, aber Leonie erwischt mich am Ellenbogen und hält uns zurück.

»Nicht so schnell! Als ob du den Neuen jetzt einfach für dich allein beanspruchen kannst!«

»Ey!« Ich grinse und schüttle erst einmal alle Hände und Arme ab, die mich gerade festhalten. »Macht das unter euch aus, klar?«

»Toll, jetzt hast du ihn auch noch verschreckt!«, wirft Florian Leonie vor.

Schon geht die Zickerei der beiden in die nächste Runde. Dominik und Raphaela verdrehen nur die Augen und unterhalten sich lieber über irgendein Konzert, das sie bald besuchen wollen, und ich … tja, ich stehe daneben und fühle mich trotzdem fehl am Platz. Aber das wird bestimmt bald vergehen. Ich kann beim besten Willen nicht erwarten, dass ein Tag genügt, um zu einem Urgestein dieser Klasse zu werden.

Wir schlendern über den Pausenhof und ich vergrabe eine Hand in meiner Hosentasche. Es ist ein ziemlich großes Gymnasium, auf das ich nun gehe, größer als mein früheres. Ich bin noch ein wenig erschlagen von all den Leuten, die hier zusammen eingepfercht sind. Fünftklässler jagen sich kreischend und lachend über den Hof, ältere Schüler stehen in Kleingruppen zusammen. Ganz hinten am Rande des betonierten Hofs gibt es ein paar Bänke, die unter extra angepflanzten Bäumen stehen, und ich blinzle, als ich dort eine bekannte Gestalt entdecke.

Vince sitzt ganz alleine unter einem der Bäume, den Rücken an den Stamm gelehnt, knallrote Kopfhörer auf den Ohren. Niemand scheint ihn zu registrieren und andersherum verhält es sich genauso. Vince hat die Nase in ein Buch gesteckt und blickt nicht ein einziges Mal hoch. Sieht irgendwie ziemlich einsam aus.

»Hey, Leute«, mische ich mich in die inzwischen weitaus friedlichere Unterhaltung meiner neuen Kameraden ein, »warum sitzt Vince denn da so allein rum?«

»Wo?«, fragt Raphaela.

»Dahinten.« Ich deute in Richtung der Bäume.

»Ja, das ist halt so 'ne Sache mit Vince …«, fängt Dominik an, aber Florian fällt ihm ins Wort.

»Der Typ ist echt voll merkwürdig. Kein Scheiß, der ist eine Weile vor den letzten Sommerferien in unsere Klasse gekommen und bislang habe ich ihn nur im Unterricht reden gehört. Anfangs habe ich gedacht, der kann überhaupt nicht sprechen.«

»Er macht halt so auf einsamer Wolf«, bringt Dominik seinen Satz seelenruhig zu Ende, als wäre er niemals unterbrochen worden. »Wir wollten ihn in unserer Runde aufnehmen, aber er hat komplett abgeblockt. Echt undankbar.«

»Irgendwie ist er schon ein kleiner Freak.« Leonie lächelt mich entschuldigend an. »Und keiner weiß, warum er mitten im Schuljahr die Schule gewechselt hat.«

»Hat ihn denn niemand gefragt?« Ich runzle die Stirn.

»Nein, nicht, dass ich wüsste«, entgegnet Raphaela. »Oder?«

Die anderen schütteln mit den Köpfen.

»Nee. Außerdem wurde der so schnell merkwürdig, dass keiner mehr Bock hatte, nachzufragen. Kommt halt nicht unbedingt so gut, mit den Außenseitern rumzuhängen, wenn man noch zu den guten Geburtstagspartys eingeladen werden will«, erklärt Florian schamlos.

»Irgendwie hat er Recht«, sagt Raphaela und Florian grinst wie ein Honigkuchenpferd, als ihm seine Angebetete zustimmt. »Wenn ich vor die Wahl gestellt werde, habe ich lieber Spaß als Smalltalk mit Vince.«

»Cool oder nicht cool, darum geht es letztlich doch immer«, bläst nun auch noch Leonie ins gleiche Horn. Ich traue meinen Ohren kaum.

»Also, ich habe gestern ganz gut mit ihm geredet«, halte ich rein aus Prinzip dagegen.

Wenn ich so weitermache, habe ich gleich all meine Zettel und Hefter schon am zweiten Tag vollkommen zerknittert, aber ich kriege es einfach nicht hin, meine Hand zu entspannen.

»Ja, wir waren auch überrascht«, räumt Dominik ein. »Aber am Ende hat er sich ja dann doch wieder verzogen.«

Jetzt verstehe ich auch, warum. Ich beiße mir auf die Zunge, um das nicht laut zu sagen. Das ist doch ein schlechter Scherz, oder? Es ist derselbe Mist, den meine Eltern mir andauernd auftischen. Wir sind besser als die anderen, blablabla.

»Ich glaube nicht, dass Vince in irgendeiner Art ansteckend ist«, bemerke ich schließlich und für mich geht es längst nicht mehr nur um Vince. »Vielleicht muss man es nur versuchen.«

Raphaela und Leonie tauschen einen schnellen Blick, aber Florian rafft nicht, dass die Stimmung gerade ein wenig krampfig wird.

»Alter, lass gut sein. Der will doch eh nicht und außerdem verspielst du damit deinen Vorteil. Du hast hier noch 'ne komplett weiße Weste«, lässt er mich verschwörerisch wissen.

Genau dieser Tonfall ist es, der mich endgültig kotzen lässt.

»Ich gehe pinkeln«, sage ich ruppig.

Bevor mich irgendwer aufhalten kann, bin ich schon weg und verdrücke mich aufs Klo.

Ich schließe mich in einer Kabine ein und lehne mich gegen die schmuddelige Tür. Draußen randaliert, dem Geräuschpegel nach zu urteilen, eine Kleinhorde Trolle, aber ich blende das Gebrüll so gut es geht aus. Das darf doch echt nicht wahr sein. Was ich Zuhause schon genügend am Bein habe, holt mich nun auch hier ein. Hier, wo ich eigentlich meine Ruhe vor solchen Konzepten haben wollte. Wo bin ich nur gelandet? Plötzlich sehne ich mich so heftig nach meiner alten Schule, meinem alten Leben, dass mir schlecht wird. Dort ging es nicht so zu, da bin ich mir verdammt sicher … oder ich habe zu tief dringesteckt, um es zu bemerken.

Meine Eingeweide verknoten sich noch mehr und ich höre lieber auf, darüber nachzudenken. Die aktuelle Situation ist schon mies genug. Ich bin gestrandet und muss jetzt damit zurechtkommen, dass ein Kastensystem gelebt wird. Nüchtern betrachtet ist es nicht einmal überraschend. Ich meine, hallo? Ich bin in der Schule. Wenn es irgendwo Kasten gibt, dann hier. Aber ich kenne es anders, glaube zumindest, es anders zu kennen. Irgendwie muss ich einen gangbaren Weg finden, ohne mich selbst zu verraten. Vielleicht kann ich ja mit allen Parteien befreundet sein, doch ich fürchte, dass das vor allem wegen Leuten wie Florian nicht funktionieren wird. Wo es mir egaler nicht sein könnte, was meine Eltern von mir denken, flippe ich innerlich total aus, wenn ich das Gefühl habe, mich mit meinen potentiellen Freunden anzulegen.

Irgendwann ziehe ich mein Smartphone hervor. Immer noch keine Nachricht. Ich schicke ein hilfloses »Melde dich mal, du Sack« an Alex, doch nicht einmal das hilft. Als die Klingel das Ende der Pause verkündet, gehe ich zurück in den Klassenraum und lasse mich auf meinen Platz fallen, um mich von der nächsten Doppelstunde quälen zu lassen. Den Blicken meiner Vielleichtfreunde weiche ich aus.

Dafür gehe ich in der großen Pause wieder mit Leonie, Raphaela, Dominik und Florian nach draußen. Wir alle tun so, als hätte es unser letztes Gespräch überhaupt nicht gegeben. Wohl fühle ich mich nicht mehr. So lasse ich meinen Autorun die Arbeit übernehmen und lächle nur an den passenden Stellen, während ich mir den Kopf darüber zerbreche, ob ich wirklich eine Seite wählen muss, um nicht völlig allein dazustehen. Wow, ich bin erst seit gestern an dieser Schule und durchlebe schon meine erste Existenzkrise.

Und Vince? Der sitzt wieder lesend unter dem Baum und gibt einen feuchten Dreck um das, was die anderen über ihn sagen.

4

Vince

Ich rolle auf meinem Longboard dahin und bin mir relativ sicher, dass das Treffen mit Isa und ihren Freunden eine beschissene Idee ist. Die Nachmittagssonne brutzelt mir auf den Nacken und selbst der Fahrtwind reicht kaum aus, um die Affenhitze zu lindern. Über dem Asphalt flimmert die Luft. Kaum jemand wagt sich aus den Schatten der Bäume heraus und wenn, flüchtet er gleich wieder zurück in die kühle Dunkelheit. Klimatisierte Geschäfte und Eisdielen stehen besonders hoch im Kurs. Wie damals, als man spielte, der Boden sei Lava und man nur von Möbelstück zu Möbelstück hüpfen konnte, um sich fortzubewegen. Der Himmel ist so blau, dass man davon glatt high werden könnte und mein dunkles T-Shirt flattert wild um meine Brust. Es ist wieder ein perfekter Spätsommertag. Womit diese Stadt so viel Spätsommerperfektion verdient hat, wird wohl ein ewiges Geheimnis bleiben.

Die Strecke zum alten Skatepark kenne ich zum Glück schon. Vor nicht allzu langer Zeit habe ich dort ein geniales Graffiti fotografiert und so muss ich nicht länger als nötig mit meinem Board durch die Stadt fahren. Trotzdem lasse ich mir doch ein wenig mehr Zeit. Zum einen bin ich wegen Schlafmangel echt tierisch kaputt und zum anderen weiß ich nicht so recht, worauf ich mich einlasse. Bislang hat es gut funktioniert, den Geist zu spielen. Mich nun gleich mit einer ganzen Gruppe von eingeschworenen Leuten zu treffen, klingt für mich nach totaler

Reizüberflutung. Außerdem fordere ich das Schicksal damit mehr als nur heraus, mich noch einmal auf die Fresse fliegen zu lassen.

Die nächste Kurve führt mich auf eine kleine Seitenstraße, die schlussendlich an dem alten Skatepark endet. Ich nehme sie derart eng, dass ich beinahe mit Karacho gegen eine Laterne rase.

»Kacke!«, entfährt es mir lautstark.

Ich kann so gerade eben verhindern, dass ich mit dem Kopf voran gegen den Pfahl knalle. Die Riemen meines Rucksacks schlagen leise klimpernd gegen das Metall und ich spüre, wie die Kante des Boards daran entlang schreddert. Alles wackelt bedenklich, ich rudere unelegant mit den Armen, aber irgendwie kriege ich es hin, doch nicht das Gleichgewicht zu verlieren. Die letzten Meter lasse ich das Longboard einfach nur ausrollen. Das wäre es jetzt noch gewesen. Da ringe ich mich schon beinahe dazu durch, so etwas wie soziale Interaktion zu versuchen, und zerlege mich fast an einer Laterne. Wenn das mal kein universelles Zeichen ist, dass die Sorge vor dem auf die Fresse fliegen durchaus Berechtigung besitzt.

Mit einem leisen Seufzen klaube ich das Board vom Boden und fahre mir durch die Haare. Vielleicht hätte ich mir für den Weg doch noch einen Kaffee mitnehmen sollen. Ich bin echt fertig. Heute in der Schule habe ich es kaum geschafft, die Augen offenzuhalten und in Pfeiffers Deutschdoppelstunde bin ich tatsächlich mehrmals eingenickt, ohne, dass die alte Schachtel es bemerkt hat.

Etwas Gutes hatte diese Todesmüdigkeit doch. Ich habe es geschafft, Liam aus dem Weg zu gehen. Vor dem Unterricht hat er mich tatsächlich angesprochen, um zu testen, ob ich noch lebe, aber diesem Konversationsversuch konnte ich geschickt ausweichen. Danach hat er nicht noch einmal probiert, mich in ein Gespräch zu verstricken. Einerseits hat mich das unglaublich erleichtert. Andererseits leide ich immer noch unter einem harten Fall von Grünaugenobsession und habe in den Pausen kaum den Blick von ihm lassen können. Das Verlangen, ihn zu fotografieren, sitzt wie ein mieser Kobold in meinem Nacken. Immer, wenn ich es schaffe, mich ein wenig abzulenken, gräbt er mir die Klauen ins Fleisch, damit ich den kleinen Bastard auch ja nicht vergesse.

Ablenkung ist ein gutes Stichwort. Meine Füße setzen sich in Bewegung und bringen mich die Treppe zum Skatepark runter. Was ist denn, wenn ich dieses Treffen mit der merkwürdigen Isa und ihren bestimmt ebenso merkwürdigen Freunden einfach als schlichte Ablenkung betrachte? Ganz unverfänglich und vor allem unverbindlich. Das mulmige Gefühl fällt bei dem Gedanken ein bisschen von mir ab. Aber auch nur ein bisschen.

Alte, vollgeschmierte Pipes, Halfpipes, Geländer und Rampen breiten sich vor mir aus. Genau wie bei meinem ersten Besuch aus fotografischen Gründen, gefällt es mir hier auf der Stelle. Alles wirkt ein wenig heruntergekommen. Der Beton ist rissig und teilweise sogar zersprungen, die Laternen sind dreckig, doch das trägt nur zum Charme der Anlage bei. Ich muss gar nicht lange suchen, bis ich Isa finde. Isa und ihre zwei Freunde. Oh Mann, das stehe ich nie und nimmer durch.

Isa sitzt oben auf einer Halfpipe. Direkt neben ihr hat es sich ein bärtiger Typ mit schulterlangen, dunkelblonden Haaren bequem gemacht. Überrascht stelle ich fest, dass er wirklich einen Bart hat und nicht bloß die obligatorische Ansammlung von etwa drei Haaren am Kinn, die die Beschreibung »Bart« überhaupt nicht verdient. Zuletzt ist da noch der Kerl, der auf einem Skateboard durch die Pipe brettert und seine weißen Haare wehen dabei wie eine Wolke durch die Luft. Ja, weiß, auch wenn der dunkle Ansatz verrät, dass diese Farbe nicht auf natürlich Art und Weise zustande gekommen ist. Etwas abseits bleibe ich stehen und versuche, nicht darauf zu achten, wie eng meine Kehle ist oder wie verschwitzt meine Hände sind.

Natürlich kommt es, wie es kommen muss. Isa bemerkt mich, ehe ich mir darüber klarwerde, ob ich das hier wirklich will. Wild winkend macht sie auf sich aufmerksam und als wäre das nicht schon auffällig genug, brüllt sie auch noch den halben Skatepark zusammen.

»Hey, Vince, hierher!«

»Scheiße«, murmle ich in mich hinein.

Ich klemme mir mein Longboard unter den Arm, atme tief durch, und stapfe unter den Augen von Isa und dem Bartkerl näher. Ich registriere nicht einmal mehr, wie warm mir die Sonne ins Gesicht scheint, so sehr bin ich mir der Ganzkörpermusterung der beiden bewusst.

»Ich habe euch doch gesagt, dass er kommt«, höre ich Isa selbstzufrieden sagen.

Es trägt nicht dazu bei, dass ich mich wohler in meiner Haut fühle. Rampenlicht, so wenig es auch sein mag, ist nicht meine Welt. Der Skater donnert noch ein paar Mal durch die Pipe, ehe er von seinem Board abspringt, und halb rennend, halb stolpernd zum Stehen kommt. Seine kurzen, ausgewaschenen Jeans und das graue T-Shirt sind viel zu weit für ihn, doch das Grinsen auf seinem schmalen Gesicht gehört zu einer Person, die jeden Augenblick explodiert, um eine eigene Galaxie zu werden.

»Du bist also der Paparazzi«, begrüßt er mich frech und seine Stimme ist viel heller als erwartet. »Nett, dich kennenzulernen.«

»Nett ist die kleine Schwester von Scheiße, aber ich freu mich auch«, entgegne ich.

Es lässt seine hellblauen Augen vor Elektrizität blitzen.

»Isa hatte Recht, du besitzt auch so ein Schandmaul wie sie.«

»Äh. Danke?«

»Kein Thema.« Der Wolkenjunge grinst erneut und dreht sich dann um. »Schwingt eure Ärsche mal hier runter!«

Während Isa und der Bartkerl sich aufrappeln und von der Halfpipe klettern, kratze ich mich am Hinterkopf. Die ganze Situation ist nicht wirklich zu entschleunigen, ohne wie der letzte Idiot dazustehen. Da hilft es auch nicht, dem halben Hemd vor mir aus unersichtlichen Gründen durch die weiße Haarpracht wuscheln zu wollen. Wie können Haare nur so flauschig aussehen?

»Ich bin übrigens Jim«, stellt sich der Wolkenjunge vor, noch immer mit diesem Funkeln in den Augen, als könne er kein Wässerchen trüben. »Und du bist Vince, richtig?«

»Genau. Der Paparazzi eben. Und wer ist der Rest der Belegschaft?«

Was mich unweigerlich an meine Kamera erinnert, die ich sicher im Rucksack verstaut habe. Besonders jetzt würde ich mich gern hinter ihr verstecken und den stillen Beobachter mimen, doch das geht schwerlich, steht man gerade im Zentrum der Aufmerksamkeit.

»Mich kennst du ja schon«, mischt sich Isa ein, ehe sie dem bärtigen Typ einen Arm um die Schultern legt. Breite Schultern hat er definitiv, aber dafür ist er einen guten halben Kopf kleiner als ich und ich bin auch nicht gerade ein wandelnder Riese.

»Mein Name ist Waldemar«, kommt es von ihm. »Bevor du fragst: Eigentlich Vladimir, aber als meine Eltern mit mir nach Deutschland gegangen sind, hielten sie es für eine prima Idee, meinen Namen einzudeutschen. Ich war drei Jahre alt und konnte mich nicht wehren.« Er grunzt. »Denn hätte ich es gekonnt, hätte ich mich definitiv gewehrt.«

Ich starre den bunt zusammengewürfelten Haufen an, betrachte Waldemar, der eigentlich Vladimir heißt, und kann nicht anders, als bei so viel Absurdität schief zu grinsen. Ich, der neue Bekanntschaften meidet wie der Teufel Weihwasser, schließt neue Bekanntschaften.

»Alter«, sage ich, »mein aufrichtiges Beileid.«

Waldemars latent pissige Miene wird schlagartig von einem Grinsen erhellt und ich beschließe, dass ich ihn mag. Auf eine kantige, leicht raue Art sieht er gut aus und in den schwarzen Klamotten erinnert er mich an einen dieser Metalband-Wikinger.

»Kannst du laut sagen«, stimmt Waldemar mir zu. »Man lernt damit zu leben, aber wenn du mich Waldi nennst, hau ich dir eine runter.«

»Beruhig dich, Vince hat doch gar nichts gemacht«, meint Jim.

»Noch nicht! Irgendwann kommen sie alle auf die Schnapsidee, mich Waldi zu nennen. Ich bin doch kein Dackel.«

»Der Name ist ein empfindliches Thema«, erklärt Isa.

»Ist mir gar nicht aufgefallen«, entgegne ich trocken.

»Gerne geschehen, du trübe Funzel«, schiebt Isa darauf direkt liebenswürdig hinterher und ich verdrehe die Augen.

»Ich finde, du hast absolut keine Ähnlichkeit mit einem Dackel«, wende ich mich zurück an Waldemar, ehe dieser Disput aus dem Ruder gerät.

Er versetzt mir einen wohlmeinenden Schlag auf die Schulter. »Glaube, du bist in Ordnung, Vince. Du hast Isa also gestern einfach fotografiert? Machst du das häufiger?«

Als das Gespräch so schnell auf mein persönliches Heiligtum kommt, versteife ich mich automatisch. Schlagartig wird mir bewusst, wie schnell ich mich in diese kleine Runde habe fallen lassen und schon wieder Prinzipien über Bord geworfen habe. Wäre da nur nicht eine leise Stimme in meinem Kopf, die fragt, ob es denn wirklich so schlimm ist, Prinzipien zu vernachlässigen. Ich würde sie gerne schlagen, bis sie aufhört, mir so etwas einzuflüstern. Es ist nämlich sehr wohl schlimm, sich schon wieder falsche Freunde anzulachen. Wenn ich mir Jim aber so angucke … so eine besondere Schneeflocke passt nicht zu den Durchschnittsdeppen, die sich über jede Abweichung von einer angeblichen Norm lustig machen. Von Isas Regenbogenhaaren einmal ganz abgesehen.

»Ist halt ein Hobby von mir«, spiele ich meinen einzigen Lebensinhalt herunter, bevor die Stille zu lang wird.

»Finde ich ziemlich cool«, lässt Jim mich wissen.

Prompt hat er die Finger in seinem weißen Haar, wuschelt darin herum, bis es eine Frisur der Marke Langschläfer ist. Sofern man das dann noch Frisur nennen kann. Es sieht jedenfalls sehr süß aus.

»Und du skatest«, stellt Waldemar mit einem schnellen Blick zu meinem Longboard fest.

»Jep.«

»Ich habe doch gesagt, dass er gut zu uns passt«, meckert Isa auf einmal los und schon sind die drei in eine wilde Diskussion über Straßenköter (mich) verstrickt. Ich stehe wie bestellt und nicht abgeholt daneben und bin nicht einmal genervt. Es will mir nur noch immer nicht so recht in den Kopf, dass sich drei Menschen über die Vorteile meiner Anwesenheit balgen.

»Ich will ja nicht stören«, melde ich mich dann auch zu Wort, »aber könnt ihr vielleicht im Schatten weiter diskutieren? Mir brennt gleich der Schädel weg.«

»Das ist die erste vernünftige Äußerung seit mindestens drei Minuten«, befindet Waldemar hoheitsvoll und streicht sich mindestens genauso hoheitsvoll durch den Bart. Jim grinst feixend, Isa schnaubt, aber am Ende muss sie doch lächeln.

Wir erklimmen die Halfpipe und setzen uns in den Schatten einer Eiche. Jim lehnt sein zerkratztes Skateboard an das Geländer, zu zwei anderen Boards, und ich stelle mein Longboard einfach dazu. Waldemar zaubert Bier aus seiner Tasche voller Kühlakkus und zu blechern klingender Musik aus drittklassigen Lautsprechern lassen wir uns die spärliche Nachmittagsbrise um die Nasen wehen.

Die erste Zeit beobachte ich die anderen eher, als mich wirklich am Gespräch zu beteiligen. Es ist so furchtbar ungewohnt für mich, gewollt unter Leuten zu sein. Also halte ich mich bloß an meinem lauwarmen Bier fest und wundere mich schon wieder, wie es so weit hat kommen können. Ist es wirklich okay? Ich weiß es beim besten Willen nicht, noch nicht, und so höre ich Waldemar, Isa und Jim einfach nur zu.

Spätsommerperfektion. Vielleicht hat die ja nicht nur die Stadt verdient, sondern auch ich. Kaum habe ich diesen Gedanken gedacht, verbanne ich ihn zurück in den hintersten Winkel meines Verstands. Hoffnung sorgt nur dafür, dass es umso schmerzhafter ist, wenn man auf die Fresse fliegt.

Der Nachmittag wird zum Abend, die Schatten werden länger. Das knallige Himmelblau verwandelt sich in ein Pastellgemisch von Lila, Orange und Rot. Es ist so friedlich, der Sonne beim Untergehen zuzusehen, dass ich mein Bier nach und nach leere. Bald habe ich die zweite Dose in der Hand. Unmerklich entspanne ich mich, wie ein blödes Reh, das sich erst an alles gewöhnen muss, ehe es zutraulich wird. Ich habe den Verdacht, dass die anderen dieselbe Meinung teilen, denn sie involvieren mich erst jetzt wieder ins Gespräch. Ich habe so lange keinen Alkohol getrunken, dass mir von der einen Dose Bier der Kopf ganz leicht wird und vielleicht finde ich es darum auch nicht schlimm, wasserfallartig zu reden.

»Wie alt bist du?«, fragt Jim und zeigt dabei wieder sein freches Lächeln, für das ich ihn am liebsten zu Tode umarmen würde.

»Sechzehn«, antworte ich. »Und ihr?«

»Auch sechzehn«, entgegen Jim und Isa im Chor.

»Siebzehn«, fällt Waldemar aus der Reihe.

»Alter, und da hast du schon so einen Bart?!«, entfährt es mir.

Während Isa und Jim lachen, hebt Waldemar sein Bier in meine Richtung.

»Das sind die guten, russischen Gene. Ich würde dir Lauch ja ein paar abgeben, aber teilen bei Genen is' nicht.«

»Lauch? Ich gebe dir gleich Lauch«, knurre ich, aber leider ist es die Wahrheit. Ich bin vermutlich gar nicht so viel breiter als Jim.

»Mir wolltest du noch nie welche abgeben!«

Ebenjener funkelt Waldemar mit vorgeschobener Unterlippe an und verschränkt die Arme vor der Brust.

»Du musst ja auch nur noch zwei Jahre warten, ehe es dann wirklich losgeht«, kontert Waldemar gelassen.

Das sorgt nur dafür, dass Jim die Arme noch ein wenig beleidigter vor seine Brust drückt. »Zwei Jahre sind ganz schön lang.«

»Jungs«, mischt sich Isa ein, »jetzt mal alle durchatmen, es gibt genug russische Gene für alle.«

Wir atmen alle mal kurz durch. Grinsen. Trinken.

»Warum genau zwei Jahre? Ich meine, man kann doch keine Eieruhr stellen und wenn die Zeit abgelaufen ist, kriegt man auf einmal Muskeln und Bart und den ganzen Mist?«, frage ich, weil mich das Bier anscheinend mutig genug macht, derlei laut zu auszusprechen.

Stille tritt ein und mir schlägt das Gefühl, was Falsches gesagt zu haben, mit einer ausladenden Zuhälterschelle ins Gesicht. Oh, Kacke. Ich stelle mich darauf ein, hochkant von der Halfpipe zu fliegen. Offensichtlich besitze ich einfach kein Talent dafür, mich mit Leuten zu unterhalten.

»Du hast wirklich keine Ahnung, oder?«, bricht Jim das Schweigen.

Schon wieder spielt ein Grinsen um seine Lippen. Paradoxerweise sieht er sogar ziemlich stolz aus und ich verstehe noch weniger als vorher.

»Habe ich nie so richtig«, sage ich vorsichtig.

Jim schüttelt mit dem Kopf. »Nee, echt nicht. Aber das ist gut.«

Erst jetzt realisiere ich, wie aufmerksam Isa und Waldemar uns beobachten. Isa ist sogar noch ein paar Zentimeter näher zu Jim gerutscht, beschützend, irgendwie, und er atmet tief durch.

»Ich bin transsexuell, Vince, und wenn ich achtzehn bin, kann ich allein entscheiden, ob ich eine Hormontherapie machen will«, erklärt Jim ruhig. »Weißt du, was das bedeutet? Transsexualität?«

Es macht Klick in meinem Kopf. Als ich realisiert habe, dass ich schwul bin, habe ich das Internet wochenlang zu Themen wie Sexualität, Geschlechtsidentität und so weiter durchforstet. Darum weiß ich, was Transsexualität in seinem Fall bedeutet, nämlich, dass er in einem weiblichen Körper geboren wurde. Es erklärt jedenfalls seine helle Stimme und ich will Jim versichern, dass es für mich vollkommen gleich ist, ob er in einem weiblichen Körper geboren wurde. Gleichzeitig muss ich so heftig an mein erzwungenes Outing zurückdenken, dass mir glatt ein wenig schlecht wird, und ich hoffe sehr, dass er so etwas nicht auch hat durchmachen müssen.

»Schätze schon«, erwidere ich langsam und ertränke die verrückte Versuchung, ihm das Geheimnis um meinen Schulwechsel anzuvertrauen, in einem Schluck Bier.

»Solltest du auf die Idee kommen, ein Problem mit Jim zu haben« Waldemar sieht mich an und ich sehe nur bitteren Ernst in seinen blauen Augen, »poliere ich dir die Fresse. Nur, damit wir uns verstehen.«

»Alter!« Jim lacht. Waldemar zuckt hingegen nur mit den Achseln und Isa verdreht einmal mehr die Augen.

»Vince wird schon kein Problem mit Jim haben«, meint sie. »Oder?«

Die Versuchung, Jim zu sagen, dass ich schwul bin, entwickelt sich zu dem Verlangen, es ihnen allen zu sagen. Sie sollen verstehen, dass ich wohl zu den offensten Menschen überhaupt gehöre. Aber damit würde ich mich outen. Mein Mund ist trocken, mein Puls geht zu schnell und ich habe auf einmal eine komische Scheißangst, die ich nur verdrängen kann, indem ich damit aufhöre, über mich selbst nachzudenken.

»Alles cool«, sage ich möglichst ruhig. »Mir ist es egal, wer sich wie identifiziert. Hauptsache, er ist glücklich.«

Man kann Isa, Waldemar und Jim ansehen, wie die unterschwellige Anspannung von ihnen abfällt. Vor Erleichterung verschwindet der Stein in meinem Magen auch.

»Danke«, wendet Jim sich an mich und schenkt mir ein aufrichtiges Lächeln. Ich erwidere es ganz von selbst.

»Beruhigend. Ich hätte dir ungern ins Gesicht geschlagen«, vertraut Waldemar mir an.

»Das, äh, freut mich.«

Isa grinst und tätschelt mir die Schulter. »Waldi hat dich gern, wie es aussieht.«

»Fick dich«, bescheidet Waldemar ihr unbeeindruckt. Wir müssen schon wieder lachen, aber hey, immerhin hat er ihr keine runtergehauen.

»Wie kommt es eigentlich, dass du die Schule gewechselt hast?«, fragt Jim mich unvermittelt. »Du kommst ja vom Dorf, meintest du?«

»Hatte Stress mit den Leuten da«, erkläre ich vage und versuche, mir nichts anmerken zu lassen. Ich kann die Wahrheit einfach nicht sagen. Trotz aller Offenheit, die mir hier entgegengebracht wird.

»Miese Brise.« Waldemar reicht mir mitfühlend ein neues Bier.

»Ja, schon. Aber man kommt halt irgendwie klar«, tue ich die ganze Geschichte vielleicht ein bisschen zu eilig ab. »Und ihr geht alle auf dieselbe Schule?«

Isa nickt. »Schade, dass wir nicht bei dir auf der Schule sind, sondern bei der Konkurrenz. Ich glaube, das wäre gut geworden.«

»Ihr könnt ja zu mir wechseln«, witzle ich halbherzig.

»Du könntest auch einfach zu uns kommen, das wäre wesentlich unkomplizierter«, schießt Isa zurück und streckt mir die Zunge raus. »Faulpelz.«

»Ey, du kennst mich gar nicht lange genug, um mich als Faulpelz betiteln zu dürfen.«

»Ich darf alles!«

»Das sagen sie alle.«

Ich trinke von meinem Bier und bemerke bei der Gelegenheit, dass ich tatsächlich angeheitert bin. Von anderthalb Bier. Miese Bilanz, aber gut, was soll ich machen?

Die Nacht kommt schneller als gedacht und es wird nicht einmal wirklich kalt, bloß unmerklich kühler. Irgendwann zieht Isa eine Schachtel Zigaretten aus ihrem Rucksack hervor und schiebt sich eine in den Mundwinkel.

»Noch wer?«, fragt sie gönnerhaft in die Runde.

Wo Jim und ich dankend ablehnen, greift Waldemar zu. Mein Blick wandert ganz von selbst wieder zu Jim, der gerade gedankenverloren in den wolkenlosen Himmel starrt. Gefühlt habe ich ungefähr eine Million Fragen an ihn. Warum fängt er nicht schon jetzt mit der Hormontherapie an? Wie und wann hat er gemerkt, dass er transsexuell ist? Allerdings fürchte ich, ihm damit zu nahe zu treten. Und ich fürchte auch, dass ich Gegenfragen erhalte, die ich nicht beantworten kann oder will. Also bleibe ich nach all den Ausrutschern endlich mal meinen Prinzipien treu und halte die Schnauze – nur ist es dieses Mal überhaupt nicht zufriedenstellend.

»Mädchen, wie kann man denn Kippen haben, aber kein Feuer?«, murrt Waldemar, während Isa in ihrem Rucksack kramt.

»Als ob du besser wärst, du hast ja nicht einmal Kippen!«

»Ich bin auch nur ein Gelegenheitsraucher.«

»Ich auch?«

»Trotzdem. Wer Kippen hat, sollte auch Feuer haben«, befindet Waldemar lakonisch und Isa schnaubt.

»Daran werde ich dich bei Gelegenheit erinnern«, murmelt sie in sich hinein. Jim und ich sehen uns nur kurz an, zucken mit den Schultern und müssen dann beide grinsen.

»Ey!«, ruft Waldemar plötzlich derart laut, dass es quer durch den gesamten Skatepark hallt. Vor Schreck zucke ich zusammen und bin damit nicht der Einzige. Unweit von uns stapft ein einsamer Typ mit großem Rucksack unter einer Laterne entlang und hält wie vom Blitz getroffen inne.

»Hast du Feuer?«, vervollständigt mein neuer Lieblingsrusse seine wenig dezente Frage an den fremden Kerl. Der sieht zu uns hoch, ehe er langsam näherkommt.

Mir fällt alles aus dem Gesicht.

Es ist Liam.

5

Liam

Fuck. Fuck!

Mit hämmernden Herzen starre ich zu den Typen auf der Halfpipe hinauf und hoffe, dass das nur ein dummer Zufall ist. Ich umklammere den Schulterriemen meines Rucksacks fester. Scheiße, da bin ich einmal etwas früher hier und stolpere prompt über irgendwelche Leute. Ich hätte mich doch wieder mitten in der Nacht aus dem Haus schleichen sollen, aber ich habe es heute einfach nicht mehr mit meinen Eltern unter einem Dach ausgehalten. Ich benehme mich unmöglich und sei schrecklich undankbar. Soll ich mich jetzt auch noch dafür bedanken, dass sie dauernd versuchen mich zu Sachen zu zwingen, die ich nicht will? Nach dieser Gardinenpredigt bin ich aus dem Fenster geklettert und weg war ich. Lange wohnen wir noch nicht in diesem Haus, aber den Fluchtweg habe ich mir direkt zurechtgelegt.

Jetzt muss ich erst einmal cool bleiben. Nur nicht verdächtig wirken. Auch, wenn ich technisch gesehen kurz davor war, etwas Verbotenes zu tun.

»Klar habe ich Feuer«, sage ich zu den Gestalten auf der Halfpipe. Ich ziehe mein Zippo aus der Hosentasche und wedle damit.

»Korrekt, Mann!«

Der bärtige Kerl strahlt mich unvermittelt an und klettert behände zu mir herunter. Unauffällig atme ich durch und mustere die anderen, die oben sitzen, zum ersten Mal so wirklich und … dunkle Augen, dunkler

Wischmopp, dunkle Augenringe. Dazu zerrissene Jeans und T-Shirt. Das kann doch nicht wahr sein.

»Vince?«

Ich gucke ihn irritiert an und er blinzelt genauso irritiert zurück.

»Ihr kennt euch?«, fragt der Bärtige, während er sich die Kippe ansteckt.

»Seit gestern«, antworte ich perplex.

Vince starrt unterdessen noch immer. Langsam beschleicht mich die irrationale Sorge, dass er etwas weiß. Aber er kann doch gar nicht wissen, warum ich hier bin. Oder? Spontan kriege ich schwitzige Hände.

»Aha?«

Ich nehme mein Feuerzeug zurück und schiebe es in meine Hosentasche. »Ja, das ist …«

»Wir gehen in dieselbe Klasse«, unterbricht mich Vince.

Ich nicke einfach nur zustimmend und zucke leicht mit den Achseln. Gleich darauf versetzt mir der bärtige, rauchende Typ einen wohlmeinenden Schlag gegen die Schulter, der mich einen Schritt zur Seite torkeln lässt. Die Metalldosen in meinem Rucksack klimpern hörbar. Fuck, die Dritte!

»Ich bin der Neue. Also, in der Klasse«, füge ich Vinces Erklärung, in dem Versuch, von dem Klimpern abzulenken, hastig hinzu.

»Stimmt.« Vince trinkt einen Schluck von seinem Bier und grinst schief. Er sieht mich noch immer an, als könne er mir geradewegs bis auf die Hirnrückwand gucken. »Und ich schwöre, alle Mädchen steh'n jetzt auf ihn.«

So verwaschen, wie seine Aussprache klingt, ist es gewiss nicht sein erstes Bier.

»Saubere Leistung«, befindet der Barttyp. In aller Seelenruhe klettert er die Pipe wieder hoch.

»Willst du dich nicht zu uns setzen?«, fragt das einzige Mädchen von dort oben und …

»Deine Haare!«, entfährt es mir unkontrolliert. Schlagartig bin ich völlig aus dem Häuschen. »Du bist das Mädchen von dem Polaroid! Die mit den bunten Haaren!«

Alle vier brechen der Reihe nach in Gelächter aus. Das Mädchen verpasst Vince einen halbherzigen Ellenbogenstoß in die Rippen.

»Hast du das Bild von mir etwa durch die Gegend gezeigt? Du bist echt ein elender Paparazzi!«, beschwert sie sich, doch man kann ihr anhören, dass sie es gar nicht so schlimm findet.

»Habe ich nicht! Er hat einfach kackfrech auf meinen Tisch geguckt, als es dalag, ich kann da absolut nichts für!«, verteidigt Vince sich und rückt demonstrativ ein Stück von ihr ab.

»Kackfrech? Das lag offen herum!«, rufe ich zur Pipe hinauf, ehe ich mich bremsen kann und lächle ein unschuldiges Lämmchenlächeln. Dem kann niemand widerstehen!

»Guckt ihn euch doch an.« Vince schüttelt mit dem Kopf. »Das is' pures Geständnis.«

Der Weißhaarige bedenkt mich mit einem faunischen Grinsen. »Er sieht schon ziemlich verdächtig aus.«

Protestierend funkle ich zu ihnen hinauf. »Quatsch. Übrigens heißt es Paparazzo, wenn es sich um eine einzelne Person handelt.«

»Klugscheißer«, meint Vince, prostet mir zu und trinkt einen guten Schluck von seinem Bier.

Der Bärtige tippt dem Mädchen auf die Schulter. »Eh, du wolltest doch auch Feuer.«

»Stimmt« Sie schiebt sich eine Zigarette zwischen die Lippen, »es wird brüderlich geteilt, klar?«

Ihr antwortet ein Brummen und sie halten die Enden ihrer Zigaretten aneinander. Nachdem das Mädchen ein paar Mal an ihrer gezogen hat, ist die Glut übergesprungen, und ich bin mir ziemlich sicher, dass es das Coolste ist, was ich seit einiger Zeit gesehen habe.

»Also, kommst du nun hoch oder was?«, fragt der Weißhaarige unvermittelt.

»Okay«, antworte ich und bevor ich weiß, was ich da überhaupt tue, klettere ich die Halfpipe hoch. Oben angekommen, bleibe ich stehen, und blicke ungewohnt zögerlich über die versammelte Runde. Unwillkürlich muss ich daran denken, wie mich meine Klassenkameraden davor gewarnt haben, Zeit mit Vince zu verbringen. Was ist, wenn ich mich mit dieser Aktion selbst ins Aus schieße?

»Ich bin übrigens Isa«, sagt das Mädchen zwischen zwei Zigarettenzügen. »Und das da sind Waldemar und Jim. Vince, unsere neueste Akquisition, kennst du ja anscheinend schon.«

»Akquisition?« Vince hebt belustigt einen Mundwinkel.

»Ich heiße Liam«, stelle ich mich im Gegenzug vor.

Jim winkt mir zu. Er hat etwas von einer Glasfigur, so schmal, wie er ist. Waldemar ist braun gebrannt wie nach einem Urlaub am Meer und Isa sieht aus, als sei sie geradewegs einer Gruft entstiegen.

»Setz dich doch.« Sie lächelt zu mir hinauf, die qualmende Zigarette zwischen den Fingern, und rutscht bereitwillig ein Stück zur Seite.

»Lass mich wenigstens noch aufrauchen, ehe du mir auf den Schoß kletterst«, meint Waldemar lakonisch.

Isa hebt eine Augenbraue. »Und wovon träumst du nachts?«

»Fast dieselbe Szenerie, nur ohne Klei …«

»Alter, das geht ja mal gar nicht!« Zum Glück fällt Jim Waldemar ins Wort, ehe er etwas wirklich Blödes sagen kann. »Sei froh, dass Vince und Isa zwischen uns sitzen, sonst hättest du jetzt meine Faust im Gesicht!«

Ein dreckiges Grinsen zerteilt Waldemars Bart. »Sie hat doch gefragt!«

»Weißt du, was das Schöne daran ist?« Isa legt den Kopf zur Seite und spiegelt sein dreckiges Grinsen perfekt. »Es wird für immer und länger ein Traum bleiben.«

»Autsch.« Jim lächelt so zufrieden wie ein Honigkuchenpferd, das auf noch mehr Honigkuchen gestoßen ist.

»Das schlägt eine tiefe Wunde«, sagt Waldemar und greift sich theatralisch an die breite Brust.

Auf einmal mischt Vince sich wieder ein. »Höre ich da ein leises Mimimi?«

»Ganz dünnes Eis, Lauch, ganz dünnes Eis.«

»Ach, halt doch einfach die Klappe, Waldi.«

Isa lächelt Waldemar mit einem gewissen, provokanten Funkeln in den braunen Augen an. Vielleicht liegt es am schummrigen Laternenlicht, aber sie haben momentan die Farbe von Bernstein.

Waldemars Miene verfinstert sich. »Halt du doch die Klappe, Isabell.«

Auf einmal erlebe ich das intensivste Todesblickduell, das ich je gesehen habe. Isa und Waldemar starren sich mit so grimmigen Mienen an, dass ich mich kaum traue, mich zu bewegen. Ich verwette mein Smartphone darauf, dass einer der beiden gleich leblos von der Pipe kippt und der andere dämonisch lachend um seine Leiche herumtanzt. Keiner sagt ein Wort.

Vorsichtig setze ich mich in die Lücke zwischen Vince und Isa. Meinen Rucksack stelle ich hinter mir ab und lasse ihn für eine Sekunde zu lange aus den Augen. Als er umkippt, kann man deutlich Metall scheppern hören. Plötzlich erinnere ich mich wieder daran, warum ich eigentlich hier im Skatepark bin. Vince blinzelt mich irritiert an und mir wird gleichzeitig heiß und kalt. Auch Jim linst neugierig zu meinem Rucksack.

»Hast du ’nen Schrottplatz geplündert?« Vince hebt die Augenbrauen.

»Nein, das ist … für …«, ich denke so hart über eine Ausrede nach, dass mir fast der Schädel explodiert, »ein Kunstprojekt.«

Von allen möglichen Ausreden suche ich mir ausgerechnet die aus? Es ist mir so peinlich, dass ich rot werde. Mein Kopf brennt. Das ist auch so eine Körperfunktion, die kein Mensch braucht. Ich meine, es ist quasi ein körpereigenes Neonschild, das laut »Seht her, seht her, er ist beschämt!« brüllt, damit es jeder in diesem und auch im nächsten Universum mitkriegt.

»Aber nicht für die Schule, oder? Wir hatten weder gestern noch heute Kunst«, stellt Vince freundlicherweise klar und raubt meiner Ausrede so noch etwas mehr Substanz.

»Nicht für die Schule. Eher für mich. Quasi«, antworte ich stockend.

»He, Vince ist auch kreativ, das passt ja wunderbar!« Jim lächelt mich mit einem Ohr-zu-Ohr-Lächeln an, während Vince sich an seinem Bier verschluckt und röchelnd gegen den Erstickungstod kämpft. »Was machst du denn so?«

Au, Backe.

»Malen, so etwas in die Richtung.«

»Und die Farben hast du in deinem Rucksack?«

»Ähm … ja.«

Indes ist Vince dem Tod entronnen und auch Isa und Waldemar haben sich dagegen entschieden, einander zu zerfleischen. Jetzt teilen sie sich wieder ganz friedlich ein Bier, als wäre nie etwas geschehen. Waldemar fummelt an der ranzigen Musikbox herum und wir durchleben einen wilden Wechsel von Reggae und Rock, bis er schließlich bei einem Lied hängen bleibt.

»Bier in der Luftröhre kann ich nicht empfehlen«, sagt Vince heiser und klopft sich gegen die Brust.

»Das sind jetzt irgendwie nicht so die breaking news schlechthin.«

Isa lehnt sich vor, um ihm einen vielsagenden Blick zuzuwerfen. Vince rollt bloß mit den Augen, aber ich kann seine Mundwinkel zucken sehen.

»Hey, Liam«, lenkt Waldemar meine Aufmerksamkeit auf sich, »da meine liebsten Teilzeitpenner hier es gerade nicht auf die Kette bekommen, bin ich mal der Gentleman, der dir ein Getränk reicht.«

Ein kollektives Stöhnen weht Waldemar beinahe von der Pipe herunter, als er mir eine lauwarme Bierdose in die Hand drückt. Ich muss grinsen. Es ist so unkompliziert mit ihnen. Ich muss mich nicht zusammenreißen, muss mich nicht fürchten, morgen wieder uncool zu sein, weil ich mich mit den falschen Leuten unterhalte. Ich fühle mich wohl. Nicht wie in der Schule mit Florian, Dominik, Leonie und Raphaela und ihren idiotischen Ansichten. Ich nestle an der Bierdose herum, bis ich sie einfach öffne. Ungewollt muss ich an meine alte Schule zurückdenken, an meine Freunde dort. Abends saßen wir stundenlang bei Bier und Neunzig-Cent-Kopfschmerzsangria aus dem Tetra-Pack am Fluss. Das hier fühlt sich ganz ähnlich an. Ein Déjà-vu, und gleichzeitig habe ich auch ein schlechtes Gewissen, weil ich meine alten Freunde gar nicht richtig in Ehren halte.

»Zeigst du uns die Farben vielleicht mal?«, fragt Jim mich und reißt mich so heftig aus meinem Loyalitätskopfkarussell heraus, dass ich noch drei Meter weiterfliege, ehe ich auf der Erde lande.

In Zeitlupe greife ich nach meinem Rucksack. Kann ich ihnen genug vertrauen? Sie haben mir keinen Anlass gegeben, das nicht zu tun. Außerdem rauchen sie, obwohl keiner von ihnen volljährig sein dürfte, also ist alles in Ordnung, oder? Und ich fühle mich mit ihnen wohl. Da ist Ehrlichkeit doch das Richtige. Mit einem tiefen Atemzug greife ich in meinen Rucksack und ziehe eine Dose hervor. Orange. Also gut.

»Hier«, sage ich mit fester Stimme und halte Jim die Dose hin.

Plötzlich kommt Leben in Vince. Er reißt mir die Dose regelrecht aus der Hand und starrt sie an, bis unsere Knie leicht aneinanderstoßen und er heftig zusammenzuckt.

»Was zum …«, beginne ich irritiert.

»Is' das Graffiti?«, unterbricht er mich und klingt dabei seltsam euphorisch. Betrunken und euphorisch, aber vor allem euphorisch.

»Graffiti?«, echot Jim.

Ich kann hören, wie Isa und Waldemar aufhören zu plaudern und auf einmal ruhen alle Blicke auf mir.

»Jep«, gebe ich einfach zu, bevor ich meinen Kopf noch zerdenke. »Graffiti. Darum bin ich eigentlich hier und es wäre wirklich sehr cool, würdet ihr das für euch behalten. Meine Eltern erschlagen mich, wenn mich die Polizei nach Hause bringt.«

Waldemar bricht die Stille als Erster. »Du verarschst uns doch.«

»Nein«, entgegne ich entschuldigend.

»In Wahrheit trägst du die Dosen nur mit dir rum, um bei der passenden Gelegenheit damit angeben zu können. Gib es zu.«

Isa kneift die Augen zusammen und sie erinnert mich an einen Detektiv aus diesen alten Filmen, wo eine schöne, kühle Fremde in sein verqualmtes Büro kommt, um nach ihrem vermissten Ehemann suchen zu lassen. Isa wäre eindeutig der Detektiv. Nicht die unberührbare Klientin.

»Tja …«, ich schüttle langsam mit dem Kopf, »immer noch nein.«

»Also benutzt du die Dosen richtig? Du sprühst Graffiti?« Jim sieht mich mit großen Augen an.

»Ja. Ich habe gerade erst damit angefangen und bin nicht wirklich gut. Ich mache es einfach nur so«, erkläre ich.

Die tausend Gründe, die mir auf der Zunge liegen, wollen einfach nicht laut ausgesprochen werden. Beispielsweise, dass ich das tue, weil meine Eltern Kreativität für Zeitverschwendung halten, und weil es mir gefällt, bei Nacht durch die Stadt zu streunen und meine schmuddelige Kunst an irgendwelche Wände zu sprühen, wo sie niemanden stört. Auch, weil es sich wie früher anfühlt, wenn man sich als Kind irgendwo herumgetrieben hat, wo man nicht sein sollte.

»Das Graffiti hier im Skatepark«, platzt es aus Vince heraus. »Is' das von dir? Das an der Rampe dahinten?«

Mit der Dose in der Hand fuchtelt er in die Richtung der Rampe. Ich starre ihn perplex an. Das kann er doch nicht wissen. Wie soll er denn wissen, dass ausgerechnet ich an der Rampe herumgesprüht habe? Es sind nur ganz einfach Dinge, erste Schablonenversuche, die …

»Das mit dem Adlerkopf? Und dem Symbol von Superman?« Isas Skepsis ist verflogen und stattdessen liegt Ungläubigkeit in ihrer Stimme.

»Nein. Also, ja, schon, aber es ist ja wirklich nichts Besonderes und ich meine, der Skatepark hier ist schon so heruntergekommen, da dachte ich, es sei nicht schlimm, wenn ich hier sprühe. Retrocharme, ihr wisst schon«, rechtfertige ich mich panisch. Panisch, weil … was ist, wenn sie es doch verraten? Was ist, wenn sie es dumm finden?

Bevor meine Panik zu einem regelrechten Leuchtfeuer auflodert, geschieht etwas ganz Wunderbares. Jim lächelt. Er lächelt mich sorglos an und seine hellblauen Augen funkeln wie Wasser im Sonnenlicht.

»Ich zeichne, wenn ich die Muse dazu habe«, sagt er. »Vielleicht wollen wir ja einfach mal zusammen gehirnstürmen?«

»Gehirnstürmen?« Trotz meiner Verwirrung muss ich dieses Lächeln einfach erwidern.

»Brainstormen«, übersetzt Isa. »Sieh einer an, jetzt haben wir nicht nur einen Möchtegernpicasso und einen Paparazzo, sondern auch einen Schmierfinken. Wo soll das nur hinführen?«

»Und was bist du?«

Ich sehe sie an und hebe die Augenbrauen. Sie guckt einfach zurück, herausfordernd.

»Was denkst du?«

Bevor ich antworten kann, springt Waldemar mir zur Seite.

»Kippendealer mit Rundumschlagtendenz. Apropos. Kippe?«

Isa lacht, versetzt ihm einen Schlag gegen die Schulter und reicht ihm erstaunlich widerstandslos die Zigarettenschachtel. Ich steuere ganz automatisch mein Sturmfeuerzeug bei. Während Waldemar sich einen Tabaksargnagel ansteckt, wende ich mich wieder Jim zu.

»Gehirnstürmen wäre echt super. Vielleicht tauschen wir unsere Nummern aus? Dann können wir uns schneller und unkomplizierter ...«

Weiter komme ich nicht. Jim hat schon sein Handy in der Hand, Waldemar und Isa auch. Nur Vince sitzt unbewegt auf der Pipe und starrt die Sprühdose noch immer an. Ich lasse ihn erst einmal in Ruhe und speichere die Kontaktdaten der anderen ein. Irgendwie macht es mich auf seltsame Art sehr glücklich, diese drei neuen Nummern in meinem Telefonbuch zu wissen, und eine aufploppende WhatsApp-Nachricht teilt mir mit, dass Waldemar mich zu der Chatgruppe »Die Underdog-Elite« hinzugefügt hat. Unwillkürlich muss ich grinsen und habe ein warmes Gefühl im Bauch, das ich dort schon sehr lange nicht mehr gespürt habe.

»He, wie sieht es eigentlich mit dir aus, Vince?«, fragt Jim ihn und stupst ihn gegen den Oberarm. »Willst du nicht auch in unsere geniale Idiotengruppe?«

Das reißt Vince aus seiner Trance und er drückt mir die Dose in die Hand.

»Ich habe kein Handy«, sagt er undeutlich.

»Du hast kein Handy?«, wiederhole ich überrascht.

»Dein Ernst?« Das kommt von Isa.

»Ja, man kann auch ohne Handy überleben.« Vince grinst flüchtig, und dann rappelt er sich auf. »Ich lasse euch Technikzombies diese Information mal verarbeiten. Im Anschluss könnt ihr euch gleich mal durch den Kopf geh'n lassen, wie abhängig ihr alle inzwischen schon seid.«

Waldemar lacht. »Klingt für mich eher wie schlecht versteckter Neid.«

»Träum weiter«, gibt Vince lax zurück. Inzwischen bin ich mir sicher, dass er betrunken ist, doch er kommt die Pipe unbeschadet herunter.

»Und wie kann man dich dann erreichen?«, rufe ich und er bleibt noch mal stehen. Isa und Waldemar tauschen einen schnellen Blick, und Jim … der lächelt nur.

»Kannst mir 'ne Brieftaube schicken!«, ruft Vince zurück und schon ist er aus dem Schein der Laternen getorkelt.

»Der Junge ist schon echt seltsam«, befindet Waldemar zwischen zwei Zigarettenzügen. »Aber sein Humor ist nice.«

Isa lacht, ich grinse. Vince ist schon ein komischer Vogel, aber irgendwie mag ich ihn dafür. Egal, was die Leute in meiner Klasse sagen.

»Hey, er hat sein Board vergessen!« Jim springt regelrecht auf, wirbelt herum, und schnappt sich das Longboard, das an dem Geländer lehnt.

Ich lasse den Kopf in den Nacken fallen und gucke so zu Jim. »Ich kann es ihm auch morgen in die Schule mitbringen, dann musst du jetzt nicht los.«

»Nein, ist schon in Ordnung. Vielleicht ist es besser, wenn er nicht allein durch die Stadt schwankt, sonst landet er noch unter irgendeiner Brücke oder so.«

»Soll ich mitkommen?«, bietet Waldemar direkt an. Er steht schon halb, als Jim abwinkt.

»Ist schon gut. Ich schaffe das schon und er ist bestimmt noch nicht weit gekommen.«

»Wenn was ist, schreib.« Waldemar brummt bekräftigend zu seinen Worten.

Im Vorbeigehen wuschelt Jim Waldemar durch die Haare. Jeder andere hätte dafür bestimmt seine Hand verloren, aber Jim erhält nur ein weiteres Brummen.

»Tja, wo sich diese Runde eh gerade auflöst …«, Waldemar steht auf, die Kippe noch im Mund, »gehe ich mal schiffen.«

Isa verzieht das Gesicht. »Danke für die Information, du Penner.«

»Gern geschehen.«

Er hebt seinen imaginären Hut, wirft mir mein Feuerzeug zu und dann steigt auch er von der Pipe runter. Irgendwie erinnert mich diese Frotzelei sehr an das, was da heute in der Schule zwischen Florian und Leonie abgegangen ist. Nur ist es hier ein wenig familiärer.

»Ihr passt aufeinander auf, oder?«, frage ich nachdenklich.

»Das ist so unser Ding.« Isa sieht mich an, die Detektiv-Isa, deren regenbogenfarbene Haare im Schein der Straßenlaternen noch ein bisschen magischer wirken. »Wir sind Sonderlinge, Liam. Wenn wir nicht aufeinander aufpassen, wer tut es dann?«

»Gute Frage.« Ich lächle schief und sehe auf mein Feuerzeug hinab. Noch immer scheppert Musik aus den Lautsprechern, doch ich erkenne das Lied nicht.

»Sag mal … wie ist Vince in der Schule so?«

»Na ja« Ich reibe mir über den Nacken und gucke Isa wieder an, »ich bin mir recht sicher, dass er so was wie der Außenseiter ist. Jedenfalls habe ich ihn immer nur allein gesehen. Viel mehr kann ich aber nichts sagen, dafür sind zwei Tage dann doch nicht genug.«

»Ha, irgendwie habe ich mir das schon gedacht. Ich habe nämlich eine Art Radar für die Einzelgänger. Besonders für die, die dringend Gesellschaft brauchen.«

»Dafür kann man einen Radar haben?«

Isa streicht sich eine pinke Haarsträhne aus dem Gesicht und bedenkt mich mit einem belustigten Seitenblick. »Klar, warum denn nicht?«

»Wie kriegt man so einen Radar?«, frage ich. »Vielleicht brauche ich den auch.«

Ein paar Sekunden lang schweigt Isa und ich kriege schon fast auf Kommando das Gefühl, etwas Falsches gesagt zu haben. Ob das wohl je aufhört?

»Das ist eine lange Geschichte«, bemerkt sie schließlich. »Und stellenweise könnte sie auch ein wenig jämmerlich sein.«

»Das macht mir nichts aus.« Das tut es wirklich nicht. Immerhin kann ich bei erbärmlichen Geschichten auch ganz gut mithalten.

Isa betrachtet mich mit leicht in Falten gelegter Stirn, genau, wie man ein Buch in einer fremden Sprache betrachten würde, und dann lächelt sie auf einmal und schüttelt mit dem Kopf.

»Nicht heute, Schmierfink, nicht heute. Dafür ist der Abend einfach zu schön.« Sie holt ihre Zigarettenpackung hervor und klaubt eine neue Kippe heraus.

»Okay«, entgegne ich, und dann folge ich einem Impuls und füge hinzu: »Vielleicht lässt du es mich einfach wissen, solltest du deine Meinung ändern.«

Ich lasse den Deckel meines Sturmfeuerzeugs aufschnappen, betätigte das Rädchen, und halte Isa das Feuer hin. Vorsichtig schirme ich es mit der Hand vor der Abendbrise ab. Das Regenbogenmädchen lehnt sich vor, hält das Ende des Tabaks in die Flamme, und ich sehe dabei zu, wie erste Rauchschwaden aufsteigen.

»Danke«, sagt Isa einfach nur.

6

Vince

Das Schrillen des Weckers reißt mich aus einem derartigen Tiefschlaf, dass ich einfach nur geschockt daliege und mich frage, welche Frechheit des Universums mich aus dem Bett holen will. Langsam dämmert mir, dass ich aufstehen muss. Darauf gibt es nur eine vernünftige Reaktion. Ich murre. Ich murre so sehr, dass es sich irgendwann zu einem Velociraptor-Kreischen steigert, mit dem ich den Viechern aus Jurassic Park alle Ehre mache, und lasse die Hand auf meinen Wecker niederfahren, damit er endlich Ruhe gibt. Natürlich klappt das im ersten Anlauf nicht. Ich drücke also wild auf dem Ding herum, bis es endlich verstummt und ich mit einem Stöhnen zurück in mein Kopfkissen sinke.

Gerädert starre ich an die Zimmerdecke. Aufstehen. U-Bahn. Schule. Diese Instruktionen kreisen in meinem Schädel herum, zusammen mit einem dumpfen Pochen hinter der Stirn. Meine Arme und Beine wiegen mindestens eine Tonne und ich bin sehr davon überzeugt, dass frühes Aufstehen zu Körperverletzung zählt. In diesem Zustand kann mich doch niemand auf die Menschheit loslassen. Oder die Menschheit auf mich. Mir fallen immer wieder die Augen zu und ich bin so müde, dass ich mich betrunken fühle. Als hätte ich richtig einen im Kahn und würde so etwas wie Leben nur simulieren. Vielleicht bin ich ja auch einfach ein Zombie. Untot. Ja, ich bin untot.

Auch wenn das Rätsel meiner Merkwürdigkeit damit geklärt wäre, entbindet mich das leider nicht von meiner Anwesenheit in der Schule.

Ich habe letztens erst geschwänzt. Wenn ich das ausreize, kriegt Tante El noch einen Anruf von der Schule. Alles in mir schreit zwar danach, mich wieder in die Federn zu verkriechen, doch ich will meine Tante nicht in die Scheiße reiten. Immerhin darf ich bei ihr wohnen und überhaupt.

Letztlich ist es das schlechte Gewissen, das mich aus dem Bett treibt. Zumindest sorgt es dafür, dass ich mich aufsetze und die Füße aus dem Bett schwinge. Danach bleibe ich noch ein paar Minuten auf der Bettkante sitzen, um zu verarbeiten, dass ich jetzt wirklich aufstehen und in die Schule muss, bis ich mich schließlich aufraffe und mit dem Elan einer Nacktschnecke barfuß durch mein Zimmer schlurfe. Aus dem Kleiderschrank greife ich mir im Vorbeigehen noch frische Boxershorts. Mehr brauche ich für den Gang ins Bad erst mal nicht.

Tür auf, in den Flur, Bad, Tür zu. Wenn es jemanden gibt, der es perfektioniert hat, im Halbschlaf lebenserhaltende Dinge zu erledigen, bin das wohl ich. Zombie-Vince. In der Dusche lehne ich den Kopf an die Fliesen und lasse das warme Wasser einfach an mir hinablaufen. Zuerst sorgt es dafür, dass ich im Stehen beinahe einschlafe, doch bald merke ich, wie mein Kreislauf ein wenig in Gang kommt. Wahrscheinlich verplempere ich zu viel Zeit und so drehe ich das Wasser widerwillig ab. Nach dem Abtrocknen in die Boxershorts geschlüpft, Deo benutzt und einen kurzen Blick in den Spiegel geworfen. Ich sehe, gelinde gesagt, scheiße aus. Violette Augenringe, ein nasses, dunkles Haarchaos auf dem Kopf, blass und dazu noch ein verpeilter Blick der Extraklasse.

Mit einem zweiten Murren wende ich mich von meinem fürchterlichen Spiegelbild ab. Mein nächster Gang führt mich direkt in die Küche. Ich schmeiße schon einmal die Kaffeemaschine an, weil ich heute definitiv nicht ohne Kaffee aus dem Haus gehen kann und sonst alles viel zu knapp wird. Gähnend höre ich dabei zu, wie die uralte Maschine ihren Dienst aufnimmt. Wenigstens muss ich ihr keine Starthilfe geben.

»Sieh an, die Bierdrossel weilt auch wieder unter den Lebenden«, bemerkt Tante El hinter mir erheitert. »Guten Morgen, Vince.«

Bier … was? Irgendwo zwischen irritiert, genervt und sterbensmüde drehe ich mich um. El sitzt an unserem Esstisch, eine Tasse Tee in der Hand, ins Businessoutfit geworfen, und lächelt mich an.

»Hey, Vince«, sagt Jim neben ihr verlegen. »Schön, dass es dir gut geht.«

Okay.

Was?

Plötzlich erinnere ich mich an den gestrigen Abend. Sehr, sehr plötzlich. Isa, Waldemar, Jim … und Liam. Der alte Skatepark, eine Menge Bier. Vielleicht ist es gar nicht so viel gewesen und ich bin einfach nur ein totaler Lappen, was Alkohol anbelangt. Langsam setzen sich die Erinnerungsfetzen zusammen, für die mein Hirn am frühen Morgen bislang keine Kapazitäten übrighatte, und ich weiß wieder, was gestern passiert ist. Jim hat mich begleitet, als ich betrunken nach Hause geeiert bin.

Mir ist das mit Liam ein wenig zu viel geworden. Immerhin war er auf einmal da. Liam und seine grünen Augen, die sich einfach zu den Leuten dazugesellt haben, die ich gerade erst kennengelernt hatte und nicht völlig ätzend finde. Das Graffiti im Skatepark. Ich habe es vor einer Weile fotografiert, und es stammt vom ihm. Wie hoch ist bitte die Chance, dass ich völlig unwissend ausgerechnet das Graffiti von der Person ablichte, die mich bei unserer ersten Begegnung völlig aus den Socken gehauen hat und auch beim zweiten Mal und beim dritten und …

Ich vergrabe das Gesicht in den Händen, bevor der Explosionsradius dieser Bombe in meinem Gehirn noch weiter ausartet. Atme tief durch. Hebe den Kopf wieder an.

»Morgen«, sage ich und sehe zwischen Tante El und Jim hin und her.

Der findet seine Tasse inzwischen anscheinend ziemlich interessant, denn er rührt sehr beharrlich mit einem Löffel in ihr herum.

»Jim war so nett, dich gestern nach Hause zu begleiten«, klärt El mich auf.

Sie klingt dabei noch immer so, als amüsiere sie sich köstlich. Auf meine Kosten, versteht sich. Seit ich bei ihr wohne, habe ich mir nicht ein einziges Mal eine solche Geschichte geleistet. Ich habe niemanden eingeladen, geschweige denn sonst wie getroffen. Die ganze Situation muss für sie das gefundene Fressen sein. Oh, Mann, wie lange wird sie wohl darauf herumreiten?

»Mhm«, mache ich, bevor ich mich mit dieser Problematik auseinandersetze. »Mh … danke, Jim.«

»Kein Thema.«

Der Wolkenkopfjunge sieht kurz hoch und lächelt schief. Vielleicht kommt es mir nur so vor, aber irgendwie hat er einen leicht roten Kopf.

»Da es schon ziemlich spät war, wollte ich Jim nicht im Dunkeln quer durch die Stadt spazieren lassen. Er hat auf dem Sofa übernachtet«, fährt meine Tante seelenruhig fort.

Ihre Augen blitzen mich über den Rand ihrer Tasse hinweg an und ich weiß genau, was dieser Blick heißt. Spätestens, wenn sie von ihrem Kundentermin heute Abend wieder da ist, wird sie mich bis ins kleinste Detail ausquetschen. Neben dieser persönlichen Tragödie realisiere ich aber, dass Tante El Jim tatsächlich als Jim bezeichnet. Als *er*. Das macht das alles ein bisschen weniger unangenehm.

Bis mir einfällt, dass ich noch immer nur Boxershorts trage.

»Ich gehe mir mal was anziehen«, meine ich, während sich der wundervolle Geruch frisch gebrühten Kaffees in der Küche ausbreitet.

Mir stellen sich ungefähr eine Million verschiedener Fragen, die mich aus meiner morgendlichen Routine werfen. Als ob ich das jetzt auch noch gebrauchen könnte. Erst taucht dieser verdammte Liam in meiner Klasse auf, flasht mich mit seinen Augen, dann Isa mitsamt der ganzen Truppe und jetzt sitzt Jim in *meiner* Küche. Ich weiß ganz genau, dass Tante El ihn vermutlich in bemühter Unauffälligkeit aushorcht. Auch, wenn sie sich immer ziemlich diskret gibt, hat sie doch recht großes Interesse an meinem Leben. Aber mein Leben ist doch gar nicht interessant!

Ich weiß nicht, wie ich all das finden soll. Es fühlt sich an, als entgleite mir all das, was mich in den letzten Wochen halbwegs hat funktionieren lassen. Als würde der Boden unter meinen Füßen langsam zu Wackelpudding werden. In meinem Zimmer fische ich ein dunkelgraues T-Shirt aus meinem Schrank und meine allerliebste, zerfetzte Jeans. Ich habe keine Ahnung, ob in meinem Rucksack alles drin ist, was ich für den heutigen Schultag brauche, aber das ist mir gerade auch egal. Die Lehrer haben es eh nicht auf mich abgesehen. Solange ich mich in den Pausen mit Musik volldröhnen kann, wird sich der Rest schon fügen.

Ich schaue mich noch einmal im Zimmer um. Ganz automatisch muss ich zu den Polaroids an meinen Pinnwänden sehen. Genauer gesagt zu jenem Foto von dem Graffiti im Skatepark. Verwischte Farben, der Adlerkopf in blau, das Symbol von Superman in Rot. Man sieht dem Graffiti an, dass es von einem Anfänger gesprüht wurde, aber es hat mir trotzdem gefallen. Liam befand sich schon in meinem Zimmer, bevor ich überhaupt von seiner Existenz wusste.

Angezogen und mit dem Rucksack bewaffnet marschiere ich zurück in die Küche. Erleichtert stelle ich fest, dass der Kaffee fertig ist. Noch eine Tasse aus dem Schrank geangelt und ich stürze meinen ersten Kaffee des

Tages schwarz herunter. Zwar verbrenne ich mir den Mund, aber dieses Opfer bringe ich bereitwillig.

»Jetzt bin ich ansprechbar«, verkünde ich und drehe mich zu Jim um. Meine Tante ist in der Zwischenzeit noch einmal in ihr Arbeitszimmer verschwunden.

»Deine Tante hat mich gar nicht mehr gehen lassen wollen«, erwidert Jim entschuldigend. Wieder einmal hat er die Finger in den weißen Haaren. »Sonst hätte ich dich heute nicht so überfallen. Meine Eltern glauben eh, ich übernachte bei Isa, deswegen war es nicht schlimm, dass ich nicht mehr nach Hause bin, aber … tut mir leid, das war so nicht geplant.«

»Äh, Jim?« Ich stelle meine Tasse in die Spüle und hebe zweifelnd die Augenbrauen. »Du weißt schon, dass du dich nicht entschuldigen musst? Ich meine, ich war nach ein paar Bier betrunken und du warst so aufopferungsbereit und hast mich sicher nach Hause gebracht.«

»Wie ich sagte: Kein Thema. Du gehörst ja jetzt zu uns Underdogs.«

Jims Lächeln läuft vor purer Freundlichkeit beinahe über. Es irritiert das einsam-misstrauische Herz in meiner Brust sehr.

»Welche Bahn musst du eigentlich nehmen?«, umgehe ich eine Antwort gewohnt geschmeidig. Ich fühle mich schuldig dafür, dass ich nicht weiß, wie ich mit so viel Nettigkeit umgehen soll.

»Dieselbe wie du, ich muss nur ein bisschen früher aussteigen«, erklärt Jim mir.

»Praktisch. Und deine Schulsachen?«

»Stehen noch bei Isa. Sie weiß Bescheid und bringt sie mit.«

Im Schein der Sonne, die durch das Küchenfenster fällt, wirken Jims hellblaue Augen noch ein wenig außergewöhnlicher. Es sind ganz helle Stellen in ihnen, die mich an Eiskristalle denken lassen.

»Beruhigend«, murmle ich in mich hinein. »Ich fände es nämlich wirklich bescheiden, wenn du wegen deiner Freundlichkeit auch noch draufzahlen musst. Immerhin war ich ja betrunken und nicht du.«

Das lässt ihn grinsen. »Mann, Vince, ich habe dir doch gesagt, dass das in Ordnung war. Mach dir nicht so einen Kopf.«

Jetzt weiß ich wirklich nicht mehr, was ich sagen soll. Ich lächle bloß schief und zucke mit den Schultern. Keine Ahnung, warum ich nicht damit klarkomme, wenn Menschen in meinem Alter mich nicht wie den letzten Dreck behandeln. Ich bin in der Hinsicht so unbeholfen wie ein aus den Fugen geratener Globus. Man kann von Glück reden, wenn ich niemanden aus Versehen erschlage.

»Hey, äh, das ist zwar reichlich wenig, aber ich kann dir wenigstens ein frisches T-Shirt anbieten für den Tag heute?«, gebe ich mein Bestes, Jim nicht zu erschlagen.

»Wäre vielleicht gar nicht so schlecht«, meint er.

Noch einmal gehe ich in mein Zimmer zurück und stehe bestimmt eine Minute stumpf vor dem Schrank. Etwa zwei Drittel meiner Garderobe scheiden aus. Jim ist noch ein wenig schmaler als ich und ich möchte nicht, dass er albern aussieht.

»Ich will ja nicht drängeln, aber wann kommt noch gleich die Bahn?«, reißt mich Jims Ruf aus meiner intensiven Grübelei.

Ich schnappe mir ein graues T-Shirt, auf dem die Silhouetten des Helms von Darth Vader angedeutet sind. Hoffentlich findet Jim Star Wars nicht völlig Banane.

»Ja, wir sollten dann jetzt wirklich mal los«, stimme ich ihm zu und werfe ihm das T-Shirt zu. Ein Blick auf die Uhr im Flur verrät mir nämlich, dass wir jetzt wirklich im Laufschritt zur Station müssen, wenn uns die U-Bahn nicht vor der Nase wegfahren soll.

»Danke«, nuschelt Jim in sich hinein.

Er verharrt für ein paar Momente an Ort und Stelle. Ich kann sehen, wie er tief einatmet und während ich noch rätsle, was los ist, dreht er sich um und zieht sich sein eigenes T-Shirt über den Kopf. Unter dem Shirt trägt Jim etwas, was mich an ein weißes Tanktop denken lässt. Davon abgesehen gibt es nicht wirklich etwas zu sehen außer schmale Schultern und helle Haut und gleich darauf zieht er sich mein frisches T-Shirt über den Kopf. Es ist ihm wirklich ein wenig groß, aber liegt im Rahmen des Verschmerzbaren.

»Star Wars?«, fragt er und die Begeisterung in seiner Stimme nimmt mir die Sorge, ihm könne das Haupterkennungsmal Darth Vaders nicht passen.

»Jep.« Ich werfe mir meinen Rucksack über die Schulter und deute zur Tür. »Dann mal los, hm?«

Jim und ich marschieren im Stechschritt zur U-Bahnhaltestelle. Es ist noch ein wenig frisch am Morgen, doch der Himmel ist schon jetzt unglaublich blau. Auch heute wird es ganz ohne Zweifel so heiß wie die letzten Tage. Da ist es zu verschmerzen, dass die Brise kühl genug ist, um ab und zu für eine Gänsehaut zu sorgen. Es ist sehr ungewohnt, nicht wie immer Kopfhörer zu tragen und in Musik zu versinken. Es ist sogar so ungewohnt, dass ich gar nicht so recht weiß, was ich tun soll. Zum ersten Mal, seit ich hier wohne, nehme ich die Umweltgeräusche bewusst war. Vorbeirauschende Autos, Vogelgezwitscher, kreischende Kinder.

Jim geht still neben mir her, sich aufmerksam umsehend, und ich bewundere ein wenig, wie man um diese Uhrzeit schon so lebendig sein kann. Vor allem versuche ich zu kapieren, warum Jim mich nach Hause gebracht hat, obwohl wir uns erst gestern kennengelernt haben. Er hätte mich auch einfach allein durch die Gegend torkeln lassen können. Hat er aber nicht. Ich weiß nicht, wie ich damit umgehen soll, überhaupt mit der ganzen Gruppe, in die ich so ungewollt hineingestolpert bin. Es wäre eine Lüge, würde ich behaupten, ich könne nichts mit ihnen anfangen. Aber der Gedanke macht mir Angst, weil es bestimmt nur eine Frage der Zeit ist, bis alles den Bach runtergeht.

Auf einmal wird mir das Schweigen doch unangenehm.

»Sag mal«, wende ich mich an Jim, »wo ist eigentlich dein Skateboard? Du bist mir extra mit meinem Longboard hinterhergerannt und hast doch wohl nicht dein eigenes Brett im Skatepark liegen lassen, oder?«

»Keine Sorge, ich habe Isa geschrieben, dass sie es mitnehmen soll.« Jim sieht mich an und lächelt sein Grübchenlächeln. »Sie bringt es auch in die Schule mit.«

»Gut«, erwidere ich stumpf.

Etwas Geistreicheres fällt mir nicht ein. Oh Mann, kann nicht mal irgendwer eine Bedienungsanleitung fürs Menschsein schreiben? Das würde so verschrobenen Typen wie mir dabei helfen, sich weniger peinlich durchs Leben zu mogeln.

Ich atme tief durch und setze noch einmal an.

»Es wäre echt Kacke, wenn wegen mir dein Board abhandenkommen würde. Immerhin weiß ich nur zu gut, was für eine krude Beziehung man mit diesem Stück Holz auf Rollen entwickelt. Gesund ist das zwar bestimmt auch nicht mehr, aber … na ja.«

»Wenn es danach geht, ist skaten an sich eine verdammt ungesunde Sache. Ich meine, hey, man steht auf einem Brett und wenn man nicht aufpasst, fliegt man der Länge nach hin. Wie schlimm sahen deine Knie aus, als du mit dem Skaten angefangen hast?« Jim legt den Kopf fragend schief, ein wissendes Funkeln in den Augen.

»Hackfleisch«, kommentiere ich. »Pures Hackfleisch.«

Das lässt ihn lachen und sogar mir huscht ein kleines Lächeln über die Lippen. Ich verbanne es schnell wieder in die dunkle, modrige Ecke, aus der es gekommen ist.

»Ging mir auch so. Meine Mutter hat dauernd versucht, es mir zu verbieten, weil ich teilweise echt schlimm aussah, aber ich habe einfach heimlich weitergemacht.«

Stolz schwingt in Jims Stimme mit. Die Vorstellung ist viel zu niedlich. Ich sehe es regelrecht vor mir, wie ein kleiner Jim das Board mit trotziger Miene umklammert und es auf Teufel komm raus nicht loslassen will.

Eilig laufen wir die Treppen zum Gleis hinab. Hier unten ist es so kalt, dass ich fröstle. Wir sind keine Sekunde zu früh. Kaum, dass wir angekommen sind, rollt die Bahn auch schon ein. Mit den anderen Pendlern strömen wir in den Waggon hinein und schon jetzt ist es so voll, dass wir stehen müssen. Ich weiß mit einem Mal wieder sehr genau, warum ich mich hier in der Regel nicht ohne Kopfhörer hineinwage. Die Bahn fährt los und die nächsten Minuten zwinge ich mich dazu, ruhig zu bleiben. Warum hasse ich es nur so sehr, auf die öffentlichen Verkehrsmittel angewiesen zu sein? Es wäre so viel leichter, sich einfach zu fügen und diese Tatsache hinzunehmen. Vor allem wäre es stressfreier. Wenn ich mich jedes Mal, wenn ich in eine Bahn steige, innerlich so aufrege, sterbe ich bestimmt mit dreißig an einem Herzinfarkt.

Im Gegensatz zu mir nimmt Jim alles ganz gelassen. Er *lächelt* sogar vor sich hin. Der dünne Junge mit dem schmalen Spitzbubengesicht, der bestimmt auch das eine oder andere Lied von Ausgrenzung singen kann. Ich kann mir nämlich nicht vorstellen, dass alle Menschen seine Transsexualität gut auffassen. Irgendeinen Idioten gibt es doch immer, der das abartig und widernatürlich findet. Genauso, wie es mit dem schwul sein eben auch ist. Wie kann Jim da noch so freundlich in die Welt gucken? Wäre eine mürrische, abweisende Miene nicht die bessere Variante?

Die restliche Bahnfahrt verbringe ich grübelnd. Ich starre blicklos aus dem Fenster, vor dem die graue Tunnelwand vorbeifliegt, und kaue auf der Innenseite meiner Unterlippe herum. Wann immer ich zu Jim sehe, wirkt er genauso wie vorher. Ausgeglichen, ruhig, leuchtend und voller Energie. Wie eine Galaxie eben. Daneben bin ich bestenfalls ein schwarzes Loch. Wenn man mir zu nahekommt, wird man einfach verschluckt und das war es dann. Puff, weg.

»Hier muss ich raus«, reißt Jim mich aus meiner Gedankenwälzerei.

Ein wenig desorientiert sehe ich mich um, und kann mich vage an die Haltestelle erinnern, weil Isa hier gestern auch ausgestiegen ist, nachdem ich sie fotografiert habe.

»Oh, klar«, erwidere ich. »Ist Isa eigentlich auch hier in der Bahn?«

»Nur, wenn sie bei ihren Großeltern übernachtet hat. Die wohnen noch ein Stück hinter dir.«

»Das erklärt, warum sie gestern in der Bahn war.«

»Ganz genau.« Jim fährt sich mit der Hand durch das ordentliche Chaos auf seinem Kopf, das außer ihm bestimmt niemand anfassen darf. Ich habe so das Gefühl, dass er zu der Sorte Mensch gehört, die es nicht haben können, wenn ihnen irgendwer ungefragt in die Frisur packt. »Tja, dann. Da das Wetter heute wieder schön ist, treffen wir uns später bestimmt wieder am Skatepark. Willst du auch kommen?«

Mist. Irgendwie will ich ja schon, aber ich muss das Chaos in meinem Kopf dringend ordnen. Hoffentlich lässt sich da noch irgendetwas retten und ich geistere nicht für den Rest meines kläglichen Daseins völlig verkorkst durch die Weltgeschichte.

»Ich weiß noch nicht«, antworte ich ausweichend. »Muss mal sehen, was ich heute noch zu tun habe. Ich entscheide dann spontan, ja?«

Gleich darauf fühle ich mich ein bisschen mies, weil meine Entscheidung eigentlich schon gefallen ist. Aber was, wenn Liam auch auftaucht? Liam und seine grünen Augen, die ich unbedingt fotografieren muss. Die mir Magenflattern machen, bis ich glaube, in den nächsten Busch kotzen zu müssen. Auf eine romantische Art. Wer kennt es nicht, romantisches Kotzen?

»Okay.« Sogar angesichts meiner schwammigen Zusage lächelt Jim so strahlend, dass ich mich noch mieser fühle. »Ich würde mich jedenfalls freuen.«

Scheiße. Jim würde sich wirklich freuen. Über mich. Normalerweise ist das der Punkt, an dem ich entweder aufwache oder verarscht werde. Es ist also nur natürlich, dass ich dem Braten nicht traue, oder?

»Ich gebe mein Bestes.«

Es klingt so lächerlich schwach nach Ausrede, dass ich mich jetzt vollends mies fühle. Was ist denn nur los mit mir? Erst Hü, dann Hott, und dann ist das auch wieder nicht richtig. Ich kann es nicht einmal mir selbst recht machen.

»Mach's gut, Vince«, sagt Jim fröhlich.

»Bis dann.«

Die Bahn hält an. Wie immer drängeln sich die Menschen so übertrieben eilig nach draußen, als würden sie es nicht raus schaffen, bevor die Bahn wieder anfährt. Jim winkt mir noch einmal zu und dann ist er auch schon weg. Ich bleibe alleine mit meinen Gedanken in dem Abteil zurück und vergesse vor lauter Grübeln, mir für die restliche Fahrt Kopfhörer aufzusetzen.

Endlich große Pause. Der Schultag zieht sich wie ein ekliger Kaugummi, will heißen: Seit der dritten Stunde wünsche ich mich zurück in mein Zimmer. Besonders, nachdem mir aufgefallen ist, dass ich meine Kamera zuhause liegen gelassen hab. Meine Kamera! Das ist in etwa so, als hätte ich meine rechte Hand auf dem Schreibtisch liegen lassen. Ohne sie bin ich einfach nicht vollständig. Ich denke, das sagt eine ganze Menge über meinen geistigen Zustand aus.

Die Sonne brennt auf den Pausenhofasphalt und sogar im Schatten schwitze ich. Nur ein paar übermotivierte Fünft- und Sechstklässler rennen über den Hof, die meisten anderen Schüler haben sich in die kühle Pausenhalle verzogen. Ich habe es mir unter meinem Baum bequem gemacht, die roten Kopfhörer nun doch über die Ohren gezogen. Heute kein Metal. Irgendwie brauche ich heute etwas Anderes. Ein bisschen mehr Anarchie, ein bisschen mehr Rebellion. Graffitisprüherfeeling. Warum nur? Tja, der Grund ist vermutlich einfach zu erraten und …

… kommt außerdem auf mich zugesteuert. Liam hat die Hände in den Hosentaschen vergraben und stapft geradewegs in meine Richtung. Das kann doch nur ein Irrtum sein? Rasch senke ich den Blick und versuche, mich in meinem Buch zu vergraben. Kafka, »Die Verwandlung«. Harter Tobak. Vermutlich habe ich den Satz inzwischen schon an die zehnmal gelesen und weiß trotzdem nicht, was er mir sagen möchte. Natürlich kann ich mich jetzt erst recht nicht mehr konzentrieren. Ich schiele so unelegant über die Buchseiten hinweg, dass mir fast die Augen aus dem Kopf fallen. Liam kommt immer näher.

Mir geht die Pumpe. Die Schule sollte doch eigentlich mein Rückzugsort sein, weil mich hier eh alle in Ruhe lassen. Alle, außer Liam. Seit er hier ist, ist es vorbei mit dem Rückzugsort. Der Kerl ignoriert die bisher dagewesenen Regeln. Irgendwie kann ich ihm das nicht einmal richtig übelnehmen. Woher soll er auch wissen, wie die Regeln überhaupt aussehen? Alle Karten sind neu gemischt.

Beine, die aus einer kurzen beigen Hose rausgucken, treten in mein Sichtfeld. Am liebsten hätte ich einfach so getan, als würde ich sie nicht bemerken, doch das geht nicht mehr, als Liam mit dem Zeigefinger vorsichtig gegen mein Buch klopft. Mein Herz hüpft durch meinen Brustkorb wie ein eingesperrter Flummi. Fresse, Herz.

»Hey, Vince«, sagt Liam, als ich mir den Kopfhörer herunterziehe.

Mit einem schiefen Kleinjungenlächeln sieht er mich an. Ich komme mit so viel Attraktivität einfach nicht klar. Sein Gesicht ist nicht perfekt. Die Nase ist krumm, ein Mundwinkel aufmüpfig nach oben geschwungen, das Kinn markant, aber ein wenig schief. Wenn man genau hinsieht, gibt es viele kleine Unstimmigkeiten. Aber in Summe harmonieren sie und das ist viel zu faszinierend.

»Hey«, erwidere ich mit trockenem Mund.

Hat ja auch nur ungefähr zehn Sekunden gedauert, bis ich reagiert habe. Es ist vermutlich ziemlich bezeichnend, dass ich das Buch wie eine Art Schutzschild zwischen mich und Liam halte.

»Darf ich mich setzen?«

»Mhm.«

Ich bin der Meister der Eloquenz. Bevor ich mich fragen kann, warum zum Henker Liam bei mir sitzen will, hat er sich auch schon neben mich in den Schatten gepflanzt. Auf einmal spüre ich alles überdeutlich. Die harte Baumrinde an meinem Rücken, die schwüle Luft, die mir den Schweiß auf die Stirn treibt. Wenigstens das ist ein Vorteil der Hitze. Man schwitzt einfach immer und nicht nur dann, wenn eine bestimmte Person in der Nähe ist.

»Bist du gestern noch gut nach Hause gekommen?«, fragt Liam mich und zieht die Beine in den Schneidersitz. Er trägt hellgraue Nike-Sneakers, neben denen meine ranzigen, schwarzen Chucks noch ausgelatschter aussehen.

»Ja, dank Jim.« Los, sag mehr! »Ich bin ziemlich außer Übung, was das Trinken angeht, sonst wäre das nicht so eine peinliche Nummer geworden.«

»Ach, was heißt schon peinlich? Du hast bestimmt bloß die Kombination von Hitze und warmem Bier unterschätzt.« Liam zuckt leicht mit den Achseln und grinst.

»Ja, vermutlich«, stimme ich äußerst lahm zu.

Langsam schiebe ich den Finger zwischen die Buchseiten und lasse den als Literatur getarnten Kopffick sinken. Schweigend sitzen wir unter dem Baum, auf dem kleinen Stück Rasen, das ich einfach durch kontinuierliche Besetzung in jeder Pause als mein Revier markiert habe. Ich traue mich nicht, Liam anzusehen. Also starre ich bloß sehr beharrlich auf das Gras vor mir.

»Du, Vince?«

Ha! Er hat mich angesprochen. Jetzt kann ich ihn doch wieder angucken und das tue ich auch. Wie kann man nur so verflucht grüne Augen haben? Es sind hellere Flecken darin, hellbraun-gold, und es erinnert mich an Sonnenlicht, das durch Laub fällt.

»Ja?«

»Ist es für dich eigentlich okay, wenn ich hier sitze? Ich will dir nicht auf die Pelle rücken. Also doch schon irgendwie, weil ich spätestens seit gestern Abend weiß, dass du ein cooler Typ bist, aber … du weißt schon.«

»Na ja … geht es danach, müsste ich eher dich fragen, ob du dir im Klaren bist, was du tust, wenn du neben mir sitzt«, entgegne ich und muss wider Willen grinsen. Einfach, weil das gerade so absurd ist.

Liam guckt mich ein wenig blöd an. »Was tue ich denn?«

»Ich habe mir in den letzten Wochen den Einzelgänger-Status ziemlich hart erarbeitet und ich kann mir vorstellen, dass das auf die eine oder andere Person äußerst merkwürdig wirkt. Wenn du dich mit mir abgibst, könnte es sein, dass das auf dich überspringt, und es wäre irgendwie nicht fair, wenn ich dich diesbezüglich nicht entsprechend vorwarne«, erkläre ich freimütig und wundere mich über meine Direktheit.

Wie es aussieht, kommt hier wirklich eine Zeit der Veränderung auf mich zu. Die Schnauze halten wird nicht mehr ziehen. Immerhin habe ich ja am ersten Tag versucht, Liam abzuschütteln, oder? Ich muss einfach nur nicht schwul sein. Wenn ich nicht schwul wirke, wird niemand ekelhaft über mich reden und mich deswegen fertigmachen.

Liam blinzelt irritiert. Oh je.

»Ja, also, das«, er reibt sich über den Nacken, »davon habe ich bereits gehört.«

»Oh.«

Natürlich wurde vor mir gewarnt, dem seltsamen Eigenbrötler, der niemals freiwillig mit irgendeinem spricht und seine Pausen lieber alleine verbringt. Irgendwie ernüchtert mich das. Es tut sogar ein kleines bisschen weh. Nicht schlimm, nur wie ein kleiner Nadelstich, aber angenehm ist es trotzdem nicht. Kann man es diesen Kackmenschen denn überhaupt nie recht machen? Ist man, wer man nun einmal ist, wird man öffentlich dafür gemobbt, und ist man so unsichtbar wie ein Geist, ist es auch wieder nicht richtig. Einmal Freak, immer Freak.

»Hm. Überrascht mich ja jetzt nicht so«, bemerke ich möglichst abgebrüht. So ist das doch mit den einsamen Wölfen. Die sind allzeit cool und abgeklärt. »Was ich damit sagen will – wenn du gehen möchtest, werde ich es dir nicht übelnehmen.«

»Alter«, sagt Liam. Da schiebt sich wieder ein Grinsen auf seine Lippen. Auf einmal fühle ich mich gar nicht mehr so cool und abgeklärt, wie ich gerne sein würde. Unfähig, eine klar artikulierte Antwort zu geben, hebe ich einfach nur die Augenbrauen fragend an. »Ich werde nicht gehen. Ich finde es einfach nur Scheiße, wenn man so was über Menschen erzählt. Die Leute kennen dich doch nicht mal. Ich habe auf so einen Mist keinen Bock. Es war gestern echt lustig und ich habe lieber uncoole, aufrichtige Menschen um mich, als Leute, die zwar beliebt, aber falsch sind«, rattert Liam mit einer Geschwindigkeit herunter, bei der mir beinahe schwindlig wird.

Jetzt bin ich an der Reihe, dumm zu blinzeln. Was ich auch sehr enthusiastisch und ausdauernd tue.

»Okay«, bringe ich irgendwann hervor. »Macht Sinn. Irgendwie.«

»Siehst du.« Er lächelt selbstgefällig.

»Und du bist dir ganz sicher?«

»Todsicher.«

»Okay.«

Die Sommerbrise fährt durch Liams Haare und zupft sanft an meinem T-Shirt. Auf einmal wünsche ich mir, dass ich ihn schon früher kennengelernt hätte. Ihn und Jim, Isa und Waldemar. Meine Sommerferien wären dann mit Sicherheit nicht so eintönig gewesen. Komisches Gefühl. Bislang bin ich damit doch eigentlich ganz zufrieden gewesen. Nur ich, meine Kamera und die Einsamkeit. Bedächtig mache ich ein Eselsohr in die Seite meines Buchs und schiebe es in meinen Rucksack. Wie es aussieht, habe ich jetzt Gesellschaft.

Ausgerechnet ich.

Auch auf die Gefahr hin, Liam und seine grünen Augen damit zu verschrecken, fange ich an zu lachen. Ich lehne den Kopf an den Baum zurück, lache leicht irre, und frage mich, wie das nur passieren konnte. Als ich nach ein paar Momenten zu ihm spähe, guckt Liam mich schief an und ich zucke nur mit den Schultern, weil ich meinen Wahnsinn nicht erklären kann.

»Sorry, wenn ich das Thema noch einmal aufrolle«, Liam lehnt sich mit der Schulter auch so halb gegen den Baum, »aber du hast echt kein Handy? So gar nicht?«

»Wenn man das, das noch eingepackt irgendwo in meinem Schrank verstaubt, ausklammert … ja, dann habe ich kein Handy.«

»Warum nicht? Weil du glaubst, davon abhängig zu werden?«

Ich kratze mir den Hinterkopf. »Nein, nicht direkt. Es ist eher so, dass ich nichts mehr davon halte, weil es alles so einfach macht. Du hast dich lange nicht bei jemandem gemeldet? Schnell eine WhatsApp geschickt und das schlechte Gewissen ist erst einmal beruhigt. Kein Grund, sich in echt zu sehen, weil man es ja alles über Daten und Binärcodekacke kompensieren kann.«

»So habe ich das noch nie betrachtet.« Liam zieht sein Smartphone aus der Hosentasche und dreht es hin und her. Ein nachdenklicher Zug legt sich um seine Lippen. »Aber das mit dem schlechten Gewissen befriedigen kenne ich. Nur umgedreht.«

»Du bist derjenige, bei dem man sich meldet, um sich nicht mehr wie ein schlechter Freund zu fühlen?«, schlussfolgere ich. Woher ich den Mut nehme, so offen zu fragen, weiß ich nicht genau.

»Schätze schon.« Liam nickt langsam. »Als hätte ich es mir ausgesucht, dass meine Eltern umziehen.«

»Das ist Scheiße.«

»Ziemlich. Aber es hat eine ganze Menge Wahrheit ans Licht gebracht, wenn man so will. Zum Beispiel, dass wir anscheinend nur Freunde waren, weil wir zufällig nebeneinander gewohnt haben und all die Beteuerungen, unbedingt in Kontakt zu bleiben, nur falsches Gelaber waren.«

Liam stopft das Smartphone zurück in seine Hosentasche. Ich glaube, er möchte nicht zeigen, dass es ihn trifft, aber er kann es nicht gut überspielen. Er klingt ein wenig verloren und gleichzeitig bitter. Das kann ich nur zu gut verstehen. Es erinnert mich an den Mist, den ich an meiner alten Schule mitgemacht habe. Zumindest das Gefühl ist dasselbe, das plötzliche Fallen-gelassen-werden von Leuten, die man für Freunde gehalten hat. Aber ich kann ihm nichts davon erzählen. Ich habe zu viel Angst davor, dass er Fragen stellt. Dann müsste ich ihm gestehen, dass ich schwul bin und das geht einfach nicht.

»Tut mir echt leid, dass die sich als solche Penner erwiesen haben«, sage ich darum und hoffe, dass es nicht wie eine Phrase klingt.

»Da kannst du ja nichts für«, gibt Liam die zu erwartende Antwort. »Aber trotzdem danke. Ist irgendwie schön zu hören, dass es Menschen gibt, die das auch so sehen.«

»Das nennt man umgangssprachlich auch Vernunft, aber gern geschehen«, bemerke ich trocken.

Liam lacht und schüttelt mit dem Kopf. Zur Feier des Tages gönne ich mir noch ein vorsichtiges Grinsen. Man will ja nicht übermütig werden.

»Du hattest aber schon mal ein Handy, oder? Weil du sagtest, dass du nichts *mehr* davon hältst. Was ist denn passiert, dass du dich losgesagt hast?«, fragt Liam unvermittelt.

Fuck. Ich spüre quasi, wie mir die Karmakeule eins über den Schädel zieht. Gerade habe ich dieses Thema noch umschifft und jetzt fragt Liam direkt danach. Was ist denn das bitte für eine blöde Lebensungerechtigkeit? Unauffällig wische ich meine verschwitzten Hände an den Hosenbeinen ab. Ich muss mir irgendetwas einfallen lassen, eine Alternativgeschichte, um die Wahrheit zu vertuschen. Es würde sonst alles kaputtmachen und das geht noch viel weniger als alles andere.

Meine Rettung ist keine göttliche Erscheinung, sondern ironischerweise eine jener Personen, die bestimmt hinter meinem Rücken über mich reden. Stumm sehe ich dabei zu, wie Dominik direkt auf Liam und mich zuhält. Er bleibt genau am Rande des Grasstücks stehen. Als wäre da eine unsichtbare Linie, nach der man sofort uncool wird, wenn man sie überschreitet. Ich muss mich jetzt schon zusammenreißen, nicht so sehr mit den Augen zu rollen, dass ich meine Hirnrückwand begutachten kann.

»Alles klar bei euch?«

Es ist mir klar, dass Dominik damit eigentlich ausschließlich Liam meint. Mich sieht er nur der Höflichkeit halber an. Ganz automatisch falle ich in alte Verhaltensmuster zurück und beschränke mich darauf, die Schnauze zu halten.

»Ja, hier im Schatten lässt es sich ziemlich gut aushalten«, erwidert Liam locker. »Und selbst so?«

»Bei uns ist auch alles gut. Hast du nicht vielleicht Bock, mit zu den anderen zu kommen? Wir wollen heute Nachmittag ins Freibad und planen gerade.«

Gegen mich ist eine Salzsäule einer dieser im Luftstrom flatternden Plastikmänner, die albern hin und her schlängeln. Ich will nicht, dass das passiert. Ich will nicht, dass Liam aufsteht und mit zu diesen Idioten geht. Klar, ich könnte es verstehen, weil ich halt ganz unten auf der Liste der sozial akzeptablen Kontakte stehe, aber dann wäre das gesamte Gespräch nur eine Farce gewesen. Liam wäre genauso ekelhaft falsch wie die Leute, über die er sich gerade noch aufgeregt hat. Bitte nicht. Bitte, bitte nicht.

Liam lächelt freundlich. »Das ist echt nett von euch, aber ich muss passen. Hab schon etwas anderes vor.«

Oh Gott, ja!

»Oh.« Dominik runzelt die Stirn. Ganz von selbst huscht sein Blick zu mir. Ich warte mit dem weltbesten Pokerface auf. Nur nichts anmerken lassen. »Tja … schade. Wir sind jedenfalls drinnen, solltest du uns suchen.«

»Danke, gut zu wissen«, entgegnet Liam so unglaublich cool, als würde er den Alphatieren der Klasse jeden Tag eine so höfliche Abfuhr verpassen, dass man sie ihm nicht einmal zur Last legen kann.

»Wir sehen uns dann in der Klasse«, verabschiedet Dominik sich mit einem leicht gezwungenen Lächeln.

Arschig, wie ich bin, genieße ich es mit diebischer Freude, dass er dasteht wie bestellt und nicht abgeholt. Ich nicke ihm zum Abschied zu, Liam hebt die Hand. Damit dreht Dominik sich um und geht zurück in Richtung Gebäude.

»Du hast also etwas vor?«, frage ich möglichst neutral.

Liam zuckt unschuldig mit den Schultern. Unschuldig und so sorglos, dass ich fast ein wenig neidisch werde.

»Eigentlich nicht«, gibt er schamlos zu. »Aber ich habe echt keinen Bock auf diese oberflächlichen Idioten.«

Ein lautes Klingeln schrillt über den Hof und verkündet das Ende der Pause. Liam rappelt sich auf, klopft sich etwas Staub von der Hose und hält mir die Hand hin. Ich kann nicht anders. Ich grinse von einem Ohr bis zum anderen, als ich sie ergreife und mir von ihm auf die Füße helfen lasse.

7

Liam

Die Stimmung am Esstisch ist derart eisig, dass sich eine arktische Böe dagegen wie eine Sommerbrise anfühlt. Schweigend stochere ich in meinem Essen herum. Ich halte den Blick gesenkt, um einem Gespräch aus dem Weg zu gehen. In der Regel funktioniert diese Taktik gut. Alleine die Tatsache, dass ich mich darüber freue, ist schon verrückt genug. Und der »Eltern des Jahres«-Award geht an …

Britta und Eberhard Langenfeld.

Meine Eltern sind quasi Prototypen des spießigen Langweilers. Das Aufregendste, was sie in den letzten sechzehn Jahren getan haben, war, mir einen irischen Namen zu geben. Sollte wohl eine Art Alleinstellungsmerkmal sein. Wirklich funktioniert hat das aber nicht, weil jetzt jeder dritte Depp so heißt, was mich ausgesprochen schadenfroh macht. In dieser Hinsicht bin ich ein missgünstiger Kobold. Alles, was meinen Eltern irgendwie die Tour vermasselt, macht mich glücklich. Da muss ich wohl nicht erklären, warum ich alles tue, um ihnen auf den Zeiger zu gehen.

Meine Mutter trägt eine ätzende, rosafarbene Bluse und eine Perlenkette. Ich wiederhole, Perlenkette. Zum Mittagessen. Still schiebe ich mir eine Gabelladung Erbsen in den Mund und versuche, sie nicht gleich wieder auszuspucken. Wie kann man nur so verstockt sein. Wieder einmal frage ich mich, ob ich nicht in Wahrheit adoptiert wurde und darum so eine Macke habe. Eine angeborene Macke, die nicht von Mr. und Mrs.

Perfect kommen kann. Vielleicht versuchen sie darum so krampfhaft, mich in Ordnung zu bringen.

Wenn meine Mutter nicht gerade wie eine steife Porzellanpuppe am Esstisch sitzt, trifft sie sich mit ihren Freundinnen zum Champagnerkaffeekränzchen. Denn ja, wir sind wohlhabend. Wohlhabend genug, damit Champagnerkaffeekränzchen so banal wie eine Schüssel Cornflakes sind. Unser Haus ist groß genug, das noch einmal drei Leute mit uns hier leben könnten, ohne, dass wir uns ins Gehege kämen. Es gibt viel Glas, viele eckig-schnittige Formen, viel Garten. Und es gibt viele Überwachungskameras auf dem Grundstück, damit sich ja niemand vom gemeinen Volk auf unser Land schleichen kann. Das war auch schon da, wo wir früher gewohnt haben, so. Darum habe ich nie gerne Freunde zu mir nach Hause eingeladen. Es ist mir schlichtweg peinlich, wie dekadent alles ist. Es klingt undankbar, aber ich würde lieber in einer ganz gewöhnlichen Wohnung in ganz gewöhnlichen Dimensionen wohnen. Es schüchtert die meisten Leute ein und danach sehen sie mich mit anderen Augen. Als könnte ich irgendetwas dafür, dass meine Eltern ihre Komplexe mit übergroßen Gebäuden kompensieren müssen.

Wenn meine Mutter nicht gerade zum Champagnerkaffeekränzchen ausfliegt, geht sie auch gerne zum Frisör, oder einkaufen. Ich schwöre, sie ist ein fleischgewordenes Klischee aus einer drittklassigen Nachmittagssoap. Dumm nur, dass diese Frau tatsächlich Teil meines Lebens ist und schon immer versucht hat, mich nach ihren Vorstellungen zu formen. Nachdem mein großer Bruder nicht so recht gespurt hat, hat sie es bei mir umso heftiger erzwungen.

»Wie war die Schule?«, fragt mich mein Vater beiläufig zwischen zwei Bissen Roulade.

Unwillkürlich umklammere ich meine Gabel fester.

»Läuft«, entgegne ich so ruhig, wie ich nur kann und konzentriere mich danach wieder auf meine Erbsen.

»Aha.« Ich kann mir die missbilligende Miene meines Vaters gut vorstellen. »Geht das auch etwas ausführlicher?«

»Nein. Ist nichts Erwähnenswertes passiert – es sei denn, du möchtest, dass ich dir die Grundlagen des Atmungskreises aus Bio erkläre.«

Ich hasse dieses vorgetäuschte Interesse an meinem Leben. Darum befinde ich mich ganz automatisch im Arschloch-Modus.

Aus den Augenwinkeln nehme ich wahr, wie meine Mutter die Lippen kräuselt. Da sie generell eher zu wenigen, mimischen Regungen neigt, ist es schon eine außerordentliche Unmutsbekundung. Ich ersteche noch ein paar Erbsen mit meiner Gabel und reibe mir innerlich die Hände. Mal sehen, wann sie mich auf mein Zimmer schicken und mich damit unwissentlich in die Freiheit entlassen.

Vor meinem Fenster steht ein Baum. Durch ein wenig Kreativität und handwerklichem Geschick ist er zu meinem Fluchtweg geworden. Die stabilen Äste sind nicht in direkter Reichweite meines Fensters, aber ich habe mich im Internet über sichere Knoten belesen und ein Seil an ihnen angebracht. Zwar muss ich mich immer halb aus dem Fenster stürzen und in der Sekunde des freien Falls nach dem Seil greifen, doch ich nehme lieber das Risiko auf mich, mir aus Versehen das Genick zu brechen, als alleine in meinem Zimmer zu versauern. Da ich wie alle Familienmitglieder auch Zugriff auf die Überwachungssoftware der Kameras habe, weiß ich, in welchen Winkeln sie auf dem Grundstück ausgerichtet sind. Es gibt eine schmale Route, die nicht erfasst wird. So kann ich verschwinden, ohne dass jemand es merkt.

»Das geht auch höflicher, Liam.«

Mein Vater tut noch immer so unbeteiligt. Ich kenne das Spiel. Auf diese Weise schüchtert er die Leute ein. Nur bin ich keiner seiner Geschäftspartner, die auf seinen Grips angewiesen sind. Eberhard ist ein Unternehmensberater. Ich muss ihm lassen, dass er beruflich wohl eine ganze Menge auf dem Kasten hat, sonst wäre hier alles nicht so geräumig. Zu einem gewissen Grad bin ich ja auch froh, dass es ist, wie es ist. Zum Beispiel, dass mein Bruder Noel studieren kann, ohne finanzielle Sorgen haben zu müssen. Das ist ein Luxus, den ich akzeptabel finde. Vermutlich klingt das unglaublich eingebildet und manchmal fürchte ich mich davor, was es aus mir macht, im Wohlstand aufzuwachsen. Ich habe Angst, dass zu viele Dinge für mich selbstverständlich sind.

»Es geht auch weniger Scheiße, aber das kümmert euch ja auch nicht«, entgegne ich.

Die nächste Portion Erbsen schiebe ich mir selbstzufrieden in den Mund Ich weiß ganz genau, dass ich damit zu weit gegangen bin. Eigentlich ist es traurig. Immer wieder gehe ich zu weit und hole mir dafür meine Strafen ab. Aber fragen, was mich so stört, tut niemand. Seit Noel sich verpisst hat, bin ich allein.

Die Temperatur im Esszimmer fällt um ein paar Grad. Es ist ein kleines Wunder, dass mein Atem nicht inzwischen kleine Wölkchen bildet. Der Raum ist stilvoll eingerichtet. Nur Designermöbel, ein Esstisch aus Echtholz. Die schwarzen Lederstühle sind so unbequem, dass man nicht länger darauf sitzen will als unbedingt nötig. Von hier kann man durch eine drei Meter hohe Glasfront direkt in den Garten blicken, auf das perfekt gestutzte, grüne Gras, auf die in Reih' und Glied stehenden Bäume, die erst kurz nach unserem Einzug eingepflanzt wurden. Manchmal kommt es mir so vor, als wäre dieses Haus Teil eines IKEA-Katalogs. Alles sieht nett aus, aber das Leben fehlt. Es fühlt sich schrecklich unpersönlich an. Bei uns hängen keine Familienfotos an den Wänden, sondern irgendwelche Fotografien bekannter Typen. Ich darf hier nicht einmal ein Buch liegen lassen. Nicht, dass ich meinen Kram überall verstreut hätte, aber die Ansage seitens meiner Eltern ist eindeutig. Es könnte ja unerwartet Besuch kommen.

In aller Seelenruhe esse ich weiter, während meine Eltern mich anstarren, als hätte ich geradewegs auf die Tischplatte gepinkelt. Ich schiele zu meinem Vater hinüber. Von ihm habe ich das hellbraune Haar geerbt, aber dort endet die Ähnlichkeit schon.

»Liam«, sagt meine Mutter leise und schockiert.

Das kenne ich auch schon. Die herrische Nummer lässt sie nur raushängen, wenn es sich lohnt. Sonst geht sie immer über die emotionale Schiene. Wie gut, dass ich in dieser Hinsicht innerlich so abgestumpft bin, dass mich das nicht mehr berührt.

»Was denn?«

Okay, vielleicht bin ich nicht abgestumpft. Vielleicht rede ich mir das nur ein, damit es nicht so wehtut. Denn irgendwann, vor einer gefühlten Ewigkeit, war es anders. Die Erinnerung an wirkliche Wärme, an Familie, ist äußerst vage, doch manchmal flackert sie durch meine Brust und macht alles nur noch schlimmer. Es ist Scheiße, wenn man weiß, wie es sein könnte.

»Kann man dir nicht einmal eine normale Frage stellen und eine normale Antwort erhalten?«, übernimmt mein Vater mit hörbarer Gereiztheit.

Natürlich bin ich jetzt wieder schuld. Stimmt ja auch irgendwo. Aber die beiden tragen genauso die Schuld an dieser Situation und sehen es nicht einmal ein. Dieser Meinung ist die brodelnde Wut in meinem Bauch und so zucke ich wortlos mit den Schultern.

»Ah, da hat es dir jetzt auf einmal die Sprache verschlagen, ja?«

»Ich dachte, du wolltest nur einmal eine normale Antwort auf eine normale Frage«, gebe ich so liebenswürdig zurück, dass mir davon fast selbst schlecht wird.

Ich explodiere nur selten. Stattdessen werde ich zum weltgrößten Kotzbrocken. Wenn ich aber aus der Haut fahre, ist es wirklich schlimm. Apokalypsenschlimm.

»Es wäre schön, wenn es wenigstens beim Essen friedlich bleiben könnte«, meint meine Mutter genauso leise wie vorher, dafür jedoch weitaus steifer.

Gesittet lege ich meine Gabel neben dem Teller ab. Der Appetit ist mir endgültig vergangen. »Dann fragt mich doch nicht jeden Tag dasselbe.«

»Noel war damals schon anstrengend, aber du setzt dem Ganzen die Krone auf.« Auch mein Vater lässt sein Besteck sinken. Meine Eltern sitzen mir gegenüber. Wie immer sitze ich alleine auf einer Seite. »So kann das nicht weitergehen.«

»Wie soll es denn weitergehen?«

»Wir können verstehen, dass die Pubertät nicht einfach ist. Dazu kommen noch der Umzug und die Umgewöhnung. Alles Stressfaktoren, aber Liam, du musst dich besser unter Kontrolle haben. Wir sind nicht deine Blitzableiter«, erklärt mein Vater.

»Blitzableiter«, wiederhole ich.

Das mit dem Umzug stimmt ja sogar. Ich bin wütend, dass ich wegen der Selbstdarstellung meiner Eltern meinen gesamten Freundeskreis zurücklassen musste. Auch wenn dieser Freundeskreis nicht sonderlich interessiert daran zu sein scheint, den Kontakt zu mir zu halten. Darum kann ich mit den Leuten aus meiner neuen Schule nichts anfangen. Genau mit solchen Menschen war ich auch vorher befreundet und jetzt sitze ich alleine da. Bei Vince und seinen Underdog-Chaoten habe ich das Gefühl, dass sie anders ticken. Heute habe ich zumindest alle Pausen mit Vince verbracht und nachdem er ein wenig aufgetaut ist, haben wir uns echt gut unterhalten. Ich habe Lust darauf, ihn und Isa, Jim und Waldemar wiederzutreffen. Besonders Isa. Ihre Haare sind wirklich der Wahnsinn und es war so leicht, mit ihr zu reden.

»Ja, Blitzableiter. Rede ich undeutlich?«

Ich schiebe die verbliebenen Erbsen auf meinem Teller zu einem kleinen Häuflein zusammen. »Ich dachte, ihr wärt das Gewitter. Sorry, da muss eine Verwechslung vorliegen.«

Mein Vater reibt sich über das Gesicht. Nicht müde, sondern auf die Art und Weise, mit der er sich ein paar Sekunden Zeit erkauft, um nicht wie ein überhitzter Dampfkessel in die Luft zu fliegen. Im Gegensatz zu ihm wird meine Mutter bloß immer stiller.

»Geh auf dein Zimmer, Liam. Ich will dich nicht mehr sehen. Nicht, solange du diese unerträgliche Art am Leib hast, die du anscheinend auch noch für einen Akt der Coolness hältst«, bescheidet mir mein Vater hart.

»Von mir aus«, gebe ich fast fröhlich zurück und stehe vom Esstisch auf. »Viel Spaß noch mit eurer egozentrischen Kacke.«

Unter den fassungslosen Blicken meiner Eltern lasse ich den Esstisch hinter mir, durchquere den ewig langen Flur und steige die Treppenstufen in die erste Etage hinauf. Mein Zimmer ist mein heiliger Rückzugsort. Es ist das einzige Fleckchen in diesem Haus, das nicht in tristes Grau getaucht ist. Der sonnengelbe Anblick beruhigt mich sofort, als ich die Tür hinter mir schließe. An den Wänden habe ich mit Pinnnadeln meine Entwürfe für meine Graffitistümpereien befestigt. Es ist ein großes Chaos, wild, ungeordnet, aber so lebendig. Mit einem Seufzen marschiere ich zu meinem Bett und lasse mich der Länge nach auf die Matratze fallen. Zum ersten Mal, seit ich dieses Haus betreten habe, fällt die Anspannung halbwegs von mir ab.

Mein Zimmer ist riesig. Eine Seite ist komplett mit deckenhohen Regalen versehen und die sind vollständig mit Büchern gefüllt. Ich glaube, Bücher haben mir mehr Trost gespendet als meine Eltern und das ist eine so traurige Tatsache, dass ich sie besser gleich wieder verdränge. Ansonsten ist da der Schreibtisch, auf dem mein Laptop steht, daneben ein weiteres, offenes Regal, das als Ablage für CDs, DVDs und Spiele dient. Die Türen meines Kleiderschranks stehen noch von heute Morgen offen, als ich mir wahllos Klamotten herausgegriffen habe, ehe ich zur Schule gegangen bin.

Erneut seufzend drehe ich mich auf den Rücken und starre an die weiße Zimmerdecke. Trotz allen Triumphs, mit dem ich das Esszimmer verlassen habe, fühle ich mich nicht triumphal. Eigentlich bin ich nur traurig. Resigniert. Es könnte so viel besser sein, wären wir alle nur ein wenig anders.

Aus Ermangelung einer besseren Alternative ziehe ich mein Handy aus der Hosentasche. Was ist, wenn ich schon wieder nur auf den schnöden Sperrbildschirm blicke, ein Bildschirm ganz ohne jede Nachricht? Ich sollte vermutlich lieber Hausaufgaben machen. Aber ich habe einfach keinen Bock drauf. Dieses Zimmer ist mein Refugium, aber trotzdem saugt mir dieses Haus so viel Energie aus dem Leib, dass ich mich nicht zu Schularbeit aufraffen kann. Nach einer Weile nimmt die Versuchung doch überhand und ich drücke auf die Entsperrtaste meines Smartphones. Künstliches Licht flutet meine Netzhaut.

Ich habe ungelesene Nachrichten. Wie von selbst grinse ich auf einmal breit und vergesse, was sich vor nur wenigen Minuten im Esszimmer abgespielt hat. Ich vergesse sogar, dass meine Eltern jetzt vermutlich darüber beratschlagen, wie sie mich am besten bändigen.

Die Underdogs haben mir geschrieben. Sie nennen sich wirklich so, oder eher gesagt ihre WhatsApp-Gruppe. Isa, Waldemar, Jim und ich, wir alle sind in dieser Gruppe vertreten. Nur Vince eben nicht. Ich kann es verstehen. Allerdings ist meine Wenigkeit zu so einem Schritt einfach nicht bereit und darum hänge ich an dem Stück Technik wie ein Ertrinkender an einer Holzplanke.

Jim (14:15): Hey, ich habe sturmfrei! Kommt doch vorbei und wir veranstalten unser erstes Kreativtreff!

Waldemar (14:16): Kann nicht, muss arbeiten. Harte Welt …

Isa (14:18): Halt die Klappe, du wirst bezahlt! Aber ja, Kreativtreff klingt gut!

Waldemar (14:21): Bist ja nur neidisch.

Jim (14:22): Liam, was ist mit dir?

Der Verlauf macht mich glücklich. Vielleicht freue ich mich ja vorschnell, nur, weil wir eine Nacht zusammensaßen, heißt das nicht, dass wir ab jetzt beste Freunde sind, aber sie haben mich eingeladen. Ich muss nicht bleiben und komme raus.

Liam (14:36): Klar, bin dabei! Brauche dann nur deine Adresse, sonst wird das nix.

Ich katapultiere mich aus dem Bett. Wie ein komprimierter Wirbelwind stürme ich durch mein Zimmer, greife mir meinen Rucksack, werfe die Sprühdosen in das unterste Fach meines Kleiderschranks und breite die eine Schicht Kleidung darüber. Bis heute bin ich mir nicht vollends sicher, ob mir meine Eltern auch meine Privatsphäre lassen und darum gehe ich lieber auf Nummer sicher. Ich stopfe Zeichenblock, Edding und was ich noch so brauche, um mir Schablonen fürs Sprühen zu basteln, in den Rucksack. Oder eher gesagt die Muster für die Schablonen.

Nebenbei werfe ich einen Blick aufs Handy und sehe zufrieden, dass Jim mir seine Adresse geschickt hat. Schnell gegoogelt und ich finde heraus, wie ich am besten zu ihm komme. Muss nur mit einer Straßenbahn fahren und ein Stück laufen, keine dramatische Strecke. Gott, ich liebe das Internet und seine mannigfaltigen Möglichkeiten.

Liam (14:42): Ich mache mich dann auf den Weg! Was ist denn mit Vince? Den müssen wir doch auch mitnehmen!

Jim (14:44): Der war sich nicht ganz sicher, ob er Zeit hat. Vielleicht fragen wir ihn einfach das nächste Mal?

Liam (14:45): Quatsch, der muss mit! Ich sammle ihn einfach auf den Weg ein. Gib mal seine Adresse.

Isa (14:47): Vince ist so ein Neandertaler, echt mal …

Liam (14:47): Der Junge hat seine Gründe. Also, Jim? Du hast doch bei ihm gepennt.

Jim (14:52): Oh mein Gott, Vince wird mich dafür bestimmt lynchen, aber … Königstraße 18.

Liam (14:53): Ach was, der tut nur so bissig, ich verrate dich schon nicht.

Jim (14:55): Nur bin ich dummerweise der Einzige, der weiß, wo er wohnt, aber gut … War schön mit euch!

Ich grinse, während ich das Smartphone zurück in meine Hosentasche schiebe. Kann doch nicht angehen, dass wir uns ohne den Kerl treffen, dem ich es zu verdanken habe, die Truppe überhaupt kennengelernt zu haben. Ob ich Vince nerve? Keine Ahnung. Irgendwie ist es mir auch egal. Ich mag ihn und damit muss er jetzt klarkommen.

Jetzt folgt der spannende Teil, der mit dem Nervenkitzel, potentiellen Knochenbrüchen und jugendlicher Dummheit. Ich öffne mein Fenster und steige auf den Fensterrahmen. Das Kletterseil baumelt nah am Baumstamm, weil es unten entsprechend befestigt ist. So sieht man es kaum, besonders, weil der eigentliche Garten an die andere Hausseite grenzt. Es ist schon ziemlich unwahrscheinlich, dass jemand ausgerechnet hier in die Krone der Eiche guckt und das Seil bemerkt.

Es folgt der nervenkitzelnde Teil. An und für sich ist es nicht hoch, erster Stock eben. Man überlebt einen Sturz. Tut vermutlich nur verdammt weh.

Ich springe.

Es dauert nur eine Sekunde, wenn überhaupt, dann krallen meine Finger sich um das Seil. Ein Ruck fährt durch meinen Körper. Ein allumfassender

Ruck, der mir wie jedes Mal gefühlt fast die Oberarmknochen aus den Gelenkpfannen reißt. Besonders, weil ich halb gegen den Baumstamm knalle, aber nachdem der erste Schock überwunden ist, stellt sich meine Landung als gelungen heraus. Ich habe es geschafft! In Windeseile seile ich mich auf den Boden ab und schiebe das Seil wie immer so zurück an den Baumstamm, sodass es kaum auffällt. Verstohlen sehe ich mich um. Jetzt könnte ich noch in flagranti erwischt werden, aber ich kriege das hin. Wie all die Male zuvor. Mein Herz schlägt wie verrückt, während ich zum Zaun husche. Ich müsste mich genau im toten Winkel der Kameras befinden und wenn meine Eltern die Überwachungssoftware checken, bemerken sie meinen Ausbruch nicht.

Über den Zaun klettere ich so vorsichtig, wie es geht. Es wäre echt blöd, wenn ich mir daran jetzt noch die Eier aufspießen würde. Glücklicherweise überleben meine Eier und ich die Kletteraktion unbeschadet und ich zwänge mich durch die Hecke, bis ich die Straße erreiche. Jetzt habe ich es wirklich geschafft! Ich renne los und bringe so viel Distanz wie möglich zwischen mich und die Straße, in der wir leben. Hier gibt es nur Villen und unfassbar große Häuser und bin ich froh, als ich sie erst einmal hinter mir lassen kann.

Tief sauge ich die warme Nachmittagsluft in meine Lungen. Ich genieße die Sonne auf meinem Gesicht und hetze zur nächsten Haltestelle. Es fühlt sich an, als schüttle ich eine schlimme Last ab, als lasse ich all die Wut und die Abneigung hinter mir. Wenn man so viel davon mit sich herumträgt, wird man irgendwann von ihr definiert, und dabei bin ich doch so viel mehr.

Befreit lächelnd mache ich auf den Weg zu Vince. Oh, der wird Augen machen.

Vince macht nicht bloß Augen, sie fallen ihm fast aus dem Kopf.

»Was machst du hier?«, fragt er entgeistert.

»Dich abholen«, erkläre ich.

»Was?«

»Abholen.«

»Woher weißt du überhaupt, wo ich wohne?«

»Ein Vögelchen hat es mir gezwitschert.«

Ich grinse Vince an, der auf mich den Eindruck macht, als habe er einem irren Psychomörder die Tür geöffnet. Wenn er die Klinke noch fester umklammert, reißt er sie vermutlich ab. Unerwarteten Besuch ist er also wohl nicht so gewöhnt. Fast habe ich deswegen ein schlechtes Gewissen.

»Jim ist eine verdammte Plaudertasche«, murmelt Vince und fährt sich durch die Haare.

»Ich habe ihn gedrängt, er kann nichts dafür. Wir treffen uns jedenfalls gleich bei ihm. Es wäre echt cool, wenn du mitkommen würdest.«

Auf der Fahrt hierher habe ich mich ein paar Mal verfranst, weil mein mobiles Internet nicht einmal halb so zuverlässig Auskunft gegeben hat wie das WLAN daheim, aber ich habe den Weg trotzdem gefunden. Jetzt müssen wir es von hier aus nur noch irgendwie zu Jim schaffen, ohne aus Versehen am anderen Ende der Stadt herauszukommen. Probehalber versuche ich es mit einem Lächeln der Kategorie Atomkraftwerk – Strahlen bis zum Umfallen.

»Ich …«, beginnt Vince und schüttelt mit dem Kopf.

»Ja?«

Er lässt den Kopf mit einem kapitulierenden Schnaufen in den Nacken fallen. »Na schön, ich komme mit.

»Großartig!« Ich strahle noch ein bisschen mehr.

»Gib mir zwei Minuten, ja?«, bittet er und ich kann sehen, wie es um seine Mundwinkel herum zuckt.

Da will ein Lächeln ans Tageslicht, doch bevor es sich zeigen kann, ist er bereits in die Wohnung gehuscht. Ich spähe durch den Türspalt und erahne einen dunklen Flur, eine mit Jacken vollgehangene Garderobe, und darunter eine ganze Herde Schuhe. Die ausgelatschten Chucks gehören ganz eindeutig Vince. Der Rest ist ziemlich feminin und ich kann mir nur schwerlich vorstellen, dass der Junge auf Zehn-Zentimeter-Halsbruch-Hacken durch die Gegend stakst. Selbst wenn, ich würde ihn schlicht und einfach dafür bewundern, dass er nur einen Schritt damit gehen kann. Wahrscheinlicher ist, dass sie seiner Mutter gehören. Mit den Händen in den Hosentaschen trete ich ein paar Schritte zurück und warte auf Vince.

Die Tür geht zu.

»Wir können«, meint Vince.

»Ich freue mich, dass du mitkommst«, lasse ich ihn wissen.

Aus seinen dunklen Augen, die so gut mit den dunklen Ringen direkt unter ihnen harmonieren, sieht er mich direkt an. Bevor ich noch irgendetwas sagen kann, hat Vince sich schon an mir vorbeigedrückt und eilt die Treppe herunter. Grinsend folge ich ihm nach und erst, als wir das Mehrfamilienhaus verlassen haben, schließe ich wieder zu ihm auf.

Ein gutes Stück Weg legen wir schweigend zurück, aber das ist in Ordnung. Es ist kein unangenehmes Schweigen, keine Stille, die sich wie Blei über einen legt. Wir existieren einfach nebeneinander und tun das ganz zwanglos. Neben uns rauschen Autos auf der Straße vorbei, Menschen kommen uns entgegen und gehen weiter. Ein ganz normaler Tag. Da wir den Bus gerade verpasst haben, machen wir uns zu Fuß auf den Weg. Mein Handy ist der Ansicht, dass wir so um die zwanzig Minuten zu Jim brauchen werden.

»Warum treffen wir uns eigentlich bei Jim?«, fragt Vince unvermittelt in den Lärm hinein.

Wir gehen an einer ganzen Parade kleiner Geschäfte vorbei, Kiosk, Lotto, Drogerie.

»Einfach so«, erwidere ich und nicke bedächtig. »Einfach zusammen abhängen und dabei eventuell ein wenig kreativ sein. Wir haben ja schon im Skatepark festgestellt, dass die Kreativitätskonzentration in unserer Gruppe irgendwie außergewöhnlich hoch ist.«

»Ist schon merkwürdig.«

»Was? Dass wir irgendwie alle vom leicht künstlerischen Schlag sind?«

Vince schüttelt mit dem Kopf. »Nein. Das Abhängen, meine ich.«

»Warum denn das?«

»Ah, ich … ich habe so was einfach lange nicht mehr gemacht. Vielleicht kommt es mir darum seltsam vor«, sagt er abwinkend. Davon lasse ich mich aber nicht abschrecken.

»Wie lange ist es denn her?«

»Du bist ganz schön neugierig«, bemerkt Vince und drückt sich so mehr oder weniger elegant vor einer Antwort.

»Na, du kannst mir doch nicht so einen kryptischen Informationshappen hinwerfen und dann erwarten, dass ich ihn einfach ignoriere«, rechtfertige ich mich.

»Punkt für dich. Es sei denn, ich stelle auf stur und kümmere mich einfach nicht um dein Leid.«

»Alter, jetzt mach doch so was nicht!«

Ein kleines Grinsen huscht über seine Lippen. »Und wenn doch?«

»Dann muss ich wohl damit leben und du musst dich damit arrangieren, dass du deinen Teil zu meinem Ruin beigetragen hast«, erkläre ich im Klugscheißertonfall.

Vince verdreht die Augen, doch sein Grinsen gewinnt an Substanz, bis es wie ein echtes Grinsen anmutet und nicht bloß wie ein Klappergestell von Belustigung.

»Genau darum habe ich so lange nicht mehr mit Leuten abgehangen. Ich neige dazu, sie zu ruinieren.«

»Klingt sympathisch«, befinde ich, und sehe dabei zu, wie er die Augenbrauen ungläubig hebt.

»Sympathisch? Dein Ernst?«

»Mein voller Ernst. Ich meine, wir sind doch Künstler. Wir haben eh alle eine Macke.«

Vince lacht. Reibt sich mit der Hand über das Gesicht, als könne er so viel Bullshit nur schwerlich ertragen, doch ich weiß ganz genau, dass er in Wahrheit Spaß hat. Darum lächle ich vergnügt vor mich hin. Irgendwie mag ich es, ihn zum Lachen zu bringen. Vielleicht, weil Vince auf mich den Eindruck macht, als lache er in Wahrheit viel zu selten. Genau wie ich. Da muss man doch zusammenhalten, oder?

8

Vince

Liam hat mich abgeholt. Liam hat mich abgeholt. Ich wiederhole: Liam hat mich abgeholt! In mir herrschen Chaos und Party gleichzeitig und ich fühle mich wie eine Discokugel. Das Problem ist, dass ich das auf keinen Fall zeigen darf. Egal, wie unwirklich es sich anfühlt, dass der Typ mit den krassesten, grünen Augen, die ich je gesehen habe, vor meiner Wohnungstür stand und mich an die frische Luft gezerrt hat. Ein bisschen schlecht fühle ich mich deswegen schon, denn als Jim mich heute Morgen gefragt hat, wollte ich mich noch einfach daheim verkriechen. Kaum kommt Liam daher, ändere ich meine Meinung ganz skrupellos. Ich sollte mir dringend ein bisschen Rückgrat zulegen.

»Warum macht der Hansel denn nicht auf?«, murrt Liam neben mir und drückt noch ungefähr zwölf Mal auf dem Klingelknopf herum.

»Und du bist dir sicher, dass wir uns bei ihm treffen?«, frage ich vorsichtshalber nach.

»Ja, sonst wäre ich doch nicht so forsch bei dir einmarschiert.«

Einmarschieren trifft es ziemlich gut. Ich verstecke mein Lächeln hinter einem Räuspern und sehe dabei zu, wie Liam noch einmal lang und penetrant auf die Klingel drückt.

»Vielleicht sind sie gerade unterwegs«, lenke ich ein, bevor er das Ding noch demoliert.

»Aber sie haben nicht Bescheid gesagt.« Mit einem Seufzen lässt Liam von dem Metallknopf ab und kramt sein Handy aus der Hosentasche.

»Scheiß drauf, ich rufe ihn jetzt an und wenn die wirklich ausgeflogen sind, ohne uns Bescheid zu geben, ziehe ich ihnen die Ohren lang.«

Es ist eine nette Gegend, in der Jim wohnt. Nicht mehr ganz neu, aber man sieht den Reihenhäusern an, dass sie vor nicht allzu langer Zeit erbaut wurde. Die Fassaden sind noch weiß und die nächste Hauptverkehrsstraße ist weit genug weg, dass man nicht die ganze Zeit mit schrecklichem Lärm zu kämpfen hat. Es gibt sogar ein paar Bäume an der Straße. Für eine Großstadt ist das eine gute Ecke, um aufzuwachsen. Während Liam auf seinem Smartphone herumdrückt, sehe ich mich um. Ein Mann mit Hund geht an dem Haus vorbei, Vögel zwitschern, die Sonne scheint auf den grauen Asphalt … ja, ich kann mir sehr gut vorstellen, wie eine junge Familie hier ihre Existenz aufbaut.

»Junge, wir stehen vor deiner Tür und keiner macht auf – wo seid ihr?«, redet Liam auf einmal ins Handy. Er starrt mit leicht gerunzelter Stirn Löcher in die Luft und ich nutze den Moment ganz schamlos aus, um ihn zu betrachten. Sind diese leichten Sommersprossen um seine Nase herum neu? »Wir sollen … na gut. Bis gleich.«

Liam legt auf und ich beeile mich, unverfänglich die Gegend zu betrachten. Zum Beispiel den Verputz am Haus. Wahnsinnig interessant, dieser Putz, wow, der ist echt gut verarbeitet …

»Und wo sind sie nun?«, erkundige ich mich beiläufig und gucke ihn genauso beiläufig an. Ganz so, als habe ich nicht die letzten Sekunden damit verbracht, ihn wie der letzte Idiot anzugeiern.

»Im Garten. Jim meinte, wir sollen einfach am Haus vorbei durch das Tor und dann würden wir sie schon sehen«, sagt Liam. Jetzt, wo sich das Klingelmysterium aufgeklärt hat, ist er wesentlich entspannter.

»Im Garten?«, wiederhole ich zweifelnd.

»Anscheinend.«

Wir setzen uns in Bewegung. Rechts am Haus führt ein schmaler Weg aus Steinplatten vorbei. Das Tor aus Holz gehört zu einem Zaun, der den gesamten Garten umfasst, und ist zudem unverschlossen. Liam und ich wechseln einen schnellen Blick, zucken beide mit den Achseln und gehen hindurch.

Von endlosen Ebenen kann man nicht sprechen, wenn es um diesen Garten geht, doch ich finde ihn augenblicklich toll. Das Gras ist hoch, die Blumenbeete wuchern fröhlich vor sich hin und in der Mitte der kleinen

Idylle steht ein großer, alter Baum. Eine Holzschaukel hängt ein einem Ast. In der sanften Brise schaukelt sie sanft vor sich hin, was in einem Horrorfilm ohne Zweifel ein böses Omen gewesen wäre. Jetzt wirkt es einfach nur friedlich.

»Hier sind wir!«, ruft eine Stimme, die verdächtig nach Jim klingt, fröhlich. Wild winkend und noch wilder grinsend, lehnt er sich aus dem Fenster eines Baumhauses.

Mein Herz stolpert über die eigenen Füße und fällt der Länge nach hin. Ein Baumhaus in den Ästen der Eiche. Windschief zusammengezimmert und in meinen Augen der absolut perfekte Rückzugsort. Wind und Wetter haben dafür gesorgt, dass die Farbe der Bretter verblasst ist, aber man kann das Rot immer noch erkennen. Man muss eine einholbare Strickleiter emporklettern, um in das Baumhaus zu gelangen. Auf einmal fühle ich mich zehn Jahre jünger, weil ich nichts lieber machen würde, als so zu tun, als müsse ich das Baumhaus vor fiktiven Eindringlingen verteidigen.

Ohne es zu merken, bleibe ich stehen und sehe verzückt in die Baumkrone hinauf, bis Liam mich im Vorbeigehen freundschaftlich anrempelt.

»Nicht einschlafen«, neckt er mich.

Seine Augen funkeln sonnig und das macht es nicht leichter, gewisse schwule Schwingungen zu unterdrücken. Vielleicht ist es also nur ein kleines bisschen eigennützig, dass ich Liam den Vortritt dabei lasse, die Leiter hochzuklettern.

»Da seid ihr ja endlich«, tönt Isa, kaum dass wir durch die kleine Öffnung im Baumhausboden geklettert sind. Schlagartig fühle ich mich wie in einer anderen Dimension. Dutzende Leuchtsterne kleben an Decke und Wänden. Ein Windspiel klimpert leise im Wind, glitzernde Metallstücke, die zu etwas Neuem, Schönem geworden sind. Bunt zusammengewürfelte Kissen und Decken liegen auf dem Boden verteilt und Jim und Isa fläzen dort herum. Cola, Bier und andere Softdrinks stehen in Reichweite. Neben Jim liegt ein Zeichenblock auf dem Boden, Isa hat ein Buch in der Hand und zwischen ihnen ist eine Shisha mit vier Schläuchen aufgebaut. Aus der kleinen Box, die schon im Skatepark für die musikalische Untermalung gesorgt hat, spielt ein Lied von Casper.

»Hereinspaziert, hereinspaziert«, grinst Jim.

Liam und ich tragen denselben verwunderten Ausdruck im Gesicht.

»Wie genial ist das denn«, sagt Liam und macht sich gar nicht die Mühe, die Überwältigung aus seiner Stimme zu verbannen.

»Setzt euch doch, bevor ihr da noch weiter wie Falschgeld herumsteht.« Isa deutet auf die Kissenberge. Das lassen wir uns nicht zwei Mal sagen. Mit vier Leuten wird es zwar durchaus etwas eng in dem Baumhaus, aber irgendwie kriegen wir es noch halbwegs gemütlich auf die Reihe. Jim reicht uns beiden erst einmal eine Dose Mischbier, obwohl es nicht einmal vier Uhr nachmittags ist. Mein unangenehmes Erwachen heute habe ich noch nicht vergessen. Nichtsdestotrotz bedanke ich mich artig, ehe ich die Dose erst einmal ungeöffnet abstelle. Liam ist da etwas pragmatischer veranlagt. Es zischt, als er sein Mischbier aufmacht, in die Runde prostet und sich einen ersten Schluck genehmigt. Niemand wirft mir einen auffordernden Blick zu, wofür ich echt ausgesprochen dankbar bin.

»Alter, das ist ein Baumhaus«, stelle ich fest.

Isa wirft mir einen Blick zu, als zweifle sie an meinen geistigen Fähigkeiten. Schwarz, wie immer trägt sie schwarz. Dazu ein Bandshirt mit düsterem Aufdruck. Nur die Haare fallen ihr so regenbogenbunt wie eh und je über die Schultern.

»Jep«, bestätigt Jim.

Er greift nach Block und Bleistift, schlägt das Deckblatt zur Seite, und beugt sich über das weiße Papier. Er trägt noch immer mein T-Shirt. Zwar mag ich das Shirt wirklich gerne, aber ich glaube, ich hätte nichts dagegen, wenn Jim es behält.

»Kann ich bitte hier einziehen?«, fragt Liam und fängt an, in seinem Rucksack herumzuwühlen. Er befördert ebenfalls Stift und Block zutage, auch wenn ich unwillkürlich mit den Sprühdosen gerechnet habe.

»Wenn du Miete bezahlst, klar«, sagt Jim frech.

»Wie viel müsste ich blechen?«

Isa verdreht still die Augen und ich imitiere ihre Reaktion, als sie mich ansieht. Es lässt sie grinsen.

»Eine ganze Menge sogar, denn glaube mir, das hier ist eine top Lage.« Jim schlägt einen wunderbaren Immobilienmaklertonfall an. »Hell, ruhig, aber trotzdem an die öffentlichen Verkehrsmittel angeschlossen. Ein wahres Traumplätzchen, perfekt zur Entschleunigung des Großstadttraumas.«

Liam prustet. »Traumplätzchen, ja? Es gibt hier nicht mal ein Klo!«

»Das nennt sich rustikaler Charme«, zieht der Wolkenkopfjunge seine Präsentation konsequent durch.

»Kack halt in den Garten, wenn du musst«, mische ich mich ungefragt in die Verhandlungen ein.

Von Isa und Liam ernte ich ein Lachen, von Jim einen zutiefst empörten Blick. Augen habe ich aber nur für Liam. Da ich weiß, wie offensichtlich das alles macht, zwinge ich mich dazu, woanders hinzusehen. Ich muss mich so sehr zwingen, dass ich dabei fast einen Krampfanfall bekomme.

»Stell dir mal vor, dass irgendwer in deinen Garten kackt und du wirst ganz schnell von solchen Vorschlägen geheilt sein«, nörgelt Jim mich an.

Das Unleidliche hat er wirklich gut drauf, aber lange hält er es nicht durch. Schon tanzt Schalk über seine Miene. Isa ist da wesentlich rigoroser.

»Könnten wir jetzt mal damit aufhören, über Kackerei im Garten zu reden und uns wieder auf die schönen Dinge des Lebens konzentrieren?«

Liam lächelt unschuldig. »Also, es gibt manche Leute, die würden behaupten, dass Kacken zu den schönsten Dingen des …«

Ein Kissen knallt ihm ins Gesicht und unterbindet jede weitere Erörterung von Stoffwechselendprodukten. Liam guckt so dämlich aus der Wäsche, dass wir nicht anders können, als ihn gepflegt auszulachen.

Wir machen es uns gemütlich und in den nächsten Minuten stellt sich schnell eine gewisse Routine ein. Jeder von uns hat einen Shishaschlauch im Mundwinkel hängen und zieht gelegentlich daran. Wir sind vier Drachen, die sich in ihrer Höhle zusammengerollt haben, nur ohne Gold und Geschmeide. Ich muss Liam immer wieder angucken, ganz so, als habe irgendwer einen Magneten in seinem Kopf implantiert, dessen Anziehungskraft ich mich nicht widersetzen kann. Es sieht so unfassbar ästhetisch aus, wie sich der hellgraue, dichte Rauch um sein Gesicht kringelt. Er und Jim sind ganz auf ihre Zeichenblöcke konzentriert, Isa hat die Nase zurück in ihr Buch gesteckt.

Ich kann kaum eine Sekunde stillsitzen. An fotografieren ist nicht zu denken und auch sonst komme ich mir nicht sonderlich kreativ vor. Ich drehe meine Kamera einfach nur in den Händen. Es ist keine von den alten Modellen, da man Filme dafür kaum bekommt. Die Filme sind so schon teuer genug, für Originalmodelle wären sie wahrscheinlich unbezahlbar.

Der Wind rauscht durch die Blätter des Baums und ich bilde mir ein, dass das gesamte Baumhaus sanft schaukelt. Es riecht nach Sommer, nach

Wärme, und wenn ich da ein Mitspracherecht hätte, würde sich das für die nächsten Monate auch nicht ändern. Es raschelt, als Isa ihr Buch zuklappt und sich näher zu mir schiebt. Auf einmal sitzen wir nebeneinander, so dicht, dass wir uns leise unterhalten können, ohne, dass die anderen beiden es mitbekommen. Allerdings sind die eh so vertieft in ihre Kunst, dass sie vermutlich nicht einmal bei einem Gespräch in Zimmerlautstärke zuhören würden.

»Immer wieder schön, seine Minderwertigkeitskomplexe zu kultivieren, oder?«, flüstert Isa und schüttelt leicht mit dem Kopf. »Unglaublich, wie viel die schaffen. Und wie gut das dabei auch noch aussieht. Ich kann gerade einmal eine Kartoffel mit Augen malen, wenn überhaupt.«

»Ich fühle mich auch ziemlich nutzlos«, gestehe ich, die Kamera noch immer in den Händen drehend. An der linken Seite sind ein paar Macken drin, weil ich so blöd war, sie fallen zu lassen. Direkt auf den Gehweg. Zum Glück hat die Kamera den Sturz überlebt, aber hinterher war ich drauf und dran, mich für diese Dummheit selbst zu geißeln.

»Kann ich das Bild, das du von mir gemacht hast, eigentlich mal sehen?«

Isa wirft meine Gedanken, die schon wieder schwer in Richtung Selbstgeißelung wandern, einfach durcheinander. Ein wenig ertappt blinzle ich sie an.

»Klar«, entgegne ich ruhig, obwohl es sich so anfühlt, als habe ich mich zu einem Striptease bereiterklärt.

Natürlich habe ich auch mein Notizbuch in meinen Rucksack gesteckt. Das Polaroid von Isa liegt immer noch sicher zwischen den Seiten und es fällt mir direkt entgegen, nachdem ich das schwarze Büchlein geöffnet habe. Neugierig lehnt sie sich zu mir herüber und betrachtet sich selbst. Ihr Polaroid-Abbild sieht so wundervoll abwesend aus, als betrachte es eine fremde Welt, die sich nur ihm allein erschließt. Die leicht ausgewaschen wirkende Farbe ihrer Haare, die sich trotzdem so deutlich von der verschwommenen Umgebung abhebt, verleiht dem Foto etwas Unwirkliches.

»Das ist …« Isa schüttelt mit dem Kopf. »Eigentlich bin ich sehr sparsam mit Komplimenten, aber Vince, das ist gut. Du hast da echt ein Auge für.«

»Echt?«

»Kein Witz«, sie reicht das Polaroid vorsichtig an mich zurück, »es gefällt mir sehr gut. Was mir nicht so gut gefällt, ist die Tatsache, dass ich von uns Vieren hier anscheinend wirklich ohne kreatives Talent geboren worden bin.«

Ich stecke das Foto zurück in mein Notizbuch.

»Na ja, man hat doch eh immer eine schlechte Meinung von sich selbst. Vielleicht würden wir anderen dich weitaus kreativer finden, würdest du dich dahingehend austoben.«

»Klugscheißer«, sagt Isa freundlich und versetzt mir dabei einen halbherzigen Schlag gegen den Oberarm.

Sie weiß es nicht, aber sie boxt mir damit einen Stein vom Herzen. Also grinse ich und hoffe, dass man mir nicht ansehen kann, wie erleichtert ich bin.

Während ich mich geradewegs in die nächste Grübelei stürze, ertappe ich Liam dabei, wie er Isa und mich anguckt. Er lächelt schief. Zum ersten Mal seit einer kleinen Ewigkeit hält er den Bleistift ruhig in der Hand und lässt ihn nicht über das Papier tanzen. Ich würde so gerne fragen, was er zeichnet, aber ich will nicht zu viel Interesse bekunden.

»Wehe, ein bisschen eurer kreativen Ader geht nicht durch Osmose auf mich über«, sagt Isa unvermittelt laut in den Raum.

»Dafür kannst du deine Haare ziemlich gut färben«, wirft Liam prompt ein.

»So, findest du?«

Sie hebt eine Augenbraue an. Auch Jim reißt sich von seinem Zeichenblock los und kehrt in die echte Welt zurück. Er blinzelt ein paar Mal, reibt sich mit dem Handrücken über die Augen. Die weißen Haare stehen ihm wirr vom Kopf ab. Man könnte glatt meinen, er habe bis gerade eben geschlafen, so einen verpennten Eindruck macht er. Bevor er sich in irgendeiner Weise in das Gespräch einklinkt, zieht er noch einmal lange an der Shisha, und vor lauter Qualm kann ich sein Gesicht einen Augenblick lang nicht erkennen.

»Äh, ja? Wie kann man das denn nicht meinen?« Liam legt den Kopf schief. »Immerhin sind deine Haare bunt. *Bunt.* Ich glaube, wären meine Haare so bunt, würde ich mich einfach total selbstverliebt in jeder spiegelnden Fläche anstarren, der ich so über den Weg laufe.«

»Und das machst du nicht auch so schon?«, erkundigt Isa sich.

»Hey!«

»Ich meine ja nur.«

Oh, sie kann so bösartige Sachen sagen und trotzdem sind sie eigentlich nicht wirklich bösartig.

»Keine Keilerei im Baumhaus, klar?«, ermahnt Jim die beiden und schafft es für ungefähr siebzehn Millisekunden, ernst zu bleiben. Schon grinst er sein schelmisches Grinsen, und trinkt noch einen Schluck Bier.

Isa rutscht neben Liam und wirft einen neugierigen Blick auf seinen Block. Es entgeht mir nicht, dass Liam das Deckblatt über die Zeichnung schiebt, an der er die letzte Stunde gearbeitet hat. Auf einmal verwünsche ich mich dafür, dass ich nicht die Eier dazu hatte, mich neben ihn zu setzen. Einfach hingehen. Fragen, gucken, reden. In grünen Augen versinken. Nur ein ganz kleines bisschen, so dezent, dass es nicht verdächtig ist.

»Na schön, Jim, keine Keilerei. Zeigt mal her, was ihr so produziert habt. Es ist bestimmt wieder fantastisch und ich kann mich nicht zwischen Achtung und Missgunst entscheiden«, sagt Isa.

Sie bedenkt erst Liam, dann Jim mit einem ungewohnt aufmunternden Lächeln. Das mag ich an ihr. So kratzbürstig ihre Kommentare sein mögen, am Ende lächelt sie doch aufrichtig.

»Eigentlich habe ich nur gekritzelt«, meint Liam entschuldigend und atmet etwas tiefer ein, ehe er das Deckblatt wieder zur Seite schlägt. »Ich mag es, viele kleine Muster und Elemente zu einem großen Ganzen zu vereinen, so leicht psychedelisch. Dazu dann noch Texte von den Liedern, die ich nebenbei höre, oder andere Dinge, die mich inspirieren.«

Isa schüttelt mit dem Kopf.

»Scheiße«, sagt sie. »Ihr seid wirklich alle Künstler. Womit habe ich das nur verdient?«

Jim, Isa und Liam prusten los. Es ist ein wunderschönes Bild. Drei so sorglos lachende Menschen, umgeben von Shishaschwaden. Ich kann gar nicht anders als zu lächeln. Lächeln und, einem plötzlichen Impuls folgend, meine Kamera vors Gesicht zu heben. Surrend spuckt die Kamera das noch weiße Polaroid aus, das sich in den nächsten Minuten entwickeln wird, und obwohl ich ein Stück von Liam, Isa und Jim weg sitze, fühle ich mich ihnen noch näher als gestern im Skatepark.

Inzwischen ist es dunkel und ich bin auf dem Heimweg. Im Baumhaus ist die Zeit wie im Fluge vergangen. Nur die Klebesterne an den Wänden haben das Innere erhellt. Zeichnen ging nicht mehr, fotografieren und lesen auch nicht und als das Bier alle war, hat sich unsere Truppe langsam aufgelöst. Wir haben gelacht, geredet, noch mehr gelacht, und es ist eigentlich ein kleines Wunder, dass wir es heil aus dem Baumhaus nach unten geschafft haben.

Das Grinsen ist mir wie im Gesicht fest getackert. Es war ein unglaublich toller Nachmittag. Ich kann gar nicht glauben, dass ich es so genossen habe. Besonders die Tatsache, dass Liam auch da war. Wahrscheinlich habe ich ihn die meiste Zeit einfach nur angestarrt, aber ich konnte nicht anders. Gerade finde ich es gar nicht mehr schlimm, und hey, seine Augen sind wirklich schön.

Ich eile den Hausflur hinauf. Dabei bekomme ich gar nicht wirklich mit, wie ich die Treppen erklimme, zu sehr bin ich in Gedanken noch im Baumhaus, in den Nebelschwaden der Shisha. Jetzt müsste ich nur noch so dämlich vor mich hin summen. Die Wohnung liegt recht dunkel da, als ich hineinschlüpfe. Erst jetzt kommen mir andere Gedanken. Meine Tante kennt es wohl, dass ich manchmal lange weg bin, aber … heute Morgen saß ein gleichaltriger Junge in meiner Küche. Das ist neu. Ich lade keine Leute zu mir ein oder bringe sie zu mir mit. Was wird sie also denken? Bestimmt geht sie nicht davon aus, dass ich nur eine lange Foto-Tour gemacht habe.

Lange kann ich mir über all das aber nicht den Kopf zerbrechen. Kaum habe ich meine Chucks ausgezogen und in den Flur geworfen, geht auch schon das Deckenlicht an und ich blinzle halb geblendet.

»Mann!«, sage ich laut und hebe reflexartig die Hand vors Gesicht. »Ich bin blind!«

»Na, nun übertreibe mal nicht.« Tante El mustert mich von oben bis unten. Oh, verdammt. Den Blick kenne ich. Wenn ich nicht innerhalb der nächsten zehn Sekunden in mein Zimmer verschwinde, wird mich meine Tante in die Mangel nehmen und gezielt ausquetschen. »Hattest du einen schönen Tag?«, fragt Tante El mich beiläufig, aber ich rieche den Braten fünf Kilometer gegen den Wind. Langsam schiebe ich mich in Richtung meines Zimmers.

»Ja«, erwidere ich arglos. »Wirklich angenehm. Das Wetter ist auch so perfekt, dass es gar nicht anders sein könnte.«

Das Wetter? Ich unterdrücke den Drang, mir selbst vor lauter Dummheit ins Gesicht zu schlagen. Warum es mir so schwer fällt, meiner Tante gegenüber mit offenen Karten zu spielen, weiß ich selbst nicht genau. Vielleicht liegt es daran, dass mir die Vorstellung, sie könnte sich über irgendetwas lustig machen, den Magen verknotet.

»Hast du dich mit Jim getroffen?«, bohrt Tante El nach.

»Na ja«, spiele ich es herunter, »es hat sich irgendwie so ergeben.«

»Schön, das freut mich.«

»Mhm. Ja.«

Unschlüssig stehe ich im Flur und versuche, mich unter dem musternden Blick meiner Tante nicht zu winden. Dabei ist es ja nicht einmal so, als würde sie mich mit Worten filetieren. Wenn ich ganz ehrlich bin, würde ich ihr schon gerne erzählen, was ich heute erlebt habe. Und ich würde ihr so tierisch gerne erzählen, wie grün Liams Augen sind, aber wenn ich das tue, weiß sie sofort Bescheid. Ich meine, welcher heterosexueller Junge ist von den Augen eines Schulkameraden dermaßen hingerissen? Ganz genau, absolut keiner und darum bin ich still.

»Wie habt ihr euch denn kennengelernt?«, erkundigt sich Tante El.

»Beim Skaten. Zufällig.« Wow, Vince, solch Wortgewalt. »Im Skatepark.«

»Geht er auf deine Schule?«

Inzwischen habe ich meine Zimmertür erreicht, doch ich kann mich nicht einfach verdrücken. Ich meine, klar, ich will diese Unterhaltung nicht wirklich und in der Regel mache ich mir auch über Höflichkeit keine Gedanken, aber es ist meine Tante.

»Nein«, gebe ich darum mehr oder weniger bereitwillig zurück. »Uns verbindet nur das Skaten.«

Und das Bier, die Shisha, die schlechten und noch schlechteren Witze … Mann. So geht das doch nicht. Ich atme tief durch und raffe meine Eier zusammen. Es ist doch nur meine Tante, meine herzliche, liebe Tante, die mich ohne zu zögern aufgenommen hat, als ich nur die kleinsten Andeutungen in diese Richtung gemacht habe.

»Da gibt es noch ein paar Leute. Es ist eigentlich eine dumme Geschichte, aber ich habe Isa, so ein Mädchen mit bunten Haaren, in der Bahn morgens fotografiert. Durch Zufall haben wir uns am selben Tag im Park gesehen und da hat sie mich dann einfach in den Skatepark zu ihren

Freunden eingeladen«, fahre ich wasserfallartig fort. »Der Neue aus meiner Klasse ist auch dabei und ich glaube, das könnte ganz okay werden.«

Ich garniere meine Erzählung mit einem bemühten Lächeln. Wahrscheinlich sehe ich eher so aus, als liege meine Hand auf einer heißen Herdplatte. Meine Tante nimmt es ganz gelassen und das gibt mir genug Ruhe, sie zu mustern. Ihre schwarzen, lockigen Haare hat sie heute Abend zu einem ganz einfachen Pferdeschwanz zusammengefasst und ungeschminkt ist sie auch. Aus dem Wohnzimmer hinter ihr sickert gemütliches Licht. Wahrscheinlich hat sie bis gerade einen Film geguckt und ihn pausiert, als sie mich in die Wohnung hat schleichen hören. So viel zum Schleichen.

»Es freut mich, dass du einen schönen Tag hattest«, entgegnet Tante El.

Hätte ich sie nicht eh schon abgöttisch geliebt, spätestens jetzt wäre es soweit gewesen. Sie macht kein großes Ding daraus. Ich weiß, wie unüblich es für mich ist, mit anderen Leuten etwas zu unternehmen, aber sie nimmt es hin.

»Danke«, gebe ich zurück. »War echt ganz cool. Was hast du heute Abend so gemacht?«

»Ach, das Übliche. Wo wir gerade schon davon sprechen – es wäre übrigens ganz wundervoll, wenn du deine Kaffeetassen auch in die Spülmaschine stellen würdest, anstatt sie nur auf deinem Schreibtisch zu horten.«

Wie es sich für ein angemessen widerborstiges Subjekt im Teenageralter gehört, verdrehe ich gepflegt die Augen.

»Ja, ja, mache ich. Sorry.«

»Und es würde vielleicht auch nicht schaden, mal in deinem Zimmer aufzuräumen. Es sieht aus wie Sau.«

»Maaaaaaaann«, stöhne ich. »Jetzt mal ernsthaft, das ist noch voll in Ordnung und außerdem kann ich doch einfach die Tür zu machen. Mich stört das nicht.«

Meine Tante löst sich vom Türrahmen.

»Mich aber schon. Nicht, dass du eine Kakerlakenzucht eröffnest.«

»Was wäre daran denn so schlimm? Ich könnte ihnen Tricks beibringen.«

»Den Kakerlaken?!« Tante El sieht mich entsetzt an und ich muss mich beherrschen, um weiterhin ernst zu bleiben.

»Ganz genau. Und dann verkaufe ich sie und verdiene Millionen.«

»Also, das Grundprinzip des Kapitalismus hast du anscheinend verstanden, doch du solltest dir noch einmal durch den Kopf gehen lassen, ob du mit dieser Geschäftsidee wirklich ins Berufsleben starten möchtest.«

»Man tut, was man kann«, entgegne ich schulterzuckend.

»Ich merke schon.« Sie schmunzelt. »Möchtest du vielleicht den Film mit zu Ende gucken? Ich glaube, da hat man die erste Hälfte nicht zwingend miterleben müssen, um ihn zu verstehen.«

Es ist bestimmt eine romantische Komödie, leichte Kost, bei der man abends nicht mehr allzu viel nachdenken muss. Plötzlich bin ich hin- und hergerissen. Einerseits würde ich gern noch ein wenig Zeit mit Tante El verbringen, andererseits hatte ich heute schon echt viel Gesellschaft und möchte mich einfach nur in meinem Zimmer verkriechen. Ach, was soll's.

»Warum nicht«, sage ich, stelle meinen Rucksack vor meiner Zimmertür ab und folge El ins Wohnzimmer.

Die nächsten fünfundvierzig Minuten werde ich mit Liebesdrama vom Feinsten beschallt und wir tun, was wir bei solchen Filmen am liebsten machen: Wir zerreißen die Handlung von vorne bis hinten. Am Ende geht der ganze Mist doch immer gleich aus. Es macht Spaß, sich mit ihr über die flachen Dialoge lustig zu machen, und so schaffe ich es sogar, nicht an Liam zu denken. Jedenfalls bis zu dem Moment, in dem sich die Protagonisten des Films doch kriegen.

Bei dem obligatorischen Kuss verschlägt es mir die Sprache, weil ich andere Bilder vor dem inneren Auge habe, die ich mir wirklich ganz schnell wieder aus dem Kopf schlagen sollte. Ich bin noch dankbarer als sonst, als Tante El in prustendes Gelächter ausbricht und sich köstlich darüber amüsiert. Die Abschlussszenen des Films bekomme ich nicht mehr richtig mit. Könnte ich El nicht doch von Liam erzählen? Und wenn ich sage, dass er ein Mädchen ist? Wenn das so weitergeht, bekomme ich noch Migräne vom Grübeln. Ich wünsche mir wirklich, es wäre so einfach.

Nach dem Film wünsche ich El eine gute Nacht. Endlich sitze ich in meinem Zimmer, das lange nicht so unordentlich ist, wie meine Tante gern tut. Ein unsichtbares Gewicht fällt von meinen Schultern ab, während ich in Boxershorts auf meinem Bett sitze. Mein Wecker sagt irgendetwas von Mitternacht, als ich aus meinem Rucksack das Polaroid von heute hervorkrame. Jim, Isa und Liam. Ihr Anblick genügt, damit ich lächle.

Bevor ich jedoch so richtig schwul mit dem Daumen über Liams lachendes Gesicht streichen kann, hefte ich das Foto von meinen neuen Freunden an einen freien Fleck meiner Pinnwand und lege mich hin.

9

Liam

Zwei Wochen später

Wir schreiben ununterbrochen miteinander. Es ist Mittwoch, kurz vor sieben Uhr morgens, und das Erste, was ich nach dem Weckerklingeln tue, ist, nach meinem Handy zu greifen. Viele Nachrichten in der Underdogs-Gruppe und dann noch mit einer weiteren Person. Obwohl ich total verpennt bin und ganz sicher nicht aufstehen will, grinse ich wie bekifft, als ich den Absendernamen lese.

Isa.

Schon ohne sie ist es mir so schwergefallen, mein Smartphone mal zu vergesse, doch jetzt ist es quasi an meiner Hand festgewachsen. Vince und ich verbringen inzwischen jede Pause, jede Gruppenarbeit und Sportstundenquälerei miteinander. Die Nachmittage auch, denn ich habe noch immer keinen Bock, eine Minute länger als nötig mit meinen Eltern unter einem Dach zu bleiben. Also treffe ich mich mit den Underdogs. Im Grunde hängen wir immer zusammen rum, egal wo. Ob im Skatepark, im Baumhaus oder im Park. Noch immer haben wir wettertechnisch absolut Glück und die Sonne scheint weitaus häufiger, als sich Regenwolken am Himmel zeigen, doch man kann nicht mehr verleugnen, dass der Herbst kommt.

Isa (06:53): Lass dich nicht ärgern heute!

Liam (07:03): Danke! Du dich aber auch nicht, ist schlecht fürs Herz.

Isa (07:08): Ich bin nur müde, nicht scheintot – aber trotzdem danke.

Jetzt lässt der erste Adrenalinrausch nach und mir fallen die Augen fast wieder zu. Ausschlafen wäre eine schöne Sache, aber spätestens, als es Viertel nach sieben ist, sitze ich senkrecht im Bett. Ich habe den seltenen Luxus, nur drei Haltestellen zur Schule fahren zu müssen, doch dafür muss man die entsprechende Straßenbahn auch erwischen. In Windeseile dusche ich, werfe mir frische Klamotten über und zerzause mir mit etwas Wachs die Haare, damit ich nicht so ordentlich aussehe, wie meine Eltern es gerne hätten.

Da ich meine Rebellion noch immer durchziehe, gehe ich weiterhin nur mit losen Unterlagen zur Schule. Kaum, dass ich die Treppe heruntergestürmt bin, kann ich den missbilligenden Blick meiner Mutter spüren. Es lässt mich kalt. Ich wirble in die leblose Edelstahlküche hinein und mache mir einen Kakao. Die ersten Schlucke trinke ich schon, bevor sich das Pulver völlig aufgelöst hat. Zeitmanagement sollte ich wirklich noch üben, so läuft das eigentlich jeden Morgen ab.

Schon um diese Uhrzeit sieht meine Mutter tadellos aus. Bluse und Rock sitzen perfekt und mit Sicherheit wird sie sich später wieder zu irgendeinem belanglosen Kaffeeklatsch treffen.

»Guten Morgen, Liam«, sagt sie verschnupft.

Sie hasst es, wenn ich die floskelhafte Begrüßung am Morgen auslasse und darum zelebriere ich es umso konsequenter.

»Morgen«, antworte ich einsilbig.

Ich lasse mein Hochgefühl einfach nicht nach außen dringen, sperre es in mir ein und behalte es ganz für mich. Was soll ich auch sonst tun? Es meinen Eltern offenbaren und mir von ihnen kaputtreden lassen?

»Da ich dich ja sonst nicht mehr zu sehen bekomme, muss ich es jetzt erledigen. Wir sind am Samstag bei deinen Großeltern eingeladen. Opa hat Geburtstag, falls du dich daran erinnerst. Darum brauchst du dich für das Wochenende nicht zu verabreden«, teilt sie mir mit.

»Was auch immer.«

Ich lasse die Tasse absichtlich auf der Arbeitsfläche stehen und bin mit einem Fuß schon wieder aus der Küche raus. Das werden wir ja noch sehen. Opas Geburtstag, dass ich nicht lache. Derselbe Opa, der mich als

Kind zum Heulen gebracht hat, als ich die Regeln für Schach nicht sofort kapiert habe.

»Als du das das letzte Mal gesagt hast, hast du dich gedrückt und dein Vater und ich mussten alleine fahren. So solltest du es dieses Wochenende gar nicht erst versuchen, wenn du dein Taschengeld sehen willst.« Meine Mutter seufzt entnervt. »Warum machst du es uns nur so schwer?«

»Keine Ahnung, warum macht ihr es mir denn so schwer?«, schnappe ich.

»Liam«, ermahnt sie mich.

Ein konstruktives Gespräch kann man völlig vergessen, wenn sie diese Schiene fährt. Na ja, allgemein weiß ich, dass konstruktive Gespräche bei meinen Eltern eh nichts bringen.

»Ich muss in die Schule«, rufe ich kurzangebunden über die Schulter und mache mir nicht die Mühe, auf eine Antwort zu warten.

Kein Taschengeld. Normalerweise würde mich eine solche Drohung nicht wirklich tangieren. Allerdings gehen meine Farben zur Neige. Da ich neben der Schule keinen Job habe, bin ich auf das Taschengeld angewiesen und Sprühfarbe ist gern etwas teurer. Taschengeld ist ein beliebtes Druckmittel meiner Eltern, um mich in ihre Spur zu zwingen, und darum saß ich die letzten Wochen auch schon auf dem Trockenen. Langsam wird es eng. Die Farben machen mein Leben bunter und das sowohl im tatsächlichen als auch im metaphorischen Sinne. Außerdem schmeißen meine Freunde und ich regelmäßig zusammen, um unseren Getränkekonsum zu garantieren, und wenn ich komplett pleite bin, ist das einfach blöd.

Ich ziehe das Hoftor zu, durch das man unser Grundstück betreten kann, und gehe in Richtung Haltestelle. Es ist gerade so warm, dass ich in T-Shirt und Kapuzenjacke nicht fröstle. Seufzend schiebe ich meine Hände in die Hosentaschen und versuche, mich auf den Weg zu konzentrieren, aber es klappt nicht so recht. Es passiert nämlich doch. Meine gute Laune wird von diesem kleinen Zusammenstoß getrübt. Nur die Aussicht, Vince gleich in der Schule zu sehen, heitert mich wieder etwas auf. Manchmal wünsche ich mir wirklich, ich könne in Jims Baumhaus wohnen.

Ich habe einen Plan! Na ja, zumindest so etwas in diese Richtung. Die Pille, dass ich mein Taschengeld diesen Monat brauche, habe ich inzwischen geschluckt. Genauso das Abendessen, zu dem meine Eltern mich regelrecht genötigt haben. Die Salzkartoffeln waren nicht nur mit Petersilie dekoriert, sondern auch mit den üblichen Tiraden. Ich habe es still über mich ergehen lassen, denn ich habe einen Plan. Vielleicht sogar so etwas wie einen Kompromiss, aber ich will mich nicht zu weit aus dem Fenster lehnen. Bei meinen Eltern weiß ich nie. Ich atme tief durch.

»Okay«, sage ich unvermittelt. »Ich komme am Samstag mit.«

Es kehrt Schweigen ein. Ich kann das Misstrauen am Esstisch spüren. Mein Vater fängt sich als Erstes.

»Schön zu hören«, erwidert er und mustert mich eingehend. Ich würde es mir ja auch nicht abkaufen.

»Könnte ich jemanden mitbringen? Damit wäre uns allen geholfen. Ich habe jemanden, mit dem ich mich beschäftigen kann und ihr könnt euch sicher sein, dass ich vor lauter Langeweile keinen Unsinn anstelle.«

Mein Vater hebt die Augenbrauen so hoch, bis sie ihm fast in den Haaransatz kriechen. Ja, ich weiß, es ist irgendwie ein großes Ding, doch ich finde meine Argumentation gar nicht so unlogisch. Meine Eltern wechseln einen schnellen Blick.

»Wer ist denn dieser jemand?«, erkundigt meine Mutter sich.

Damit habe ich natürlich gerechnet. Sie wollen wissen, ob meine potentielle Begleitung salonfähig ist oder ob ich ihnen damit nur wieder eins auszuwischen versuche.

»Eine Freundin von mir. Sie ist wirklich nett und weiß sich außerdem zu benehmen, sollte euch das beruhigen.«

Bei besagter Freundin handelt es sich um Isa. Zuerst hatte ich Vince im Sinn, aber den sehe ich ja immer in der Schule. Ich würde gerne mal etwas Zeit alleine mit Isa verbringen. Den Abend im Skatepark bekomme ich nämlich nicht aus dem Kopf. Wie wir gemeinsam auf der Halfpipe saßen und geredet haben. Irgendwie würde ich das gerne wiederholen, aber bislang habe ich mich nicht getraut, sie ganz direkt nach einem Treffen ohne die anderen zu fragen.

Schon wieder tauschen meine Eltern einen vielsagenden Blick. Was ist, wenn sie es mir nicht erlauben? Sollte es so weit kommen, könnte ich vielleicht nebenbei mit den Underdogs chatten, aber wer weiß, ob ich überhaupt eine Antwort bekommen würde. Theoretisch könnte ich mich während der Geburtstagsfeier auch bei meinem Bruder auskotzen. Der antwortet mir aber seit einer Weile nur noch derart sporadisch, dass ich genauso gut vor einem Spiegel Selbstgespräche führen könnte und die vermutlich noch gehaltvoller wären.

»Geht diese Freundin bei dir in die Schule?«, hakt meine Mutter nach.

»Nein, aber sie geht auf das andere Gymnasium hier in der Nähe. Ich habe sie durch Zufall kennengelernt. Durch Vince.«

Jetzt liefere ich meinen Eltern die Informationshappen, die sie bei jedem Mittagessen aus mir herauszupressen versuchen. Mit wem treffe ich mich, wer sind meine Freunde, wie läuft es abseits vom Lernstoff in der Schule?

»Und wer ist Vince?«

Zum Glück klingt mein Vater nicht halb so abgeneigt, wie ich befürchtet habe.

»Na ja, der ist so etwas«, ich überlege ganz kurz, »wie mein bester Freund, denke ich. Ich meine, ich gehe ja noch nicht so lange in die Klasse, aber wir verstehen uns ziemlich gut.«

»Aha«, macht mein Vater. »Was ist denn mit Alex? Wenn ich mich richtig erinnere, war er bislang dein bester Freund.«

Ich bin überrascht, dass er das überhaupt weiß.

»Das war einmal. Wir sehen uns ja nicht mehr so häufig«, erwidere ich ruhig. Jetzt nicht ausrasten. Das würde mir die Chance, irgendjemanden mitnehmen zu dürfen, zerschießen.

»Verständlich«, sagt mein Vater abgebrüht, als wäre es nicht seine Schuld, dass mein gesamter Freundeskreis mit einem großen Knall explodiert ist. Gut, er kann nichts dafür, wenn Alex und die anderen sich nicht melden, aber der Rest liegt durchaus in seiner Verantwortung. Wie immer ist ihm das scheißegal.

Auf einmal werde ich wieder wütend. Ich zwinge mich dazu, mit aller Kraft an die Underdogs zu denken, an all die schönen Nachmittage, die wir schon miteinander hatten. Ich weiß, wofür ich dieses Gespräch über mich ergehen lasse.

»Also«, nehme ich den Faden wieder auf, »darf ich sie mitnehmen? Das wäre wirklich cool.«

Bitte. Ich kriege dieses Wort nicht über die Lippen. Alles in mir sträubt sich dagegen, es geht einfach nicht. Einzugestehen, dass ich auf meine Eltern angewiesen bin und ich nicht alles durchsetzen kann, was ich will, ist ein Ding der Unmöglichkeit.

Zum dritten Mal wechseln meine Eltern einen bedeutungsschweren Blick und ich bemühe mich darum, ihnen ein wenig Privatsphäre zu lassen. Schließlich nickt meine Mutter leicht.

Mein Vater seufzt geschlagen. »Gut. Bring sie mit.«

Für eine Sekunde kann ich es nicht glauben. Ich darf Isa mitbringen!

»Allerdings«, fährt er fort, »erwarten wir, dass du dich dann auch vernünftig benimmst. Das hier ist ein ziemlicher Vertrauensvorschuss, Liam, und ich hoffe, du bist dir dessen bewusst. Enttäusche uns nicht.«

Zum Glück bin ich zu erleichtert, um mich über seine Ansage aufzuregen. Sogar die Wut in meinem Bauch verpufft, wenigstens für diesen Moment, und das ist ein verteufelt gutes Gefühl.

»Klar«, erwidere ich leichtfertig. Ich habe ja wirklich nicht vor, die Geburtstagsfeier zu sprengen. Ich möchte mich mit Isa nur zusammensetzen und reden. Dann kann ich ihr auch direkt mehr von meinen Eltern erzählen.

»Wir fahren um halb neun«, klärt meine Mutter mich auf. »Seid pünktlich.«

Das Augenrollen kann ich mir nicht verkneifen, doch ich tarne es hinter einem Nicken. Jetzt habe ich es eilig. Ich mache mich nach einer kurzen Verabschiedung auf den Weg in mein Zimmer. Auf der Treppe lege ich mich fast auf die Nase, so eilig habe ich es, und jetzt spüre ich plötzlich die Aufregung. In meiner Brust kribbelt es, die Finger schwitzen. Ich kann es kaum abwarten, die Tür hinter mir zu schließen und mich auf mein Bett zu werfen. Das Deckenlicht lasse ich aus und begnüge mich mit dem Laternenlicht von draußen. Man kann nur noch Umrisse erahnen. Umso heller ist das Licht des Handydisplays. Ich blinzle, bis ich mich an die Helligkeit gewöhnt habe und dann öffne ich WhatsApp.

Liam (20:23): Hey Isa, hast du vielleicht Lust, mich am Samstag mit auf die Geburtstagsfeier meines Opas zu begleiten? Ich weiß, das klingt jetzt ein bisschen komisch, aber allein drehe ich da unter Garantie durch und es wäre cool, jemanden dabei zu haben, der nicht völlig blöd ist.

Bevor ich es mir anders überlege, habe ich die Nachricht auch schon abgeschickt. Augenblickblick ist es mir unglaublich peinlich. Warum muss ich auch so erbärmlich klingen? Eilig, um das Drama nicht mitansehen zu müssen, sperre ich mein Handy und lasse es ein Stück neben mir auf die Bettdecke fallen. Stumpf starre ich an die dunkle Zimmerdecke.

Normalerweise kann ich das besser, aber Isa macht mich nervös. Am liebsten würde ich die Nachricht zurückrufen, doch so funktioniert das mit WhatsApp leider nicht.

Ungefähr fünf Minuten halte ich es aus, nicht auf mein Handy zu gucken. Mein Wille ist schwach und die Disziplin kann erst recht nicht mithalten. Mit angehaltenem Atem werfe ich einen Blick auf das Handydisplay und mein Herz tut gar nichts. Weil keine Nachricht da ist. Augenblicklich fühle ich mich sehr dumm. Ist doch völlig verständlich, dass Isa noch nicht geantwortet hat. Nicht jeder sieht innerhalb von fünf Minuten, dass eine Nachricht eingegangen ist.

Trotz allem kann ich nicht widerstehen und öffne WhatsApp, um den Chatverlauf anzustarren. Gelesen hat sie meine Einladung jedenfalls noch nicht. Soll ich eventuell noch eine Nachricht hinterherschicken? Faszinierend, wie schnell aus einer kleinen Frage ein umso größerer Höllentrip für die Nerven werden kann. Genau wie der, der am Samstag auf mich wartet. Nur, dass das am Samstag noch unerfreulicher werden wird. Was fällt mir eigentlich ein, eine unschuldige Person mit reinzuziehen?

Unten rumoren meine Eltern im Wohnzimmer. Die fernen Laute tragen nicht dazu bei, mich zu beruhigen. Vielmehr erinnern sie mich an all das, was ich nicht möchte. Mit ihnen unter einem Dach leben, zum Beispiel. Wahrscheinlich gucken sie jetzt irgendeinen Film zusammen und gehen dann ins Bett, während ich noch stundenlang wachliege und mein gesamtes Leben in Frage stelle. Die Dunkelheit in meinem Zimmer ist tröstlich, aber sie hilft leider nicht dabei, all die Sackgassen, in denen ich mich befinde, zu vergessen.

Isa … schreibt

Ach du Kacke. Plötzlich umklammere ich mein Handy so fest, dass die Kanten mir unangenehm in die Hand drücken. Vor lauter Krisengefühlen habe ich nicht mitbekommen, wie Isa online gekommen ist. Sie reagiert und jetzt komme ich wirklich nicht mehr aus der Nummer raus. In mir streiten sich Panik, Hoffnung und Nervosität so heftig, dass ich beim besten Willen nicht sagen kann, wer gerade vorne liegt. Mit dem Smartphone im Würgegriff rolle ich mich auf den Rücken. Was schreibt die denn so lange?! Ich drehe noch durch!

Isa (20:37): Hey! Darf ich daraus schließen, dass »nicht völlig blöd« eine ungeschickte Umschreibung für »spannend und intelligent« ist? Also begleiten würde ich dich schon, aber bin ich nicht fehl am Platz? Ist immerhin eine Familienfeier.

Endlich! Ich atme lange und zischend aus. Ich muss Isas Antwort um die zehn Mal lesen, bis ihr Sinn zu mir durchsickert. Sie hat mir nicht abgesagt. Es ist kein direktes Nein, nur Zweifel, die sie zum Ausdruck bringt und das heißt …

Liam (20:40): Ich habe meine Eltern schon gefragt und sie haben nichts dagegen. Und he, ich gehöre zur Familie und fühle mich da trotzdem immer deplatziert, von daher … Würde mich echt freuen, wenn du mitkommen würdest.

Isa (20:43): Okay. Tja dann … Komme ich mit! Was ist denn mit den anderen?

Sie kommt mit! Auf einmal fällt die Anspannung von mir ab und ich grinse wieder wie heute Morgen. Ich kann nichts anderes tun, als Isas Zusage anzugucken. Wie billiger Rotwein steigt sie mir geradewegs in den Kopf. Zum ersten Mal seit einer Ewigkeit freue ich mich fast schon auf eine unserer Familienzusammenkünfte und das nur, weil eine kleine Variable in der Gleichung verändert wurde.

So dauert es auch eine ganze Weile, bis ich kapiere, dass ich ihre Frage beantworten sollte. Grübelnd blicke auf mein Smartphone. Ich ziehe die Beine in den Schneidersitz und fange an zu tippen. Die ersten drei Ansätze lösche ich sofort wieder, bis ich schließlich eine Formulierung finde, die hoffentlich nicht zu viel preisgibt.

Liam (20:52): Cool. Ich kann leider nur eine Person mitnehmen, das wird meinen Eltern sonst zu viel und ich hatte gedacht, wir könnten eventuell unser erstes Gespräch im Skatepark fortsetzen.

Isa (20:53): Erstes Gespräch im Skatepark?

… Mist.

Meine Daumen schweben über der Tastatur und ich zerkaue mir die Unterlippe. Wie soll ich das jetzt erklären? Schon wieder wird mir warm. Warum ist es auch so schwierig, gewisse Dinge zu sagen, ohne gleich zu viel zu verraten oder es falsch auszudrücken, sodass der andere etwas versteht, das nicht so gemeint ist?

Liam (20:55): Ja, du weißt schon. Muss auch nicht unbedingt dasselbe Thema sein, ich dachte einfach nur, dass wir es fortsetzen könnten.

Isa (20:56): Und dafür müssen wir zusammen auf den Geburtstag deines Opas gehen?

Liam (20:57): Habe mal gehört, dass man durch die Hölle besser zu zweit geht.

Isa (20:59): Da fragst du mich und nicht Vince?

Oh Gott, worauf habe ich mich da nur eingelassen? Das Mädchen stellt genau die Fragen, auf die ich eigentlich gar keine Antworten geben möchte. Trotzdem kann ich es ihr nicht übelnehmen.

Liam (21:04): Vince sehe ich doch eh immer in der Schule.

Isa (21:05): Also möchtest du mich eigentlich nur sehen?

Ich gebe es auf.

Liam (21:07): Ja, möchte ich. Ich hoffe, das ist okay für dich.

Isa (21:10): Keine Sorge. Wann soll ich da sein?

Liam (21:11): Wir fahren um halb neun los, also so um acht Uhr? Bitte schlag mich dafür nicht!

Isa (21:12): Morgens??? Bist du des Wahnsinns fette Beute?! Worauf habe ich mich da nur eingelassen …

Ich muss lachen und sehe nun aus wie der letzte Idiot. Immerhin sitze ich alleine im Dunkeln, bin über mein Handy gebeugt und lache so vor mich hin. Wie gut, dass mich niemand sehen kann. Mein Herz schlägt irgendwo zwischen Brust und Kopf und ich kann mich keine Sekunde von dem Chat mit Isa losreißen.

Liam (21:14): Ja, morgens. Sorry, wir müssen ein ganzes Stück fahren.

Isa (21:14): Oh Gott …

Liam (21:15): Du kannst wieder abspringen, wenn es dir zu früh ist?

Isa (21:16): Ist schon gut. Ich trinke vorher einfach einen Liter Kaffee und dann geht das irgendwie. Wäre doch gelacht. Vermutlich sollte ich mich halbwegs ordentlich anziehen, oder? Familienfeier und so.

Liam (21:18): Wäre gut, aber ehrlich, übertreibe nicht. Ich mache das auch nicht. Wir zwei sind eh nur da, um gegen den Strom zu schwimmen.

Isa (21:21): … Ich schmuggle 'nen Flachmann rein!

Liam (21:23): Ich sehe schon, das wird die beste Feier überhaupt! Sehen wir uns morgen?

Isa (21:25): Klar, treffen uns nach der Schule bei Jim im Baumhaus!

Noch immer gluckse ich leise. Ich muss es ständig lesen, alles, und fühle mich so gut gelaunt wie heute Morgen. Eigentlich habe ich meistens gute Laune, wenn ich mit Isa schreibe. Es fühlt sich dann nicht mehr so schlimm an, dass es bei mir Zuhause nicht rund läuft. Mehr noch, es gibt mir Zuversicht. Bei meinen Freunden bin ich willkommen, egal, wie schlimm es mit meinen Eltern ist. Freunde sind so viel wichtiger als Familie. Zumindest für mich. Zu meinen Freunden gehören nämlich nur die Leute, die ich wirklich gerne um mich habe. In gewisser Weise ist das auch Familie und für die würde ich alles tun.

Ich sehe bescheuert aus. Unzufrieden zupfe ich am Kragen des dunkelblauen Hemds herum und fühle mich wie verkleidet. Alleine das Wissen, dass ich darunter ein schlichtes T-Shirt trage, macht es erträglich. Sobald Isa und ich uns von der Festgesellschaft absetzen, kann ich das Hemd nämlich loswerden und wieder wie ein normaler Mensch durch die Gegend laufen. Bis dahin heißt es: Füße stillhalten.

Dummerweise fällt es mir schon jetzt extrem schwer, die Füße stillzuhalten. Kaum, dass ich mich hinsetze, tippt erst nur meine Fußspitze hektisch auf den Boden und gleich darauf wippt auch schon mein ganzes Bein. Isa wird jede Minute klingeln. Sie wird sehen, in was für einem Haus ich lebe und wie meine Eltern drauf sind. Wahrscheinlich wird sie eingeschüchtert sein. Vielleicht auch erschrocken. Oder auch beides und ich sehe sie danach womöglich nie wieder.

Ich tigere in meinem Zimmer auf und ab und beschließe, dass ich meinen Eltern lange genug aus dem Weg gegangen bin. Es schiebt das Unvermeidliche nur auf.

Mit einem Stoßseufzen stecke ich mir Smartphone und Knopfkopfhörer in die Hosentaschen meiner beigen Hose und öffne meine Zimmertür. Sollte es Isa und mir vollends zu viel werden, können wir uns immerhin noch mit Musik volldröhnen. Schicksalsergeben gehe ich die Treppe ins Wohnzimmer herunter und finde meine Eltern vor, die definitiv eine Spur hektischer als sonst von A nach B eilen. Die Mutter im Kostüm, der Vater im Anzug, herrje. Fast macht es mich schadenfroh, dass nicht nur ich heute mit Nervosität geschlagen bin, aber ich bin zu müde, um mich richtig zu freuen.

Wie immer spare ich mir eine Begrüßung und wandere geradewegs in die Küche, um mir eine Tasse Kaffee einzugießen. Kakao macht mich heute einfach nicht wach genug. Aus den Augenwinkeln kann ich sehen, wie ich von meinen Eltern von Kopf bis Fuß gemustert werde, und meine Mutter setzt schon an, meine Haare zu kritisieren, da klingelt es an der Tür. Ich grinse heimlich. Geniales Timing, Isa.

Mit besserer Laune, als ich es für möglich gehalten hätte, schlängle ich mich an meinen Eltern vorbei zur Haustür. Bestimmt fangen sie jetzt an, hinter meinem Rücken zu tuscheln und sich über mein *desaströses* Aussehen zu echauffieren. Ja, ich bin wahrlich die Inkarnation eines modischen Albtraums.

Ganz im Gegensatz zu Isa.

Wow.

Für einen Moment starre ich sie bloß sprachlos durch die Glastür an, ehe ich mich daran erinnere, dass ich öffnen sollte. Eine Welle kühler, klarer Luft schwappt ins Haus, aber das merke ich nicht mal so recht. Isa sieht gut aus. Anders vor allem. Natürlich bin ich nicht davon ausgegangen, dass sie in den üblichen Bandshirts auftauchen wird, aber sie in schwarzen Röhrenjeans, Bluse und Ballerinas? Niemals. Es ist so ein krasser Gegensatz zu den Outfits, in denen sie sich sonst präsentiert, dass ich sie schon wieder anstarre. Auch die bunten Haare trägt sie nicht wie sonst offen, sondern zu einem geflochtenen Zopf zusammengebunden.

»Äh«, mache ich wenig intelligent. »Hi.«

Ein vorsichtiges Lächeln huscht über ihre Lippen. »Hi. Du starrst mich ganz schön an.«

»Entschuldige, der Anblick ist irgendwie so ungewohnt«, versuche ich mich zu erklären, realisiere im selben Moment, wie dumm das klingt, und seufze innerlich. »Was ich damit sagen will: Cool, dass du es geschafft hast.«

»Ich habe doch gesagt, dass ich mitkommen werde«, erwidert Isa. »Also … die Klamotten sind okay, ja? Ich war mir nicht sicher. Ich habe sie aus dem Kleiderschrank meiner Mutter entführt.«

Das lässt mich grinsen. Es klingt so viel mehr nach der Isa, die ich in dem alten Skatepark kennengelernt habe.

»Mehr als nur okay. Ignoriere meine Eltern einfach, wenn sie nicht begeistert wirken, so mache ich das auch immer. Nur darum überlebe ich hier überhaupt.«

Isa wirft mir einen Blick zu, der zwischen erheitert und konsterniert anzusiedeln ist. Kann ich ihr nicht verdenken, wäre ich an ihrer Stelle auch.

Es verwundert mich ein allerdings, dass sie von der Größe des Grundstücks gar nicht sichtbar eingeschüchtert ist.

»Dein Ernst?«

»Ja, schon. Egal, was sie sagen, nimm es dir nicht zu Herzen. Meine Eltern sind kompliziert«, erkläre ich leiser.

Kompliziert ist eine schöne Untertreibung. Ich will Isa nicht direkt wieder in die Flucht schlagen. Vor allem nicht, wo sie wirklich hier aufgekreuzt ist und ich mir beinahe sicher bin, dass es heute ein nicht so ganz schlimmer Tag werden kann.

»Welche Eltern sind das nicht?«, fragt Isa zurück.

Kurz stutze ich, ehe ich einen Schritt zur Seite trete, um sie hereinzulassen.

»Keine Ahnung. Scheint irgendwie so eine Art Standard unter Eltern zu sein.«

»Liam?«

»Hm?«

»Ihr habt ein echt großes Haus.«

Ich schließe die Tür hinter ihr. »Ich weiß. Ziemlich unangenehm.«

»Und ziemlich cool.«

»Findest du?«, frage ich.

Isa lächelt mich schief an, streicht sich dabei eine gelbe Haarsträhne aus dem Gesicht. »Klar, warum denn nicht? Beim nächsten Mal sollten wir uns bei dir treffen und im Garten campen oder so.«

Bestünde auch nur die geringste Chance, dass meine Eltern das in diesem oder irgendeinem Paralleluniversum erlauben würden, fände ich die Idee mit Sicherheit gut. So lächle ich bloß, um das Thema nicht weiter zu vertiefen. Trotzdem gibt es noch eine wichtige Sache zu erledigen, bevor ich Isa in die Höhle der Löwen vorlasse.

»Ich meinte das ernst«, fange ich an. »Meine Eltern sind wirklich speziell. Darum entschuldige ich mich schon einmal prophylaktisch für alle grenzwertigen Äußerungen, die sie im Laufe des Tages eventuell von sich geben.«

»So schlimm?« Isa zieht erheitert die Augenbrauen hoch.

»Du hast ja keine Ahnung.«

»Keine Sorge, ich bin nicht aus Zucker.«

»Ja, nein, ich weiß, aber … trotzdem.« Ich bringe es nicht über mich, in die Details über meine Eltern einzutauchen. Stattdessen hoffe ich, dass diese Ankündigung ausreicht, um Isa vorzuwarnen. Mit einem letzten, tiefen Atemzug trete ich zur Seite. »Komm doch rein. Willst du vielleicht noch einen Kaffee, bevor wir losfahren?«

»Oh ja, bitte«, stöhnt Isa.

Das lockert die ganze Situation wieder auf, und ich bin auf einmal nur sehr froh, dass sie sich dazu bereit erklärt hat, mich zu begleiten.

Isa sieht sich dezent um, während ich mit ihr durch den Flur ins Wohnzimmer gehe, doch ich merke es trotzdem. Würde ich vermutlich auch, wenn mich jemand in so eine Hütte führt. Ich versuche, deswegen nicht nervös zu werden. Sie findet es cool, nicht wahr? Es hat ehrlich geklungen und darum muss ich mir jetzt nicht direkt wieder einen Kopf machen.

Es ist soweit. Wir stehen im Wohnzimmer und meine bis dato herumwuselnden Eltern halten inne, um die Person in Augenschein zu nehmen, die sie wegen mir mit auf den Geburtstag nehmen werden.

Ich höre das Knacken, bevor der Moment zerschellt.

Mir wird schlagartig klar, was für einen riesigen Fehler ich gemacht habe.

10

Vince

Wer braucht schon Montage?

Die Antwort ist simpel: Niemand. Allein der Name dieses Tags klingt schon unangenehm. Von Montag ist es nicht mehr weit bis Monster und wir alle wissen, wie das in der Regel auszugehen pflegt. Mit Blut und Gedärmen! Ich finde, das drückt die allgemeine Grundstimmung an einem Ekelmontag ziemlich gut aus.

So abgestanden ich mich auch fühle, jemand scheint einen noch schlimmeren Montag zu haben. Liam sieht aus wie ausgekotzt. Seine Gesichtsfarbe liegt irgendwo zwischen aschfahl und kalkweiß und dadurch wirken seine tiefen Augenringe noch dunkler. Irgendwas ist vorgefallen. Je länger ich ihn betrachte, desto größere Sorgen mache ich mir. Groß genug, damit mein in Liams Anwesenheit allzeit präsentes Magenflattern in den Hintergrund rückt.

Als es zur Pause klingelt, habe ich meinen Kram schon so weit zusammengepackt, dass ich nur noch auf Liam warten muss. Inzwischen ist es Normalität, dass ich die Pausen mit ihm verbringe. Auch wenn er heute sichtlich neben sich steht, rafft er seine Sachen zügig zusammen.

Liam sagt keinen Ton, während wir nach draußen marschieren. Genau genommen starrt er nur vor sich hin. Seine Miene ist so angespannt, dass gleich mit Sicherheit ein Bergsteiger auftaucht, um die Falte zwischen seinen Augenbrauen zu erklimmen und ihr einen bescheuerten Namen wie »Haariger Rücken« zu geben. Schweigend mustere ich Liams

Profilansicht und versuche, mir einen Reim auf seine gedrückte Stimmung zu machen. Sonst ist er um diese Uhrzeit auch nicht allzu vital, aber der Tod auf Latschen gehört eigentlich nicht zu seinem Repertoire. Für gewöhnlich ist dies eher mein Part.

Ein Stoß gegen meine linke Schulter beendet meine Beobachtung sehr abrupt. Aus Reflex mache ich einen heftigen Schritt nach vorne, um das Gleichgewicht zu wahren. Da ich in der Schule einfach nicht pöble, beschränke ich mich auf einen latenten Todesblick für die Person, die mich da so kopflos angerempelt hat. Es ist Florian aus unserer Klasse und der Penner entschuldigt sich nicht einmal. Er sieht auch nicht über die Schulter, um sicherzustellen, dass ich nicht der Länge nach hingefallen bin. Blödarsch.

Alles in allem also wirklich ein fast typischer Montag.

Liam und ich pflanzen uns unter unseren Baum und ignorieren, dass wir uns dadurch einen leicht feuchten Hintern holen werden. Von mir aus kann sich der Herbst wieder verziehen, aber die Jahreszeiten sind nun einmal kein Wunschkonzert.

Ich packe das Wurstbrot aus, das mir Tante El heute Morgen liebevoll geschmiert hat (will heißen, sie hat dank Zeitdruck Butter und eine Scheibe Salami auf das Schwarzbrot geklatscht und alles in die Butterbrottüte gestopft) und genehmige mir davon ein paar Bissen. Liam beschränkt sich darauf, schweigend an Grashalmen zu rupfen. Eine Weile sehe ich mir das an, bis ich mir ein Herz fasse.

»Hey, alles klar? Du siehst, entschuldige meine Direktheit, ziemlich beschissen aus«, mache ich den Kopfsprung ins Gespräch und hoffe, nicht auf Beton zu treffen, denn sonst wäre es das.

Liam lächelt blass. Es ist ein blasses Lächeln, so blass, dass ich endgültig überzeugt bin. Irgendetwas läuft schief.

»Ich habe so richtig Scheiße geschlafen«, entgegnet er.

»Habe ich mir fast schon gedacht.« Ich beiße noch mal in mein Brot und mustere ihn weiter. Sogar seine Augen wirken heute irgendwie trüb. Es ist kein Vergleich zu dem Jungen mit dem sonnigen Gemüt, der für jede Schnapsidee zu haben ist. »Und warum hast du schlecht geschlafen?«

Liam zögert. Hebt dann die Schultern leicht an und lässt den Kopf gegen den Baum hinter ihm zurückfallen.

»Stress mit meinen Eltern«, sagt er mit rauer Stimme. »So richtig. Ist mal wieder so weit, dass ich hoffe, adoptiert zu sein, weil ich mit so was unmöglich verwandt sein kann.«

Ich weiß nicht, was ich darauf antworten soll und ich halte ihm darum solidarisch mein angebissenes Wurstbrot hin. Liam guckt reichlich verwirrt. Als ich schief lächle, nimmt er es langsam an sich. Ein Dankeschön murmelnd beißt er selbst hinein. Ich fahre mir mit der Hand durch die Haare. Eltern sind ein zu schwieriges Thema. Ich meine, klar, jeder hat mal Probleme mit seinen Eltern, aber es gibt solche und *solche* Probleme. Irgendwie habe ich das Gefühl, dass Liams Problem nicht zu denen gehört, die sich nach einer Weile von selbst geben. Da helfen auch Seelenschmerz kittende Wurstbrote nur begrenzt.

»Wenn du nicht nach Hause willst, kannst du nach der Schule mit zu mir kommen. Meine Tante ist eh nicht da und dann haben wir Ruhe.«

Das biete ich nicht an, weil mich Liams Augen so anziehen, sondern, weil ich weiß, wie Kacke Eltern sein können. Mein Prachtexemplar von Vater ist ja auch so ein Kandidat. Wenn es Liam irgendwie hilft, kann er von mir aus auch die nächsten drei Wochen bei mir pennen. Ich meine es wirklich so. Das ist in Summe vielleicht die größte Überraschung, denn normalerweise würde mir der Gedanke, drei Wochen ununterbrochen Gesellschaft zu haben, riesige Angst einjagen, ich sozialer Überflieger.

»Echt?«, fragt Liam erleichtert, obwohl er sich alle Mühe gibt, nicht allzu hoffnungsvoll auszusehen.

»Echt«, bestätige ich. »Macht mir nichts aus und sollte meine Tante doch da sein, können wir immer noch behaupten, wir würden lernen.«

»Als ob du lernen müsstest.« Er deutet mit dem Brot in meine Richtung. »Du bist ein Brain. Ein stilles Brain zwar, aber Brain bleibt Brain.«

Ob man mich wirklich so nennen kann, nur, weil meine schlechteste Arbeit eine Drei war, weiß ich nicht, aber ich sehe davon ab, ihn darauf hinzuweisen.

»Dann gebe ich dir Trottel stattdessen eben Nachhilfe, soll mir egal sein«, entgegne ich.

»Hey, so war das aber nicht gemeint!«

Liam grinst. Reichlich schief zwar, aber er grinst und das ist die Hauptsache. Das löst das eigentliche Problem zwar nicht, aber vielleicht macht es alles ein bisschen erträglicher.

Nach der Pause überstehen wir auch den Rest des Schultags irgendwie. Wie üblich ist es in der U-Bahn brechend voll und ich zähle die Minuten, bis wir endlich aussteigen können. Auf ein Gespräch verzichten wir und versinken dafür beide in unserer Musik. Liam starrt stumpf aus dem Fenster, auch, wenn es dort nicht viel mehr zu sehen gibt als die Backsteine der Tunnelwände.

Ich erfahre nicht, was er für Musik hört und ich vergesse auch, ihn zu fragen, als wir die Wohnung betreten. Wie der gute Gastgeber, der ich vorgebe zu sein, wärme ich uns eine Dose Ravioli auf. Wir verschlingen unser Mittagessen und wandern, mit einer Flasche Cola und zwei Gläsern bewaffnet, in mein Zimmer. Mit einem Male hoffe ich ganz stark, dass ich meine dreckigen Boxershorts ausnahmsweise direkt in die Wäschetonne geworfen habe.

Spoiler: Habe ich nicht.

So cool und selbstverständlich wie möglich trete ich sie unter mein Bett, während Liam noch damit beschäftigt ist, sich umzusehen. Es steht schon wieder ein ganzes Rudel dreckige Tassen auf meinem Schreibtisch, aber sonst ist mein Zimmer recht vorzeigbar. Ich atme durch und werfe zwei graue Kissen vom Bett auf den Teppich. Sieht gar nicht so ungemütlich aus.

Wo die offensichtlichen Krisenherde wie dreckige Boxershorts beseitigt sind, wird mir langsam bewusst, was gerade passiert: Liam ist in meinem Zimmer. Er und seine grünen Augen, die ich gerne ununterbrochen betrachten und in aller Ausführlichkeit beschreiben würde. Sein Blick klebt förmlich an meinen Polaroids. Es ist ja durchaus eine beachtliche Sammlung, eine Flut von Eindrücken und verschiedenen Motiven. Kein Wunder, dass man da erst einmal ein wenig überfordert ist.

Ich gieße uns Cola ein und genehmige mir einen Schluck. Im Schneidersitz setze ich mich auf den Boden, den Rücken an mein Bett angelehnt, und gucke zu Liam empor. Dem wird jetzt bewusst, dass er bislang nur wie ein Esel gestarrt hat. Er setzt sich zu mir.

»Das ist der Wahnsinn! So viele Polaroids!«, bricht es begeistert aus ihm heraus.

Vielleicht bin ich für eine Millisekunde geschmeichelt. Immerhin ist es Liam, der das sagt. Liam, der die freie Wand in Jims Baumhaus kürzlich in ein buntes Graffitikunstwerk verwandelt hat.

»Danke«, murmle ich undeutlich und drücke ihm sein Glas in die Hand.

»Wo hast du nur diese ganzen Motive gefunden?«

»Es klingt bestimmt albern, aber irgendwie haben sie mich gefunden. Ich bin einfach nur so mit meiner Kamera durch die Stadt gewandert«, erkläre ich stockend.

»Albern?« Er schüttelt mit dem Kopf. »Niemals. Es ist cool, wenn man dafür so ein Händchen hat. Ich könnte auch mit einer Kamera durch die Stadt wandern und würde trotzdem nichts auf die Reihe kriegen, was auch nur ansatzweise so gut ist.«

Warnung. Das Gehirn wird aufgrund einer Fehlfunktion neu gestartet. Bitte warten.

Während sich mein Sprachzentrum neu sortiert, trinke ich erst einmal einen Schluck. In mir flattert nicht mehr nur der Magen. Alles flattert, so schlimm, dass ich mich wie ein vom Wind durchgepustetes Spannbettlaken auf einer Wäscheleine fühle.

»Danke«, antworte ich nach reichlich Überlegen doch noch überaus eloquent.

Wie durch ein Wunder bemerkt Liam nichts von meinem Systemausfall.

»Nicht dafür. Und, hm«, er wird ein wenig ernster, »eigentlich bin ich derjenige von uns, der sich bedanken muss. Ich bin echt froh, dass ich nicht nach Hause muss.«

»Ist echt kein Problem, Liam. Ich meine, wir sind Freunde, oder?«

Liam lächelt schief. Schief, aber ehrlich. »Ja, sind wir.«

Freunde. Darum ist es bestimmt auch in Ordnung, wenn ich mich etwas weiter vorwage, oder?

»Was ist denn passiert, dass du so mit deinen Eltern auf Kriegsfuß stehst? Klingt nämlich irgendwie nicht nach Durchschnittskrach«, sage ich und weigere mich, auf den Fußboden zu gucken. Eier, Vince, Eier. So wie bei Tante El.

»Das kannst du laut sagen«, seufzt Liam. »Aber um näher ins Detail zu gehen, brauche ich eindeutig etwas Stärkeres als Cola.«

»Verstehe.«

»Ja, ich weiß auch nicht. Miese Brise.«

»Warte mal ’ne Sekunde.«

»Äh …?«

Liam hat den Eselsblick echt gut drauf, aber ich kann es ihm nicht verübeln. Ich tauche halb unter mein Bett ab und suche eine Weile herum. Ich schiebe den Schuhkarton mit missglückten Fotos zur Seite und ha! Endlich. Mit der Flasche Edelwodka in der Hand krieche ich wieder zurück und setze mich wie gehabt in den Schneidersitz.

»Ist das dein Ernst?« Liams Grinsen reicht von hier bis zum Mond. »Du hast eine Flasche Wodka unter deinem Bett versteckt?«

»Na ja …« Vorsichtig stelle ich die Flasche zwischen uns auf den Teppich, »man weiß ja nie.«

»Alter! Wie bist du da überhaupt herangekommen?« In seinen Augen funkelt es auf. Genau auf die Weise, die romantisches Kotzen begünstigt.

»Ehrliche Antwort?«

»Ja, sicher!«

»Ich habe sie meinem Vater geklaut, bevor ich ausgezogen bin. Der rafft das eh nicht, so viel, wie er arbeitet und irgendwie hat es sich richtig angefühlt.«

Tatsächlich habe ich mir den Wodka für die richtige Gelegenheit aufgespart. Bis vor wenigen Wochen habe ich noch geglaubt, dass es sich bei dieser Gelegenheit um einen Abend handelt, an dem man jegliche Gefühle ertränken muss. Jetzt bin ich anderer Meinung. Kurzerhand drehe ich die Wodkaflasche auf und kippe zuerst Liam, dann mir einen guten Schluck in die Cola. Er guckt mir leise glucksend zu.

»Das schmeckt bestimmt ziemlich widerlich, aber egal«, meint er und greift nach seinem Glas.

»Prost«, erwidere ich grinsend.

Es klingt hübsch, als wir anstoßen. Eine ansatzweise akzeptable Uhrzeit, um schon zu hartem Alkohol zu greifen, ist es nicht, aber das kümmert uns nicht. Ich fühle mich richtig rebellisch, während ich den ersten Schluck Wodka-Cola nehme. Liam tut es mir gleich und verzieht das Gesicht.

»Meine Güte, du hast es mit dem Wodka aber gut gemeint!«, bemerkt Liam ohne jedes Bedauern.

»Besser zu viel, als zu wenig, oder?« Ich hebe die Augenbrauen leicht an. »Also, jetzt sind wir versorgt. Was ist passiert?«

Bevor er antwortet, trinkt Liam noch einmal von unserer Nachmittagssünde.

»Weißt du, Vince, meine Familie ist ein Fall für sich. Meine Eltern sind ziemlich reich, aber auf eine ekelhafte Art und Weise. So mit Status, Angeberei und einer Haltung, als befände sich der Großteil der Welt ein gutes Stück unter ihrem Niveau«, erzählt er.

Er guckt überall hin, nur nicht zu mir.

»Klingt nicht, als würdest du das sonderlich cool finden«, bemerke ich und nippe nebenbei an meinem Wodka-Cola.

»Das ist noch untertrieben.« Liam schüttelt mit dem Kopf. »Ich hasse es. Ich finde dieses Verhalten ätzend und will das alles nicht. Besonders, weil meine Eltern zu glauben scheinen, dass sie mir genau diese Denke aufdrücken können. Ich weigere mich beharrlich und irgendwie eskaliert das so vor sich hin.«

»Krass. Die wollen aus dir also einen«, ich versuche, eine weniger unfreundliche Bezeichnung zu finden und gebe sofort auf, »arroganten Kackschnösel machen?«

Liam grinst flüchtig. »Genau. Ich will aber nicht so sein. Ehrlich, ich fühle mich wie ein Fremder in meiner eigenen Familie.«

»Kenne ich«, entgegne ich schlicht.

Mehr gibt es auch erst einmal nicht zu sagen. Ich bin nicht hier, um mich auszuschütten, sondern um ihm zuzuhören.

Es folgt ein Moment der Stille, in der wir uns nur ansehen und irgendwie verstehen. Die Sorte Verständnis, die man nicht mit Worten zum Ausdruck bringen muss. Auf einmal bin ich über den Alkohol doch ganz froh. Liam und ich trinken beide erst noch einen guten Schluck, bevor er den Faden wiederaufnimmt. Ist es eigentlich realistisch, Wodka so schnell zu spüren? Ich bin mir nicht ganz sicher, ob das Wattegefühl dem Alkohol oder Liams grünen Augen zuzuschreiben ist.

»Jedenfalls haben meine Eltern mich mal wieder mit meinem Taschengeld erpresst, damit ich mit auf so eine dämliche Familienfeier komme. Normalerweise ist mir das mit dem Geld egal, aber meine Farben sind fast alle. Darum habe ich mich dazu entschlossen, in den sauren Apfel zu beißen«, fährt Liam fort und knibbelt an dem Etikett der Colaflasche. »Ich habe gefragt, ob ich jemanden mitnehmen kann und wie durch ein Wunder waren meine Eltern einverstanden.«

Mehr Cola-Wodka, mehr verständiges Nicken. Unsere Gläser leeren sich ganz von selbst.

»Wer war denn der Glückliche?«, erkundige ich mich und blinzle gegen die aufkeimende Alkohol-Karussellfahrt an.

»Isa.« Liam bedenkt mich mit einem schuldbewussten Blick. »Bei meinen Eltern weiß ich nie so recht und darum dachte ich, dass ... na ja. Mädchen tendieren in Elternaugen ja dazu, weniger Mist zu bauen als Jungen.«

Ich nicke. »Was an und für sich totaler Blödsinn ist, aber ich weiß, was du meinst.«

»Also habe ich Isa gefragt und sie hat zugestimmt. Ich war einfach so froh, dass ich nicht allein zu diesem Geburtstag muss. Am Samstag war es soweit und Isa war sogar überpünktlich da und total ordentlich angezogen.«

Liam leert sein Glas. Da ich noch immer so tue, als sei ich ein guter Gastgeber, schenke ich ihm Wodka und Cola nach.

»Ernsthaft? Ich kann mir Isa irgendwie gar nicht in etwas anderem als Bandshirts vorstellen«, bemerke ich überrascht.

»Ja, ernsthaft! Alles nur wegen mir und meiner blöden Familie. Aber dann kam sie rein und die ganze Scheiße ist explodiert.«

Während ich mir unfreiwillig vorstellen muss, wie ein übergroßer Kackhaufen in die Luft fliegt, trinke ich schnell mein Glas leer. Vielleicht war eine moderate Portion Dosenravioli auch nicht gerade die beste Grundlage für ein ungeplantes Alkoholgelage. Jetzt ist das Kind aber schon in den Brunnen gefallen und es gehört ja quasi auch zum guten Ton, den Leidtragenden dieser miesen Situation nicht allein trinken zu lassen.

»Meine Eltern sind komplett ausgerastet. Weißt du, warum? Die bunten Haare. Ich blöder Volltrottel habe das nicht kommen sehen, weil das Stück Regenbogen auf Isas Kopf für mich schon normal geworden ist«, sagt Liam gequält. Ein freudloses Lächeln zeigt sich auf seinen Lippen. »Sie musste gehen. Es war so schrecklich, Vince. Ich habe sie eingeladen und meine Eltern haben eine furchtbare Nummer daraus gemacht.«

»Ach du Kacke«, entfährt es mir schockiert. Fast sehe ich es vor mir, wie Isa in ungewohnt steifen Klamotten verloren im Flur steht, während Liam mit seinen Eltern streitet, und Isa schlussendlich wie ein räudiger Hund vor die Tür getreten wird. Es ist ein Super-GAU.

Liam sieht so unglücklich aus, dass ich ihn einfach nur umarmen will.

»Sie haben sie wirklich einfach rausgeschmissen?«, frage ich ungläubig.

»Ja, haben sie. Wenn es mir jetzt schon hundeelend geht, muss es Isa noch mieser gehen.« Er schüttelt mit dem Kopf und trinkt noch einen großen Schluck Wodka-Cola. Jetzt kann ich verstehen, weshalb ihm eine simple Cola nicht stark genug war, um über die Sache zu reden.

Langsam stoße ich die Luft aus. »Und die Geburtstagsfeier? Musstest du trotzdem mit?«

»Mein Vater hat mich mehr oder weniger ins Auto gezerrt. Ich saß den ganzen Samstag auf dieser Gruselveranstaltung fest. Isa hat nicht auf Nachrichten reagiert und auch nicht auf meine Anrufe. Bis auf einen, zumindest.«

»Das klingt nicht unbedingt besser als der Rest«, stelle ich fest.

»Bevor ich irgendetwas sagen konnte, hat sie mich komplett zusammengefaltet. Wie ich nicht habe wissen können, dass meine Eltern so reagieren, wenn sie jegliche Andersartigkeit doch so ablehnen und warum ich sie so habe ins Messer laufen lassen.« Das schlechte Gewissen steht Liam mit Großbuchstaben ins Gesicht geschrieben. »Scheiße, Vince, das alles tut mir so leid. Was soll ich denn jetzt machen?«

Eigentlich bin ich wirklich nicht der richtige Ansprechpartner, um hilfreiche Ratschläge für Chaosbeseitigung zu geben. Ich kriege ja nicht einmal mein eigenes Durcheinander in den Griff. Vielleicht liegt es auch am Wodka, dass mir gerade nicht sonderlich viele kreative Ansätze in den Sinn kommen. Trotzdem versuche ich es.

»Entschuldige dich bei ihr«, sondere ich meine Perle der Weisheit ab und werfe Liam einen bestimmten Blick zu. »Es war vielleicht keine Absicht, aber trotzdem hast du es irgendwie verkackt und darum solltest du dich dafür entschuldigen.«

»Habe ich schon. Ich habe ihr mit Sicherheit zehntausend Nachrichten geschrieben und fühle mich langsam schon wie ein gestörter Stalker.« In dramatischer Geste kippt mein trinkfreudiger Besuch seinen verbliebenen Schluck Cola-Wodka herunter und starrt danach trübsinnig in das Glas hinein, ganz so, als könne er an dessen Grund eine Antwort auf all seine ungelösten Probleme finden.

»Entschuldige dich ernsthaft. Isa ist ja nicht bescheuert, sie weiß bestimmt, dass das nicht in deiner Absicht lag. Gerade eben ist sie aber verständlicherweise extrem getroffen und es liegt an dir, das wieder hinzubiegen«, weite ich meinen tollen Ratschlag aus. »Sag es ihr persönlich und nicht über ein blödes Handy. Auge in Auge. Das braucht nämlich Eier und nicht bloß zwei flinke Daumen.«

Das entlockt Liam ein kleines Lächeln. Immerhin!

»Findest du nicht, dass es dem gestörten Stalker schon etwas nahekommt, einfach unangekündigt bei ihr vor der Tür zu stehen?«, wirft er ein.

»Quatsch. Sie hat dir doch nicht gesagt, dass du dich verpissen sollst, oder?«

»Nein.«

»Siehst du. Erst, wenn sie dir deutlich aufs Brot schmiert, dass sie das alles nicht will, hast du gefälligst aufzuhören.«

Vielleicht ist es doch einfacher, fremdes Chaos zu ordnen als das eigene. Es wäre nämlich echt blöd, wenn wir uns zukünftig nicht mehr alle gemeinsam treffen können, weil Isa und Liam sich nicht vertragen. Oder, schlimmer noch: Liam und ich werden rausgeworfen. Besser, ich denke diesen Gedanken nicht zu Ende.

»Du hast Recht«, bricht Liam das Schweigen.

»Halleluja. Wodka?«

»Noch ein Schluck kann ja nicht schaden. Jetzt bin ich eh schon gut angeheitert, da wäre es fast Verschwendung, nicht noch ein bisschen Alkohol drauf zu kippen«, lässt Liam mich wissen.

»Halbbetrunken ist rausgeschmissenes Geld, habe ich irgendwo mal gehört«, bestätige ich und lasse mir das nicht zweimal sagen. Für uns beide gibt es darum noch einmal Edelwodkanachschlag. Wenn mein Vater wüsste, dass ich seinen Lieblingsdrink nicht bloß geklaut habe, sondern auch mit Billigcola mische, würde ihm mit Sicherheit alles aus dem Gesicht fallen.

Leck mich, Vater.

Laut würde ich das vermutlich nie sagen, aber der Alkohol macht mich zumindest in meinem Kopf ein wenig wagemutig. Keine Ahnung, wann ich zuletzt etwas von meinem Vater gehört habe. Ab und zu ruft er an, um sicherzustellen, dass ich nicht unerwartet gestorben bin, aber ansonsten schenkt er mir nicht sonderlich viel Beachtung. Soll mir soweit recht sein.

»Also werde ich morgen zu Isa gehen und mich bei ihr entschuldigen, so richtig«, nimmt Liam das Gespräch wieder auf. »Granatenvoll vor ihrer Tür stehen erscheint mir nicht klug.«

»Weise Entscheidung, mein Freund, weise Entscheidung.«

Unsere Gläser klingen noch einmal aneinander und wir trinken schon wieder.

»War das schon immer so mit deinen Eltern?«, frage ich mit schwerer Zunge.

»Ja, irgendwie schon«, antwortet Liam bereitwillig. »Früher nicht, als ich klein war. Hat sich immer mehr eingeschlichen. Besonders schlimm ist es, seit mein großer Bruder weg ist.«

»Du hast 'nen älteren Bruder?« Überrascht blinzle ich ihn an.

»Ja, Noel. Der studiert aber schon und wohnt nicht mehr Zuhause.«

»Krass, hätte ich irgendwie nicht gedacht.«

Liam grinst schief. »Warum das? Benehme ich mich so sehr wie ein verzogenes Einzelkind?«

»Ey, ich bin Einzelkind und bestimmt nicht verzogen!«, pöble ich halbherzig und versuche, ihm einen Tritt zu versetzen.

Ich betone: Versuche. Leider sorgt das nur dafür, dass ich das Gleichgewicht verliere, halb nach hinten gegen das Bett kippe und mir einen guten Schluck Cola-Wodka über das T-Shirt schütte.

»Alter!«, lacht Liam los. Prompt verschluckt er sich am Alkohol und hustet wild.

»Das nennt sich Karma«, teile ich ihm selbstzufrieden mit.

»Fick dich, Karma«, presst er hervor, ein Funkeln in den Augen, das meine Innereien tanzen lässt.

»Hast du Todessehnsucht oder was? Für so 'ne Aussage fällt dir bestimmt aus heiterem Himmel ein Klavier auf den Kopf, wenn du nach Hause gehst!«

»Das Leben ist doch kein Comic!«

»Wer weiß?«

Ich hebe die Augenbrauen und werfe ihm meinen besten Verschwörerblick zu. Liam prustet schon wieder los. Wie kann jemand nur so verdammt gut aussehen, während er halbbetrunken auf meinem Zimmerfußboden herumlümmelt und über meine schlechten Witze lacht? Das ist nicht einmal das Beste. Ich fühle mich nicht eingepfercht. Irgendwie funktioniert es und ich habe keine Ahnung, warum.

Alkohol, flüstert eine leise Stimme in meinem Hinterkopf. Ich beschließe, sie zu ignorieren. Lieber versinke ich in Liams Anblick, wie sich das Sonnenlicht, das durch das Fenster fällt, in seinen Haaren fängt und wie perfekt dieser Schwung zwischen Hals und Schulter ist. Ich möchte ihn so dringend fragen, ob ich seine Augen fotografieren darf, dass ich vergesse zu atmen. Es brennt mir auf der Seele, liegt mir auf der Zunge, stolpert fast über meine Lippen und ich kratze meinen kümmerlichen Mut zusammen, um es endlich zu sagen und …

»Ist das da mein Graffiti?«, sagt Liam und deutet zu meinen Pinnwänden hoch.

Mein Mut zerplatzt wie eine Seifenblase. Bevor ich ihn aufhalten kann, hat er sich bereits aufgerappelt und ist auf mein Bett geklettert. Wie gebannt starrt er das Foto an.

»Ähm«, stottere ich, »ja? Ich hoffe, das ist okay, ich habe es nämlich schon fotografiert, bevor wir uns überhaupt kennengelernt haben. Darum habe ich letztens im Skatepark auch so dumm geguckt, erinnerst du dich?«

»Natürlich erinnere ich mich! Kein Wunder, dass wir Freunde geworden sind, es hätte gar nicht anders kommen können«, befindet Liam begeistert.

»Ich wollte es dir im Skatepark nicht auf die Nase binden, weil ich die Sorge hatte, dass du mich für einen gruseligen Freak hältst.«

Er steigt von dem Bett herunter und setzt sich dieses Mal direkt neben mich. Unsere Knie berühren sich, mein Herz macht einen Salto.

»Das ist doch nicht gruselig. Ich bin einfach nur froh, dass wir uns kennengelernt haben«, sagt er und lächelt mich unbedarft an.

Ich laufe über. Ich laufe über von all den Dingen, die ich nicht gesagt habe, die ich nicht getan habe. Auf einmal tue ich doch etwas. Ohne jede Vorwarnung lehne ich mich zu ihm und drücke meine Lippen auf seine. Bloß für diesen einen Moment, in dem ich nicht mehr an mich halten kann, und ziehe den alkoholschwindligen Kopf danach genauso ruckartig wieder zurück.

Liam sieht mich aus großen Augen an.

»Oh«, macht er leise.

Mein Mund wird trocken.

»Vince, ich, das …«, Liam fährt sich mit der Hand über den Nacken, »das ist echt … also, ich bin geschmeichelt, aber … ich bin nicht … ich mag Jungen nicht *so*.«

Es trifft mich geradewegs in den Magen.

Oh mein Gott. Was habe ich getan.

Oh Gott.

Urplötzlich bin ich derart nüchtern, dass mir schlecht wird. Alles in mir zieht sich eisig kalt zusammen. Mein Blick huscht rastlos durch den Raum, ich gucke überall hin, nur nicht zu Liam. Bloß nicht zu Liam. Den ich gerade einfach so geküsst habe. Ich. Der sich schon schwule Gedanken verbietet, aus Angst, man könne sie ihm ansehen. Was ist, wenn er es jemandem erzählt? Was ist, wenn Liam so angewidert ist, dass er sich über mich lustig macht und alles so wird wie auf der letzten Schule? Ich kann das nicht noch einmal, ich kann es nicht, ich kann es nicht. Ich kann nicht!

»Tut mir leid«, höre ich mich flüstern, unendlich weit weg. Wie ich überhaupt einen Ton über die Lippen bekomme, weiß ich nicht.

»Hey, Vince, ich … ist schon okay. Ich bin nicht sauer oder so.« Liams Stimme dringt nur sehr vage zu mir durch und es dauert noch ein paar Sekunden länger, bis ich den Sinn seiner Worte auch aufgenommen habe. »Wirklich nicht. Ich, ähm, ich … hätte das nur irgendwie nicht gedacht. Sorry?«

Es fühlt sich an wie ein Déjà-vu. Der Mist von damals kommt einfach wieder hoch und ich sehe es überdeutlich vor mir. Ich und Tobias. Tobias, der sich nach dem Kuss angewidert über den Mund wischt, während unsere Klassenkameraden johlend und lachend aus den Büschen gesprungen kommen. Vier oder fünf Handykameras, allesamt auf mich gerichtet, Tobias' Faust, die mich trifft und mir das erste blaue Auge meines Lebens beschert.

Die Worte purzeln mir ganz automatisch über die Lippen.

»Bitte sag es niemanden, es tut mir so leid, wirklich, aber bitte, sag's niemanden. Ich mache alles, ja? Aber bitte, bitte sage es nicht weiter.«

Ich klinge so jämmerlich, dass ich mich vor mir selbst ekle. Es fehlt nur noch, dass Liam aufspringt und fluchtartig das Weite sucht. Wenn wir uns morgen in der Schule sehen, wird er kein Wort mehr mit mir wechseln. Es schnürt mir die Kehle zu und ich kann kaum noch klar denken.

»Alter, tief durchatmen, ja? Ist kein großes Ding, wirklich nicht. Ich bin nur nicht schwul. Ich mag dich echt gern, nur eben auf unschwule Art und Weise, okay? Du musst dir keinen Kopf darum machen, dass ich dich jetzt abstoßend finde«, beteuert Liam neben mir.

»Nicht?«, frage ich tonlos.

»Ja, ehrlich. Wir sind doch Freunde, Vince.«

»Mh.«

»Ich weiß nicht, wie ich das anders sagen soll, darum … es wäre für mich nur ein Problem, würdest du es noch einmal versuchen. Und das machst du nicht, oder?«

Die Unsicherheit in seiner Frage tut fast so sehr weh wie die Ablehnung davor.

»Mann, nein. Mache ich nicht, nie wieder. Tut mir leid. Ich wollte dir nicht … tut mir leid.«

Ich rechne es Liam hoch an, dass er nicht von mir wegrutscht. Zumindest das nehme ich noch wahr, so ausgelaugt, wie ich mich auf einmal fühle. Ausgebrannt, ausgehöhlt. So ist das alles nicht geplant gewesen. Genau genommen habe ich gar nichts geplant. Ich bin so ein Idiot. Keine Ahnung, woher ich die Kraft nehme, Liam anzusehen. Er erwidert meinen Blick, lächelt vorsichtig. Meine Befürchtungen sind unbegründet. Es liegt keine Verachtung in seinen grünen Augen, aber irgendwie … irgendwie ist es doch anders. Ihr Anblick flasht mich nicht mehr. Jetzt sorgt er nur dafür, dass es mir das Herz schmerzhaft zusammenzieht.

»Ist schon gut, echt«, versichert Liam. »Brauchst du vielleicht etwas Zeit, um das zu verarbeiten? Soll ich gehen?«

»Nein, passt. War eh nur so ein Impuls. Alkoholausrutscher. Kennt man ja«, spiele ich herunter, was geschehen ist. Spiele herunter, dass ich mich zum ersten Mal wieder … auch egal.

»Okay.« Er klingt erleichtert. »Und es wird sich auch rein gar nichts ändern, nicht für mich, jedenfalls. Freunde?«

Ich glaube es ihm.

»Für mich auch nicht«, erwidere ich und will aufhören, zu existieren. »Freunde.«

11

Liam

Vince ist also schwul. Ja. Hm.

Diese Erkenntnis hatte ich letzte Nacht. Schlafen konnte ich nämlich nicht wirklich und so blieb mir viel Zeit, um mir Gedanken über den Nachmittag mit Vince zu machen. Nach dem Überfallkuss haben wir so getan, als sei nichts passiert. Ich habe ihm noch ein paar Horrorgeschichten über meine Eltern erzählt, er hat sich angemessen mokiert, wir haben gelacht. Ein paar Mal habe ich beinahe geglaubt, der Kuss sei nur Einbildung gewesen, aber so viel Fantasie ist mir dann doch nicht vergönnt. Es hat mich unfassbar erleichtert, dass heute in der Schule alles normal zwischen uns war.

Der Himmel ist fast so grau, wie ich mich fühle. Ich stapfe durch feinen Nieselregen und meine Gedanken rotieren. Neben dem ungeplanten Kuss beschäftigt mich noch die Scheiße mit Isa. Vince hat Recht, ich habe es wirklich vergeigt. Für Schule bleibt also nur wenig Platz in meinem Kopf. Ich bin mir sicher, dass nicht ein Wort des heutigen Unterrichts hängengeblieben ist. Alles ist durcheinander und ich kann mich kaum auf irgendetwas konzentrieren.

Es hat sich so merkwürdig angefühlt, Vinces Lippen auf meinen zu fühlen. Nicht lang und auch nicht romantisch, eher wie ein Brett, dass einem plötzlich vor den Schädel geknallt wird. Mit einem Mal hatte ich furchtbare Angst, dass sich jetzt alles ändert und ich den besten Freund verliere, den ich seit langer Zeit habe. Noch immer bin ich mir nicht sicher, ob ich wie ein Arschloch reagiert habe. Das würde ich Isa gerne fragen, aber hey, Überraschung, Isa redet immer noch nicht wieder mit mir. Das will ich ja jetzt wieder zurechtbiegen, aber wer weiß, ob das wirklich so funktioniert, wie ich es mir erhoffe.

Wann ist das alles nur schlagartig so kompliziert geworden? Ah, richtig. Als meine Eltern sich dazu entschlossen haben, ihrem Verhalten eine hässliche Krone aufzusetzen.

Mit einem leisen Schnauben ziehe ich mir die Kapuze etwas tiefer ins Gesicht. Der Wind pustet die Regentropfen horizontal durch die Gegend und ich kriege die feuchtklamme Front geradewegs ab. Meine Schulsachen fühlen sich auch schon ziemlich matschig an. Wie immer habe ich sie mir unter den Arm geklemmt und auf meinen Rucksack verzichtet. Vielleicht sollte ich dieses Konzept noch einmal überdenken, sonst muss ich den Lehrern bald verklickern, dass das Wetter meine Hausaufgaben ruiniert hat. Da kann ich ja gleich behaupten, der Hund habe sie gefressen.

Es dauert nicht lange und ich stehe vor dem Haus, in dem Isa und ihre Eltern mit fünf anderen Parteien wohnen. Stumm starre ich die Klingelschilder an. Mein Herz pocht jetzt schon wie verrückt. Ein Rückzieher kommt für mich nicht in Frage, denn ich muss mich einfach für das entschuldigen, was passiert ist. Ich hätte es besser wissen müssen und überhaupt, wie kann man nur so eine Trantüte sein und vergessen, dass Isas bunte Haare tendenziell für Aufsehen sorgen könnten?

Mein Leben fühlt sich an wie eine einzige Baustelle. Nicht mehr lange, und man nennt mich noch Bob der Baumeister. Mit einem Kopfschütteln vertreibe ich das Selbstmitleid und konzentriere mich auf das Wesentliche. Jetzt ist Isa dran. Ihr habe ich nämlich wehgetan, ganz ohne Alkohol und ungeplanten Küssen. Es macht mir Angst, furchtbare Angst.

Vielleicht will sie meine Entschuldigung ja gar nicht hören, weil etwas unwiderruflich kaputtgegangen ist. Wir haben doch gerade erst angefangen, uns so gut zu verstehen. Ich hätte bloß ein bisschen achtsamer sein müssen. Stattdessen habe ich Holzkopf es ordentlich in den Sand gesetzt und genau darum lege ich meinen Finger auf den Knopf. Mit angehaltenem Atem klingle ich. Nur keine Panik.

»Wer ist da?«, fragt es rauschend aus der Gegensprechanlage. Ich identifiziere die Stimme sofort: Isa.

»Hier ist Liam«, antworte ich und werde schlagartig nervös.

Stille.

Dann: »Was willst du?«

»Können wir reden? Bitte? Ich weiß, ich hab's verkackt, aber es tut mir wahnsinnig leid.«

Schon wieder Stille. Ich befürchte schon das Schlimmste, bis auf einmal der Türöffner summt. Vor Schreck und Erleichterung bleibt mein Herz kurz stehen. Sie macht mir auf! Das Rauschen der Gegensprechanlage erstirbt und ich beeile mich, die Haustür aufzudrücken. Ich lege mich beinahe auf die Nase, so eilig renne ich die Treppenstufen hoch. Zwei Stockwerke geht es hinauf und bevor ich so recht weiß, wie mir geschieht, sehe ich Isa schon vor mir. Sie lehnt am Türrahmen, die bunten Haare offen. Der Aufdruck ihres Bandshirts fühlt sich an wie ein verdienter Schlag in die Magengrube. *My demons are waiting.*

»Hallo«, begrüße ich sie vorsichtig.

»Hey«, erwidert sie und tritt zur Seite. »Komm rein. Ich habe keinen Bock, dass das halbe Haus mithört.«

Das ist eine Ansage. Ich spare mir eine Antwort und gehe einfach hinter ihr her. Die Wohnung ist hell eingerichtet, weißgraue Fliesen im Flur mit weichen Teppichen. Es hängen gerahmte Fotos von Isa an der Wand, und ich muss meine Neugier zügeln, um nicht allzu offensichtlich ein Foto von ihr im Grundschulalter anzustarren. Wilde, blonde Haare und ein zahnlückiges Grinsen. Süß.

Wäre die Situation nicht so angespannt, würde ich mich augenblicklich in ihrem Zimmer wohlfühlen. Es ist nicht so groß wie meins, trägt aber so deutlich ihre Handschrift, dass ich gern eine halbe Stunde nur damit verbringen würde, mir alles genau anzugucken. Vor allem die vollgestopften Bücherregale, die mit Postern bestückten Wände, der ins Chaos gestürzte Schreibtisch. Und: Sie hat ein Schwert über dem Bett hängen. Ein richtiges Schwert. Ich brauche ein paar Sekunden, um es zu erkennen. Es ist das Schwert von Gandalf aus »Der Herr der Ringe«. Wie *cool* ist dieses Mädchen?

Bevor mir genau das herausplatzt, beiße ich mir auf die Zunge. Ich bin nicht hergekommen, um Isas Inneneinrichtung zu bewundern. Auf einmal fühle ich mich trotz gemütlichem Lichterkettenlichts wie ein Fremdkörper. Isa lässt sich auf ihr schwarzgrau bezogenes Bett fallen. Wie bestellt und nicht abgeholt bleibe ich in der Zimmermitte stehen. Ein letztes Mal atme ich tief durch.

»Es tut mir so leid«, sage ich.

Isa bleibt unbeeindruckt. »Das sagtest du schon.«

Autsch.

Es bringt mich aus dem Takt. Ich vergesse, was ich sagen will und werde nur wieder von diesen ungeheuren Schuldgefühlen übermannt.

»Du kannst dich ruhig setzen«, fügt sie etwas milder an.

Zögerlich nehme ich auf ihrem Schreibtischstuhl Platz. Uns trennt jetzt zwar der ganze Raum, doch ich komme mir nicht mehr so deplatziert vor. Zeit für einen neuen Versuch.

»Ich habe nicht darüber nachgedacht, dass meine Eltern etwas gegen deine Haare haben könnten. Ich finde sie wahnsinnig schön und einzigartig. Normal, irgendwie. Sie gehören zu dir dazu und darum habe ich mir darüber keine Gedanken gemacht. Ich hätte es besser wissen müssen, aber ich habe es verkackt. Mein Fehler, Isa, und es tut mir wirklich leid. Entschuldigung.«

Noch ist zwar nichts vergeben, aber schon jetzt fühle ich mich besser. Zu seinen Fehlern stehen ist wirklich kein Spaß, dafür aber richtig. Isas Miene weicht auf, ein wenig zumindest. Trotzdem betrachtet sie mich weiterhin so kritisch, als wisse sie noch nicht genau, ob sie mich schlagen oder rauswerfen soll.

»Es war wirklich eine beschissene Aktion«, stellt sie schließlich fest. »Ich glaube dir, dass es keine Absicht war. Trotzdem war ich richtig wütend auf dich. Es ist nämlich nicht lustig, so angegangen zu werden.«

»Ich weiß«, murmle ich zerknirscht. »Meine Eltern sind ätzend.«

»Ja, das habe ich gemerkt.«

Isa hebt die Augenbrauen. Meine Schuldgefühle werden von Scham abgelöst und das ist auch nicht viel besser. Könnte sich die Erde nicht einfach auftun und mich verschlingen? Oder ich könnte die Zeit zurückdrehen und Isa gar nicht erst fragen, ob sie mich auf diese blöde Geburtstagsfeier begleitet.

»Keine Ahnung, warum sie so krass sind. Ich wünschte, sie wären anders«, sage ich plötzlich und weiß nicht so recht, warum.

»Verstehe ich. Liam?«

»Hm?«

»Danke. Klar, das ist mies gelaufen, aber trotzdem danke. Du hast mich vor ihnen verteidigt und das rechne ich dir hoch an. Auch, wenn es im Endeffekt nicht sonderlich viel gebracht hat.«

Ich muss lächeln. »Gern geschehen. Ich würde es immer wieder tun.«

»Irgendwie bin ich es ja gewohnt, dass man mir schräge Blicke wegen meiner Haare zuwirft.«

»Aber?«

Darauf antwortet Isa nicht sofort. Sie zieht die Beine in den Schneidersitz und lehnt sich an die Wand zurück. Auf einmal erinnert sie mich an ein Gemälde, mit ihren dunkel geschminkten Lippen und den bunten Haaren, die ihr im Lichterkettenschein so kunstvoll über die Schultern fallen. Eigentlich zeichne ich Menschen nur selten, doch auf einmal habe ich das Verlangen, es zu versuchen. Abstrakt, nur umrissen. Im Noir-Stil, vielleicht, wie Sin City. Ein Schatten im Spiegel.

»Nichts aber. Es tat einfach …« Isa zögert. »Es tat weh. Meine Haare tun niemandem etwas außer mir – und mir tun sie gut. Ist scheiße, von Leuten, die einen nicht einmal kennen, so verurteilt zu werden.«

»Das kann ich mir vorstellen«, erwidere ich. »Zumindest ansatzweise. Du hast es ja gesehen. Meine Eltern sind wohlhabend und sobald Leute das begriffen haben, bin ich automatisch ein Schnösel. Ganz egal, ob ich anders eingestellt bin als sie.«

»Trotzdem hast du mich gefragt, ob ich mit zu deinen Verwandten komme«, bemerkt Isa.

Ihr Blick geht mir durch Mark und Bein. Er ist so direkt, dass ich gar nicht in Versuchung komme, mir irgendeine beschönigende Verschleierung auszudenken.

»Ich hatte das Gefühl, du würdest es verstehen. Warum genau, weiß ich ehrlich gesagt nicht so recht. Vielleicht wegen des Einzelgängerradars.«

»Also hatte mein Radar Recht. Du bist ein Einzelgänger, nicht wahr?«

Isas Zimmer zieht an mir vorbei, als ich mich mit dem Schreibtischstuhl drehe. Ich sehe all die Bücher, die Poster. Eine Person, die in diesen vier Wänden atmet, sich vergräbt, wenn ihr die Welt zu viel wird. Isa betrachtet mich noch immer. Ich erwidere ihren Blick quer durch das Zimmer und ich fühle mich, als würde mir die Atemluft knapp werden. Können Blicke so etwas? Einem den Atem nehmen?

»Ich weiß nicht so recht. Vielleicht bin ich das teilweise«, sage ich leise. »Isa, warum färbst du dir die Haare bunt?«

Ein Lächeln huscht über ihr Gesicht und ich möchte es festhalten. Einfach hingehen und festhalten, die Hand vorsichtig darauflegen, damit es nicht verschwindet.

»Wir alle brauchen ein bisschen Magie«, erwidert Isa.

Ihr Lächeln vertieft sich und ich fühle all den Schmerz und Frieden der Welt gleichzeitig.

Plötzlich habe ich eine Idee. Nein, keine Idee. Ich treffe eine Entscheidung.

»Isa?

»Ja?«

»Würdest du mir die Haare färben?«

»Was?«

Isa sieht mich an, als habe ich ihr gerade verkündet, der nächste Präsident der Vereinigten Staaten werden zu wollen.

»Blau. Blau fände ich gut.«

»Was?«

»Ich möchte, dass du mir die Haare blau färbst. Einmal, weil ich bunte Haare schon immer toll gefunden habe und dann, um meinen Eltern klarzumachen, dass eine Haarfarbe rein gar nichts an dem Wesen einer Person ändert«, erkläre ich entschlossen.

»Oh mein Gott.« Purer Unglaube bestimmt Isas Miene. »Liam, sie werden dich umbringen.«

»Ich weiß, aber darum geht es nicht.«

Mit jeder Sekunde, die verstreicht, gefällt mir mein Einfall besser.

»Bist du dir wirklich sicher?«, fragt sie.

Auf einmal sind all meine Schuld- und Schamgefühle fort. Blaue Haare. Mich wird eine Atombombenexplosion erwarten, wenn ich mich so vor meinen Eltern zeige. Sie werden mich anbrüllen, zusammenfalten, mit Hausarrest und Taschengeldentzug strafen und irgendwie ist es mir egal. Es fühlt sich richtig an, damit direkt Position neben Isa zu beziehen.

»Ja«, sage ich ruhig und spüre, wie sich ein Grinsen auf meine Lippen schleicht. Eins, das mir von einem Ohr zum anderen reicht und mit einer kleinen Prise Wahnsinn gewürzt ist.

»Du bist doch irre«, attestiert Isa mir kopfschüttelnd, aber sie lächelt. Sie lächelt die ganze Zeit und das reicht mir schon.

»Nein, nicht irre«, widerspreche ich unbekümmert. »Ich brauche bloß auch ein bisschen Magie.«

Immer wieder sehen wir uns an. Blickkontakt, der sich verliert und erneut findet. Wie eine Art ewiger Kreislauf. Es nimmt kein Ende und gleichzeitig will ich das auch nicht. Dieses Kribbeln in meiner Brust ist viel zu schön, viel zu aufregend und ich bin mir sicher, dass es nicht bloß den blauen Haaren zuzuschreiben ist.

Prinzipiell hat Isa Recht. Meine Eltern werden mich umbringen. Wenn ich ihnen dann noch aufs Brot schmieren würde, dass mich ein Junge geküsst hat, wäre das Chaos perfekt. Der Gedanke ist ziemlich verlockend, aber ich habe Vince versprochen, nichts zu verraten. Daran halte ich mich.

»Ist jetzt alles wieder in Ordnung?«, frage ich. Ich muss es nur einmal hören. Sicher ist sicher.

»Zwischen uns? Ja. Mit dir und deinen Eltern?« Isa schüttelt den Kopf. »Das liegt nicht in meiner Macht, aber Junge, ich prophezeie dir, dass nichts mehr in Ordnung sein wird, wenn du mit gefärbten Haaren aufkreuzt.«

»Dafür muss man kein Prophet sein.«

»Aber es hilft.«

Isa zieht ihr Handy hervor und tippt etwas hinein. Ich nutze den Moment, um mich noch einmal auf ihrem Schreibtischstuhl zu drehen. Erstaunlich, wie gutgelaunt ich auf einmal bin.

»Wenn ich dir schon die Haare färbe, kann ich die von Jim auch direkt nachfärben«, bemerkt sie und mich durchzuckt ein enttäuschter Stich. Ich hatte gehofft, noch ein bisschen länger alleine mit ihr zu sein.

»Dann lass uns Vince und Waldemar auch noch einladen«, schlage ich vor. »Ein spontanes Treffen kann nicht schaden.«

»Gute Idee. Hast du die Festnetznummer von Vince im Kopf? Oh Mann, ich kann nicht glauben, dass ich das gerade gesagt habe. *Festnetznummer.*«

»Lass ihn, er hat seine Gründe.« Ich ziehe mein eigenes Handy hervor und öffne das Telefonbuch, um Vince anzurufen.

»Was hat es nur auf sich mit dir«, lenkt mich Isas Stimme ab. »Du bist so störrisch deinen Eltern gegenüber, aber bei uns ist das völlig anders.«

»Ihr seid ja auch meine Freunde«, erwidere ich ganz selbstverständlich. »Und für Freunde geht man durchs Feuer.«

»Sag das noch einmal, wenn dir die Blondierung die halbe Kopfhaut in Flammen gesetzt hat.«

Ich werfe ihr einen entsetzen Blick zu. »Das tut weh?«

»Nicht, wenn es richtiggemacht wird, aber man weiß ja nie«, sagt Isa leichthin.

Wir sehen uns an. Ich fange an zu lachen, sie stimmt ein, und jetzt glaube ich wirklich daran, dass wieder alles in Ordnung ist. Zumindest in dieser Hinsicht.

Blaue Haare als Präventivschlag. Teufels Küche, hier komme ich.

12

Vince

»Muss das so brennen?«

»Es brennt?« Isa wirft Liam einen argwöhnischen Blick zu. »Ist es eher so ein Kribbeln oder hast du das Gefühl, es ätzt dir die Kopfhaut weg?«

»Na ja«, druckst er herum und betastet die Alufolie, die Isa ihm um den Kopf gewickelt hat. Er sieht aus wie ein Verschwörungstheoretiker.

»Was, *na ja*? Sprich Deutsch, Junge, und am besten mit Subjekt, Prädikat und Objekt in der richtigen Reihenfolge«, raunzt Isa ihn ungeduldig an.

Ihre Nerven werden aber auch auf eine harte Probe gestellt. Seit sie mit der Haarfärbeprozedur begonnen hat, stellt Liam sich fürchterlich an. Ich bewundere den Langmut, mit der Isa ihn erträgt. An ihrer Stelle hätte ich ihm vermutlich schon längst eine gescheuert. Vielleicht liegt das aber auch an dem Gefühlscocktail, der in mir brodelt, seit die Dinge gestern so aus dem Ruder gelaufen sind.

»Na ja«, wiederholt Liam und hebt hilflos die Hände. »Es prickelt halt. Keine Ahnung, ob das so sein muss? Es fühlt sich auf jeden Fall nicht gerade schön an!«

»Du hast nicht das Gefühl zu sterben, oder?«, mischt Jim sich deeskalierend ein.

Auch er hat einen Alufolienhelm auf dem Kopf, trägt das Ganze aber mit weitaus mehr Würde als Liam. Der hat er seine Haare nämlich noch nie gefärbt und ist so nervös, dass er es kaum im Schneidersitz auf dem Boden aushält.

»Nein«, räumt Liam kleinlaut ein.

Wir sitzen zusammen in Isas Zimmer. Es ist eine traute Szene, aber ein Teil von mir fragt sich trotzdem, was ich hier tue. Mein Herz wird langsam durch den Fleischwolf gedreht. Liam ist nicht schwul und was immer er tut oder sagt macht es noch ein bisschen schlimmer. Alles ist zerschlagen. Jede Fantasie, jede Hoffnung, das Phantom seiner grünen Augen, welches mich so hoch in die Wolken geschickt hat. Es besteht nicht die geringste Chance, dass Liam und ich je … ja, keine Ahnung, was. Wenigstens hat er die Aussprache mit Isa auf die Reihe bekommen.

Ich gebe mir alle Mühe, mir nichts anmerken zu lassen. Niemand darf es wissen. Niemand *soll* wissen, dass ich die gestrige Nacht mit Heulen verbracht habe. Zurückgeblieben ist eine Glasscheibe, die mich vom Rest der Welt trennt und alles dämpft, was um mich herum stattfindet. Ich fühle mich verblasst. Ein Abziehbild meiner Selbst, durch das man einfach hindurchschauen kann.

»Wie lange muss das Zeug jetzt noch einwirken?«, fragt Liam unvermittelt und ich schwöre, ich kann hören, wie Isa der Geduldsfaden reißt. So mordlüstern, wie sie ihn anblickt, ist es ein Wunder, dass er nicht auf der Stelle tot umfällt.

»Noch ungefähr eine Viertelstunde«, beeilt Jim sich zu sagen. »Hör mal, Isa weiß wirklich, was sie tut. Sie hat mir schon tausend Mal die Haare gefärbt und sich selbst auch. Du wirst schon keine Glatze haben hinterher.«

»Okay, danke. Ich … ach, sorry, ich bin einfach ein wenig aufgeregt. Am liebsten hätte ich jetzt schon die blauen Haare«, erklärt Liam entschuldigend.

»Schon gut, ich verstehe das, aber ernsthaft, beruhige dich. Sonst färbe ich dir die Haare vor Wut noch aus Versehen pink.«

Isa verdreht die Augen. Als Liam lacht, sieht sie zumindest nicht mehr so entnervt aus.

»Pink! Eigentlich eine Überlegung wert, weil meine Eltern noch ein bisschen mehr ausrasten würden, findest du nicht?«

Isa kommt nicht gegen das Grinsen an, das sich auf ihrem Gesicht ausbreitet. »Eventuell könntest du Recht haben.«

»Pink?«, wirft Jim nun zweifelnd in den Raum. »Nimm es mir nicht übel, aber ich glaube, du bist nicht unbedingt der Typ für leuchtende Farben.«

»Was soll das denn heißen?«

»Das könnte halt etwas schwul wirken«, übernimmt Isa die Antwort.

Es kommt mir vor, als leere irgendwer einen Bottich Eiswasser über mir aus. Für einen Moment rauben mir die Worte den Atem. Mein Blick zuckt zu Liam und ich kann beobachten, wie er ganz bewusst *nicht* zu mir sieht. Ich habe es ja kapiert. Meine Kehle ist wie zugeschnürt und am liebsten würde ich losheulen. Oder vor Wut explodieren. Schwul ist kein Schimpfwort, verdammt.

»Wisst ihr was?« Liam klingt so unbekümmert wie sonst auch, vergessen ist die Blondierungsnervosität. »Drauf geschissen, ich will Pink.«

»Was?«, prustet Jim los.

»Pink?«, wiederholt Isa und klingt dabei seltsam angetan. »Wirklich?«

»Ja, das ist mein voller Ernst.«

»Auch, wenn du dann schwul wirkst?«, frage ich.

Drei Köpfe drehen sich in meine Richtung. Ich weiß nicht, durch welche Magie ich es schaffe, ein Lächeln auf meinen Lippen erscheinen zu lassen. Es fühlt sich scharfkantig an, dieses Lächeln, und ich bin zu aufgebracht, um mir darüber Gedanken zu machen.

»Pink ist doch keine schwule Farbe«, antwortet Liam mit zusammengezogenen Brauen »Also echt, Farben sagen nichts über sexuelle Orientierung aus. Selbst wenn mir Leute dann irgendwas andichten, ist mir das egal. Als wäre es schlimm, schwul zu sein. Und wenn man einen Toaster liebt, mir doch Latte. Hauptsache, man fühlt sich gut damit.«

Puff.

Da geht er hin, mein sich anbahnender Wutheulkrampf. Einfach so. Mein Lächeln wird schief und Liam erwidert es, ehe ich meinen Blick abwende. Jetzt verstehe ich es. Für ihn ändert sich wirklich nichts, aber dafür für mich. Vielleicht muss ich die Realität, dass er meine Gefühle nicht erwidert, erst einmal akzeptieren. Es fühlt sich fast ein bisschen an wie Abschied nehmen. Aber wir sind Freunde, immer noch, und das beruhigt mich.

»Dann wäre das also geklärt«, bemerkt Isa. »Wenn die Blondierung durchgezogen ist, kümmere ich mich zuerst um deine Haare, Liam. Jims müssen heller werden als deine und da kann ich derweil schon die Farbe auftragen. Alles klar?«

Sie hat auf ihrem Schreibtischstuhl Stellung bezogen und lächelt fröhlich. Es ist süß, wie viel Spaß es ihr macht, die Haare von Jim und Liam zu bearbeiten.

Liam zupft an seinem Alufolienhelm. »Klar. Sag mal, wenn ich mit den pinken Haaren so richtig blöd aussehe … Gibt es Optionen, das wieder rückgängig zu machen?«

»Abrasieren funktioniert äußerst zuverlässig«, vertraut Isa ihm an und lacht, als ihm alles aus dem Gesicht fällt.

»Hier wird gar nichts abrasiert!«, blökt Liam panisch.

Das durchdringende Schrillen der Eieruhr beendet die Diskussion. Liam rennt geradezu ins Bad und Isa folgt ihm mit einem ausgiebigen Augenrollen. Auf einmal sind Jim und ich allein. Als ich mich ihm zuwende, sieht er mich bereits an und unterzieht mich einer ungewohnt intensiven Musterung. Ganz unweigerlich frage ich mich, wie lange er mich schon so betrachtet. Er trägt ein altes, mit Farbsprenkeln übersätes Shirt und sitzt unweit von mir auf dem Fußboden. Seit dem Gespräch in der Bahn haben wir nicht mehr wirklich unter vier Augen miteinander geredet.

»Alles in Ordnung bei dir, Vince?«, fragt Jim mich und mustert mich erneut.

Vermutlich versucht er herauszufinden, wie tief meine Augenringe reichen.

»Ja, klar.«

»Sicher? Du siehst echt fertig aus.«

»Ja, wirklich.«

Jim kaut auf seiner Unterlippe herum und dann lächelt er mich an. »Okay. Aber sollte mal etwas sein, kannst du mit mir darüber reden. Ich kann schweigen wie ein Grab.«

»Danke«, sage ich ehrlich. Es ist wirklich nett, aber ich möchte mich ihm nicht anvertrauen.

Ohne jede Vorwarnung wird die Tür aufgerissen und Liam steht im Zimmer.

»Meine Haare sind blond!«, ruft er begeistert und zeigt auf seinen Kopf, auf dem ein hellblonder Haarschopf thront. »Ist das nicht abgefahren?!«

»Ja, Blondierung hat es so an sich, dass sie die Haare blond macht«, entgegnet Jim.

»Schon klar, aber blond! So hell! Ich raste aus!«

»Weißt du, woran du mich erinnerst?«, frage ich. »An so einen Boyband-Unfall aus den Neunzigern.«

»Du bist ja bloß neidisch«, schießt Liam zurück und wirft seine wasserstoffblonde Wuschelfrisur schwungvoll zurück. »Warte ab, bis sie pink sind. Das wird fabulös!«

Jim prustet. »Ja, bestimmt. Fehlt nur noch der Glitzer und du bist eine Fee.«

»Schwing deinen Arsch hierhin zurück, sonst lasse ich deine Haare so und du siehst fortan aus wie ein überfahrenes Opossum!«, ruft Isa aus dem Badezimmer.

»Ich gehe dann besser mal«, meint Liam mit einem entschuldigenden Lächeln und hüpft davon.

Jims Grinsen ist so ansteckend, dass ich es erwidern muss.

»Liam ist manchmal einfach so ein Pfosten«, sagt Jim. »Ich kann mir nicht vorstellen, dass er sich immer so mit seinen Eltern anlegt. Dazu kommt er mir eigentlich viel zu friedliebend vor.«

»Stille Wasser sind bekanntlich tief.« Ich runzle die Stirn. »Auch, wenn er nicht wirklich still ist. Er hat mir allerdings ein paar Geschichten erzählt, was seine Eltern so abziehen und puh, das ist wirklich nicht mehr feierlich.«

»So schlimm?«

Neugier liegt in Jims Blick, doch er ist zu taktvoll, um offensichtlich nachzubohren.

»Schon. Die pinken Haare werden seinen Eltern den Rest geben.«

»Und er macht es, obwohl er weiß, wie sehr sie ausrasten werden?«

»Tja«, ich zucke leicht mit den Schultern, »entweder ist Liam verdammt mutig oder strohdumm.«

»Vielleicht auch eine Mischung aus beidem?«

Jim sieht mich fragend an und ich unterdrücke den Drang, ihm durch die Haare zu wuscheln. Das ist keine gute Idee, während gerade die Blondierung zieht und ich ihm dafür erst den Aluhut abnehmen müsste.

Plötzlich kommt mir etwas Anderes in den Sinn.

»Sag mal, wo ist Waldemar eigentlich? In letzter Zeit lässt er sich kaum noch blicken.«

»Keine Ahnung. Er schreibt, dass er viel arbeiten muss, aber so zeitintensiv sollte der Job nicht sein. Wer weiß, was gerade bei ihm abgeht.«

»Sollten wir nicht mal nachfragen?«

Ich bin eingerostet, was Freundschaft betrifft, aber sogar ich weiß, dass man den Stein, unter dem sich jemand versteckt hält, nach einer Weile wenigstens einmal kurz anheben sollte. Wenn alles in Ordnung ist, kann man den Stein wieder loslassen und die Person nicht weiter belästigen.

»Ja, hm. Eigentlich schon. Ich weiß nicht«, druckst Jim herum.

Seine hellblauen Augen gucken gerade überall hin, nur nicht zu mir. Ich versuche, aus dieser Antwort schlau zu werden. Habe ich das mit der Freundschaft doch ein bisschen überschätzt und man lässt Leuten einfach ihre Ruhe?

Ich komme nicht dazu, weiter nachzufragen, denn in diesem Moment ertönt ein lauter Ruf aus dem Bad.

»Es werde pink!«

Jim und ich tauschen einen überraschten Blick, ehe wir in Gelächter ausbrechen. Nein, wenn man Liam so zuhört, kann man sich wirklich nicht vorstellen, dass ausgerechnet seine Eltern so oberflächlich sein sollen.

»Der Junge ist echt ein gallisches Dorf«, verbalisiere ich meine Feststellung.

»Die spinnen, die Römer«, stimmt Jim mir zu.

Fröhlich und mit einem Blitzen in den Augen, das wie ein elektrischer Funke auf mich überspringt.

»Sollen wir uns das Drama mal aus nächster Nähe ansehen?«

»Unbedingt. Die Blondierung in meinen Haaren sollte langsam auch raus, sonst bin ich bald derjenige, der sich mit einer Glatze herumschlagen muss.«

Wir rappeln uns auf und marschieren ins Badezimmer. Uns bietet sich ein Bild für die Götter. Liam sitzt auf dem Klodeckel, ein altes Handtuch um die Schultern gelegt und starrt verzückt in den Spiegel in seiner Hand. Seine Haare sind eine pinke Masse und Isa zieht sich gerade die Handschuhe aus. Sie sieht nicht mehr genervt aus, sondern eher ziemlich amüsiert. Kein Wunder, so dusselig lächelnd, wie Liam sein Spiegelbild betrachtet.

»Erstaunlich, wie leicht man manche Menschen glücklich machen kann«, stellt Isa fest und winkt Jim zu sich heran. »Dann lass uns mal sehen, wie es um deinen Ansatz bestellt ist.«

»So schlimm war der Ansatz jetzt auch nicht«, widerspricht Jim.

»Jimmyboy, ich sage es ja nicht gern, aber das war kein Ansatz mehr, sondern ein missglückter Ombre-Look.«

Er lacht. »Manchmal bist du so grausam, echt!«

»Dafür kennt und liebt man mich«, entgegnet Isa und schiebt ihn zur Badewanne.

»Pink«, murmelt Liam versunken.

Neben der geballten Idiotie in diesem Badezimmer ist sogar ein Lurch noch hochbegabt, aber lächeln muss ich trotzdem.

Es ist schon kurz vor acht Uhr abends, als ich die Wohnungstür hinter mir schließe. Ich bin im Zombiemodus. Hänge meine Jacke auf, schlüpfe aus den Schuhen und hole mir eine Wasserflasche, damit ich mein Zimmer an diesem Abend nur noch für den Gang ins Bad verlassen muss.

Wider Erwarten hat mir der Nachmittag mit Isa, Liam und Jim echt gut gefallen. Nachdem Liam sich die Haare nach dem Färben ausgewaschen hat, konnte ich ein ungekanntes Farbspektakel bewundern. Jetzt verstehe ich erst so richtig, was Isa damit meinte, es sehe aus als sei ein Einhorn in ihrer Badewanne verreckt, wenn sie sich die Haare färbt. Denkt man sich nämlich da noch all die anderen Farben hinzu, die ihre Haare in diesen Regenbogen verwandeln … Einhorn. Eindeutig.

Jetzt, wo ich alleine bin, fühle ich mich unendlich müde. Aufgerieben, ausgebrannt. Ich will einfach nur noch die Zimmertür hinter mir schließen und die Welt aussperren. Ich habe es über, jede winzige Bewegung von Liam zu beobachten, obwohl ich genau weiß, dass sie nichts bedeuten. Mein Herz hofft anscheinend noch immer etwas Anderes. Ich wünschte, es würde einfach aufhören.

»Vince?«, fragt Tante El hinter mir unvermittelt.

Vor Schreck mache ich einen kleinen Satz und stoße mir den Fuß am Wasserkasten. Au!

»Ja?«, zwinge ich mir über die Lippen und drehe mich zu meiner Tante um.

Sie sieht gut aus. Also, eigentlich tut sie das immer, aber sie hat sich schick gemacht. Dezente Schminke, ein lässig-elegantes Outfit. Vage erinnere ich mich an unser Gespräch am Frühstückstisch und mir fällt wieder ein, dass sie sich heute Abend mit ihren Freundinnen zu treffen gedenkt.

»Hattest du einen schönen Tag mit deinen Freunden?«

»Ja, war gut.«

Scheiße, tut mein Fuß weh. Ich beuge mich herunter und schaffe es dieses Mal ohne größere Unfälle, mir eine Wasserflasche zu nehmen. »Auch, wenn ich jetzt davon kuriert bin, bunte Haare zu wollen.«

»Bunte Haare?« Meine Tante blinzelt irritiert.

Rasch winke ich ab. »Ähm, egal. Machst du dich auf den Weg?«

»Genau.« Sie schultert ihre Handtasche. »Allerdings gibt es da noch etwas.«

Ich kenne den Unterton in ihrer Stimme. Oh, nein.

»Was denn?«, frage ich dennoch.

»Du hast Post«, sagt sie.

»Oh.«

»Ich habe sie dir auf deinen Schreibtisch gelegt. Wenn du möchtest, bleibe ich hier, ja?«

Das kommt für mich nicht in Frage. Meine Tante hat sich auf diese Verabredung gefreut. Das soll sie nicht wegen mir und meinen Problemen abblasen. Am liebsten würde ich sie überhaupt nicht mit meinen Problemen belasten, aber das kümmert die Probleme nur selten. Besonders dann nicht, wenn sie sich in Briefform in unserem Postkasten manifestieren.

»Nein, ist schon gut«, versichere ich ihr. »Du musst deswegen nicht bleiben. Ich komme klar. Aber danke, ja? Ich weiß das zu schätzen.«

Tante El schenkt mir ein warmes Lächeln, doch der latent besorgte Ausdruck in ihren Augen bleibt. Ehe ich es mich versehe, hat sie mich in die Arme geschlossen. Ich mache die Augen zu und atme ihren vertrauten Duft ein, der mir das Herz schwerer und leichter zugleich macht. Auf einmal ist der Drang, ihr von Liam zu erzählen, wieder da, und damit ich mich nach all den Malen, wo ich die Klappe gehalten habe, nicht verplappere, lasse ich sie besser wieder los.

»Du kannst immer mit mir reden, das weißt du doch?«

Tante Els Hand liegt auf meinem Oberarm.

»Ich könnte meinen Namen vergessen, aber das würde ich trotzdem noch wissen«, antworte ich schief lächelnd. »Und es soll nicht so klingen, als wolle ich dich loswerden, aber du kommst noch zu spät.«

»Oh je, du hast recht!« Schwungvoll dreht sie um und verschwindet im Flur. Über die Schulter ruft sie: »Wenn was ist, kannst du mich jederzeit anrufen. Bis später oder morgen, solltest du schon im Bett sein!«

»Viel Spaß!«, rufe ich einfach nur zurück.

Bewegungslos bleibe ich in der Küche stehen und höre dabei zu, wie Tante El die Wohnungstür hinter sich zuzieht. Erst dann atme ich langgezogen aus. Mit dem entweichenden Atem schmilzt auch mein Lächeln, bis nichts mehr davon übrig ist. Wie lange ich noch in der Küche stehen bleibe, bis ich mich endlich aufraffe und mein Zimmer ansteuere, weiß ich nicht. Mit einer Hand versetze ich der Tür einen Schubs.

Da liegt er, mitten auf meinem Schreibtisch. Ich muss nicht einmal das Deckenlicht anknipsen, um ihn zu sehen. Der Briefumschlag ist weiß und leuchtet regelrecht in der Dunkelheit. An und für sich macht er einen harmlosen Eindruck, aber das täuscht. So vorsichtig, wie man sich einer Landmine nähern würde, gehe ich in mein Zimmer hinein und schalte das Licht an.

Vincent Grünbach. Es ist eindeutig mein Name auf dem Umschlag und ich erkenne die Handschrift sofort.

Ich wende mich ab und mache mich auf die Suche nach meinen Kopfhörern. Glücklicherweise finde ich sie schnell. Ich drehe die Musik laut, so laut, dass ich nicht einmal mehr meine eigenen Atemzüge höre. Heftiger Metal, damit kein Raum für irgendetwas sonst bleibt. Es ist umständlich, sich bis auf die Boxershorts auszuziehen, ist man verkabelt. Irgendwie kriege ich es hin, ohne meinen Schutzschild aus Bass und Gitarre zu zerstören und lasse mich ins Bett fallen. Ich krieche unter die Decke und ziehe sie mir bis zur Nasenspitze hoch.

Der Brief ist von meiner Mutter. Wie immer taucht sie aus der Versenkung auf, wenn es mir nicht gut geht. Als könne sie riechen, wann der beste Zeitpunkt ist, um mir noch eins reinzuwürgen.

Sogar zum Heulen bin ich zu müde. Für den Moment gibt es nur mich und die Musik, sonst nichts. Keine unerwünschte Post, kein kaputtes Herz, kein Liam. Auch, wenn der vermutlich einen ähnlich beschissenen Abend hat wie ich. Nur hat er sich das mit seinen pinken Haaren selbst ausgesucht.

Ich wünschte, ich hätte diese Wahl auch gehabt.

13

Liam

Meine Haare sind so pink, dass ich mir wie eine Neonwerbetafel vorkomme. Es ist kein dezentes Pink, kein schüchternes Nett-dich-kennenzulernen-Pink. Das hier tritt die Tür ein und haut einem zur Begrüßung eine runter. Ich bin so fasziniert davon, dass ich kaum eine Sekunde die Finger aus den Haaren lassen kann. In jeder Fläche, die minimal spiegelt, muss ich mich betrachten, weil das Spiegelbild so ungewohnt ist. Eine neue Person, aber irgendwie immer noch die alte.

Nachdem Vince sich verabschiedet hat, bin ich noch eine Weile bei Isa und Jim geblieben. Die Zeit ist wie im Fluge vergangen und jetzt ist es schon ziemlich spät. Heute habe ich jedoch nicht vor, mich mit einer halsbrecherischen Klettereinlage zurück in mein Zimmer zu begeben. Den Abstecher zu meinem Baum mache ich aus einem anderen Grund.

Meine Eltern werden bestimmt nicht nur mit Hausarrest reagieren. Es erscheint mir eher wie ein Fall für die harten Bandagen und ich muss unter Garantie mein Handy abgeben. Allerdings habe ich nicht vor, es so weit kommen zu lassen. Von Isa habe ich mir einen ZIP-Beutel geben lassen, eine dieser wasserfesten Plastiktüten mit Reißverschluss. Darin verstaue ich mein Handy und verstecke es unter einer hervorstehenden Wurzel des Baums.

Eilig gehe ich zur Haustür und schließe im Schein der Lampen auf. Ich lasse Schuhe und Jacke im Flur und gehe in die Küche. Wie erwartet verbringen meine Eltern den Abend vor dem Fernseher. Es dauert keine zehn Sekunden, bis der Film pausiert wird. Derweil gieße ich mir ein Glas

Milch ein und warte darauf, dass die Bombe hochgeht. Ich kann das Zischen der Lunte förmlich hören.

»Wo bist du gewesen, Liam?«, fragt meine Mutter vorwurfsvoll. »Es ist schon nach zehn Uhr. Du hast auf keinen Anruf reagiert und dich auch sonst nicht gemeldet. Wir haben …«

Ich kann hören, wie ihr alles aus dem Gesicht fällt und laut klirrend auf dem Fußboden zerschellt.

»Sorry«, sage ich. »Ich habe irgendwie die Zeit vergessen.«

Ich blicke zum Wohnzimmer und das Bild, das sich mir bietet, ist eines für die Götter. Wo meine Mutter eine Hand vor den Mund geschlagen hat, starrt mein Vater mich entgeistert an. Unbeeindruckt trinke ich einen Schluck Milch. Niemand behandelt meine Freunde wie Menschen zweiter Klasse und tut dann so, als wäre niemals irgendetwas passiert.

»Was ist *das*?«, spuckt mein Vater aus.

Es ist der Gong, mit dem die erste Runde eröffnet wird. Mundschutz rein, Fäuste hoch, auf ins Gefecht.

»Ein Glas Milch«, erkläre ich.

Sogar quer durch den Raum kann ich sehen, wie dieser harte Ausdruck in die Augen meines Vaters tritt. Wütend genug, um respekteinflößend zu wirken. Nun ist es aber so, dass ich daran gewöhnt bin. Es macht mir keine Angst.

»Das sehe ich, Liam, und du weißt auch sehr gut, dass ich nicht von der Milch gesprochen habe. Was hast du mit deinen Haaren angestellt?«

»Ach, das.« Die Milch ist wirklich lecker und darum genehmige ich mir noch einen Schluck. »Ich habe sie mir gefärbt.«

»Auch das sehe ich!«

Ich hebe die Augenbrauen. »Warum fragst du dann?«

»Weil ich bis gerade eben gehofft habe, dass das ein schlechter Scherz ist. Was glaubst du eigentlich, wer du bist?!«, grollt mein Vater.

Er besitzt eine so tiefe Stimme, dass er einiges an Nachdruck in sie hineinlegen kann, ohne, dass sie in eine schrille Tonlage abrutscht.

Während sich mein Vater aufrappelt und mit langen Schritten die Distanz vom Wohnzimmer zur Küche überbrückt, sitzt meine Mutter noch immer wie erstarrt auf dem Sofa. Ich stelle mein Glas zur Seite und verschränke die Arme vor der Brust, als er sich vor mir aufbaut. Durch die Wut sind seine Gesichtszüge noch geschliffener.

»Ich denke, ich bin genau der, der ich sein will«, schieße ich angriffslustig zurück.

»So, bist du? Du willst also ein Egoist sein, der sich um niemanden kümmert außer sich selbst?«

»Ich scheiße nicht auf jeden, ich scheiße nur auf eure Meinung. Ihr tut das doch genauso bei meiner, also warum sollte ich da irgendwie rücksichtsvoller sein, hm?«

Wir funkeln uns an.

»Pinke Haare, Liam, ich bitte dich. Pink! Das hast du doch nur getan, weil wir diese Isabell nicht mitgenommen haben!«

»Ihr Name ist Isa«, korrigiere ich schneidend.

»Das ist doch völlig egal!«

Die Bombe geht hoch. Nicht die Haarbombe, die ist bereits explodiert, sondern die in mir drin. Die Zeitbombe, die dort nach dem letzten Streit mit meinen Eltern zurückgeblieben ist. Sie fühlt sich an wie eine schwärende Wunde, die wieder aufreißt.

»*Genau* das ist der Punkt! Es ist dir egal! Es ist euch egal, wie meine Freunde heißen und ob ich überhaupt Freunde habe, Hauptsache, ihr werdet eurem Kram gerecht!«, bricht es laut aus mir heraus. Da brennt ein Feuer in mir, das mir den Rachen hinaufkriecht und in die Freiheit entlassen werden möchte.

»Darum geht es gerade nicht«, sagt mein Vater genervt, »es geht darum, dass du dir die Haare in einem absolut unmöglichen Farbton gefärbt hast, ohne uns vorher Bescheid zu sagen.«

Ich schnaube. »Ja, toll, dann geht es eben darum. Was, wenn ich euch vorher gefragt hätte? Hättet ihr es mir dann erlaubt? Ich glaube nicht, denn es interessiert euch einfach nicht, was ich will!«

Mein Vater reibt sich über das Gesicht, als würde ihn nur das davor bewahren, mir eine zu scheuern.

»Ist es wirklich wegen dieser Isa?«, fragt er und dieses Mal kann ich den Unterton in seiner Stimme nicht deuten, aber das ist jetzt auch gleich.

»Genau genommen ist es wegen euch. Ich wollte schon immer einmal bunte Haare haben, aber entschieden habe ich mich erst, als ihr so Scheiße zu Isa gewesen seid. Niemand ist Scheiße zu meinen Freunden, auch ihr nicht. Zu eurer Information: Es ist verdammt oberflächlich, Menschen allein wegen ihrer Haarfarbe zu verurteilen und für nicht vorzeigbar zu halten. Und genau darum sind meine Haare jetzt pink.«

Zum ersten Mal kehrt wieder Stille bei uns ein. Die Kieferkonturen meines Vaters treten deutlich hervor, während er mich mustert und schließlich die Hand ausstreckt.

»Gib mir dein Handy.«

Es ist beinahe traurig.

»Das geht nicht«, antworte ich. »Ich habe es verloren.«

Misstrauen huscht über seine Miene. Irgendwo kann ich es ihm nicht verdenken, ich würde es mir auch nicht einfach so glauben. Schließlich stößt er die Luft aus.

»Wenn das eine Lüge ist, Liam, wird das noch ganz andere Konsequenzen mit sich bringen, das verspreche ich dir«, sagt er gefährlich ruhig.

»Das ist keine Lüge«, lüge ich dreist und sehe ihm dabei geradewegs in die Augen.

»Hausarrest hast du trotzdem. Eine Auszeit von deinen sogenannten Freunden wird dir guttun. Ich erkenne dich einfach nicht wieder. Pinke Haare.« Mein Vater schüttelt mit dem Kopf. »Es geht hier nicht darum, dass du oder irgendwer sonst für eine Haarfarbe verurteilt wird. Du verhältst dich wie der letzte Rowdy und das ist es, was ich nicht tolerieren werde.«

»Immer schön in der Reihe tanzen, schon verstanden«, murmle ich, auch, wenn das meinen Hausarrest vermutlich noch verlängern wird. Hausarrest schreckt mich nicht ab. Mein Freund, der Baum, wird mir schon helfen.

»Liam«, sagt meine Mutter unvermittelt, »was ist los mit dir? Warum versteckst du dich hinter diesem Verhalten und sagst uns nicht, was wirklich los ist?«

Verstecken? Ich verstecke mich bestimmt nicht! Ich biete die Stirn und lasse mir nichts mehr gefallen. Noel kann sich glücklich schätzen, dass er von diesem Trauerspiel nichts mitbekommt. Es ist schon eine Überraschung, dass meine Mutter sich einmischt. Rückhalt war noch nie ihre Stärke. Wie immer stehe ich alleine gegen zwei Erwachsene. Auf einmal fühle ich mich seltsam hilflos und das macht mich wütend.

»Ich verstecke mich nicht«, knurre ich. »Ihr kapiert es einfach nicht.«

Ohne schickes Kostüm wirkt meine Mutter eigentümlich greifbar. Lebendig. Aber das ändert offensichtlich nichts daran, dass sie von mir als Störenfried denkt.

»Dann erkläre es uns doch.« Sie stellt sich neben meinen Vater, der mich inzwischen nicht einmal mehr ansieht.

Ich will aus voller Kehle schreien. *Dann erkläre es uns doch.* Was habe ich denn gerade getan? Habe ich nicht erklärt, warum meine Haare jetzt pink sind? Ein Lachen, irgendwo zwischen bitter und hysterisch, ballt sich in meiner Kehle zusammen. Sie kapieren wirklich nicht, dass ich es aus Solidarität tue, aus dem Wunsch heraus, ein Zeichen zu setzen. Dass ich mich gegen sie stelle, damit sie vielleicht endlich einsehen, dass ich mich nicht in ihren Lebensstil zwingen lasse.

Aber. Sie. Verstehen. Es. Nicht.

»Leckt mich einfach«, sage ich mit hohler Stimme.

Mein Triumph, ihnen unter die Nase zu reiben, dass meine Haare jetzt pink sind und sie rein gar nichts dagegen tun können, zerfällt wie eine Sandburg bei Flut.

Meine Mutter ist nicht einmal mehr entsetzt. Sie schließt einfach nur die Augen, atmet aus, und der Zug um ihre Mundwinkel wirkt mit einem Mal so traurig, dass ich sie gerne schütteln würde. Mit welchem Recht ist sie traurig? Warum nicht Wut, Missfallen, irgendetwas, aber nicht dieser Ausdruck, bei dem ich mich wie ein hoffnungsloser Fall fühle?

Kopfschüttelnd dreht sie um, geht zum Sofa zurück. Am liebsten würde ich es als Sieg verbuchen, aber ich kann es nicht. Dafür fühlt es sich zu beschissen an. Ich will nur noch alleine sein. Aber wenn ich von mir aus gehe, gebe ich klein bei und das kann ich nicht.

Darum bleibe ich weiter in dem Scherbenmeer stehen, obwohl das Milchglas vollkommen intakt auf der Anrichte steht.

»Geh auf dein Zimmer«, sagt mein Vater bitter. »Aber diese Diskussion ist noch nicht beendet, das kannst du mir glauben.«

Schweigend gehe ich an ihm vorbei, die Lippen aufeinandergepresst. Weder ihn noch meine Mutter würdige ich eines weiteren Blickes. Pinke Haare. Ich bereue es nicht, dass ich mir die Haare gefärbt habe, doch ich frage mich, was ich noch tun soll, damit meine Eltern endlich verstehen, was passiert.

So eile ich die Treppe hoch und weiß, dass meine Eltern über mich reden werden, sobald meine Zimmertür zu ist. Damit sie ihren Einsatz auch nicht verpassen, tue ich ihnen den Gefallen und knalle die Tür laut zu. Ich weiß gar nicht, wen ich gerade mehr hasse: Meine Eltern oder mich.

Weil mir in so einem Zustand bloß eine einzige Sache helfen kann, schnappe ich meinen Rucksack mit den Graffitidosen und öffne mein Fenster.

Mein Freund, der Baum, lächelt mich an.

Ich fröstle, als ich den alten Skatepark erreiche. Hier stört ein bisschen Graffiti zwar niemanden, aber streng genommen beschädige ich damit immer noch öffentliches Gut. Darum bin ich den Weg lieber gelaufen. Vandalismus ist kein Kavaliersdelikt, wie man so schön sagt und ich will nicht von der Polizei nach Hause gebracht zu werden. Obwohl … man muss sich ja stets ein wenig Eskalationsspielraum lassen, nicht?

Das vertraute Gewicht des Smartphones in meiner Hosentasche beruhigt mich. Die Angst, dass es mir doch noch abgenommen werden könnte, ist realer, als ich zugeben will. Ohne Handy kein Chat mit den Underdogs und erst recht kein Chat mit Isa. Im Schein der Laternen sehe ich mich um. Der Park liegt so ruhig da wie jede Nacht. Abends trifft man hier ab und zu kleinere Randgrüppchen, die Underdogs eingeschlossen, doch in der Nacht hat man zumeist seine Ruhe.

Ich weiß noch nicht genau, was ich sprühen will. Schablonen habe ich keine vorbereitet. Freihandmotive liegen mir weniger, aber es ist immer noch besser als nichts. Die Erinnerung daran, wie eingesperrt ich mich in meinem Zimmer gefühlt habe, kriecht mir kalt den Nacken hinauf. Eilig schüttle ich sie ab. Ich bin nicht hier, um es erneut zu durchleben.

Mein Rucksack scheppert, als ich ihn auf den Asphalt fallenlasse und vor der Rückseite der Halfpipe Stellung beziehe. Sie ist schon mit diversen Tags und anderen Möchtegernwerken beschmiert, doch ich denke, dass sich da etwas machen lässt. Es ist fast meditativ, sich das Halstuch vor Mund und Nase zu binden. Die feinen Farbpartikel der Sprühfarbe sollte man besser nicht einatmen. Ich ziehe mir gerade die Handschuhe über, da vibriert es in meiner Hosentasche.

Isa (23:48): Hey Liam, lebst du noch? Atombombeneinschlag bei deinen Eltern überstanden? Wenn du dich bis morgen früh nicht gemeldet hast, werde ich eine Trauerfeier für dich ausrichten lassen.

Es ist das Erste, was Isa mir seit dem Knall am Wochenende von sich aus schreibt. Die wenigen Zeilen machen mich glücklicher, als ich es nach diesem selbstproduzierten Katastrophenabend für möglich gehalten hätte. Es gibt mir die Hoffnung, dass für mich noch nicht alles verloren ist.

Liam (23:51): Irgendwie haben ihnen die pinken Haare nicht gefallen. Verstehe gar nicht, warum! Also … ja, ich lebe noch. Bei dir auch alles okay?

Isa (23:52): Da mein größtes Problem darin bestand, die Badewanne zu putzen … Ja. Wie lange hast du Hausarrest? Bis zum nächsten Jahrhundert?

Liam (23:56): So lange zum Glück auch wieder nicht. Keine Ahnung, um ehrlich zu sein. Morgen soll die Diskussion in die nächste Runde gehen. Irgendwie hat es nicht so gut funktioniert, ihnen mit den pinken Haaren eine Nachricht zu schicken. Aber ich mag die Haarfarbe trotzdem.

Isa (23:58): Ach du Kacke. Da hast du dir ja echt was eingebrockt. Aber wenigstens hast du nicht den Drang, dir die Haare doch noch abzurasieren!

Liam (0:01): Stimmt! Warum bist du eigentlich noch wach?

Isa (0:03): Kann nicht schlafen – Klassiker. Und du?

Liam (0:05): Ich auch nicht. Will mir den Kopf ein bisschen freisprühen, bevor ich mich nach Hause zurückschleiche.

Isa (0:06): Oh mein Gott, Liam! Dein Ernst?! Du hast dich nach draußen geschlichen, nachdem deine Eltern mal wieder ausgeflippt sind?

Liam (0:08): Ja, irgendwie schon …

Isa (0:09): Du bist echt unbelehrbar. Bist du im Skatepark?

Liam (0:10): Jep, an der Halfpipe. Warum?

Die Minuten verrinnen, ohne dass ich eine Antwort erhalte. Ganz unweigerlich stelle ich mir vor, dass es diese Unterhaltung nicht geben würde, hätte mein Vater mir das Handy wirklich abgenommen. Ich fühle mich noch immer nicht schuldig. Das Handy ist mein Fenster zur Außenwelt, wenn ich einmal nicht durch mein eigenes Fenster nach draußen klettern kann.

Eine neue Nachricht von Isa erscheint auf dem Display.

Isa (0:17): Ich komme vorbei. Ist alles besser, als unproduktiv an die dunkle Zimmerdecke zu starren. Also rühr dich nicht vom Fleck!

Ich lese die Nachricht vier Mal, bis ich die Bedeutung der Worte verstehe. Isa kommt her. Wegen mir. Automatisch mache ich mir Sorgen. Ist es nicht zu gefährlich, als Mädchen allein im Dunkeln unterwegs zu sein? Das frage ich auch Isa, doch die möchte nichts davon wissen. Pfefferspray, ein Tritt in die Eier, das ist nur eine ausgewählte Selektion der Dinge, mit denen sie sich zu verteidigen gedenkt. Sogar mein Angebot, mit ihr zu telefonieren, während sie herkommt, lehnt sie rigoros ab.

Verwundert starre ich mein Smartphone an. Ich habe ein seltsames Gefühl im Magen und bin so aufgeregt, dass ich meine Graffitidosen nicht einmal anrühre. Im jetzigen Zustand würde ich keine Linie auf die Reihe kriegen. Nicht einmal mehr die Kälte spüre ich so wirklich, während ich meinen Blick auf das Handy fixiere, um auch keine Nachricht von Isa zu verpassen.

Auf einmal höre ich Schritte. Mein Herz stolpert, die Schritte tun es nicht, und Isa tritt in den Lichtkegel der Laterne. Genau wie ich trägt sie einen Hoodie, die Kapuze über den Kopf gezogen. Nur die Spitzen ihrer bunten Haare fallen auf den dunklen Stoff. Wie spät es inzwischen ist, weiß ich nicht genau, doch es ist mir egal. Schule kann man auch halbtot überleben.

»Du hast dich ja wirklich nicht vom Fleck gerührt«, begrüßt Isa mich.

»Doch«, widerspreche ich. »Ich habe mich zehn Zentimeter weiter nach rechts gestellt, damit du mich besser sehen kannst.«

»Klugscheißer«, grinst sie.

»Schuldig.«

In der Ferne braust ein Auto viel zu schnell durch die Innenstadt. Ansonsten ist dort nur das leise Rauschen der Blätter, das Summen der Laternen. Gemessen daran, dass die Großstadt angeblich niemals schläft, ist es fast schon friedlich.

»Du hast noch nicht gesprüht, oder?«, fragt Isa und betrachtet die beschmierte Halfpipe-Wand.

»Nein, noch nicht. Ich weiß nicht genau, was ich sprühen soll, weil ich keine Schablonen vorbereitet habe.«

»Wie wäre es denn mit einer Hommage an deine neue Haarfarbe?«, schlägt sie mit schief gelegtem Kopf vor. Ich frage mich, wie man so schön aussehen kann. Die Regenbogenhaare, die dunkle Kleidung. Etwas verträumte Romantik, vermischt mit abgerissenem Rockerlook. Es fühlt sich fast wie ein Widerspruch an, doch bei genauerer Betrachtung ist es keiner.

»Pink … ja, pink finde ich gut«, wiederhole ich den Satz, den ich heute schon viel zu oft gesagt habe.

Ich gehe in die Hocke, öffne meinen Rucksack, und ziehe zwei Dosen hervor. Pink und Weiß. Isa sieht mir zu, die Hände in der Brusttasche ihres Hoodies vergraben, und stört mich nicht. Wenn ich sprühe, vergesse ich die Welt um mich herum. Jetzt bin ich jedoch zur Abwechslung nicht allein. Dennoch lasse ich mich fallen. Ich sprühe einen großen, pinken Kreis. Ein, zweimal verrutsche ich und muss die Linie nachziehen, etwas Farbe läuft herunter, doch im Großen und Ganzen ist es eine annehmbare Grundierung.

Isa bleibt still, doch es ist keine unangenehme Stille. Es hat eher etwas Vertrautes, was ich in dieser Form noch nicht erlebt habe. Schließlich sprühe ich für gewöhnlich alleine. Bislang gab es auch niemanden, den ich gerne dabeigehabt hätte. Jetzt ist Isa hier und alles funktioniert von selbst.

Es ist nur ein Schriftzug, den ich noch hinzufüge. Als ich zurücktrete, ist mein improvisiertes Werk fertig.

Ein pinker Kreis, auf dem in Weiß »Fabulös und rebellisch« geschrieben steht. Mein Zeigefinger ist trotz Handschuh feucht von Farbe. Ist mein Werk selbstverliebt? Ich weiß es nicht. Isa steht neben mir und es ist schön, keine Worte zu brauchen. Ich möchte ihr trotzdem welche schenken.

»Für dich«, sage ich einfach. Manchmal genügt die minimalistische Kombination von zwei Wörtern, um ein ganzes Gefühlsuniversum auszudrücken.

Es geht so leicht. Isa sieht mich an und lächelt. Es ist das Lächeln, das für den Regenbogen in ihren Haaren verantwortlich ist.

Im Schein einer Straßenlaterne, die so hell ist, dass man die Sterne über uns kaum erkennen kann, küsse ich Isa. Es kümmert sie nicht, dass mein Zeigefinger pinke Punkte auf ihrer Wange hinterlässt, als sie mich zurückküsst.

14

Vince

Die Zahlen ergeben überhaupt keinen Sinn. Mit Sicherheit starre ich sie schon seit dreißig Minuten an, aber man hätte mir genauso gut altägyptischen Hieroglyphen vorlegen können. Selbst bei den Standardrechnungen, die ich auf mein Papier gekritzelt habe, bezweifle ich die Richtigkeit. Im Grunde weiß ich gerade gar nichts mehr. Mein Kopf ist ein schwarzes Loch. Es geht alles hinein, aber nichts raus. Was bei einer Matheklausur eher suboptimal ist.

Ich habe die Klausur schlicht und einfach *vergessen.* Der Alkoholausrutscher mit Liam, die Selbstgeißelung danach. Dann die Haarfärbeorgie und dann dieser elende Brief. Noch immer liegt er ungeöffnet auf meinem Schreibtisch. Ich habe ihn nicht einmal angefasst. Momentan würde ich meine Hand eher in das Terrarium einer Vogelspinne halten.

Die Gedanken an den Brief vereiteln jede Chance, diese Matheklausur irgendwie auf die Reihe zu kriegen. Eigentlich bin ich in Mathe keine völlige Niete, doch diese Prüfung wird unter Garantie eine Fünf. Ich kriege es einfach nicht auf die Reihe. Es fühlt sich an wie ein Fiebertraum und müde bin ich zu allem Überfluss auch noch. Ich weiß nicht, wie ich es heute in die Schule geschafft habe. Warum ich meinen Wecker überhaupt gehört habe. Warum ich bei der richtigen Haltestelle ausgestiegen bin.

Ich weiß einfach gar nichts mehr.

Wie immer sitzt Liam auf dem Platz hinter mir. Seine pinken Haare waren bis zu Beginn der Klausur das Hauptgesprächsthema der Klasse.

Nicht immer offen und laut, doch das Getuschel hat kein Ende genommen. Genauso wenig wie die schockierten Blicke. Aber Liam hat bloß strahlend gelächelt. Ob er überhaupt merkt, was für ein Chaos er anrichtet?

Keine Ahnung. Doch das ist angesichts meines verlorenen Wissensschatzes nicht verwunderlich. Ich bin mir nicht sicher, ob ich die Antworten auf all die Fragen überhaupt hören möchte. Meine Meinung dreht sich wie ein Fähnchen im Wind. Es macht alles noch unsicherer, reißt mir den Boden unter den Füßen weg. Trotz des Nebels, der in meinem Schädel wogt, bin ich von einer Sache doch mit merkwürdiger Sicherheit überzeugt: Liam ist sich seiner Wirkung nicht bewusst. Er weiß nicht, wie leicht es ist, mehr in sein Lächeln hineinzuinterpretieren. Selbst, wenn es von ihm ohne Hintergedanken gelächelt wird.

Die Stille im Klassenraum wäre geisterhaft, würde nicht regelmäßig irgendwo Papier rascheln. Überall sehe ich gesenkte Köpfe, konzentrierte Denkermienen und Löcher in der Luft. Irgendwer starrt grübelnd vor sich hin. Herr Schöll schleicht ab und zu durch die Reihen, um potentielle Betrüger zu entlarven. Er ist wirklich kein übler Kerl, aber schummeln ahnt er mit unbarmherziger Härte.

Mit den Handballen reibe ich mir über die Augen und … gebe auf. Mir bleiben noch um die fünfzig Minuten, um diese Misere ein bisschen einzudämmen, aber mir fehlt einfach die Energie. Diese Klausur ist nicht mehr zu retten und es ist mir egal. Ich sammle die dürftig beschriebenen Karoblätter zusammen, nehme meine Sachen und stehe auf. Es kümmert mich nicht einmal, dass mich die ungläubigen Blicke meiner Mitschüler verfolgen werden.

Sogar Herr Schöll zieht überrascht die Augenbrauen hoch, als ich ihm meine Klausur auf den Tisch klatsche. Bevor er irgendwelche Fragen stellen kann, bin ich schon zur Tür raus. Ich ziehe mir die Jacke über, gefolgt von meinen Kopfhörern. Der Schaumstoff legt sich auf meine Ohren und sobald die ersten Töne erklingen, merke ich, wie die Anspannung in mir nachlässt. Musik. Wenn mit mir etwas nicht stimmt, ist Musik immer eine gute Lösung, um mich wieder zu fangen.

Ein Schwall kühler Luft begrüßt mich, als ich die Tür nach draußen aufstoße und über den verlassenen Pausenhof wandere. Der Wind weht goldgelbe Blätter über den Asphalt. Es sieht fast malerisch aus, ein perfektes Herbstbild, und ich ertappe mich dabei, wie ich mir ein Wetter wünsche, dass besser zu meiner schwarzen Stimmung passt. Nach ein paar ungemütlichen Tagen ist die Sonne noch einmal zurückgekehrt. Jeder freut sich über den goldenen Herbst, ich fühle mich jedoch betrogen.

Statt mich ins Gras unter den Baum zu setzen, lasse ich mich auf eine Bank am Rand des Hofs fallen. Mit halb geschlossenen Lidern verliere ich mich in der Musik. Erst, als ich am Rande meines Sichtfelds eine Bewegung wahrnehme, kehre ich ins Hier und Jetzt zurück. Wie viel Zeit vergangen ist, kann ich nicht sagen und so bin ich im ersten Moment einfach nur desorientiert. Bis ich die zwei Personen erkenne, die da direkt auf mich zusteuern.

Es sind Dominik und Florian. Anscheinend sind sie auch schon früher mit der Matheklausur fertig geworden.

Ungefragt beschleunigt sich mein Puls. In meinem Inneren kocht eine Nervosität hoch, die sich nicht mehr unterdrücken lässt. Warum eigentlich? Die zwei haben mir nie etwas getan. Ich bin ihnen einfach aus dem Weg gegangen und habe sie nicht behelligt. Koexistenz, keine Interaktion. Jetzt will ich dringend abhauen. Mein Blick huscht unruhig über den Boden vor meinen Füßen, während ich so tue, als stelle ich an meinem MP3-Player ein neues Lied ein.

Jemand schnippt direkt vor meinem Gesicht herum und ich zucke vor Schreck zusammen. Mein Herz hämmert, als ich mir die Kopfhörer herunterziehe und um den Nacken hänge. Es ist Dominik, der nun die Hand sinken lässt. Neben ihm hat Florian Stellung bezogen.

»Ja?«, frage ich möglichst ruhig. Meine Hände schwitzen wie verrückt.

»Ey, was geht denn mit Liam ab?«, fragt Florian.

»Echt mal, ich habe noch nie eine so schwule Haarfarbe gesehen«, bekräftigt Dominik und verzieht das Gesicht.

Oh Gott.

»Keine Ahnung, sorry«, antworte ich gepresst. Mir wird schlecht.

»Komm schon, Vince, du weißt doch bestimmt was.« Florian lässt nicht locker. »Der Kerl sieht aus wie 'ne wandelnde Gay-Parade.«

»Keine Ahnung«, wiederhole ich mit mehr Nachdruck. Wenn ich meinen MP3-Player noch fester umklammere, zerquetsche ich ihn zu einem Stück Metallschrott.

»Ach, labre nicht, ihr hängt doch die ganze Zeit miteinander herum«, bohrt Dominik weiter nach.

Ich fühle mich schrecklich in die Enge getrieben, so, wie ich auf der Bank sitze und sie sich vor mir aufbauen. Erste Panik summt durch meinen Körper. Kein Ton kommt mir über die Lippen und ich zucke nur noch mit den Schultern.

»Alles klar«, sagt Florian verächtlich. »Vielleicht hat auch einfach nur deine Merkwürdigkeit auf ihn abgefärbt. Wir haben ihm ja von Anfang an gesagt, dass du ein Freak bist.«

»Ansteckend halt«, erklärt Dominik noch einmal für Dumme. »Echt schade. Er hätte gut zu uns gepasst. Aber bei dir haben wir uns ja auch umsonst bemüht.«

In mir macht alles dicht. Ich starre einfach nur zu Florian und Dominik hinauf. Ihre widerlichen Worte echoen mir durch den Kopf. Warum sagen sie so etwas? Und was soll das heißen, dass sie sich bei mir auch umsonst bemüht haben? Ich habe ihnen nichts getan. Ich bin ihnen schlicht aus den Weg gegangen, als ich neu in die Klasse kam. Innerhalb von Sekunden macht sich ein gefrorener Klumpen in meinen Eingeweiden breit und ich kriege keine Luft mehr. Ich atme, aber ich spüre es nicht.

Bis ein pinker Haarschopf hinter Florian und Dominik auftaucht.

»Einen wunderschönen guten Morgen«, sagt Liam fröhlich. »Was für eine Klausur. Gleicht ihr gerade eure Ergebnisse ab?«

Florian schluckt seinen nächsten Kommentar herunter und ich wünsche ihm, dass er daran erstickt. Den Rest der Unterhaltung bekomme ich kaum mit. Mein Kopf fühlt sich an wie ein alter Fernseher ohne Signal. Schwarzweißes Flimmern, wildes Flackern und Rauschen. Dominik und Florian bejahen Liams Frage, erzählen noch irgendeinen Stuss und verabschieden sich bald darauf. Natürlich spricht keiner der beiden Liam auf seine neue Haarfarbe an.

Mit einem Seufzen lässt Liam sich neben mir auf die Bank fallen.

»Ich habe es doch gesagt, du bist ein Brain«, bemerkt er und linst aus den Augenwinkeln zu mir. »So schnell, wie du fertig warst, hast du alles hinbekommen, oder?«

»Mh.« Es ist der erste Laut, den ich seit einer gefühlten Ewigkeit von mir gebe.

»Das klingt nicht wie das Gelbe vom Ei. Also, bei mir war es halbwegs okay. Ich habe nur die letzte Aufgabe irgendwie so gar nicht auf die Reihe bekommen und ich habe es dann einfach sein gelassen.«

»Mh.«

»Ich will mich ja nicht beschweren, aber das ist eine sehr einseitige Unterhaltung«, stellt Liam fest.

Noch immer sieht er mich an. Ich reiße mich zusammen und konzentriere mich darauf, einen ganzen Satz herauszubringen.

»Blackout. Habe die Klausur verkackt.«

»Scheiße.«

»Allerdings.« Ich drehe meinen MP3-Player in meiner Hand und versuche, die letzten Reste des Panikgefühls abzuschütteln.

»Hey, Vince, was ist denn los? Haben diese Idioten etwas Blödes gesagt?«

»Über Klausurergebnisse haben wir jedenfalls nicht geredet.« Während ich mich zurücklehne, winke ich ab. »Sie sind von deinem Umstyling irritiert und haben mich dazu ausgefragt.«

»Idioten«, wiederholt Liam unbeeindruckt. »Sollen sie sich halt direkt an mich wenden, wenn es sie so brennend interessiert.«

»Sehe ich auch so.«

Es gelingt mir nicht, ihm zu erzählen, dass Florians und Dominiks letzte Bemerkungen unter die Gürtellinie gegangen sind. Ich will nicht wie ein Opfer dastehen, jemand, der es nicht schafft, sich selbst zu verteidigen.

»Wie ist es denn mit deinen Eltern gestern gelaufen?«, wechsle ich das Thema. »Du scheinst mir nicht am Boden zerstört. Ist alles so gelaufen, wie du es erwartet hast?«

Ein Grinsen, dreckig wie drei Meter Feldweg, breitet sich auf Liams Gesicht aus.

»Oh, sie sind ausgeflippt. Hausarrest und Handyentzug habe ich auch«, erzählt er bereitwillig. »Sie wollen, dass ich sie mir wieder umfärbe, aber darauf können sie lange warten. Jetzt bin ich nur gespannt, wann ich morgens mit abrasierten Haaren aufwache.«

»Warum provozierst du sie eigentlich so? Wäre es nicht weitaus stressfreier, sie in dem Glauben zu lassen, du tust alles, was sie wollen, und machst dein Ding trotzdem? Nur eben heimlich?«

»Ja, stressfreier wäre es mit Sicherheit.« Liam schnauft. »Aber es geht mir nicht um den Weg des geringsten Widerstands. Ich will mich nicht verstellen. Sie wollen Sachen von mir, die ich nicht gut finde und das können sie ruhig wissen.«

»Weißt du« Ich schließe die Augen und lasse mir die Sonne ins Gesicht scheinen, »ich kann mich nie ganz entscheiden ob du einfach nur blöd oder bemerkenswert aufrichtig bist.«

Liam lacht, obwohl ich es ernst meine, und boxt mir halbherzig gegen den Oberarm.

Nach einem Schultag wie langgezogener Kaugummi bin ich Zuhause und sitze auf dem Balkon. Genau genommen sitze ich auf dem Holztisch und habe die Füße auf der Bank davor abgestellt. Der Wind weht mir durch die Haare und der Himmel ist blau. Eigentlich ist der Tag zu schön, um so etwas Destruktives zu tun, wie ich es vorhabe.

Der Briefumschlag in meiner Hand knistert. Es steht kein Absender darauf. Da ich die letzten Briefe ungeöffnet an meine Mutter zurückgeschickt habe, denkt sie wohl, ich würde darauf hereinfallen, wenn sie auf den Absender verzichtet. Kurz überlege ich, ob ich mich davon in meiner Intelligenz beleidigt fühlen soll. Die Frage, warum sie mir immer noch schreibt, ist allerdings viel drängender.

Tante El ist arbeiten und ich habe die Wohnung bis abends für mich. Zum Glück, denn ich bin ein Kessel voll Gefühl, der nicht recht weiß, wohin mit sich. Ich brauche ein Ventil und darum tue ich etwas Destruktives. Nicht so destruktiv wie Liam, pinke Haare sind mir viel zu auffällig, aber auf meine Weise. Ich reiße das Streichholz an und halte die kleine Flamme an die untere Ecke des Umschlags. Es dauert nicht lang, bis er Feuer fängt. Ich kann die Hitze der Flammen an den Fingern spüren und es gibt mir ein seltsames Gefühl der Genugtuung, dass nichts als Asche und geschwärzte Papierreste zurückbleiben werden. Als ich den Brief nicht mehr halten kann, ohne, dass es mir fast die Finger versengt, lasse ich ihn auf den Grill fallen. Da verbrennt er also und ich weiß nicht, ob ich mich jetzt besser fühle oder nicht.

Manchmal frage ich mich, ob es so sein muss. Diese unsichtbaren Gewichte, die so oft an mir hängen und dafür sorgen, dass jeder Tag ein Kampf wird. Manchmal frage ich mich auch, ob ich mich bloß anstelle. Eine Antwort habe ich bislang nicht gefunden. Ich weiß nur, dass meine Mutter abgehauen ist, als ich zwölf Jahre alt war. Sie hat alles hingeworfen und ist mit einem fünfzehn Jahre älterem Kerl durchgebrannt, um durch die Weltgeschichte zu tingeln. In einem ihrer Briefe hat sie geschrieben, dass das Leben kurz sei und man es darum in vollen Zügen genießen müsse. Für mich erklärt das nicht, warum man seine Familie von heute auf morgen komplett fallenlässt.

Im Grunde habe ich keinen blassen Schimmer, wo sie sich gerade herumtreibt. Vielleicht auf Bora Bora oder wie auch immer diese Inseln im Paradies heißen. Von mir aus könnte sie auch Ferien in Atlantis machen, es ist mir egal. Ich kann ihr nicht verzeihen, dass sie so sang- und klanglos verschwunden ist. Mein Vater arbeitet wie verrückt, um damit fertigzuwerden. Ich habe gelernt, mich selbst zu beschäftigen, mich mit meinen Freunden wohlzufühlen. Bis eben diese Sache mit Tobias passiert ist und ich danach komplett alleine dastand. Alleine gegen den Rest der Welt. Bis ich endlich den Mut aufgebracht habe, meine Tante anzurufen und ihr zu sagen, dass ich es bei meinem Vater nicht mehr aushalte.

Verbranntes Papier stinkt und so gehe ich rein. Bevor der Geruch von Rauch und Enttäuschung in die Wohnung ziehen kann, sperre ich die Balkontür zu. Es ist ja nicht so, als hätte ich die Briefe meiner Mutter von Anfang an ignoriert. Anfangs habe ich ihr noch geschrieben und versucht, mich und meine Gefühle zu erklären. Zur Antwort habe ich bloß eine Flut von Vorwürfen erhalten. Dass ich nicht nur an mich, sondern auch an sie denken solle. Dass es unfair sei, ihr ein schlechtes Gewissen zu machen. Wie unfair es ist, von der eigenen Mutter verlassen zu werden, ist ihr wohl nie in den Sinn gekommen. Inzwischen glaube ich nicht mehr daran, dass sie noch einmal zurückkehrt.

Die Türklingel lässt mich aus dem Stand fast drei Meter in die Höhe springen. Kann man denn nicht ein einziges Mal seine verdammte Ruhe haben?! Ich erwäge, die Klingel einfach zu ignorieren, doch es könnte der Paketbote sein und Tante El hasst es, Pakete samstags bei der Post abholen zu müssen. Verdrießlich stapfe ich zur Wohnungstür und reiße den Hörer der Gegensprechanlage fast aus der Wand.

»Ja?!«, schnauze ich unfreundlich hinein.

»Ähm«, antwortet es mir. »Hier ist Jim, hi. Störe ich dich?«

Das nimmt mir den Wind aus den Segeln. Tief atme ich durch.

»Nein, schon gut«, sage ich. »Was ist denn los?«

»Kommst du runter? Wir wollen zu Waldemar. Intervention, weil er sich schon so lange rarmacht.«

Ich gestatte mir ein lautloses Seufzen. Einerseits will ich ja wirklich meine Ruhe, aber andererseits geht es um Waldemar. Ich will ihn nicht hängen lassen und vielleicht tut mir die Gegenwart von Leuten, die ich mag, ja gut.

»Gib mir fünf Minuten.«

»Cool, ich warte solange auf dich!«, tönt es aus der Gegensprechanlage. Immer diese gute Laune. Ich hänge den Hörer auf und mache mich auf die Suche nach meinen Chucks.

Also dann, gehen wir intervenieren.

15

Liam

Waldemar hat keine Ahnung, was da auf ihn zukommt.

Es klingt dramatisch, aber wir kommen in Frieden. Ich habe Bier und andere Spirituosen in meinem Rucksack, die bei jeder Bewegung aneinander klimpern. Diskreter Transport von Alkohol gehört definitiv nicht zu meinen Stärken. Wir vier sind vereint, seit wir Jim und Vince an der Straßenbahnhaltestelle eingesammelt haben und jetzt gehen wir gemeinsam zu Waldemar. Isa geht neben mir und ich habe den Drang, ihre Hand zu nehmen. Aus den verschiedensten Gründen tue ich es nicht. Gestern Nacht haben wir uns geküsst, sehr lange sogar, aber das heißt nicht, dass ich jetzt einfach ihre Hand nehmen darf. Vor allem nicht vor den anderen. Ich möchte es zwar gerne, doch das muss ich jetzt zurückstellen. Auch wegen Vince. Ich will ihm nicht unter die Nase reiben, dass ich mich für jemand anderen interessiere. Vielleicht ist mein Feingefühl übertrieben, aber ich will ganz sicher sein.

Es ist ewig her, dass Waldemar sich mit uns getroffen hat. Keiner von uns glaubt mittlerweile noch daran, dass seine Distanziertheit bloß seinem Job zuzuschreiben ist. Irgendetwas ist im Busch. Es ist unsere Pflicht, unseren Freund aus seiner Isolation zu reißen und ihm zu zeigen, dass wir uns Gedanken um ihn machen.

Isa führt uns zu einem hohen Mehrfamilienhaus, von dem sich hier viele dicht an dicht schmiegen. Im Vorbeigehen deutet sie auf ein klappriges Mofa.

»Das ist sein fahrbarer Untersatz, also ist er zu Hause«, bemerkt sie und klingt dabei weitaus optimistischer als vorher noch. »Jetzt muss er uns nur noch reinlassen.«

»Glaubst du denn echt, dass er uns einfach hier unten stehen lässt?« Ich werfe ihr einen fragenden Blick zu.

»Keine Ahnung«, antwortet Isa. »Wir werden sehen. Alle bereit?«

»Klaro«, kommt es von Jim.

Vince beschränkt sich darauf, einen Daumen in die Höhe zu recken.

Isa klingelt kurzerhand. Auf dem Klingelschild steht der Name »Schäfer« und ich kann mir ein kurzes Schmunzeln nicht verkneifen. Nicht nur Waldemars Vorname, auch der gesamte Familienname ist eingedeutscht worden, als seine Eltern mit ihm nach Deutschland gekommen sind.

Der Türöffner summt und Isa scheucht uns nach drinnen.

»Ich hoffe, ihr seid gut zu Fuß«, meint sie. »Wir müssen nämlich in den fünften Stock und einen Aufzug gibt es nicht.«

Wir kämpfen uns gefühlt zehntausend Stufen hinauf und als wir die fünfte Etage endlich erreichen, brauche ich fast ein Sauerstoffzelt.

Waldemar steht in der geöffneten Wohnungstür. Schwarze, gammelige Jogginghose, schwarzes T-Shirt … und rotweiß geringelte Socken.

»Ihr klebt echt schlimmer an einem als Scheiße am Schuh«, begrüßt er uns. »Kommt rein, ihr Penner.«

Was soll ich sagen, ich habe ihn vermisst.

»Du siehst aus wie ausgekotzt«, gibt Isa den liebevollen Gruß zurück. Jetzt, wo sie es sagt, sehe ich es auch. Übermüdungsblässe paart sich mit tiefen Augenringen, die ihn um einige Jahre älter wirken lassen, als er ist. Plötzlich habe ich ein merkwürdiges Gefühl im Magen.

»Leck mich doch«, brummt Waldemar, doch als Isa ihn kurz umarmt, erwidert er die Umarmung.

Jim fällt ihm als nächstes um den Hals und folgt Isa in die Wohnung hinein.

»Nimm's mir nicht übel, aber ich bin nicht so der kuschelige Typ.« Vince hält Waldemar die Hand hin und er schlägt ein.

»Gott sei Dank. Zwei reichen mir für heute auch. Übrigens … schicke Haarfarbe, Liam.«

Ich grinse flüchtig und reiche ihm ebenfalls die Hand. »Danke.«

»Schuhe hier stehen lassen, dann mir nach«, kommandiert Waldemar und marschiert die schmale Treppe hinauf, die sich fast direkt neben der Wohnungstür befindet.

Wir alle lassen unser Schuhwerk artig im Flur und folgen ihm. Es passen nicht einmal zwei Personen nebeneinander durch diesen Gang. An den Wänden hängen gerahmte Kinder- und Familienfotos, die ich mit meinem Rucksack fast zu Boden segeln lasse.

Waldemars Zimmer ist eine Mischung aus Dachboden und Videothek. Jedes Stück Wand ist mit Regalen voller DVDs und Blue-Rays versehen, dazu kommen unzählige Spiele für verschiedene Konsolen. Die Dachschräge ist mit verschiedenen Filmpostern zugekleistert und ein Stück vor dem ungemachten Bett steht ein Fernseher auf einem flachen Tisch. Eine Playstation 4 ist daran angeschlossen, der Controller liegt auf dem Boden.

»Macht's euch gemütlich«, sagt Waldemar. Ich steige über einen Aschenbecher voller Zigarettenstummel hinweg, um mich in den mitgenommen aussehenden Sitzsack neben dem Bett fallenzulassen. Isa und Vince pflanzen sich zu Waldemar auf den Boden und Jim rollt den Schreibtischstuhl näher. Ich räume meinen Rucksack aus, Rotwein, Jägermeister und ein Sixpack Bier. Niemand traut sich so recht, etwas zu sagen, bis sich die schmalste Person ein Herz fasst.

»Hey, Waldemar«, sagt Jim und beißt sich kurz auf die Unterlippe. »Was ist denn los?«

Waldemar fährt sich durch die unordentlichen Haare. »Bin wohl echt schlecht darin, es zu verstecken.«

»Irgendwie schon.« Jim wartet, bis Isa die Chipstüten aufgerissen und in unserer Mitte drapiert hat. »Wir machen uns irgendwie Sorgen, weißt du?«

»Ja, sehe ich. Gib mir mal ein Bier, Liam.«

Ich reiche ihm eine Dose und gönne mir selbst auch eine. Man lässt einen Freund, dem es nicht gut geht, nicht alleine trinken. Auch Jim streckt die Hand aus und ich versorge ihn pflichtbewusst. Die restlichen Dosen, den Jägermeister und den Wein schiebe ich zu den Snacks in die Mitte. Waldemar seufzt langgezogen.

»Tja, es ist so – meine Freundin hat Schluss gemacht. Oder eher gesagt Fast-Freundin. Keine Ahnung. Ist kompliziert«, lüftet er das Geheimnis um seine Abwesenheit und hebt die Bierdose an die Lippen.

»Scheiße«, entfährt es mir.

»Kannst du laut sagen.«

»Ich wusste gar nicht, dass du eine Freundin hast«, stellt Jim betroffen fest.

»Hatte«, korrigiert Waldemar resigniert und trinkt darauf noch einen Schluck. »Wie gesagt. Ist kompliziert.«

Isa ist die einzige von uns, die nicht wirklich überrascht wirkt. Hatte sie etwa eine Ahnung? Und überhaupt … warum hat Waldemar so ein Geheimnis um seine Freundin gemacht?

»Willst du es uns erklären?«, fragt Vince.

»Keine Ahnung. Es ändert ja doch nichts.« Waldemar zuckt mit den Schultern. »Ich habe die letzten Wochen jedenfalls damit verbracht, es irgendwie auf die Reihe zu kriegen und zu kitten, aber gereicht hat es doch nicht. Ist ein ziemlich beschissenes Gefühl.«

»Glaube ich.«

Vince beugt sich vor. Seine Hand schwebt einen Moment über einem Bier, ehe er sich doch für den Rotwein mit dem Schraubverschluss entscheidet.

Jim beißt schon wieder auf seiner Unterlippe herum und sieht auf einmal ziemlich verloren aus, wie er da so auf dem Schreibtischstuhl sitzt. »Und es ist jetzt wirklich einfach vorbei?«

»Scheint so. Sie meldet sich nicht mehr und hat mich ausdrücklich darum gebeten, sie nicht zu kontaktieren. Das respektiere ich«, sagt Waldemar, doch man kann ihm anhören, wie schwer ihm das fällt.

Wenn ich darüber nachdenke, dass er die letzten Tage mit genau dieser Stimmung allein in seinem Zimmer gesessen hat … wir hätten schon viel früher zu ihm gehen sollen. Warum hat er denn die Zähne nicht auseinanderbekommen?

»Wisst ihr, die Sache ist die«, fährt Waldemar unvermittelt fort, »sie ist elf Jahre älter als ich.«

Vince verschluckt sich am Rotwein und hustet wild.

»Elf?«, quietscht Jim.

Isa verdreht die Augen und boxt Vince, der noch immer versucht, nicht zu ersticken, gegen den Arm.

»Wie hast du das denn gemacht?«, platzt es aus mir heraus.

»Nun, die meiste Zeit habe ich sie wie einen ganz normalen Menschen behandelt«, entgegnet Waldemar und wirft mir einen entnervten Blick zu.

Meine Wangen werden warm. Bevor mir noch eine peinliche Äußerung über die Lippen rutscht, beschäftige ich mich lieber mit meinem Bier.

»Sorry«, murmle ich. »War blöd.«

»Allerdings.«

Waldemar klopft Vince kräftig auf den Rücken, bis er nicht mehr hustet, sondern nur noch leise röchelnd abwinkt.

Das Gespräch geht weiter und Waldemar schildert uns die Details seiner gescheiterten Beziehung.

»Tja, sie ist halt elf Jahre älter, ich bin siebzehn und die Dinge sind kompliziert. Zumindest für sie. Für mich nicht«, erzählt er. »Aber darum hat sie Schluss gemacht. Ich bin ihr zu jung. Einen anderen Grund gibt es angeblich nicht. Wir haben uns von Anfang an super verstanden, konnten gut reden und den ganzen Mist. Aber es scheitert an einer verschissenen Zahl und wenn ich das noch mal sagen muss, kotze ich gleich irgendwem in den Schoß.«

»Bitte nicht mir«, meldet Jim sich zu Wort. Das bringt Waldemars Mundwinkel tatsächlich zum Zucken und er schüttelt leicht mit dem Kopf.

»Du bist eh zu weit weg, keine Sorge.«

»Ich wusste ja schon so halbwegs, was los ist«, gesteht Isa, »aber dass sie darum Schluss macht, hätte ich nicht erwartet.«

»Das ist es halt. Was soll ich machen, wenn mein Alter für sie ein unlösbares Problem ist?« Er zuckt erneut mit den Schultern. »Mir sind die Hände gebunden. Wenn sie wenigstens einen anderen Kerl hätte, aber nein.«

»Es scheitert also an den Umständen«, stellt Vince mit krächzender Stimme fest.

Da ich nicht noch einmal etwas Blödes sagen will, beschränke mich darauf, Waldemar einen mitfühlenden Blick zuzuwerfen.

»Kann man so sagen, ja. Ich versuche wirklich, sie ab jetzt Kacke zu finden, aber es geht nicht. So langsam fühle ich mich richtig schizophren.«

Jim rollt, noch immer auf dem Schreibtischstuhl sitzend, ein wenig näher. »Warum hast du denn nicht schon früher etwas gesagt? Also, nicht falsch verstehen, das soll kein Vorwurf sein oder so. Ich würde nur gern verstehen, warum du darüber so lange geschwiegen hast.«

»Ihr zuliebe. Sie hat nicht gewollt, dass es offiziell wird und daran habe ich mich gehalten. Und ich wollte euch nicht mit meiner ekelhaften Laune herunterziehen.«

»Du ziehst uns nicht runter«, widerspricht Isa.

Unwillkürlich frage ich mich, warum er ihr dann von seiner Freundin erzählt hat.

»Und wie habt ihr euch kennengelernt?«, fragt Jim weiter.

»Im Kino. Wie ihr wisst, arbeite ich da und vor einigen Monaten ist sie mir zum ersten Mal aufgefallen. Eigentlich auch nur, weil sie alle paar Wochen mit einem anderen Typen aufgetaucht ist. Irgendwann konnte ich die Fresse einfach nicht mehr halten und habe Sophia bei der Popcornausgabe gesagt, dass sie zu gut für diese Kerle ist. So nahm das Unheil seinen Lauf.«

»Sie heißt also Sophia?«

Vince klingt inzwischen wieder halbwegs lebendig. Waldemar antwortet mit einem einfachen Nicken.

Plötzlich fühle ich mich schrecklich unerfahren. Zwar hatte ich schon einmal eine Freundin, doch außer Knutschen und etwas Rummachen ist nichts gelaufen. Überhaupt war es nicht richtig ernst. Nicht, dass mich das tödlich betrübt, aber es kommt mir so vor, als setze sich Waldemar mit Dingen auseinander, von denen ich nicht einmal eine vage Ahnung habe. Außerdem sind da noch Isa und Vince. Was ist, wenn Vince doch Gefühle für mich hat? Und wenn er dann sieht, dass ich Isa gut finde, und sich das für ihn wie die Hölle anfühlt?

»Sophia ist ein hübscher Name«, meint Jim und fährt sich durch die Haare. Frisch gefärbt sind sie noch weißer und wolkenähnlicher als vorher.

»Ja, aber ein hübscher Name sagt rein gar nichts über die Person aus«, entgegnet Vince. Er greift nach der Chipstüte. »Von mir aus könnte sie ruhig Horst heißen, wenn ihre Einstellung bezüglich Altersunterschied dann hübscher wäre.«

Jim prustet und guckt gleich darauf schuldbewusst aus der Wäsche. Sogar Isa grinst verstohlen.

»Du bist so ein dummes Brot.« Waldemar schüttelt mit dem Kopf. »Wie schaffst du es morgens überhaupt zur Tür raus?«

»Ich … schimmle halt so vor mich hin und da geht das von ganz allein?«

»Junge«, Waldemars Kopfschütteln nimmt langsam bedrohliche Ausmaße an, »nein. Einfach nein.«

»Sorry. Ist mir so rausgerutscht.«

Jim presst sich eine Hand vor den Mund, um sein neuerliches Prusten zu unterdrücken. Waldemar genehmigt sich nur einen großen Schluck Bier. Isa stupst ihn gegen den Fuß, lächelt aufmunternd, aber er winkt nur müde ab. Für den Moment reicht es mir völlig, die anderen zu beobachten. Vince und Jim tauschen verschwörerische Blicke, ziehen alberne Grimassen und plötzlich … plötzlich habe ich eine Idee. Ich habe keine Ahnung, ob sie zu etwas taugt. Aber ich kenne jemanden, der mir bestimmt hilft.

»Wirst du bei unseren Treffen denn jetzt wieder dabei sein?«

Jim lenkt seine Aufmerksamkeit auf Waldemar.

»Klar. Könnte aber sein, dass ich in der nächsten Zeit noch ein bisschen ätzend drauf bin.«

»Alter« Isa zieht die Augenbrauen zusammen, »wir ertragen dich auch in deinem Normalzustand. Wir kriegen das hin.«

Zur Antwort zeigt Waldemar ihr liebevoll den Mittelfinger.

»Siehst du? Du befindest dich bereits auf dem Weg der Besserung«, meint sie grinsend.

Es ist dunkel und ich begleite Isa nach Hause. Noch einmal lasse ich sie nicht allein durch die Stadt fahren. Außerdem habe ich es nicht eilig, in die heiligen Hallen meiner Eltern zurückzukehren. Der Drang, Isas Hand zu nehmen, ist schon wieder omnipräsent und ich bin hin und her gerissen. Dieses Mädchen verwirrt mich, noch mehr als dieser ganze andere Kram mit Vince.

So schlendern Isa und ich durch die Stadt, vorbei an Lichtern und Laternen, immer nah beieinander und doch irgendwie weit weg. Die letzten Stunden gehen mir unablässig durch den Kopf. Das Thema Beziehung wird dadurch noch präsenter. Es ärgert mich maßlos, aber irgendwie habe ich nicht die Eier, Isa darauf anzusprechen, was das zwischen uns ist. Verdammt! Ich mag sie doch. Das sollte echt nicht so schwer sein.

»Erde an Liam?«, lässt mich Isas Stimme aufmerken.

»Äh, ja. Sorry. Bin noch da«, sage ich und lächle hilflos. Müssen mein IQ und mein Wortschatz eigentlich immer eine Talfahrt machen, wenn ich mit ihr alleine bin?

»Dann ist ja gut.« Isa schiebt die Hände in ihre Hosentaschen. »Irgendwie hatte ich den Eindruck, als wärst du gerade ganz woanders.«

»Mich hat das mit Waldemar und seiner Freundin nachdenklich gemacht«, räume ich ein.

»Ja, es ist schon krass. Er liebt sie wirklich ziemlich und es ist einfach scheiße, ihn so zu sehen.«

»Du, Isa? Darf ich dich etwas fragen?«

»Sicher doch.« Sie nickt mir zu.

»Waldemar sagte ja, er habe es uns Sophia zuliebe verschwiegen, aber irgendwie wusstest du Bescheid. Hat er für dich eine Ausnahme gemacht?«

»Kann man so sagen«, erwidert Isa. »Ich glaube, es hat ihn irgendwann so belastet, dass er einfach mit jemandem darüber reden musste. Er war schon immer mein bester Freund, auch, wenn er sich häufig so arschig gibt.«

»Schon immer?« Ich bin neugierig.

»Zumindest, seit er vor ein paar Jahren in unsere Klasse gekommen ist. Er ist nämlich sitzen geblieben und so haben Jim und ich ihn kennengelernt.«

»Hm«, mache ich grüblerisch.

»Weißt du …«, Isa bedenkt mich mit einem schnellen Seitenblick, »Ich will ehrlich sein. Waldemar und ich hatten mal ganz kurz was. Also wirklich kurz. Anderthalb Tage lang. Es war dumm, wir waren betrunken und haben rumgeknutscht und dachten dann beide, wir müssten jetzt eine Beziehung haben, um den anderen nicht zu enttäuschen.«

Was? Blinzelnd starre ich sie an. Waldemar und Isa? Die zwei, die das Streithahnverhalten zweier Geschwister an den Tag legen? Ich kann es mir nicht einmal vorstellen. Will ich auch gar nicht. Isa mit einem anderen Typen … nein, danke.

»Hat es dir jetzt die Sprache verschlagen?«, fragt sie grinsend, aber ich höre die Unsicherheit in ihrer Stimme.

»Nein, eigentlich nicht. Ich habe nur versucht, mir vorzustellen wie er und du … ich will kein Arschloch sein, aber das passt so gar nicht zu dem Bild, was ich von euch habe«, purzelt mir ungefilterte Gedankengrütze über die Lippen, die mir gleich darauf leidtut. Aber Isa ist einfach nur Isa und lacht.

»Das fasst es ziemlich gut zusammen«, meint sie. »Es entsprach auch nicht dem Bild, dass wir von uns hatten. Am Tag darauf haben wir versucht, uns ohne Alkohol zu küssen und es ging einfach nicht. Wir kamen uns so bescheuert vor und seitdem sind wir noch bessere Freunde als vorher. Ich bin sehr, sehr froh darum.«

»Ich auch«, sage ich und als Isa die Augenbrauen hebt, füge ich hastig hinzu: »Also, ich bin froh, dass es eure Freundschaft nicht kaputtgemacht hat. Alkohol ist manchmal wirklich eine schlimme Sache.«

»Allerdings«, stimmt sie mir zu. »Was ich damit sagen will … In dieser Richtung ist zwischen Waldemar und mir absolut gar nichts.«

»Und warum wolltest du mir das sagen?«

»Du hast doch indirekt danach gefragt?«

»Schon.« Der Hintern geht mir auf Grundeis. Jetzt oder nie. »Ich wollte es gern wissen, weil … na ja. Vorhin, als wir zu Waldemar gegangen sind, hätte ich gern deine Hand genommen und wusste nicht, ob das für dich in Ordnung ist.«

»Tja«, meint Isa bedächtig.

Es ist schwer, sie anzusehen, ihren Blick zu erwidern, doch ich tue es trotzdem. Ich meine es nämlich ernst. Ein feines Lächeln tanzt um ihre Mundwinkel Ballett, dreht dort seine Pirouetten, ehe es in ihre Augen emporsteigt. Auf einmal wird mir warm.

»Tja?«

»Tja«, wiederholt sie. »Für mich wäre es ziemlich okay, wenn du meine Hand nimmst. Immerhin war ich nüchtern, als ich dich geküsst habe.«

»Wirklich?«, frage ich mit dem dümmsten Lächeln, das ich meines Wissens je gelächelt habe. Isa beißt sich auf die Unterlippe und nickt. Ich strecke die Hand aus und streife ihre. Sie zieht sie nicht weg. Unsere Finger verschränken sich ineinander und das Herz hüpft mir wild durch den Brustkorb.

Die nächsten Meter legen wir still zurück, beide lächelnd und immer mal wieder zum anderen linsend. Gerade ist gar nichts schlimm. Nicht mal der Gedanke, dass Vince mich alkoholausgerutscht geküsst hat. Genau das ist auch Waldemar und Isa passiert. Es ist nur fair, wenn ich ihre Ehrlichkeit erwidere.

»Isa? Du und Waldemar, ihr seid nicht die Einzigen, die so eine kleine Alkoholpanne hatten«, gestehe ich.

»So? Wer denn noch?«, fragt Isa.

Kurz fühle ich mich wie ein Verräter. Immerhin habe ich Vince doch versprochen, es niemandem zu erzählen, aber ich will auch mit offenen Karten spielen.

»Letztens, nachdem das mit meinen Eltern und dir so schiefgegangen ist, war ich nach der Schule bei Vince. Ich habe ihm davon erzählt und wir haben dabei Wodka getrunken. Eine Dose Ravioli war keine sonderlich gute Grundlage und wir waren schnell ziemlich angetrunken.« Es fühlt sich komisch an, es laut auszusprechen. Irgendwie wird das alles dadurch realer, als es das zuvor gewesen ist. »Ich weiß gar nicht mehr, wie genau es dazu gekommen ist, aber Vince hat mich geküsst.«

»Vince? Dich?« Isa sieht mich wie vom Donner gerührt an. »Krass. *Das* hätte ich jetzt echt nicht gedacht.«

»Ich ja auch nicht«, gebe ich zu. »Ich war extrem verwirrt, das kannst du mir glauben. Er hat es dann als Alkoholpanne abgetan. Aber jetzt frage ich mich, ob nicht doch mehr dahintergesteckt hat. Zumindest für Vince.«

»Jetzt macht es aber Sinn, warum er dich immer so angeguckt hat«, meint Isa nachdenklich.

»Hä? Er hat mich angeguckt?«

»Ja, du Kartoffel. Vince hat dich oft beobachtet, wenn deine Aufmerksamkeit gerade woanders war.«

Ich raffe aber auch gar nichts, wie es aussieht.

»Also ist es überhaupt nicht so an den Haaren herbeigezogen, dass der Kuss für ihn mehr als eine Panne gewesen ist?«

»Könnte sein.« Isa überlegt. »Aber ich will ihm auch nichts unterstellen. Hat er nichts weiter zu dem Kuss gesagt?«

»Nee. Er hat bloß was von Ausrutscher gefaselt und mich versprechen lassen, es niemandem zu erzählen.«

»Also besser, ich tue so, als wüsste ich von nichts?«, fragt sie ohne Wertung.

»Das wäre gut. Ich erzähle es dir auch nur, weil ich die Sorge habe, dass es Vince wehtun könnte, wenn du und ich jetzt … wenn wir das mit uns zeigen«, äußere ich meine Bedenken. »Er ist der beste Freund, den ich seit Langem habe, und ich will das nicht kaputt machen.«

»Verstehe ich«, antwortet Isa schlicht.

»Wirklich?«

»Natürlich. Für mich ist es auch okay, wenn wir uns nicht vor den anderen an den Händen halten. Freundschaft ist wichtiger als Romantikkram.«

»Du hältst das mit uns also für Romantikkram, ja?« Ich grinse wider Willen.

»Hey, du warst es, der damit angefangen und mir ein Graffiti im Skatepark gewidmet hat«, meint Isa trocken.

»Und es hat dir gefallen, gib es zu«, sage ich so selbstzufrieden, dass sie gar nicht anders kann, als zu lachen.

»Ja, hat es, und jetzt halt den Rand.«

Ich schaffe es etwa zwanzig Sekunden lang, keinen Mucks von mir zu geben, ehe ich einknicke und blubbere: »Nur noch eine Sache.«

»Du bist unmöglich.« Isa verdreht die Augen. »Aber gut, schieß los.«

»Mir ist eine Idee gekommen, während wir bei Waldemar waren. Was ist, wenn wir Vince verkuppeln würden? Dann wäre die Sache mit uns bestimmt nicht mehr schlimm für ihn.«

»Verkuppeln?« Sie klingt nicht völlig überzeugt. »Schwebt dir für diese Verkuppelung schon jemand vor?«

»Jim.«

»Bitte?!«

»Na, Jim! Hast du bemerkt, wie gut die zwei sich verstehen?«, sage ich mit schlecht unterdrückter Begeisterung.

Isa mustert mich skeptisch. »Ja, schon, aber … Jim? Du weißt schon, dass das tendenziell kompliziert werden könnte, ja?«, erkundigt sie sich mit hochgezogenen Augenbrauen.

»Warum denn das?«, frage ich. »Mag Jim keine Jungen? Dann können wir das direkt vergessen.«

»Du weißt es echt nicht, oder?«

Ich blinzle irritiert. Das ist Isa Antwort genug. Sie schmunzelt, ehe sie tief durchatmet.

»Jim ist transgender.«

… Hä?

»Du meinst, in seiner Freizeit zieht Jim gerne Röcke an?«

Isa lässt meine Hand los und versetzt mir einen Klaps gegen den Hinterkopf.

»Au!«, protestiere ich. »Wofür war das denn?!«

»Dafür, dass du etwas so tierisch Bescheuertes gesagt hast!«

Isa schüttelt ungläubig mit dem Kopf.

»Bescheuert? Aber ich … hä? Erkläre es mir doch, bitte«, stammle ich.

»Transgender bedeutet nicht Transvestit, du Idiot«, erklärt Isa mir. Sie atmet erneut durch, tiefer als vorher. »In Jims Fall bedeutet transgender, dass er in einem weiblichen Körper geboren wurde, obwohl er eigentlich ein Junge ist.«

»Oh«, mache ich, als der Groschen fällt. »Ooooh! Was? Ernsthaft? Das hätte ich nie gedacht, krass!«

»Jims Passing ist wirklich ziemlich gut«, bestätigt Isa mir. »Aber davon einmal abgesehen hat Jim nie gesagt, ob er Jungen oder Mädchen oder was auch immer mag.«

Mein Hirn rattert, während ich versuche, das Gehörte zu verarbeiten.

»Verstehe«, sage ich nachdenklich.

»Wirklich?« Isas Stirn ist in zweifelnde Falten gelegt.

Ich nicke. »Ja, ich denke schon. Ich bin nur überrascht, auch, wenn es im Grunde nichts ändert. Ich glaube, ich lasse mir das mit dem Verkuppeln noch mal durch den Kopf gehen. Es wäre blöd, wenn Jim Jungen nicht mal mag.«

»Besser ist das. Ich werde dich nicht aufhalten, wenn du irgendetwas einfädelst, aber ich werde es auch nicht unterstützen. Und solltest du es übertreiben, wird ein Schlag auf den Hinterkopf noch dein geringstes Problem sein, hörst du?«, droht Isa.

»Äh, ja. Schon klar. Keine Sorge.«

»Doch, die mache ich mir trotzdem. Jim hatte es in der Vergangenheit nicht leicht und es hat lange gedauert, bis er dahin gekommen ist, wo er heute steht.« Sie wirft mir einen eindringlichen Blick zu. »Und komm ja nicht auf die Idee, ihn irgendwo zu outen.«

»Ich, äh, ich will ja keine Haare spalten, aber hast du ihn nicht gerade vor mir geoutet?« In Erwartung eines erneuten Klapses ziehe ich den Kopf ein.

»Ja, aber nur, weil er letztens noch zu mir meinte, es sei in Ordnung, wenn du es weißt«, antwortet sie. »Ich werde ihm auch gleich Bescheid sagen, dass ich es dir erzählt habe. In der Regel oute ich ihn nirgendwo. Das ist allein seine Sache.«

Genau wie Vinces Sexualität. Auf einmal tut es mir doppelt leid, dass ich mein Versprechen gebrochen habe. Es geht mich ja im Grunde wirklich nichts an, aber … ich möchte ihm nur nicht noch einmal wehtun.

Den Rest des Wegs sinnieren wir noch über mögliche Verkupplungsaktionen und ich beschließe, daheim das Internet bezüglich Transsexualität zu durchforsten. Kann ja nicht angehen, dass ich davon so wenig Ahnung habe. Als wir bei Isa ankommen, mache ich mir darüber jedoch keine Gedanken mehr. Sie küsst mich scheu, ehe sie nach drinnen verschwindet. Obwohl sie schon längst außer Sicht ist, starre ich ihr hinterher. Irgendwann erinnere ich mich daran, dass ich mich auch langsam nach Hause begeben sollte, und setzt mich in Bewegung.

Nach Hause. Nicht einmal diesen Signalwörtern gelingt es, mir die Laune zu verderben. Aufgekratzt stapfe ich heimwärts. In Gedanken bin ich immer noch bei meinen Freunden, bei dem Gespräch mit Isa, und ehe ich es mich versehe, habe ich unser Haus erreicht. Wie immer schleiche ich mich aufs Grundstück und trenne mich schweren Herzens von meinem Handy. Ich verstecke es sicherheitshalber wieder zwischen den Wurzeln des Baums, damit es mir nicht doch noch abgenommen wird.

Es ist schön, dass sich heute Abend die Last der ewigen Streitereien und Auseinandersetzungen mit meinen Eltern nicht so drückend anfühlt. Wenigstens heute. Ab morgen ist bestimmt wieder alles wie immer, doch bis dahin genieße ich die Ruhe. Eine waghalsige Kletteraktion später schiebe ich mich durchs Fenster in mein Zimmer hinein. Den Gedanken, dass ich mir bestimmt irgendwann noch einmal den Hals dabei brechen werde, sperre ich in dem hintersten Winkel meines Gehirns ein. Würde es mit meinen Eltern nicht so mies laufen, müsste ich mich auch nicht dauernd davonschleichen.

Leise seufzend mache ich das Fenster zu und ziehe mir die Schuhe von den Füßen. Mein Zimmer liegt dunkel und still da. Jede Faser meines Körpers sehnt sich nach Schlaf. Ich bin schon dabei, meine gammeligen Schlafklamotten unter der Bettdecke hervorzuziehen, da geht auf einmal das Licht an.

Halb blind wirble ich herum, einen panisch-mädchenhaften Schrei unterdrückend. Mein Herz fühlt sich an wie ein alter Gaul, der von unsanften Peitschenhieben zu einem letzten Galopp getrieben wird, ein schmerzhaft heftiges Pochen tief in der Brust.

»Guten Abend, Liam«, sagt mein Vater, der die ganze Zeit auf meinem Schreibtischstuhl gesessen haben muss, und die Hand vom Lichtschalter nimmt.

Ich starre ihn an wie eine Erscheinung. Kein Laut kommt mir über die Lippen. Auf einmal wird mir heiß und kalt gleichzeitig. Und schlecht. Kotzschlecht.

Ohne ein weiteres Wort, ohne Ermahnung oder Wutanfall richtet mein Vater sich auf. Er blickt mich einfach nur ausdruckslos an, und dann verlässt er mein Zimmer.

16

Vince

Liam ist nicht da. Ich habe keine Ahnung, warum er fehlt, aber wie hätte er mich auch informieren sollen? Ohne Handy ist das schwierig. Vielleicht sollte er lernen, Rauchzeichen zu schicken, oder eine Brieftaube trainieren. Ich könnte natürlich auch meine Eier zusammenraffen und endlich das Smartphone aus meinem Kleiderschrank holen, das dort seit einer Ewigkeit liegt.

Bis dahin sitze ich alleine in der Schule, Liams leeren Platz vor dem geistigen Auge. Damals kam es mir so einfach vor, alleine klarzukommen. Jetzt vermisse ich den pinken Haarschopf hinter mir, das strahlende Lächeln, das ab und an sogar die flackernden Neondeckenlichter an Leuchtkraft übertroffen hat.

Die fünfte Stunde bricht an. Ich muss nur noch zwei Schulstunden durchhalten, ehe ich mich nach Hause verkriechen kann. Dieser Tag ist nicht nur dank Liams Abwesenheit eine Katastrophe. Es liegt auch an dem klammen Gefühl in meinem Magen. Nicht einmal meinen Kaffee habe ich heute Morgen herunterbekommen.

Schon beim ersten Klingeln, welches das Ende der Pause verkündet hat, habe ich mich wieder zurück in die Klasse gesetzt. Die Wahrheit ist: Alleine fühle ich mich unsicher. Zuletzt hatte ich dieses eklige Gefühl an meiner alten Schule, wenn auch in weitaus extremerer Form, aber ich kenne die Anfänge. Ein dauerhaftes Unwohlsein, das nicht einmal dann völlig verschwindet, wenn der Unterricht weitergeht. Erst, wenn die

Schule vorbei ist, fange ich an, mich ansatzweise zu entspannen. Es kommt mir vor, als beginne der Mist von vorne. Noch ist es nicht eskaliert, doch es fühlt sich an, als sei es nur eine Frage der Zeit.

Vielleicht sollte ich wirklich darüber nachdenken, wieder ein Handy zu benutzen. Ich muss mir ja keine Profile für soziale Netzwerke zulegen. Nur WhatsApp, um mit meinen Freunden zu kommunizieren. Besonders in Momenten wie diesem, wenn ich innerlich kaum mehr als ein zitterndes Etwas bin.

Ich halte den Kopf unten. Wäre Liam hier, hätte er sich auf seinem Stuhl herumgedreht und würde mir irgendein wirres Zeug erzählen. Einfach nur, um beschäftigt zu wirken, stecke ich die Nase in mein Notizbuch und blättere darin herum. Vor, zurück, die Textschnipsel darin nicht lesend, nicht einmal überfliegend.

Nach und nach strömen meine Klassenkameraden in den Raum und begeben sich auf ihre Plätze. Fünfte Stunde, da ist die Motivation noch rarer gesät als morgens. Man wittert die nahende Freiheit schon, ist aber noch für zwei Stunden an seinen Stuhl gefesselt und blickt durch Fensterscheiben nach draußen.

Ja, vielleicht hadere ich gerade wirklich mit allem. Sogar mit dem gestrigen Tag, auch, wenn der am Ende doch irgendwie noch ganz gut geworden ist. Das Treffen mit Waldemar hat mich von dem verbrannten Brief abgelenkt und seitdem habe ich auch nicht mehr so viel darüber nachgedacht, einfach, weil ich es nicht so nah an mich heranlassen will. Wenn ich das nämlich tue, schlägt es seine spitzen Zähne in mich, beißt zu, kaut auf den Stücken herum und spuckt sie dann achtlos wieder aus. Übrig bleiben nur blutige, zerfetzte Klumpen.

Halbverschwommen sehe ich, wie Florian auf mich zukommt. So sollte es nicht sein. Sein Platz ist auf der anderen Seite des Klassenzimmers. Es ist nicht die Route, die er nehmen muss, sondern die, die er nehmen *will*. Die Panik kommt von alleine und es fühlt sich an, als stochere irgendwer mit einem glühenden Schürhaken in meiner Brust herum.

Florian würdigt mich keines Blickes. Im Vorbeigehen schiebt er beiläufig mein Etui vom Tisch, bloß mit zwei Fingern. Er bleibt nicht einmal stehen, um sich an meiner Reaktion zu weiden. Es gibt einen dumpfen Knall, als mein schwarzes Ledermäppchen auf dem Fußboden aufschlägt.

Mehr passiert nicht. Aber irgendwie ist es auch genug.

Ich warte, bis sich Florian und der Rest der Arschlochbrigade hingesetzt haben. Erst dann bewege ich mich. Ich hebe mein Etui auf und verziehe keine Miene. Ich werde mir keine Blöße geben, werde keine Angriffsfläche bieten. Ich bin Teflon, an dem nicht mal angebranntes Spiegelei hängen bleibt.

Das Herz schlägt mir trotzdem bis zum Hals. Egal, wie sehr ich mir einzureden versuche, dass es dafür keinen Grund gibt. Von den nächsten neunzig Minuten Unterricht bekomme ich rein gar nichts mit. Nicht einmal die Aufgaben, die irgendwann ausgeteilt werden, erledige ich, und wenn das so weitergeht, wird das mit meiner schulischen Leistung auch noch ein Problem.

Als die Schulglocke klingelt, stürme ich regelrecht aus dem Klassenzimmer. Weg von den Anderen, weg von diesem großen Misthaufen, und zwar so schnell, dass niemand auf die Idee kommen kann, das Spielchen mit dem Etui zu wiederholen. Es ist eine Flucht, dessen bin ich mir bewusst. Aber lieber fliehe ich, als zur Zielscheibe zu werden.

Draußen wartet nicht nur kühle Luft auf mich, sondern auch eine vertraute Gestalt. Ich blinzle und kneife die Augen leicht zusammen. Habe ich Halluzinationen, Wahnvorstellungen oder beides zusammen? Weiße Haare, schmale Statur, ein zerschrammtes Skateboard unter dem Arm. Jim winkt mir fröhlich zu. Sein Gesicht leuchtet auf, als ich von dem grauen Schulgebäude erbrochen werde und geradewegs auf ihn zuhalte. Er steht im Schatten zweier Bäume.

»Jim?«, frage ich. »Was machst du denn hier?«

Bevor er antwortet, fällt er mir erst einmal um den Hals und drückt mich. Ein bisschen ungelenk klopfe ich ihm mit einer Hand auf den Rücken.

»Puh, bin ich froh, dich zu sehen! Ich hatte schon Angst, ich verpasse dich«, sprudelt Jim drauflos und lässt mich los.

»Äh, nee, hier bin ich, aber … was machst du hier?«, wiederhole ich stumpf. Ganz automatisch setzen wir beide uns in Richtung U-Bahn in Bewegung.

»Ich bin wegen Liam hier«, antwortet Jim.

Mit einem Male klingt er ernster. Irgendwie bin ich nicht sonderlich überrascht. Liam taucht nicht auf, dafür steht Jim vor der Schule. Auf einmal wird mir die Bedeutung dieser Worte überdeutlich bewusst.

»Ach du Kacke«, entfährt es mir. Das kühle Gefühl in meiner Magengrube schwillt zu einem Eisklumpen an. Nicht mehr lange und er besitzt die Größe des Eisbergs, der die Titanic versenkt hat. »Ist was passiert?«

»Na ja, so indirekt. Liam hat heute die Schule geschwänzt, um Isa zu sagen, dass er von seinem Vater erwischt wurde, wie er sich zurück in sein Zimmer geschlichen hat«, erklärt Jim mit einem schwer deutbaren Unterton in der Stimme.

»Himmel.«

»Allerdings.«

Es versetzt mir einen Stich, einen sehr spürbaren sogar. Liam hat die Schule geschwänzt, um mit Isa zu sprechen. Hat er ihr das nicht per WhatsApp mitteilen können? Was ist mit mir, hat er darauf vertraut, dass ich von den Anderen informiert werde? Ich fühle mich merkwürdig zurückgelassen.

»Und du bist abkommandiert worden, um mir Bescheid zu geben?«, hake ich nach.

»Was heißt denn abkommandiert? Es ist mir nur so in den Sinn gekommen, dass du noch nichts davon weißt.« Jim lächelt schief. »Darum bin ich direkt nach der Schule hierher und habe gehofft, dich noch abzupassen.«

Plötzlich kommt mir ein anderer Gedanke. Liam hat vielleicht für Isa die Schule geschwänzt, doch Jim hat als Erstes an mich gedacht. Irgendwie finde ich das ziemlich niedlich.

Einträchtig gehen wir nebeneinander her.

»Danke, das ist echt lieb von dir«, sage ich. Wow, war das gerade etwa ein Anflug von guten Manieren?

»Klar, immer doch.« Jim lächelt weiterhin. »Hast du jetzt etwas vor?«

»Außer nach Hause gehen, mir ein kärgliches Mittagessen zubereiten und mich dann mit so lächerlichen Dingen wie Hausaufgaben beschäftigen?« Ich hebe die Schultern an und lasse wie wieder fallen. »Nicht wirklich. Und du?«

»Ich würde ein paar Runden im Skatepark drehen wollen, aber das wird allein schnell langweilig. Also darum … nein.«

Die U-Bahnhaltestelle kommt näher und ich habe keine Lust, mich in eine Bahn zu quetschen und nach Hause zu fahren. Immerhin warten nur ein leeres Zimmer und ein Grill mit den Überresten eines verbrannten Briefs auf mich.

»Hast du vielleicht Bock, in den Park zu gehen? So sehr, wie der Wetterbericht auf dem goldenen Herbst herumreitet, wäre es doch Verschwendung, drinnen zu versauern«, meine ich.

»Oh, gern.«

Der Wolkenkopfjunge müsste nur noch einen kleinen Hüpfer machen, um seiner Begeisterung Ausdruck zu verleihen. Wieder einmal frage ich mich, wie eine einzige Person so strahlen kann. Nicht so wie Liam, der so sonnig in seiner Unbedarftheit ist, sondern eher von innen heraus. Wie Elektrizität. Ein Kernkraftwerk in Jungenform, das auf merkwürdige Art komprimiert und in einen lebendigen Organismus gesteckt wurde.

Es ist ein gutes Gefühl, den Nachmittag zu verplanen. Nachdem mich mein bester Freund sitzengelassen hat, um einem Mädchen …

Oh.

»War die Schule bei dir heute auch so widerlich anstrengend?«, plappert Jim vor sich hin und wirft mir im Gehen immer mal wieder einen Seitenblick zu.

»Zäh wie Kaugummi«, pflichte ich ihm abwesend bei.

In meinem Kopf rattert es. So, wie ich Liam kennengelernt habe, gibt er viel auf Freundschaft. Ich bin sein bester Freund und trotzdem ist er zuerst zu Isa gegangen.

Auf einmal fühle ich mich sehr dumm. Jetzt macht es Sinn, dass Liam Isa gefragt hat, ob sie ihn zu dieser Geburtstagsfeier begleiten möchte, und dass er sich die Haare hat pink färben lassen. Alles passt so wunderbar zusammen, dass ich mir wie der letzte Esel vorkomme.

Ich glaube, Liam hegt Gefühle für Isa.

Mir wird flau. Ich bin so unfassbar dumm. Wie habe ich das nicht sehen können? Es fällt mir wie Schuppen von den Augen. Und ich Idiot habe Liam auch noch geküsst. Die Tatsache, dass ich nicht gerafft habe, wie es um seine Gefühle bestellt ist, ist für mich viel schlimmer als dass er etwas für Isa empfindet. Wie kann man nur so blind sein?

»Vince? Ist alles okay?«, dringt Jims Stimme zu mir durch.

»Ja, alles gut. Mir sitzt der Schultag nur tiefer in den Knochen, als ich gedacht habe«, antworte ich und wedle ungenau mit der Hand.

»Sicher?«

Jim sieht mich prüfend aus seinen eisblauen Kristallaugen an. Beinahe wäre ich eingeknickt und hätte ihm die ganze Wahrheit gestanden.

Auffällig unauffällig wende ich den Blick ab und gucke dafür ein paar vorbeifahrenden Autos nach.

»Klar. Geht bestimmt gleich wieder.«

»Gut. Hast du eigentlich Hunger? Ich sterbe bald vor Kohldampf.«

Wir machen einen Zwischenstopp bei der nächstbesten Dönerbude und gönnen uns einen Döner auf die Hand. Leider gibt es keinen vernünftigen Weg, um einen Döner unfallfrei zu essen. Jim prustet, als mir ein Fetzen Krautsalat an der Nasenspitze hängen bleibt, und ich grinse feixend, als er sich mit Cocktailsoße das schönste Joker-Lächeln in die Mundwinkel schmiert. Essen macht alles besser. Der Eisklumpen in meinem Magen schmilzt und die Geschichte mit Liam und Isa kommt mir gar nicht mehr so dramatisch vor.

Nach dem Kampf mit dem Döner verschlägt es uns in einen Supermarkt. In der Getränkeabteilung werden wir uns ziemlich schnell einig. Die ersten Schlucke der klebrig-süßen Vanille-Cola versprechen Erfrischung und Zahnschmerzen gleichermaßen. Mit einem seligen Lächeln reiche ich die Flasche an Jim weiter, der sie ebenso durstig an die Lippen setzt.

Ordentlich gestärkt setzen wir unseren Fußmarsch zum Park fort und erreichen ihn schließlich.

Wir pflanzen uns auf eine der freien Bänke, vollgefuttert und immer mal wieder an der Vanillecola nippend. Für den Moment sind wir zufrieden. Der goldene Herbst hält, was er verspricht. Im Hintergrund plätschert die Brunnenanlage des Parks, die orangegelben Blätter der Bäume säuseln im Wind. Der Himmel ist blau und die Wolken ziehen wie weiße Schäfchen.

»Es war eine hervorragende Idee, herzukommen«, seufzt Jim neben mir, den Kopf in den Nacken gelegt.

Ich schließe die Augen und die Welt verschwindet. Gerade fühle ich mich weit fort von allem. Wie eines der Blätter, das durch die Luft gewirbelt und davongetragen wird.

»Das kannst du laut sagen. Es ist wirklich schön hier, ich komme da gerade nicht so richtig drauf klar«, antworte ich.

Die Sonne heizt meine dunklen Haare extrem schnell auf, doch nicht einmal das stört mich.

»Irgendwie frage ich mich, was die anderen machen, aber irgendwie auch nicht. Ist das eigennützig?«

»Ein bisschen«, befinde ich. »Aber das ist nicht schlimm.«

»Gut«, sagt Jim zufrieden.

Dem habe ich für eine Weile nichts hinzuzufügen. Ich schlage die Augen auf und bin von der Sonne geblendet. Blinzelnd gewöhne ich mich an das Licht. Im Gegensatz zu mir hält Jim die Augen noch immer geschlossen und ich nutze die Chance, um ihn zu mustern. Ich betrachte sein Profil, die schmale Nase, das spitze Kinn, die hohen Wangenknochen. Die dunklen, dichten Wimpern, die sacht über seine Haut streichen. Und natürlich seine weißen Haare, die ihm ein so eigenwilliges Äußeres verleihen. Eigenwillig, aber auch verträumt. Wie ein elfengleiches, faunisch lächelndes Wesen.

»Jim?«, sage ich nach dieser Weile. »Darf ich dich etwas fragen?«

Er öffnet die Augen.

»Darfst du«, meint er. »Aber wenn du fragst, was ich in der Hose habe … Verderbnis.«

Für einen Sekundenbruchteil sehe ich die Tore zur Unterwelt vor meinem inneren Auge, bewacht von Cerberus, dem dreiköpfigen Höllenhund.

»Äh«, mache ich überfahren. »Nee. Das wollte ich eigentlich nicht fragen. So richtige Verderbnis? Mit Blut und Tod?«

Jim guckt irritiert, dann lacht er auf. »Oh Mann, Vince! Du bist echt so ein dummes Brot!«

»Jetzt mal ernsthaft, warum sollte ich denn fragen, was du in der Hose hast? Das ist doch nicht meine Angelegenheit.« Ich werfe Jim trotzdem einen fragenden Blick zu. »Gibt es wirklich Leute, die so ekelhaft und vor allem indiskret sind?«

»Du hast ja keine Ahnung. Es gibt extrem viele Menschen, die den Charme einer Brechstange an den Tag legen.«

»Bäh.«

»Genau das«, meint Jim.

Wir schütteln uns beide. Was soll man bei dem Gedanken auch sonst tun?

Vor uns wiegen sich die hängenden Äste einer Weide sanft im Wind. Dieser Park ist ein schönes Fleckchen Erde inmitten des Großstadtdschungels. Das vermisse ich am Stadtleben: Die Möglichkeit, nach zehn Schritten schon im nächsten Wald zu stehen.

»Du wolltest mich etwas fragen«, erinnert der Wolkenjunge mich.

»Eigentlich wollte ich nur fragen, seit wann du weißt, dass du transsexuell bist. Sofern das für dich okay ist. Du musst nicht darüber reden, wenn du nicht willst.«

»Das habe ich mir schon gedacht, aber keine Sorge, das ist in Ordnung. Willst du die lange oder die kurze Version?«

Ich überlege. »Beide.«

»Wie du willst. Aber Vorsicht, ich könnte ausholen.« Jim greift nach der Vanille-Cola, die zwischen uns auf der Bank steht. Er genehmigt sich einen Schluck, ehe er zu erzählen beginnt. »Ich habe mich nie wie ein Mädchen gefühlt. Aber bewusst war mir das auch nicht, weil ich mir nie wirklich Gedanken darüber gemacht habe. Bis mich der Sexualkundeunterricht in der Grundschule darüber aufgeklärt hat, was in den nächsten Jahren mit meinem Körper passieren wird. Ich habe vor versammelter Mannschaft angefangen zu heulen und als mich selbst die Lehrerin nicht beruhigen konnte, musste mich meine Mutter abholen.«

»Heftig«, murmle ich.

»Das war die Kurzversion.«

Ich nicke Jim zu, damit er weiterredet und ich die lange Version zu hören bekomme. Wenn ich mich richtig erinnere, fand ich den Sexualkundeunterricht einfach nur eklig und furchtbar peinlich.

»Danach habe ich meiner Mutter sehr deutlich gemacht, dass ich das alles nicht will, weil ich kein Mädchen bin. Danach wurde es dann immer klarer. Meine Eltern haben mich irgendwann, so mit zehn oder so, zu einem Kinder- und Jugendpsychotherapeuten gebracht. Es kam schnell ans Licht, dass ich transsexuell bin und nicht einfach einen an der Waffel habe.«

Jims dünne Finger spielen mit dem Plastikverschluss der Flasche.

»Wie haben deine Eltern das aufgenommen? Also, ich bin ja echt kein Experte, aber ich kann mir vorstellen, dass Eltern tendenziell ein bisschen angespannt sind, wenn … also …«

»Die Tochter in Wahrheit ein Sohn ist?«, hilft er mir auf die Sprünge.

»Genau. Entschuldige, falls ich irgendwie ungebildet klinge. Ich würde es nur gern verstehen und will dir nicht mit dummen Kommentaren auf die Füße treten.«

»Ich kläre dich gerne auf, wenn du es wissen möchtest. Solange du mir hinterher nicht weismachen willst, dass ich eigentlich gar nicht transsexuell bin, ist alles in Ordnung.«

»Keine Sorge«, entgegne ich. Das ist mir selbst oft genug passiert. Schwul, transident … Beides wird von der Gesellschaft gern als unnormal hingestellt. Als Phase, die schon wieder vergehen wird. Außerdem finde ich es ungemein spannend, zu hören, wie Jim damit umgegangen ist, dass er *anders* ist. Dieses große, böse *anders*, welches wie ein Damoklesschwert über einem schwebt.

»Meine Mutter hat es erstaunlich gut aufgefasst«, erinnert Jim sich. »Ich glaube, am Anfang hatte sie schon Probleme, doch als sie gesehen hat, wie gut es mir damit geht, wie ein Junge behandelt zu werden, hat es Klick gemacht« Er macht eine verlegene Pause. »Bis dahin war ich ein ziemliches Problemkind. Ich habe mich dauernd geprügelt und war auch allgemein ziemlich aggressiv. Es hat sich herausgestellt, dass das eine Art Überkompensation war. Ich wurde von allen als Mädchen gesehen und das hat mich unbewusst so furchtbar wütend gemacht. Die anderen Jungs haben sich auch geprügelt, von daher …«

»Macht Sinn«, stelle ich fest. »Als man dich wie einen Jungen behandelt hat, warst du dann kein Problemkind mehr?«

»Jep. Nicht von heute auf morgen, doch die Veränderung kam ziemlich schnell.«

»Ich kann ich mir nicht vorstellen, dass du dich mit irgendwem prügelst.«

Jim grinst. »He, ich habe einen hervorragenden rechten Haken und mache außerdem seit vier Jahren Taekwondo.«

»Überzeugt, überzeugt.« Ich hebe beschwichtigend die Hände.

»Das Taekwondo war tatsächlich eine Bedingung meiner Eltern. Sie hatten Angst, dass mir irgendwer blöd kommt, weil ich trans bin. Ich sollte mich im Ernstfall verteidigen können.«

»Ich weiß, dass Hobbies keine Geschlechter definieren, aber Skaten und Taekwondo klingt schon ziemlich nach Junge für mich«, sage ich und blinzle in die Sonne. »Und wie hat dein Vater es aufgefasst?«

»Mh«, macht Jim zögerlich. »Kurz gesagt ... weniger gut. Inzwischen sieht er mich immerhin wieder an. Aber wie er mit mir umgehen soll, weiß er noch immer nicht., Er ist es auch, der sich weigert, der Hormontherapie zuzustimmen. Irgendwie glaubt er wohl, dass ich es mir anders überlegen könnte und er seine Tochter zurückbekommt oder so einen Mist.«

»Dabei hatte er doch nie wirklich eine Tochter«, rutscht es mir heraus. Aus den Augenwinkeln schiele ich zu Jim und es erleichtert mich, dass er mir zunickt.

»Eben das. Ich meine, wo Mädchen früher Prinzessin gespielt haben, war ich der Drachentöter. Ich will nicht sagen, dass Mädchen keine Drachentöter sein können, aber ...« Jim hebt hilflos die Schultern. »Bei mir war es eben ein sehr eindeutiges Zeichen dafür, dass ich das Hirn eines Jungen besitze und aus Versehen einen XX-Chromosomen-Körper bekommen habe.«

»Gab es denn noch andere Zeichen?«, frage ich neugierig.

»Nun, eins der ersten Indizien war, dass ich mir im Kindergarten die Haare mit einer Bastelschere abgesäbelt habe«, antwortet er bereitwillig und grinst, als ich überrascht die Augenbrauen hebe.

»Einfach so? Zack, ab?«

»Oh ja.« Jim nickt. »Ich habe die Schere eingesteckt, habe mich in einem der Abstellräume versteckt und mir die Haare abgeschnitten. Ich sah aus wie ein gerupftes Huhn.«

Ich gluckse. »Die Erzieher müssen ausgeflippt sein.«

»Sind sie. Für mich war der ganze Trubel total unverständlich, ich war nämlich sehr zufrieden mit meiner neuen Frisur.«

Das kann ich mir gut vorstellen. Herumkeifende Erzieher, nervlich zerrüttete Eltern und in der Mitte ein selbstzufriedener, ein kleiner Jim, zu seinen Füßen ein Büschel Haare.

»Und die Hormontherapie? Da passiert dann das mit dem Bart und so?«, bohre ich nach und nehme Jim beiläufig die Colaflasche ab.

»Genau. Nicht nur das, die Stimme wird tiefer, das Kreuz breiter, das Gesicht kantiger ... es ist einfach der Wahnsinn«, schwärmt Jim.

»Und die Therapie darf man erst machen, wenn man achtzehn ist?«

»Theoretisch schon eher, aber als Minderjähriger ist man auf die Zustimmung seiner Eltern angewiesen und die habe ich nicht. Darum muss ich vermutlich noch zwei Jahre warten.«

Zum ersten Mal, seit Jim angefangen hat, über diese Dinge zu sprechen, huscht ein Schatten über sein Gesicht. Ein trauriger Schatten, so traurig, dass es mich erschreckt.

»Kann deine Mutter sich nicht gegen deinen Vater durchsetzen?« Es ist bestimmt ein naiver Kommentar, denn wenn das so einfach wäre, hätte sie das doch mit Sicherheit schon getan. »Es wäre doch eine große Erleichterung für dich, oder?«

»Ja, wäre es. Meine Mutter … ich weiß nicht. Ich glaube, insgeheim ist sie froh, meinen Vater als Grund für die Verzögerung der Hormontherapie vorschieben zu können, weil sie Angst vor den Veränderungen hat. Es ist Scheiße. Einfach nur gequirlte Scheiße, weil sie mich damit übergehen.« Jim lächelt, aber es ist ein betrübtes Lächeln. »Ich will das wirklich sehr, weißt du? Einfach, weil … weil es sich anfühlt, als würde ich endlich mehr ich sein. Falls das irgendeinen Sinn macht.«

»Der Versuch, mich da hineinzudenken, verknotet mir ein bisschen das Gehirn«, gebe ich zu. »Aber ich glaube, ich weiß in etwa, was du meinst. So etwas wie Geist und Körper in Einklang bringen, oder?«

»Ja, genau. Ich bin zwar dankbar für die Pubertätsblocker, doch auf Dauer ändert es auch nichts.«

Als Jim meinen verständnislosen Blick auffängt, erklärt er: »Die Pubertätsblocker verhindern die Pubertät. Zum Beispiel, dass … gewisse Dinge wachsen … Tja.«

Mein Blick wandert zu seiner Brust, als ich verstehe. Sie ist tatsächlich ziemlich flach. Gleich darauf fühle ich mich, als habe ich etwas Verbotenes getan. Räuspernd fahre ich mir durch die Haare und konzentriere mich auf die Birke unweit von uns. Hübsche Birke. Nette Birke.

»Oh. Ah. Verrückt«, stammle ich. »Aber das erklärt, warum ich anfangs nicht mal vermutet habe, dass du trans bist. Und, warum du so ein halbes Hemd bist.«

Jim schnaubt empört, aber es funkelt verräterisch in seinen Augen. »Halbes Hemd, ja? Ich wette, ich könnte trotzdem den Fußboden mit dir aufwischen.«

»Davon gehe ich aus. Ich fliege ja schon beim Longboardfahren ohne fremdes Zutun dauernd auf die Fresse.«

»Das ist zwar normal, aber ich kann mir vorstellen, dass du noch ein bisschen häufiger hinfällst als der Durchschnitt.«

Ich würde ja gerne widersprechen, aber irgendwie hat er schon recht. Ein Wunder, dass ich mir auf dem Brett noch nicht den Hals gebrochen habe.

»Du, Vince?«

»Ja?«

»Ich bin echt froh, dass Isa dich angeschleppt hat. Wo hast du eigentlich vorher gewohnt?«

Jim nimmt mir die Cola ab und trinkt selbst davon.

»Nun … auf dem Dorf. Ein Kaff im Nirgendwo und ich bin froh, dass ich da weg bin«, versuche ich, meine Antwort so allgemein wie möglich zu halten.

»Ah, stimmt, ich erinnere mich«, entgegnet Jim. »Du hattest erwähnt, dass du Stress mit den Leuten dort gehabt hättest.«

»Stress ist eine wohlmeinende Untertreibung, aber … ja.«

»Erzählst du mir davon?«, fragt er so arglos, dass ich gar nicht dazu komme, meinen üblichen Panikanfall zu kriegen.

Mein erster Reflex ist es, alles so vage wie möglich zu halten, doch ich fühle mich dabei undankbar. Immerhin hat Jim mir ganz offen und vertrauensvoll von der privatesten Sache überhaupt erzählt.

Plötzlich wird mir bewusst, wie mutig Jim ist, besonders im Vergleich zu mir. Manchmal schaffe ich nicht einmal vor mir selbst, dazu zu stehen, dass ich Jungen mag. Aber Jim versteckt sich nicht für das, was er ist. Er erklärt sich, wenn man ihn darum bittet und verteidigt sich, wenn es notwendig wird.

Verdammt, der Junge hat Eier. Ich hingegen bin bestenfalls ein Eierkopf. Ein Grund mehr, ihm die Wahrheit zu sagen. Zumindest bis auf ein kleines Detail.

»Das war so«, beginne ich und klinge hoffentlich nicht so nervös, wie ich mich fühle. »Ich habe mich in die falsche Person verguckt. Wie in so einem Teenagerfilm aus den USA. Jedenfalls dachte ich, das mit uns wird was und dann hat sich herausgestellt, dass es von Anfang an nur eine Masche war, um mich bloßzustellen.«

Ich will kein Mitleid, wirklich nicht, aber Jim guckt mich ziemlich schockiert an. Wenn ich jetzt zu lange warte, wird er genau damit loslegen, also fahre ich rasch fort.

»Ich war schon immer ein bisschen merkwürdig und das war wohl Grund genug, um so eine miese Nummer abzuziehen. Als wäre das an sich nicht genug gewesen, haben die Deppen die gesamte Aktion gefilmt und danach auf Facebook hochgeladen. Jeder auf meiner Schule hat mich damit aufgezogen. Es hat sich nach und nach hochgeschaukelt und irgendwann ging es einfach nicht mehr.«

»Und deine Freunde? Haben die denn gar nichts unternommen?«, fragt Jim entgeistert.

»Ha, das ist die Ironie an der Sache. Die haben dabei auch sehr engagiert mitgemacht, weil ich sogar ihnen wohl zu erbärmlich war.«

Ich kratze mir den Hinterkopf. Da ist sie nun, die Wahrheit, und liegt wie ein hässlicher Nacktmull vor uns auf dem Boden. Kein angenehmer Anblick. Das scheint eine Eigenart der Wahrheit zu sein. Sie ist selten schön und noch seltener angenehm.

»Alter«, sagt Jim und schüttelt langsam mit dem Kopf. »Ich glaube es nicht. Was sind das denn für rückgratlose Nachkommen eines verrottenden Scheißhaufens? Und so was nennt sich Freunde! Das ist ja wohl der Beschiss des Jahrtausends, ernsthaft, ich hoffe, die bekommen alle Hämorriden!«

Jim schnauft heftig. Erst, als er mein leises Glucksen hört, registriert er, wie sehr er sich in Rage geredet hat.

»Sorry. Ich habe gar nicht gemerkt, dass ich so in Fahrt geraten bin«, meint er ein kleinlaut.

Grinsend winke ich ab. »Passt schon. Du hast ja Recht. Es sind alles ziemliche Wichser gewesen und darum bin ich weggezogen.«

»Hast du darum auch kein Handy?«, fragt Jim mich unvermittelt, ganz so, als habe ihn ein spontaner Geistesblitz ereilt.

»Ich hatte keinen Bock mehr auf diese ganzen sozialen Medien und darum wollte ich auch kein Handy.« Ich tue so, als sei es keine große Sache.

»Uff, fuck. Verstehe ich ziemlich gut, wenn ich ehrlich sein soll.« Jim reibt sich über das Gesicht. »Jetzt freue ich mich umso mehr, dass du zu uns gestoßen bist.«

Es überfordert mich schlicht, mit so viel Zuneigung konfrontiert zu werden. Dieses Gefühl, willkommen zu sein, egal, wie beschissen die Welt und die Menschen vorher gewesen sind. Ich merke, dass ich lächle, und da sind Worte in meinem Brustkorb, die an die Luft wollen. »Ehrlicherweise seid ihr der einzige Grund, warum ich darüber nachdenke, mein

Smartphone hervorzukramen. So wäre es viel einfacher, mit euch in Kontakt zu bleiben.«

Jim strahlt. Da kann nicht einmal Liams sonniges Lächeln mithalten. Nicht minder erstaunt stelle ich fest, dass ich in den letzten Stunden keinen Gedanken an ihn verschwendet habe.

»Echt jetzt?«, fragt Jim.

»Ja. Ich müsste es noch einrichten, aber … ja.«

»Lass es mich wissen, wenn es soweit ist«, sagt Jim.

Die Sonne fängt sich hübsch in seinen weißen Haaren. Ich greife nach meinem Rucksack, ziehe die Reißverschlüsse auf und fische meine Kamera heraus.

»Schon mal ein Selfie mit einer Polaroidkamera gemacht?«, frage ich ihn schief lächelnd.

Wir rücken zusammen und ich mache meinen besten Teleskoparm. Die Kamera so weit weg zu halten wie irgendwie möglich ist nicht so einfach. Jim reckt sich, um auf den Auslöser zu drücken. Wahrscheinlich gucken wir beide wie die letzten Vollpfosten in die Linse, halb geblendet von der Sonne, aber das ist uns egal.

17

Liam

Drei Wochen später

Mein Freund, der Baum, muss für meine Dummheit bezahlen und ich sehe dabei zu. Ich sehe zu und kann nichts tun, weil ich wie ein Gefangener in meinem Zimmer festsitze. So gesehen bin ich eine tragische Karikatur von Rapunzel, nur, dass ich keine langen Haare habe, die ich herunterlassen könnte.

Das Geräusch der Motorsäge ist ohrenbetäubend laut. Ich sitze im Schneidersitz auf meinem Bett und blicke aus dem Fenster. Der Ast, an dem mein Seil befestigt war, wird abgeschnitten. Es tut weh. Fast so, als würde diese Kettensäge mir Körperteil für Körperteil absägen, bis ich nur noch ein blutender Fleischhaufen bin.

Ich wollte es nicht glauben, als mein Vater sagte, es gebe Konsequenzen. Als er mich dabei erwischt hat, wie ich zurück in mein Zimmer geklettert bin, hat es einen ganz besonderen Stein losgetreten. Einen Kiesel, der Stück für Stück mehr Geröll mit sich genommen hat, immer mehr Bewegung in diesen Abhang brachte, der sich mein Leben schimpft. Jetzt rollt die Steinlawine unaufhaltsam auf mich zu. Ja, ich hatte Hausarrest, bin trotzdem nach draußen verschwunden und habe es zudem gewagt, mir die Haare pink zu färben. Aber das habe ich nur getan, weil ich nicht hinnehme, dass meine Eltern so willkürlich über mich entscheiden können.

Besagte pinke Haare sind nicht mehr so richtig pink, sondern eher rosa. Wie Zuckerwatte. Inzwischen sieht man leider einen merklich dunkleren Ansatz. In den nächsten Tagen bekomme ich von Isa die pinke Farbe zum Nachfärben zugesteckt. Beziehungsweise sie gibt sie Vince und der gibt sie in der Schule an mich weiter. Seit ich von meinem Vater erwischt wurde, habe ich absolutes Ausgehverbot. Ohne den Ast am Baum bedeutet das, dass ich mich in Zukunft nicht mehr werde rausschleichen können. Ich werde in diesem Haus festgekettet sein und langsam durchdrehen.

Ich kann mir dieses Trauerspiel nicht länger ansehen. Es ist Freitagnachmittag, der Baum vor meinem Fenster wird mit einer Motorsäge bearbeitet und auf mich wartet das längste Wochenende seit Menschengedanken. Es geht einfach nicht. Schon jetzt steigt mir die Galle die Speiseröhre empor. Ich kann das nicht einfach hinnehmen.

Von plötzlichem Aktionismus gepackt springe ich auf und stürme aus meinem Zimmer. Es ist mir egal, ob ich Lärm mache oder nicht, ich bollere die Stufen in die nächste Etage empor. Dort hat mein Vater sein Arbeitszimmer. Mit jeder Stufe wächst meine Wut. Ich habe bereits das Gefühl, zu explodieren, als ich gerade erst vor seiner Tür stehe. Mit Klopfen halte ich mich nicht auf. Mein Vater sitzt hinter seinem schlichten Holzschreibtisch, die Hände noch auf der Tastatur des Computers, und wirkt für den Bruchteil eines Augenblicks überrascht.

»Das ist das Allerletzte!«, spucke ich ihm vor die Füße. »Ich glaube nicht, dass ihr das wirklich macht, ich glaube es einfach nicht!«

Schon sehe ich an der Miene meines Vaters, dass er dichtmacht. Die Überraschung verschwindet und stattdessen legt sich wieder diese Härte über seine Gesichtszüge.

»So fühlt es sich nun einmal an, wenn man hinterrücks übergangen wird«, entgegnet er beherrscht.

»Es ist ein kleiner Unterschied, ob man sich die Haare färbt oder ob man direkt einen Baum verstümmelt!«

»Ginge es nach mir, würde ich den Baum auch gern so lassen, wie er ist, aber du wolltest ja nicht hören.«

»Klar, jetzt ist es ausschließlich meine Schuld.« Ich lache hart auf. »Natürlich! Was auch sonst.«

Mein Vater zieht die Augenbrauen zusammen. »Du hast sicherlich deinen Teil dazu beigetragen, indem du dich trotz Verbotes immer wieder weggeschlichen hast.«

»Warum verbietet ihr es mir denn dann?! Lasst mich doch einfach mein Leben leben, nachdem ihr es schon so kaputt gemacht habt!«, fauche ich.

Mein Vater steht auf und geht mit langen Schritten um den Tisch herum.

»Du behandelst deine Mutter und mich wie Scheiße, bist du dir dessen eigentlich bewusst?«

Es ist nicht nur oberflächliche Wut in der Stimme meines Vaters, es ist ein Gemisch verschiedener Gefühlen. Sicherlich Wut, aber auch Unverständnis, Missbilligung, Enttäuschung und Verachtung. Im ersten Moment weiß ich nicht, wie ich damit umgehen soll. In diesen Situationen gelange ich immer an den Punkt, an dem ich einfach nur noch ungläubig mit dem Kopf schütteln kann. Wie kann man nur so unglaublich verblendet und egozentrisch sein?

»Wie ihr mir, so ich euch, würde ich sagen.«

Meine Stimme zittert. Bevor mein Vater irgendetwas erwidert, drehe ich auf dem Absatz um. Nicht mal die Tür knalle ich hinter mir zu. Ich will, dass er sich selbst darum bemühen muss, sie wieder zu schließen.

Dass er es einfach so tut, kaum, dass ich die Treppe erreiche, trifft mich tiefer als der vor Gift triefende Streit zuvor. Es ist ihm einfach egal. *Ich* bin ihm egal. Ich will schreien, heulen und kotzen gleichzeitig. Meine Augen brennen und ich blinzle die blöden Weicheitränen weg. Am liebsten würde ich zur Haustür rausspazieren. Nur, dass ich dann an meiner Mutter vorbeimüsste, die im Wohnzimmer sitzt. Darauf habe ich noch weniger Lust als einen Ausbruch und so führt mich mein Weg zurück in mein Zimmer.

Ich komme gerade rechtzeitig, um dabei zuzusehen, wie der Ast fällt. Die Kerkertüren schlagen zu.

Ich liege in der Dunkelheit und spüre gar nichts. Keine Wut, keine Verzweiflung, nichts. Ist das die Ruhe nach dem Sturm? Ich fühle mich ausgehöhlt und habe nicht die Energie, um mich zu bewegen. Mit hinter dem Kopf verschränkten Armen liege ich auf dem Bett und starre an meine

Zimmerdecke. Mein Fenster ist offen, um zumindest die Brise hereinzulassen, aber nicht einmal die begibt sich freiwillig in dieses Haus.

Zum Glück haben meine Eltern mich seit dem Streit mit meinem Vater in Ruhe gelassen. Ich kann sie hören, wie sie unten in der Küche rumoren, doch ich setze ganz bestimmt keinen Fuß aus meinem Zimmer. Nicht einmal Hunger habe ich. Selbst wenn, ich würde lieber ohne Abendessen ins Bett gehen, bevor ich mich noch einmal in die Gesellschaft von Britta und Eberhard Langenfeld begebe.

Ich bin mit meinem Latein am Ende. Ein Teil von mir fragt sich, ob ich es nicht doch verdient habe. Wie Ikarus, der trotz Warnung zu hochgeflogen ist und den ganzen, langen Weg auf die Erde zurückstürzte. Wie soll ich weitermachen? Mein Handy befindet sich im Gewahrsam meiner Eltern und das Internet haben sie mir auch abgedreht. Ich bin von der Außenwelt abgeschnitten.

Es scheppert.

Mit einem Ruck setze ich mich auf und starre aus dem Fenster. Einbrecher, das ist der erste Gedanke, der mir durch den Kopf schießt.

Aber es sind keine Einbrecher. Es ist die Kavallerie. Und sie hat eine Leiter dabei.

Besagte Leiter ist zu Boden gefallen, daher das Scheppern. Vince hebt sie auf. Perplex sehe ich dabei zu, wie er mit Isa, Waldemar und Jim über das Grundstück huscht. Passiert das gerade wirklich oder bilde ich mir das ein? Auf einmal fühle ich mich wie in einem zweitklassigen Agentenfilm. Jim bildet die Spitze des Zugs und winkt wild mit einem Arm, wie eine Art Fluglotse. Vince und Waldemar tragen die Leiter und Isa bleibt ein Stück zurück, um Schmiere zu stehen.

Noch immer starre ich wie ein Mondkalb aus dem Fenster. Das gibt es doch nicht. Meine Freunde eilen zu meiner Rettung. Die Freunde in meiner alten Heimat hätten das niemals getan, das weiß ich ziemlich genau. Sie hätten mir bestenfalls eine Postkarte geschrieben.

Gerührt sehe ich dabei zu, wie Vince und Waldemar die Leiter aufstellen. Ich würde gerne zu ihnen herunterrufen, aber das würden meine Eltern dann doch hören. Das Scheppern der Leiter dürfte ihnen entgangen sein, die Fenster des Wohnzimmers gehen in die andere Richtung. Eilig rutsche ich von meinem Bett herunter und ziehe mir Schuhe an. Meine Hände zittern vor Aufregung, als ich mir meinen Rucksack schnappe.

Kopflos werfe ich ein paar Sachen hinein, meinen Zeichenblock, ein paar Stifte, ein Wechselshirt und frische Boxershorts. Nach Hause zurückgehen werde ich heute Nacht bestimmt nicht mehr.

Zum ersten Mal bemühe ich mich darum, mein Verschwinden zu verschleiern. Ich stopfe Kissen und ein paar zusammengeknüllte Kleidungsstücke so unter meine Bettdecke zusammen, dass es einer schlafenden Person ähnelt. Vielleicht genügt das, um meine Eltern zu täuschen, sollten sie einen kurzen Blick in mein Zimmer werfen. Abschließen kann ich nämlich auch nicht mehr. Den Zimmerschlüssel hat meine Mutter bereits ziemlich früh einkassiert.

Ich steige auf das Bett, den Rucksack auf dem Rücken, und strecke den Kopf aus dem Fenster. Vince und Waldemar blicken zu mir hoch. So langsam wie möglich neigen sie die aufgestellte Leiter zu mir. Mein Herz hämmert wie verrückt. Ich kann nicht glauben, dass ich das wirklich tue. Wahrscheinlich sieht man die vier auf den Überwachungskameras, aber es ist mir egal. Gerade will ich so sehr hier weg, dass ich alles in Kauf nehme. Mit ausgestreckten Händen packe ich die oberste Sprosse der Leiter und verhindere, dass sie gegen den Fensterrahmen kracht.

Es ist ein seltsames Gefühl, ohne Baum aus meinem Fenster zu entschwinden. Kein Seil, keine Sprungeinlage, nur diese Leiter. Sprosse für Sprosse klettere ich runter, umweht vom Abendwind. Erst, als ich festen Boden unter meinen Füßen spüre, kann ich wieder atmen. Jim deutet in Richtung Zaun, wo Isa wartet. Wie Diebe schlagen wir uns durch die Dunkelheit. Pures Adrenalin pumpt durch meine Adern, ich zittere, und kriege den Weg zur Hauptstraße nicht so richtig mit. In meinem Kopf dreht sich alles, ich höre neben mir die Schritte meiner Freunde, das Klappern der Metallleiter.

Als wir endlich stehenbleiben, japsen wir alle nach Luft. Vor Erschöpfung kippe ich halb um, aber ich bin frei. Zumindest für heute.

»Ich fasse es nicht!«, pruste ich hervor.

»Wir haben es geschafft!« Jim streckt die Fäuste in die Luft. Wir alle grinsen das gleiche verwegene Halunkengrinsen und wir setzen uns langsam wieder in Bewegung, die Beine weich wie Watte.

»Wie zum Teufel seid ihr denn darauf gekommen?«, frage ich euphorisch. »Ich freue mich wie verrückt, aber … warum? Wie?«

»Bedank dich bei Vince«, sagt Waldemar. »War seine Idee.«

Vince winkt verlegen ab. »Du hast mir doch heute in der Schule erzählt, dass der Ast abgesägt wird.«

»Alter.« Ich kann nicht anders, ich ziehe ihn in eine bärige Umarmung. »Danke. Einfach nur danke.«

»Ich … äh … ich kriege keine Luft mehr«, ächzt Vince dumpf in meinen Pulli. Schnell lasse ich ihn los, doch er grinst mich an, als ich ihn abschätzend mustere. »Und gern geschehen.«

Wir müssen ein seltsames Gespann abgeben, wie wir mit einer sperrigen Leiter an der Hauptstraße entlang marschieren, doch die Blicke kümmern uns nicht. Ganz automatisch schlagen wir den Weg zum alten Skatepark ein.

»Wo zum Teufel habt ihr eigentlich die Leiter her?«

Jim, der ein Stück mit Isa vorgeht, dreht sich zu mir um und legt die nächsten Meter rückwärts zurück.

»Waldemar hat sie aus der Werkstatt seines Vaters geborgt. Sie brauchen die nämlich erst morgen wieder«, erklärt er.

»Ihr seid doch verrückt«, befinde ich und schüttle mit dem Kopf. »Echt jetzt.«

»Als wärst du ein Vorbild an geistiger Gesundheit«, spottet Isa. »Du bist vorher immer aus deinem Fenster *gesprungen.* Da finde ich eine Leiter schon ziemlich vernünftig.«

»Ich musste eben improvisieren!«

»Improvisation ist also die neue Bezeichnung für erschreckend dumm, ja?«

Waldemar wirft mir einen erheiterten Blick zu. Die Spitze ist gegen mich gerichtet, aber es freut mich ungemein, ihn so zu erleben. Entweder hat er seine Exfreundin überwunden oder da geht doch noch was. Waldemar ist der allerschlimmste Geheimniskrämer, aber vielleicht erfahren wir demnächst ja weitere Details.

Mit der Leiter können wir in keine Bahn einsteigen und so legen wir den Weg zum Skatepark zu Fuß zurück. Es dauert ein Weilchen, bis wir ankommen, doch das ist in Ordnung. Es ist Freitagabend, ich bin von daheim abgehauen und die Nacht ist noch jung. Die vertraute Szenerie verlassener Pipes und Rampen breitet sich vor uns aus. Wir passieren auch das pinke Graffiti, das ich vor ein paar Wochen erst gesprüht habe. Isa und ich tauschen einen verschwörerischen Blick und ich muss idiotisch lächeln. Wie immer machen wir es uns auf der Halfpipe gemütlich, mit baumelnden Beinen oder im Schneidersitz an das Geländer gelehnt. Isas Knie berührt meins ganz leicht. Es macht mich glücklich, dass sie das Bein nicht wegzieht.

Die Underdogs haben gut vorgesorgt. Nicht nur, dass sie eine Leiter organisiert haben, es gibt auch Alkohol. Eine Menge. Ausnahmsweise kein Bier, aber dafür hartes Zeug. Wodka, Jägermeister, Rum und dazu einige Softdrinks zum Mischen. Waldemar muss fast nie einen Ausweis vorzeigen und so kommt das wohl schlimmste Alkoholgelage auf uns zu, zu dem wir uns je haben hinreißen lassen.

Ehe ich es mich versehe, habe ich den ersten Becher mit Rum-Cola in der Hand und hebe ihn in die Runde.

»Auf euch!«, sage ich. »Ihr habt mich echt aus der Scheiße gehauen. Ich wüsste nicht, was ich ohne euch machen würde.«

»Offensichtlich allein und einsam in deinem Zimmer versauern. Cheers.«

Waldemar stößt seinen Becher gegen meinen und ext den Wodka. Wir übrigen lachen, stoßen auch noch mal gepflegt an und kurz darauf spüre ich den Alkohol in meinem Mund brennen. Wahrscheinlich werde ich sehr schnell betrunken sein, da ich auf ein Abendessen verzichtet habe, aber egal. Alles egal! Ich genieße das warme Gefühl, das sich in meinem Bauch ausbreitet. Vielleicht geht es genau darum. Unser Zusammenhalt.

Jim baut die Musikbox auf, schließt sein Handy an und schon werden wir mit dem allerschönsten Musiktrash der letzten dreißig Jahre beschallt. Achtziger, Neunziger und das, was in den frühen Zweitausendern in den Charts gelandet ist.

»Ihr könnt euch nicht vorstellen, wie meine Eltern momentan abdrehen«, erkläre ich den Underdogs. »Ich kapiere es nicht. Sie interessieren sich nicht die Bohne für mich, aber machen, was ich will, darf ich auch nicht.«

»Verstehe einer Eltern«, stimmt Vince mir zu und wir genehmigen uns daraufhin erst einmal beide einen großen Schluck Alkohol. Ich fühle mich an unser ungeplantes Gelage in seinem Zimmer erinnert – nur nicht so jämmerlich und ganz sicher ohne Kuss.

»Wenn ich euch immer so reden höre«, Isa deutet der Reihe nach auf mich, Vince und Jim, »bin ich auf einmal ziemlich froh über meine. Ja, die nerven auch, aber sie tun das in normalem Rahmen.«

»Das Schlimmste, was mein Vater so tut, ist, mich ab und zu zum Helfen in seinem Betrieb zu verpflichten«, mischt Waldemar sich ein und nickt bestätigend. »Könnte alles viel, viel schlimmer sein.«

»Ey, Waldemar, was ist denn jetzt eigentlich mit dir und Sophia?«

Der Alkohol macht mich mutig und so wechsle ich einfach das Thema. Ich bin neugierig.

Waldemar blinzelt, ehe er an seinem Becher nippt. »Wir sind nicht zusammen.«

»Aber?« Jim schlägt sich auf meine Seite, obwohl er eigentlich an Vinces Seite sitzt.

»Spuck es schon aus«, schieße ich hinterher.

Ich sehe doch, dass er mit aller Mühe ein Grinsen unterdrückt und darum kämpft, vollkommen ernst zu bleiben.

»Das ist alles. Wir sind nicht zusammen. Aber … wir reden wieder miteinander.«

»Nicht dein Ernst«, platzt es aus Jim heraus. »Und? Worüber redet ihr so?«

»Alter, soll ich dir jetzt meinen WhatsApp-Verlauf vorlesen oder was? Chill mal.«

»Komm schon, nur ein paar Details!«, bettelt er und schiebt die Unterlippe vor.

Vince betrachtet ihn ungerührt, bis auf einmal Schalk in seinen Augen aufblitzt und er Jim mit dem Zeigefinger in die aufgepustete Wange piekst. Jims Jammermiene fällt in sich zusammen und er muss lachen. Während Vince zufrieden lächelt, hebt Waldemar die Hände.

»Ein Gentleman genießt und schweigt«, sagt er mit einer Nonchalance, die ich nicht von ihm erwartet hätte.

Auf komische Art passt es zu ihm. Zumindest zu dem Waldemar, der nicht vor Lachen brüllt, weil sein Furz das halbe Haus hat wackeln lassen.

»Du musst ja wirklich so richtig verliebt sein, dass du die Gelegenheit für ein paar dreckige Witze sausen lässt«, stellt Isa neben mir fest.

Unsere Knie berühren sich jetzt ununterbrochen und ich habe das Gefühl, je mehr Alkohol wir trinken, desto häufiger fassen wir uns an. Kurze Berührungen am Arm des Anderen, Schultern, die sich aneinanderschmiegen. Ich kann die Finger nicht bei mir behalten und Isa auch nicht.

Als hätte sie meine Gedanken gehört, sieht Isa mich an. Augenkontakt, so intensiv, dass mir der Atem stockt. Ihre Honigaugen halten mich auf eine Art und Weise fest, der ich nicht entkommen kann. Isa guckt auch nicht weg. In mir steigt das Verlangen, mich zu ihr zu lehnen und sie zu küssen. Wir haben uns die letzten Wochen so wenig gesehen und jetzt sauge ich jede Sekunde in mich auf.

»Das«, Waldemars süffisante Worte dringen wie durch Watte zu mir, »sagt die Richtige. Wenn du Liam noch ein bisschen länger so anguckst, kann man Würstchen zwischen euch grillen.«

»Du bist so bescheuert.«

Isa wendet den Blick ab und ich fühle mich, als schlage ich nach dreitausend Metern freiem Fall auf der Erde auf. Krass, wo ist mein Kopf nur hin? So geht das doch nicht auf Dauer. Der Alkohol macht mich definitiv mutig. Trotzdem werfe ich noch einen kurzen Blick zu Vince, ehe ich etwas Dummes von mir gebe. Vince betrachtet mich, mich und Isa, um genau zu sein, und lächelt mich schief an. Als würde er es wissen. Er sieht nicht aus, als würde ihm gerade das Herz zerbrechen. Das gibt mir den letzten Schubs.

»Tja, vielleicht ist das ja gar nicht so falsch?«, bemerke ich und wende mich geradewegs an Waldemar.

Ich greife nach Isas Hand, die ich beim ersten Versuch leider verfehle. Stattdessen erwische ich ihre Wade, was zwar auch ganz nett ist, aber den demonstrativen Zweck dieser Geste nicht so richtig transportiert. Beim zweiten Mal hat sie aber kapiert, was ich von ihr will, und auf einmal liegt ihre Hand in meiner.

»Nicht dein Ernst.«

Waldemars Gesicht ist ein Bild für die Götter. Verdattert sieht er zwischen ihr und mir hin und her.

»Doch, unser voller …« Weiter kommt Isa nicht.

»Ihr habt uns nichts gesagt?!«, blökt Jim dazwischen.

Ein leerer Plastikbecher trifft mich am Kopf und ich zucke zusammen. Empört gucke ich Jim an. Er lässt die Hand sinken, mit der er den Becher nach mir geworfen hat und verschränkt die Arme vor der Brust. Isa lässt meine Hand los, krebst zu Jim rüber und zieht ihn an ihre Brust, obwohl er keinerlei Anstalten macht, die Umarmung zu erwidern. Vielmehr guckt er wie ein grimmiger Kater, der gegen seinen Willen mit Zuneigung überschüttet wird.

»Och, Jimmyboy, sei nicht so. Da kriege ich immer den Drang, dich in eine Decke einzuwickeln und mit Keksen zu bestechen, bis du wieder lieb bist«, säuselt sie in seine Haare hinein.

Vince ist der Erste, der losprustet. Wir sind betrunken, lachen, bis uns die Bäuche wehtun. Sogar Jim kann nicht mehr lang an sich halten.

»Ihr seid doch Scheiße«, presst er zwischen zwei Lachkrämpfen hervor und wir kugeln uns noch eine ganze Weile, ehe wir uns wieder beruhigen.

Waldemar liegt halb ausgestreckt neben mir und sucht schwach in seiner Hosentasche herum.

»Auf den Schreck brauche ich erst einmal eine Zigarette«, teilt er uns latent lallend mit und schiebt sich eine Kippe in den Mundwinkel.

»Schreck, ich bitte dich.«

Isa lässt Jim wieder los, der sofort damit beginnt, seine Frisur zu richten. Isa setzt sich wieder neben mich, dieses Mal weitaus näher als vorher. Während Vince uns die nächste Runde Getränke zusammenmischt, legt Isa das Kinn auf meine Schulter.

»Wenn du nicht nach Hause willst, kannst du bei mir schlafen«, raunt sie mir zu.

Obwohl nicht einmal ein fragwürdiger Unterton in ihrer Stimme liegt, wird mir auf einmal ganz anders.

»Äh«, mache ich und räuspere mich. »Ja, gern.«

Wo Alkohol anfängt und Verstand aufhört, weiß ich nicht mehr. In diesem kunterbunten Mix aus Emotionen kann ich nicht anders. Meine Lippen legen sich weich auf Isas, so weich und trotzdem irgendwie nicht mehr so zaghaft wie vorher. Es ist kein Geheimnis mehr, dass da etwas zwischen uns ist, und es lässt mir fast den Brustkorb explodieren. Es ist okay. Vince geht es damit gut. Außer Isas Lippen vergesse ich alles, den Stress mit meinen Eltern, meine Wut, meine Sorgen. Alles.

Bis mich Waldemars Johlen zurück in die Realität holt und Isa ihm einen Nippeldreher verpasst, der ihn aufjaulen lässt.

Es ist drei Uhr nachts und Isa und ich kämpfen uns betrunken das Treppenhaus hoch. Gar nicht so leicht, wenn man die Finger keine Sekunde voneinander lassen kann. Die Leidenschaft rollt über mich hinweg und ich werde mitgerissen. Ich habe das vage Gefühl, dass alles außer Kontrolle gerät, aber ich weiß nicht, ob das schlimm ist. Geht es zu schnell? Eine Frage, auf die ich keine Antwort finde. Ist es unerwartet? Umso mehr. Als hätte das Geständnis, dass wir uns mögen, ein Fluttor geöffnet. Alles dreht sich. Karussell, Fiebertraum, gefangen in Wolken. Meine Gedanken versinken regelmäßig in einer Dunkelheit, die ich bis dahin nicht kannte. Es ist, als habe irgendwer den Ausschalter zu meinen Gedanken betätigt. Da sind nur noch Isas Küsse, ihre Finger an meiner Wange, ihr Körper an meinem.

Wir taumeln die letzten Stufen hinauf. Aus Versehen lässt Isa ihre Schlüssel fallen. Das metallische Klimpern hallt durch meinen Verstand und wie in Trance sehe ich dabei zu, wie sie den Schlüsselbund aufhebt. Es dauert eine halbe Ewigkeit, bis sie die Tür aufgeschlossen hat und wir in die dunkle Wohnung stolpern. Es fühlt sich an, als wäre ich durch ein unsichtbares Band mit Isa verbunden. Ich kann ihr einfach nicht fernbleiben und ihr geht es ähnlich.

Mein Rucksack landet achtlos auf dem Boden. Isa greift in meine Haare, als wir uns wieder küssen. Ich schmecke ihre Zunge und mir ist so warm. Unter meinen Händen spüre ich ihre Taille. Alles ist surreal und gleichzeitig brennt es sich in meine Wahrnehmung ein. Wir rempeln gegen den Türrahmen und da wir beide nicht mehr sonderlich sicher auf den Füßen sind, bleiben wir dort erst einmal. Die Kante bohrt sich in meinen Rücken. Durch mehrere Lagen Stoff kann ich fühlen, wie Isas Brüste gegen meinen Brustkorb drücken. Meine Lippen liebkosen ihren Hals. Wir sind wie zwei Himmelskörper, die aufeinander zu rasen und in absehbarer Zeit kollidieren. Ich will Isas Haut spüren, will mit meinen Fingern darüberfahren, sie dicht bei mir haben. Wenn sie sich noch ein bisschen enger an mich presst, kann sie auch spüren, dass ich das will, denn in meinem Unterleib pulsiert es verräterisch.

Alles dreht sich.

Ich schwitze. Schweres Atmen, von mir, von Isa, zu einer asynchronen Einheit vermischt. Irgendwann treffen sich unsere Lippen wieder und ich ziehe sie enger an mich. Ihr Oberschenkel drückt zwischen meine Beine und ich höre mich selbst nach Luft schnappen und …

Isa erstarrt. Komplett. Dann schluchzt sie auf.

»Ich kann das nicht, ich kann es nicht«, entkommt es ihr erstickt, undeutlich. Panisch.

Es trifft mich wie eine eiskalte Dusche. Ich lasse sie so plötzlich los, als habe ich mir die Finger an ihr verbrannt, und Isa weicht zurück. In der Dunkelheit erkenne ich nicht viel, aber ich höre, wie sie weint. Das Geräusch zerschneidet den Nebel, der in meinem Kopf wabert, mit so einer Brutalität, dass es fast wehtut. Oh Gott, was habe ich getan?

»Entschuldige, bitte, es tut mir so leid«, stolpert es mir über die Lippen.

Auf einmal fühle ich mich absolut nüchtern. Meine Wolkenschlösser zerbersten und ihre Bruchstücke regnen mir mit lautem Getöse auf den Kopf, zerschellen um mich herum in tausend Teile. Isa verschwindet in ihrem Zimmer und ich stehe vollkommen überfordert in der Dunkelheit. Vorher war mein Herzschlag eine Trommel, jetzt ist er ein panischer Vogel, der aus seinem Käfig auszubrechen versucht. Nach einem Moment gehe ich Isa unsicher hinterher. Das Licht einer Straßenlaterne fällt in ihr Zimmer. Sie sitzt auf ihrem Bett, das Gesicht in den Händen vergraben.

»Isa?«, flüstere ich rau und wage es nicht, ihr näherzukommen.

Ich verstehe gar nichts mehr. Was habe ich falsch gemacht?

»Es liegt nicht an dir.« Isas Stimme ist dumpf, da sie mehr zu ihren Handtellern spricht als zu mir. Ihre Aussprache klingt verwaschen, vom Alkohol verzerrt. »Es liegt an mir. Meine Schuld. Tut mir leid, ich kann es einfach nicht, es geht nicht, es …«

Was auch immer sie hat sagen wollen, es verliert sich. Ich habe keine Ahnung, wie ich darauf reagieren soll. Das ist nicht die Isa, die ich kenne. Dieses verlorene Mädchen, das dort auf dem Bett sitzt, ist kurz davor, den Kopf zu verlieren.

»Warum?«, frage ich so vorsichtig wie möglich.

Meine gesamte Aufmerksamkeit richtet sich auf Isa, und da ist ein Eisberg in meinem Magen.

»Es ist falsch gelaufen, damals, immer, und ich wollte es eigentlich gar nicht. Ich kann es einfach nicht, es tut mir leid, ich wollte, aber es geht nicht.«

Der Eisberg wird zu einem schwarzen Strudel. Oh nein.

»Okay«, sage ich schwach.

Langsam komme ich näher und setze mich neben Isa aufs Bett. Unbeholfen lege ich ihr eine Hand auf die Schulter. Sie zuckt nicht weg. Auf einmal kann ich mir dabei zusehen, wie ich Isa aufhelfe und sie ins Badezimmer bringe. Ich sorge dafür, dass sie sich die Zähne putzt, flöße ihr Wasser ein, und lasse sie kurz allein, als sie aufs Klo muss. Danach bringe ich sie zurück in ihr Zimmer und mache die Lichterkette über ihrem Schreibtisch an. Isa zieht sich um und ich drehe mich weg, um keine Dinge zu sehen, die ich nicht sehen soll. Isa weint nicht mehr. Aber bleich ist sie trotzdem, so schrecklich bleich. Ich decke sie zu und höre sie murmeln, dass ich ruhig bei ihr im Bett schlafen kann.

Das tue ich nicht. Stattdessen liege ich mit einer Decke auf dem Fußboden, ein Kissen unter den Kopf geschoben, und lausche Isas ruhigen Atemzügen. Ihre Worte kreisen durch meinen Kopf, immer wieder. *Es ist falsch gelaufen, damals, immer, und ich wollte es eigentlich gar nicht.*

Was hat sie nicht gewollt? Dass es falsch lief oder dass es überhaupt passiert ist?

Mir ist schlecht. Ich kann die Augen keine Sekunde lang schließen, weil mich dieses beklemmende Verstörungsgefühl nicht loslässt. Immer wieder spielt sich in meinem Kopf ab, wie wir uns so leidenschaftlich geküsst haben, uns so nah waren, und wie Isa auf einmal erstarrt ist. Wie sie geweint hat, so kindlich, irgendwie. Es geht nicht aus meinem Kopf. Ich bin in einer ewigen Dauerschleife gefangen. Mein Herz hämmert, der Puls rast. Am liebsten würde ich mich selbst dafür bestrafen, dass es so weit gekommen ist.

Ruhe finde ich keine, keinen Augenblick lang. Stattdessen sehe ich durchs Fenster dabei zu, wie die Sonne aufgeht und der Himmel sich hellblau färbt.

18

Vince

Einen Tag nach Liams halsbrecherischer Befreiungsaktion treffe ich mich mit Jim und weiß nicht, was das geben wird. Jim macht ein großes Geheimnis um die Verabredung. Es ist Nachmittag und ich habe einige Stunden gebraucht, um wieder ich selbst zu werden. Der Kater nach dem übertriebenen Alkoholgelage im Skatepark gestern hat mir so den Kopf zerkaut, dass ich den halben Morgen mit Kotzen beschäftigt war.

Jetzt stehe ich vor dem Denkmal in der Innenstadt, zu dem Jim mich bestellt hat und bin einfach nur froh, dass die Kopfschmerztablette angeschlagen hat. Ein Kind bollert mit einem Bobby Car über das Kopfsteinpflaster und gefühlt tausend Leute schieben sich an mir vorbei. Samstag ist einfach ein ungünstiger Tag, um sich in die Stadt zu wagen. Alle berufstätigen Menschen erledigen ihre Einkäufe und es geht hier einfach nichts mehr. Man kommt nur im Schneckentempo vorwärts und die Geschäfte sind brechend voll.

Liam und Isa sind also wirklich ein Paar. Ich war nicht einmal geschockt. Da hat nur eine wehmütige Stimme in meinem Kopf leise gejammert, als Liam und Isa sich geküsst haben, und mir unter die Nase gerieben worden ist, was ich nicht haben kann. Aber irgendwie freue ich mich auch für die beiden. Inzwischen bin ich mir sicher, dass er mir nichts davon gesagt hat, um mir nicht wehzutun und das kann ich verstehen.

»Da bist du ja«, sagt eine Stimme neben mir.

Mein Blick zuckt nach links. Jim lächelt fröhlich, seine weißen Haare sind kunstvoll zerzaust. Er trägt tiefsitzende Bluejeans und dazu ein etwas zu weites Shirt mit hochgekrempelten Ärmeln. Einen Rucksack schleppt er auch noch über der Schulter.

»Ich dachte schon, ich bin falsch«, erwidere ich.

»Nein, alles richtig. Wollen wir los? Wir müssen noch ein Stück zu Fuß.«

»Wohin geht es denn?«, versuche ich noch einmal mein Glück.

Natürlich bekomme ich keine Antwort, sondern nur wackelnde Augenbrauen zu sehen. Jim geht los und mit einem Seufzen schließe ich zu ihm auf.

»Wird es etwas Illegales?«

»Nein.«

»Gehen wir in ein Museum?«

»Nein.«

»Hm.«

»Warte doch einfach ab, Vince.« Jim hat entschieden zu viel Spaß dabei, mich zappeln zu lassen.

»Du hast leicht reden, immerhin weißt du ja, wohin es gehen soll. Vielleicht entpuppst du dich ja doch noch als verrückter Axtmörder und führst mich gerade zur Schlachtbank?«, gebe ich zu bedenken.

Er grinst »Halt die Klappe und komm mit.«

Ich halte die Klappe und komme mit. Jim führt mich durch die Innenstadt, weg von der größten Einkaufsstraße, in ein Gebiet, das mit schicken Bürogebäuden gepflastert ist. Bürogebäude und Hochhäuser, die sich so weit in den Himmel strecken, das mir beinahe schwindlig wird. Es wurmt mich, dass ich keinen blassen Schimmer habe, was Jim geplant hat. Was soll es in so einer Gegend schon groß für uns geben?

Meine Irritation wächst mit jedem Schritt. Nach einer Weile gebe ich es auf, Jims Plan ergründen zu wollen. Ich folge ihm bloß und lasse mich darauf ein, ihm ausgeliefert zu sein. Als er geradewegs auf eines der Hochhäuser zuhält, lege ich meine Stirn in Falten. Was sollen wir da drin? Uns als Büroangestellte ausgeben? An einem Samstag arbeiten die bestimmt eh alle nicht. Doch Jim zückt sein Portmonee, zieht eine blaue Plastikkarte hervor und hält sie ganz selbstverständlich vor ein unscheinbares Kästchen neben der Tür. Es piept und die Tür springt auf. Jim öffnet sie und bedeutet mir, einzutreten. Ich rühre mich keinen Zentimeter.

»Du hast gesagt, dass wir nichts Illegales machen«, erinnere ich ihn und werfe einen misstrauischen Blick in das Gebäude hinein.

»Es ist auch nicht illegal«, antwortet Jim. »Mein Vater arbeitet hier und ich habe mir seine Karte für heute geborgt. Früher hat er mich total oft mitgenommen. Ich gehöre quasi zum Inventar.«

»Was arbeitet dein Vater denn?«

»Der macht irgendetwas in der Chefetage der Finanzabteilung dieses Ladens. Und jetzt komm, wir haben nicht ewig Zeit, ja?«

Mit einem merkwürdigen Gefühl betrete ich das ausgestorbene Hochhaus und stehe im Empfangsbereich. Plötzlich höre ich Schritte. Ein Kerl in blauer Uniform kommt aus dem Flur rechts von uns. Kein Polizist, eher eine Art Nachtwächter. Das Herz rutscht mir mit einem hörbaren Geräusch in die Hose. Wäre das nicht der richtige Zeitpunkt, um abzuhauen? Der Mann ist Ende dreißig und hat dunkles Haar. Grimmig mustert er uns. Ich fange schon an zu schwitzen, da erhellt sich seine Miene auf einmal.

»Mensch, Mira! Dich habe ich hier ja ewig nicht mehr gesehen!«, poltert er gutmütig. »Ist bestimmt schon mehr als ein Jahr her!«

Aus den Augenwinkeln schiele ich zu Jim. Mira? Aber er heißt doch … oh.

»Hallo, Frank«, sagt Jim. Der gequälte Unterton in seiner Stimme ist kaum zu überhören. »Ein Jahr kommt gut hin. Ist bei dir alles gut?«

»Sicher, sicher, alles wie immer. Muss ja, nicht?«

Frank, der Sicherheitsmann, bemerkt nun auch mich.

»Äh, hallo«, bringe ich heraus.

Mein Verstand arbeitet auf Hochtouren. Mira ist Jims alter Name. So muss es sein. Und das bedeutet wiederum, dass Frank Jim für ein Mädchen hält. Ach du Kacke.

»Das ist ein Freund von mir«, mischt sich Jim ein, bevor Frank darauf irgendetwas erwidern kann.

»Ach, das dachte ich mir schon. Ihr wollt bestimmt nach oben, oder?«

»Ja, genau. Ich habe meinen Vater gefragt und er meinte, es sei in Ordnung. Darum auch die Karte für die Tür.«

Jim wedelt vielsagend mit besagter Karte und lächelt arglos. Wer kann es Frank da verübeln, dass er nichts ahnt?

Er erwidert Jims Lächeln und die Falten in seinem Gesicht vertiefen sich.

»Na, dann werde ich euch mal nicht aufhalten. Aber passt mir schön auf euch auf. Nicht, dass ihr noch herunterfallt und ich hinterher erklären muss, wie ihr überhaupt nach da oben gekommen seid.«

Frank versucht, streng zu klingen, aber scheitert kläglich. Dafür grinst Jim umso breiter.

»Keine Sorge, ich bin nicht mehr zehn Jahre alt, wo ich keine Sekunde stillsitzen konnte.«

Frank gluckst. »Oh ja, daran erinnere ich mich gut. Bist immer durch das halbe Gebäude gerannt, während dein Vater versucht hat, ein bisschen zu arbeiten.«

»Was soll ich sagen, lange Flure laden eben dazu ein, mit einem Bürostuhl hindurch zu brettern«, entgegnet Jim mit einem leichten Achselzucken und schiebt sich an dem Sicherheitsmann vorbei. »Wir sehen uns bestimmt später noch. Viel Spaß bei deinen Runden!«

»Spaß, sehr witzig«, grummelt Frank in sich hinein.

Hastig folge ich Jim und muss mich ganz schön beeilen. Er hat den Knopf für den Aufzug bereits gedrückt, als ich ihn endlich erreiche.

Erst, als sich die Aufzugstüren hinter uns schließen, atmet Jim tief aus. Ich kann sehen, wie die Anspannung von ihm abfällt. Mit einer Hand reibt er sich über das Gesicht.

»Sorry. Ich hatte gehofft, dass wir ihm nicht begegnen, aber gut.«

»Ist schon in Ordnung. Ich glaube, für mich war es lange nicht so unangenehm wie für dich«, merke ich vorsichtig an.

Oh, wie gern würde ich ihn auf seinen alten Namen ansprechen. Darf man das überhaupt? Ich will nicht mit der Tür ins Haus fallen, wo Jim gerade die volle Breitseite abbekommen hat.

Wir fahren bis in den achtzehnten Stock. Es ist wirklich ein Bürogebäude in Reinform. Grauer Teppich, weiße Wände, hier und da eine Topfpflanze, damit es nicht so trist wirkt. Es geht bis zu einer schweren Brandschutztür, die ins Treppenhaus führt. Kurz schaudere ich bei dem Gedanken, achtzehn Stockwerke zu Fuß zurücklegen zu müssen, aber Jim geht nicht wieder nach unten. Stattdessen steigt er nach oben. Langsam setzen sich die Puzzlestücke in meinem Kopf zusammen.

Gleißendes Sonnenlicht blendet mich, als Jim die nächste Brandschutztür aufdrückt. Wind weht mir um den Kopf, weitaus kräftiger als die übliche Brise.

Wir stehen auf dem Dach des Hochhauses.

Die Aussicht ist atemberaubend. Über uns der blaue Himmel, unter uns die Stadt. Neben uns andere Hochhäuser und vor uns nur der verwaschene Horizont. Ein Geländer grenzt das Ende des Dachs ab. Bei dem Gedanken, wie weit es dahinter nach unten geht, werden mir die Knie weich. Jim breitet die Arme aus und dreht sich einmal um sich selbst.

»Willkommen an meinem Lieblingsort der ganzen Stadt«, ruft er mir fröhlich zu.

Der Park kann bei so einem Anblick nicht einmal ansatzweise mithalten. Erst jetzt merke ich, wie sehr mein Puls rast. Es ist einfach nur großartig. Ich hätte nicht gedacht, dass man sich in dieser Stadt so frei und losgelöst fühlen kann. Kies knirscht unter den Sohlen meiner Chucks. Ich schließe zu Jim auf und schaffe es endlich, den Mund wieder zu schließen.

»Ich weiß nicht, was ich sagen soll. Darum also die ganze Geheimnistuerei!«

»Allerdings. Hat es sich nicht gelohnt?«

Jim setzt seinen Rucksack ab und befördert eine Picknickdecke ans Licht. Schwungvoll breitet er sie auf dem Boden aus. Ich schließe zu ihm auf und sehe dabei zu, wie er seinen Rucksack ausräumt. Die Musikbox, Butterkekse, Halbbitterschokolade und Vanille-Cola. Kurz fühle ich mich schlecht, weil ich außer einer Flasche Wasser nichts beisteuern kann, aber woher hätte ich auch wissen sollen, dass wir auf dem Dach eines Hochhauses picknicken?

»Das hat es«, räume ich neidlos ein. »Ernsthaft, Jim. Damit hätte ich nie gerechnet und jetzt fühle ich mich ein bisschen dumm, weil ich gar nichts dabeihabe.«

»Quatsch«, widerspricht er und lässt sich im Schneidersitz auf der Decke nieder. »Du hast dich mitgebracht. Mehr wollte ich doch gar nicht, erinnerst du dich?«

Da ich nicht weiß, was ich darauf erwidern soll, setze ich mich neben Jim auf die Decke und stelle meinen Rucksack zur Seite. Sogar im Sitzen ist das Panorama noch unbeschreiblich. Von hier oben sieht alles so klein aus. Man steckt nicht mitten in der Hektik, sondern schwebt über allem wie ein Adler. Oder eine Taube, will man bei der hiesigen Vogelpopulation realistisch bleiben.

»Hier warst du immer mit deinem Vater?«, frage ich, während Jim an der Musikbox herumfummelt und sein Handy anschließt. Entspannte, langsame Beats, tropische Klänge, Urlaubsflair.

»Ja, genau. Eine Zeitlang hat er auch samstags viel gearbeitet und da hat er mich eben mitgenommen, weil ich es so toll fand, durch die leeren Gänge zu rennen. Am Schluss sind wir immer hier hochgegangen. War irgendwie so unser Ding.« Jim winkt ab. »Er hat damit aufgehört, als immer deutlicher wurde, dass ich wirklich trans bin.«

»Das ist doch Kacke«, stelle ich mit gerunzelter Stirn fest.

»Schon, aber ich kann es nicht ändern. Er will an etwas festhalten, was es nicht gibt. Es ist nur schade um all das, was er verpasst.«

Jim klingt sehr bestimmt, sehr abgebrüht, aber trotzdem glaube ich ihm nicht so ganz. Es nagt an ihm. An wem würde es das nicht? Schließlich hat er nicht einmal etwas verbrochen, er ist nur er selbst. Als könnte er irgendetwas dafür oder hätte sich das ausgesucht. Manchmal sind Eltern so verbohrt. Kinder existieren nicht, damit sie um Zuneigung kämpfen müssen. Weder Jim, noch Liam … und ich auch nicht.

»Er hat es seinen Arbeitskollegen nicht erzählt, oder?« Woher ich das Rückgrat nehme, das zu fragen, weiß ich nicht. »Es war nicht dein richtiger Name, mit dem Frank dich da angesprochen hat.«

»Nein«, gibt Jim zu. Er zieht die Unterlippe zwischen die Zähne und kaut darauf herum. »Mein Vater hat es ihnen nicht erzählt. Es ist ziemlich entwürdigend. Lieber erzählt er eine Lüge, als zu mir zu stehen.«

»Das ist nicht nur Kacke, das ist gequirlte Kacke.«

Ein Grinsen zuckt um Jims Lippen. Es erleichtert mich, aber da gibt es noch etwas, was mir auf der Seele liegt.

»Weißt du, Jim, dieser alte Name … Das fühlt sich nicht an wie du. Kein Stück. Ich habe erst gedacht, dass der Kerl senil ist, bis ich überhaupt verstanden habe, was er meint. Du bist für mich Jim und alles andere ist Humbug.«

Jim lächelt mich an. Sehr süß sogar und ich fahre mir verlegen durch die Haare.

»Ich glaube, du bist der einzige Mensch, der das Wort *Humbug* im Sprachalltag verwendet«, meint er.

»Das nennt sich auch Eloquenz«, teile ich ihm hoheitsvoll mit.

»Ach. Ich dachte, das sei bloß Ausdruck deiner Verschrobenheit.«

»Hey!«

So entrüstet ich mich auch gebe, ich muss trotzdem lachen. Jim schenkt mir das Unschuldslächeln, mit dem er auch schon Frank hinters Licht geführt hat. Nur wirkt der Trick bei mir nicht, weil ich ganz genau weiß, was für eine verschmitzte Persönlichkeit dahinter verborgen liegt.

»Willst du wissen, wie ich auf den Namen Jim gekommen bin?«, fragt er mich.

»Unbedingt! Ich wollte nicht danach fragen, weil mir das so dreist vorkam, aber ja. Sehr gern.«

Ich greife nach den Butterkeksen und schiebe mir einen in den Mund.

»Die Geschichte ist ziemlich unspektakulär. Ich habe als Kind gerne Jim Knopf geguckt und mir gefiel der Name Jim viel besser als Mira. Darum musste ich gar nicht lange überlegen, welcher Vorname zu mir passt.«

»Kannst du eigentlich auch irgendetwas sagen, was nicht niedlich, frech oder witzig ist?«

Jim blinzelt und … sagt gar nichts. Nur den Mund bewegt er etwas unschlüssig, als habe er den Faden verloren. Eine leichte Röte kriecht ihm in die Wangen und schließlich räuspert er sich.

»Eklig kann ich auch«, teilt er mir bitterernst mit. »Pass auf: Moppelkotze. Bröckchenhusten. Fußpilz. Genitalherpes. Eiterbeulen. Diarrhöe. Warzenhaare.«

»Ja, ja, du Multitalent, schon gut!«

Vor Lachen spucke ich Krümel auf die Picknickdecke und Jim muss ebenfalls lachen.

Die nächsten Stunden vergehen unendlich schnell und langsam gleichzeitig. Jim und ich hören Musik, reden, lachen und stopfen den Proviant in uns hinein. Irgendwann holt er sein Skizzenbuch aus dem Rucksack und zeichnet vor sich hin, während ich meine Nase in das Buch stecke, das ich eingepackt habe. Es ist nicht einmal ansatzweise unangenehm, still nebeneinander zu sitzen. Sogar die letzten Reste meines Katers merke ich nicht mehr.

Immer tiefer sinkt die Sonne. Ich kann mich nicht mehr auf mein Buch konzentrieren, denn der Himmel brennt. Vor uns eröffnet sich eine orangerot gefärbte Leinwand, auf der ein brennender Ball untergeht. Wir baden in goldenem Licht. Es ist so schön, dass es wehtut, und es pocht tief in meiner Brust. Die Sonne spiegelt sich in den Fensterscheiben der Hochhäuser, die um uns herum sind, hunderte Tore in eine andere Dimension.

Mein Blick wandert zu Jim, der sich noch immer über sein Skizzenbuch beugt. Seine Haare leuchten wie eine Art Lichthof, werden von dem intensiven Licht in Brand gesteckt und erinnern an ein Gemisch aus Kupfer und Bronze. Wie scharfgezeichnet seine Wangenknochen in den tieferwerdenden Schatten sind. Und wie selbstvergessen das kleine Lächeln auf seinen Lippen ist, während sein Bleistift über das Papier tanzt.

Mit angehaltenem Atem greife ich in meinen Rucksack und hole meine Kamera hervor. Vielleicht liegt es an der Musik, dass Jim nicht hört, wie ich den Auslöser betätige. Ich sehe dabei zu, wie sich das Polaroid entwickelt. Jims Silhouette vor dem goldenen Himmel. Es ist ein bisschen verwackelt, aber so, so echt. Mir wird die Kehle eng.

Plötzlich wünsche ich mir, dass dieser Sonnenuntergang niemals endet.

Ich will nicht, dass diese überwältigende Schönheit stirbt. Ich will nicht, dass dieser Tag vorbeigeht und zu einem Fragment der Vergangenheit wird, nur eine Erinnerung, die dem tatsächlichen Erlebnis niemals gerecht werden kann. Zwar habe ich nun dieses Foto, aber ich will mehr als das. Ich verstaue Kamera und Bild in meinem Rucksack.

Vielleicht spürt Jim meinen Blick, denn er sieht auf und erwidert ihn. Der Bleistift verweilt an Ort und Stelle, fügt keine weiteren Linien und Schraffuren zu dem Kunstwerk hinzu, das er auf das Papier zaubert.

»Alles okay, Vince?«, fragt er mich.

»Klar«, entgegne ich mit rauer Stimme. »Danke, dass du mich hergebracht hast. Es ist wirklich schön hier und das beschreibt es nicht einmal angemessen.«

Jim lächelt. »Gern geschehen. Es freut mich, dass es dir so gefällt.«

»Jim? Versprichst du mir etwas?«

»Mh?«

»Wir lügen uns nicht an. Wir sind ehrlich miteinander, ja?« Ich strecke ihm meinen kleinen Finger entgegen. Jim betrachtet mich erstaunt und sein Lächeln gewinnt an Tiefe.

»Versprochen«, sagt er fast schon weich und hakt seinen kleinen Finger in meinen.

Wir sehen uns an. Ich lasse ich nicht los. Jim auch nicht.

Ich denke nicht nach, als ich mich vorbeuge. Jim schließt die Augen und durch den Sonnenuntergang verwandeln sich auch seine Wimpern in Gold. Ich sehe den orangenen Schein auf seiner Haut, spüre das Beben seiner Lippen, als meine sie berühren. Vorsichtig nur, kaum mehr als das Streifen von Seide über bloße Haut.

»Vince«, flüstert Jim und seine Worte sind so zerbrechlich. »Ich … ich bin kein Mädchen …«

Ich blicke in seine verletzlichen, hellblauen Kristallaugen, die mir nun ausweichen. Unsere Gesichter sind sich noch immer so nah.

»Ich weiß, Jim. Ich mag auch keine Mädchen. Nicht so, jedenfalls«, flüstere ich zurück. Es geht so einfach. Viel einfacher, als ich es jemals erwartet hätte.

»Du bist schwul?«

Ich nicke einfach nur.

»Oh«, macht Jim leise.

Ein kleines Lächeln huscht um seine Lippen, scheu wie ein Reh. Sein kleiner Finger ist noch immer mit meinem verhakt und als er den Blick wieder zu mir hebt, vergesse ich zu atmen.

In wunderschönstem Bernsteinlicht küssen wir uns zaghaft und mein Herz schlägt so schnell, als wollte es zerspringen.

19

Liam

Der Tag ist grau, obwohl die Sonne scheint. Grau und schwer wie ein Totentuch, das sich über uns gelegt hat. Ich habe keine Sekunde schlafen können. Meine Augen sind blutunterlaufen und ich fühle mich noch mieser, als ich aussehe. Selbst die Dusche heute Morgen hat es nicht richten können. Wie ferngesteuert habe ich mich danach in die Küche gesetzt. An Frühstück war nicht zu denken. Selbst das Glas Wasser stand eine halbe Ewigkeit vor mir, bis ich es habe anrühren können. Ihre Eltern sind das Wochenende über nicht da und ich weiß nicht, ob ich das im Augenblick gut finde.

Die Erinnerungen lassen mich nicht los. Immer wieder bin ich mit Isa im Treppenhaus, im Flur, so *angemacht*, und dann höre ich sie schluchzen. Ich bin von mir selbst angewidert. Warum habe ich nichts gemerkt? Ich hätte … ich weiß auch nicht. Irgendwas. Aber nicht mit Isa rummachen, bis sie in Tränen ausbricht und eine Art Zusammenbruch hat, mit dem ich zu keinem Zeitpunkt gerechnet habe.

Irgendwann mittags steht Isa auf, genauso verkatert, wie auch ich es bin. Ich sitze immer noch in der Küche. Ich kann und will nicht nach Hause gehen. Nicht jetzt. Ich kann Isa nicht alleine lassen und sie wirft mich auch nicht raus. Nachdem sie aus dem Bad kommt, setzen wir uns im Wohnzimmer auf die Couch und gucken irgendeine Serie. Schon nach wenigen Minuten brennen meine Augen und zwischendurch nicke ich vor Erschöpfung ein.

Wir reden kein Wort über das, was gestern Nacht geschehen ist. Ich will sie darauf ansprechen und irgendwie auch nicht. Ich weiß einfach nicht, wie ich damit umgehen soll. Ist es überhaupt richtig, sie darauf anzusprechen? Stoße ich sie damit wieder in diesen Zustand zurück? Soll ich warten, bis sie von sich aus etwas sagt?

Ich weiß es nicht und das schnürt mir die Kehle zu.

Den ganzen Tag schleichen wir umeinander herum. Sprechen über belangloses Zeug, lassen die Stunden an uns vorbeiziehen, essen irgendwann etwas. Wir tun alles, um nicht über dieses Thema zu reden, das Totentuch, welches uns beide langsam erstickt. Ich weiß, dass sie es weiß. Ich merke es ihr an. Sie lächelt zu bemüht und spricht mit einer aufgesetzten Heiterkeit, die verhindern soll, dass ich hinter die Kulissen blicke, doch das habe ich letzte Nacht bereits getan.

An die anderen verschwende ich keinen Gedanken. Es ist mir vollkommen egal, was Waldemar, Vince und Jim so treiben. In meinem Kopf gibt es nicht genügend Kapazitäten, um sich auch damit noch zu beschäftigen. Oder mit der Tatsache, dass meine Eltern inzwischen wissen werden, dass ich schon wieder auf und davon bin. Mein Kopf wird rollen, wenn ich wieder nach Hause komme. Es spielt keine Rolle. Nur Isa tut es.

Abends halte ich es nicht mehr aus.

Der Sonnenuntergang ist heute besonders malerisch und Isa ist draußen auf dem Balkon. Gedankenverloren starrt sie in die Ferne. Sie hat sich eine Decke um die Schultern gewickelt und sitzt im Schneidersitz auf einer dunklen Holzbank. Es gibt viele Blumenkästen voll mit Primeln, Töpfe mit Tomatenpflanzen und Erdbeersträuchern, einen kleinen Kräutergarten, der an einem Holzgitter vor sich hin gedeiht. Es ist ein hübscher, gepflegter Balkon. Man kann sich hier wohlfühlen. Trotzdem bleibe ich von diesem Gefühl unberührt. Ich steige durch die geöffnete Balkontür, in jeder Hand ein Glas gekühlten Zitroneneistee, und stelle beide auf dem Holztisch ab. Isa sieht zu mir hoch, lächelt verspätet. Ihr Lächeln verblasst, als ich es nicht erwidere. Ausnahmsweise hat sie ihre bunten Haare zu einem unordentlichen Dutt zusammengefasst und sie wirkt auf eine Art und Weise abgekämpft, die weit über einen banalen Kater hinausreicht.

Ich setze mich zu ihr und schaue sie einfach nur an. Irgendwann schafft sie es nicht mehr, meinen Blick zu erwidern. Isa verknotet die Finger in ihrem Schoß, schließt die Augen, schluckt. Vorsichtig, weil ich Angst habe, dass sie zusammenzuckt, berühre ich sie am Oberarm. Ich habe den ganzen Tag über diese Worte nachgedacht.

»Isa«, sage ich, »was ist passiert?«

Isa reibt sich fahrig über die Augen. Schließlich sieht sie mich wieder an und ihre Lippen sind kaum mehr als eine dünne, blasse Linie. Die Maske ist endgültig gefallen. Keine Verschleierungsversuche mehr, nur noch die nackte Wahrheit.

»Willst du das wirklich wissen?«

Ein feines Zittern liegt in ihrer Stimme. Beinahe hätte ich es nicht wahrgenommen, doch es bahnt sich seinen Weg in mein Bewusstsein wie ein Glassplitter.

»Ja, will ich. Es tut mir so leid, wenn ich irgendetwas getan habe, was du nicht willst«, fließt es aus mir heraus.

»Hast du nicht. Wirklich nicht.«

Isa schüttelt mit dem Kopf und ich schaffe es, ihr zu glauben. Nur verstehen tue ich noch immer nichts.

»Bist du dir sicher? Ich meine, ich war da und wir haben, na ja, und du hast so schlimm geweint. Ich verstehe das alles nicht. Bitte hilf mir.«

Wahrscheinlich klinge ich ziemlich erbärmlich, aber sogar das ist mir egal. Ich werde noch verrückt vor Sorge um sie.

Isa schweigt. Schüttelt mit dem Kopf und reibt sich noch einmal über das Gesicht. Ich bin so hilflos. Drängen will ich sie ganz bestimmt nicht. Auf meiner Brust liegen unsichtbare Eisengewichte. Ich blicke an ihr vorbei, blicke in den goldenen Himmel und fühle mich von der friedlichen Szenerie verspottet.

»Erinnerst du dich an unseren ersten Abend im Skatepark? Als ich davon sprach, einen Radar für Einzelgänger zu haben und du mich fragtest, wie man den bekommt?« Isa spricht nur leise, aber ich merke trotzdem sofort auf. Ich konzentriere mich vollkommen auf sie, auch, wenn sie irgendeinen nicht näher definierten Punkt auf dem Fliesenboden des Balkons fixiert.

»Ja, klar. Du meintest, dass es eine lange und stellenweise etwas jämmerliche Geschichte sei«, rufe ich mir den entsprechenden Abend ins Gedächtnis.

Isa greift in ihre Hosentasche und zieht eine zerdrückte Zigarettenschachtel hervor. Es erstaunt mich, weil ich sie schon lange nicht mehr habe rauchen sehen, aber ich sage nichts dazu. Still beobachte ich, wie sie sich eine Zigarette zwischen die Lippen schiebt und mit einem Feuerzeug ansteckt.

»Es ist dieselbe Geschichte.« Sie zieht an der Kippe, auf Lunge. Erst jetzt bemerke ich, dass ihre Finger zittern. »Willst du sie wirklich hören?«

Ich nicke langsam. »Das habe ich damals schon gesagt und ich habe meine Meinung nicht geändert. Sofern du sie mir erzählen möchtest.«

»Ich versuche es.«

Isa atmet tief durch. Schon wieder ist sie so bleich. Auf einmal wirkt die Decke um ihre Schultern eher wie eine Art Schutzschild, aber Stoff nützt nicht viel gegen Dinge, die einen von innen heraus auffressen.

»Wenn meine Eltern früher nicht da waren, haben sie mich zu meinen Großeltern gebracht. Die wohnen nicht weit von hier.« Isas Stimme ist merkwürdig hohl, als würde sie um jedes Wort kämpfen. »Soweit nicht ungewöhnlich.«

Schweigend nicke ich, um sie nicht zu unterbrechen. Es scheint auch so schon schwer genug für sie zu sein.

»Ich war auch oft über Nacht da.«

Isa zieht noch einmal an der Zigarette. Sie sieht mich nicht an, aber ich spüre wie sie zittert, nicht mehr nur ihre Hände, sondern ihr ganzer Körper. Meine Hand liegt noch immer auf ihrem Oberarm und ich würde sie gern in den Arm nehmen, doch ich habe das Gefühl, dass das nicht der richtige Moment dafür ist.

»Er hat mich angefasst.«

Die Übelkeit von gestern kehrt zurück und rammt mir ihre Faust in den Magen.

Nein.

Die Zigarette verglüht unbeachtet zwischen Isas Fingern, nachdem sie diesen Satz hervorgewürgt hat.

»Wer?«, flüstere ich heiser und will es nicht wirklich wissen. Ich will es nicht. »Dein … Großvater?«

Ich will es nicht wissen und doch muss ich es wissen. Ich muss einfach. Isa weint, ohne einen Ton von sich zu geben. Sie merkt nicht einmal, wie die Tränen über ihre blassen Wangen laufen und nasse Spuren hinterlassen. Ihr Blick verliert sich im Nichts. Isa ist bis in den kleinen Zeh angespannt, hat die Arme vor ihrer Brust verschränkt, als könne sie sich selbst so zusammenhalten. Einen Moment lang tritt ihr Kiefer deutlich hervor, spannt sich, als sie die Zähne aufeinanderpresst. Mir ist kalt. Innendrin. Die Wärme der untergehenden Sonne erreicht mich nicht, zerschellt an meiner Haut.

Isa nickt.

Es fräst sich in mich hinein, dieses kleine Nicken, mit all der Grausamkeit, die auch Isa erlitten hat. Das Nicken zerschneidet mein Herz. Sie hört den Schrei, den ich in meinem Kopf von mir gebe, nicht. Ich schreie mich heiser und gebe trotzdem keinen Laut von mir. Ich kann nicht glauben, dass irgendwer Isa das angetan hat. Dass es jemand getan hat, der sie hätte beschützen sollen. Jemand aus der eigenen *Familie*.

Das ist so krank. So unendlich krank. Und falsch.

»Oh mein Gott«, höre ich mich wispern. Ganz weit weg, durch eine Glaswand hindurch. »Oh Gott. Isa.«

Ich sehe dabei zu, wie Isa zerbricht. Ich sehe, wie sie die Augen schließt und ich höre sie schluchzen. Irgendwann habe ich mir eine Hand auf den Mund gepresst. Vielleicht, um den Schrei in mir zu unterdrücken. Ich lege den Arm um Isa, so sanft, wie ich nur kann. Ob das gerade überhaupt gut ist, weiß ich nicht, aber ich weiß auch nicht, was ich tun soll.

Der Damm ist gebrochen und wir ertrinken beide.

»Ich … ich habe es niemandem gesagt, weil ich mich so schäme, nicht einmal meinen Eltern«, schluchzt Isa. Es ist das schlimmste Geräusch, was ich jemals vernommen habe. »Ich kann es nicht, Liam, ich kann es nicht, es würde meine ganze Familie zerstören, mein Vater würde durchdrehen, meine Mutter, ich, alles, und das *kann* ich nicht … es würde alles …«

Der Satz verliert sich, weil sie so weint. Sie lehnt den Kopf an meine Schulter. Nur das, aber es reicht, damit ich wenigstens für eine Sekunde das Gefühl habe, Luft zu bekommen. Selbst, wenn sie mir von der Bedeutung ihrer Worte direkt wieder genommen wird. Es ist ein Albtraum, aus dem es kein Erwachen gibt.

»Es ist schon seit Jahren nicht mehr passiert, seit Jahren, aber … ich habe noch immer so eine Angst, wenn ich zu ihnen gehe, so schreckliche Angst …«

Es strömt einfach aus Isa heraus und ich höre zu. Ich nehme jede Silbe in mich auf und jeder Buchstabe ist wie ein Messerstich. Mein Kopf ist im Overdrive.

»Aber … ich dachte, es sei inzwischen okay, es ist so lang her und darum dachte ich, es spielt keine Rolle mehr. Ich will nicht mehr daran denken, aber gestern, als du und ich … da … da … ich wollte, aber es ging nicht und … es tut mir so leid …«

Ich halte sie einfach nur fest. Ihre Tränen durchnässen den Ärmel meines T-Shirts und ich rühre mich keinen Millimeter. Mir ist so übel. Übel und zugleich schreie ich immer noch. Wut kocht in mir hoch, Wut auf diesen Mann, der Isa so etwas angetan hat, egal, wie lange es her ist. Nein, nicht nur Wut. Pure Mordlust. Hass. Ich fange an, mir Dinge vorzustellen, kann nicht damit aufhören, und ich habe das Gefühl, den Verstand zu verlieren.

»Du musst zur Polizei«, sage ich mechanisch. »Du musst es jemanden sagen. Du musst.«

»Nein!«, ruft Isa, schreit es beinahe, mit so viel Panik, dass es mir wie eine Ohrfeige vorkommt. Ruckartig setzt sie auf und starrt mich mit geweiteten Augen an. »Nein! Es geht nicht, es ist meine Familie, es *geht nicht!*«

Isa zittert, weint, hustet und ich kann nicht noch einmal darauf beharren, weil ich es nicht ertragen kann, ihr wehzutun.

»Okay. Okay, tut mir leid, ich …«

Ich schüttle mit dem Kopf, halte Isa fest. Isa, die auf einmal ein Fabelwesen ist, dem die Flügel auf brutalste Weise ausgerissen wurden. Verwundet, verletzt, gequält. Und niemand hat es gesehen.

Nur ich.

»Bitte, Liam«, wispert Isa mit einem Male kraftlos und sinkt in sich zusammen, sinkt gegen mich. Die Zigarette liegt als Stummel auf dem Boden. »Du darfst es niemandem sagen. Bitte.«

Ich weiß nicht, was ich tun soll, ahne nur, was richtig wäre. Aber ich weiß auch, dass Isa daran noch mehr kaputtgehen würde. Isa, die mir ein solches Herzkribbeln beschert, mit der ich in den letzten Wochen so viel geredet habe. Isa, von der ich nicht einmal ansatzweise geahnt habe, dass sie so etwas Schreckliches hat erleben müssen. Ich will sie dringend beschützen und verhindern, dass sie weiter so leidet, aber ich weiß nicht, wie. Der Geschmack in meinem Mund ist bitter. Ich schmecke Galle, und weiß nicht, wie ich mit dem, was ich erfahren habe, fertig werden soll. Ich fühle mich wie verrostetes Metall.

Luftschlösser, dass ich nicht lache. Wie habe ich gestern nur daran glauben können, dass so etwas existiert.

»Okay«, gebe ich brüchig nach. »Ich sage es niemandem. Ich bin da, Isa, okay? Ich bin für dich da.«

Der Himmel blutet fast so sehr wie mein Herz, als Isa noch ein bisschen mehr in meine Arme sinkt, und ich fasse einen Entschluss. Ich werde heute Abend nicht nach Hause gehen. Ich kann jetzt nicht gehen, auch wenn ich das unbestimmte Gefühl habe, dass ich es mir damit endgültig verspielen werde.

Es ist mir gleich. Ich tue es nämlich nicht für mich.

Zum ersten Mal tue ich es für eine andere Person, tue es, weil mehr dahintersteht als eine bloße Provokation.

Isa.

20

Vince

Zwei Wochen später

Wir haben den letzten Schultag überlebt und endlich, endlich sind Herbstferien. Unsere Runde trifft sich regelmäßig – leider ohne Liam. Dem ist nach seinem Ausbruch die Decke ziemlich auf den Kopf gefallen. Viel redet er nicht darüber, beschränkt sich auf Andeutungen. Ich habe versucht, ihn in der Schule so gut wie möglich aufzubauen. Der Ärger mit seinen Eltern zwingt ihn dazu, immer direkt nach Hause zu gehen und tagein, tagaus in seinem Zimmer zu hocken. Umso überraschender kam die Nachricht, dass seine Eltern ihm für die Dauer der Herbstferien Freigang gewähren. Ich freue mich darauf, ihn auch mal wieder außerhalb der Schule zu sehen.

Es wird kühl, doch eine wirkliche Überraschung ist das nicht. Auch ein goldener Herbst kann nicht verhindern, dass die Temperaturen langsam fallen. Grünes Laub gibt es kaum noch. Dafür breiten sich die allerschönsten Baumkronen in Gelb, Orange, Rot und Braun in der Stadt aus. Immer häufiger fährt ein scharfer Wind durch die Straßen und es ist nicht mehr sonderlich gemütlich im Skatepark.

Heute ist ein besonderer Tag. Waldemar hat Geburtstag. Er wird achtzehn Jahre alt und zur Feier des Tages gehen wir in einen Billardsalon.

Zwar habe ich absolut keine Ahnung davon, wie man Billard spielt, aber die Kugel werde ich hoffentlich schon irgendwie treffen. Unsere Stimmung ist gut, als wir in den Salon einmarschieren. Liam und Isa halten sich an den Händen, ganz offen. Es ist völlig okay. Auch, wenn ich Liams Augen noch immer viel zu schön finde. Nein, nicht schön. *Ästhetisch.*

Mit Queues bewaffnet gehen wir zu einem der Tische und Waldemar kümmert sich darum, die Kugeln aufzusetzen. Während er und Isa sich wie immer ärgern, kann ich nicht anders, als dauernd zu Jim zu starren. In letzter Zeit küssen wir uns ziemlich häufig, wenn wir alleine sind. Meist, bevor wir uns mit den Anderen treffen, oder danach. Ich will nicht lügen: Ich bin tierisch verwirrt. Eigentlich weiß ich gar nicht mehr so recht, wo mir der Kopf steht. Jim und ich verstehen uns gut, wir haben Spaß und genau das verwirrt mich so sehr. Es geht so einfach. Irgendwie rechne ich noch immer damit, dass alles so grandios in die Hose geht wie bei Tobias oder Liam, doch bislang ist dieser Moment zum Glück nicht gekommen.

Der Billardsalon ist recht weitläufig. In Summe stehen bestimmt zwanzig Tische in dem Salon bereit, der mich irgendwie an die Zwanziger Jahre erinnert. Die Tapete ist mit goldenen Ornamenten verziert, an den Wänden hängen ausladende Lampen. Dunkelroter Teppich schluckt die Schritte, mit denen wir um unseren Tisch kreisen und am Ende des Salons steht auf einer Empore ein Flügel. Dort spielt zwar gerade niemand, doch ich kann mir nur zu gut vorstellen, wie schick angezogene Herrschaften rauchend und Whisky trinkend sich die Zeit vertreiben, während im Hintergrund ein Pianist einen Blues nach dem anderen spielt.

»Was zum Henker machst du da? Willst du mich mit dem Queue erstechen?« Isa verschränkt die Arme vor der Brust.

»Wenn du mich weiter so nervst, ziehe ich es vielleicht in Erwägung. Und jetzt Ruhe, ich habe heute Geburtstag und damit automatisch immer Recht.«

»Das hättest du wohl gern«, schießt sie zurück.

»So ist das eben. Das Geburtstagskind ist König. Wer etwas anderes sagt, stinkt.«

Auf dem Kopf trägt Waldemar stolz die prollige, aufblasbare Krone, die wir ihm aus Spaß geschenkt haben. Es ist nicht das richtige Geschenk, doch er zieht es trotzdem konsequent durch und beharrt auf sein Königsrecht.

»Fangen wir jetzt an oder was?«, mischt Jim sich in das verbale Handgemenge ein. »Du bist vielleicht achtzehn geworden, Waldemar, aber du bleibst derselbe Idiot wie vorher.«

»Nur eben jetzt in volljährig«, pflichtet Isa ihm bei. Grinsend legt sie Jim den Arm um den Nacken. Waldemar betrachtet die beiden und krault sich in bester Denkmanier den Bart.

»Schon ein bisschen blöd. Wenn ich euch jetzt umbringe, muss ich dafür so richtig einsitzen«, stellt er bedauernd fest.

Liam verfolgt das ganze Spektakel still, ab und zu flüchtig lächelnd.

»Kümmere dich gar nicht darum.« Ich klopfe Waldemar aufmunternd die Schulter. »Der Anstoß gehört dir.«

Wir sind zwar eine ungerade Anzahl von Leuten, doch wir haben trotzdem Teams gebildet. Jim, Waldemar und ich gegen Liam und Isa. Bei der Teamaufteilung handelt es sich um eine reine Vernunftentscheidung. Wären Waldemar und Isa in einem Team, würden sie sich vermutlich die Augen auskratzen, bevor sie auch nur eine Kugel versenkt hätten.

Beim Billardspielen handelt es sich allerdings nicht um das Spannendste. In zwei Stunden wird Waldemar von Sophia abgeholt. Sie sind noch immer kein Paar, doch wir spekulieren darauf, dass heute eine ganze Menge passieren wird. Wir sind die schrecklichsten Sensationsgeier überhaupt. Es ist fast ein bisschen abartig, wie sehr wir darauf warten, Sophia endlich mal zu Gesicht zu bekommen.

Ich bin mit Abstand der mieseste Spieler. Zwar treffe ich die weiße Kugel, aber mit ihr irgendwelche anderen Kugeln zu versenken stellt mich vor eine unlösbare Aufgabe. Gerade meine ersten Stöße gehen total in die Hose. Waldemar gleicht mein völliges Versagen glücklicherweise aus. Bald findet Liam zu seiner alten Gesprächigkeit zurück und ich vergesse rasch, wie fertig er zu Beginn gewirkt hat.

Es dauert drei Runden, bis ich meine erste Kugel versenke. Unter lautem Johlen meiner Freunde schaffe ich es, die weiße Kugel geradewegs in die hintere linke Ecke zu stoßen, ohne dass sie auch nur eine andere Kugel berührt hat. Ich verbeuge mich schwungvoll.

»Danke, vielen Dank«, sage ich. »Ich weiß gar nicht, womit ich das verdient habe.«

»Ich auch nicht«, erwidert Waldemar trocken und prostet mir zu. »Auf den wohl schlechtesten Spieler, den ich seit einer ganzen Weile habe erblicken dürfen.«

Natürlich heben die anderen auch gleich ihre Biere und ich nehme den freundlichen Spott nur zu gerne hin.

»Ihr könnt mich mal«, sage ich herzlich und hebe mein Bier ebenfalls in die Runde. Es gibt Gelächter, einen gut gemeinten Ellenbogenstoß von Waldemar und dann ist da noch Jim.

Jim, der bisweilen eine durchaus diebische Freude daran zu haben scheint, mich zu ärgern.

»Schau mir doch einfach mal ganz genau zu, wie ich das mache«, raunt er mir zu, während Waldemar abgelenkt kommentiert, wie Isa und Liam ihren Zug machen sollen. »Vielleicht klappt es dann besser.«

Ich bekomme nur aus den Augenwinkeln mit, wie Isa eine Kugel einlocht. Ich kann nämlich nicht wegsehen, als Jim sich mit einem durchaus skandalösen Augenaufschlag umdreht und an den Billardtisch tritt, um den Zug für unser Team zu übernehmen. Er beugt sich über den Tisch und streckt sich, um mit dem Queue die weiße Kugel zu erreichen.

Urplötzlich wird mir heiß. Ich versuche wirklich, es nicht zu tun, aber ich kann nicht anders, als Jim auf den Hintern zu gucken. Ich will wegsehen, doch es geht nicht. Ich gucke dabei zu, wie Jim zielt, wie er den Winkel so präzise wie möglich zu erwischen versucht. Ausnahmsweise trägt er eine etwas engere Jeans und so, wie er da über dem Billardtisch hängt, halb auf der Spielfläche liegt …

Himmel, Arsch und Zwirn, Vincent Grünbach! Reiß dich zusammen!

Meine Wangen glühen, als ich mich ruckartig abwende und zu der Box mit Kreide gehe. Wild kreide ich die Queuespitze ein und bemühe mich, meinen außer Rand und Band geratenen Hormonaushalt zu bändigen. Ich denke an meterlanges Rückenhaar, an spröde, überlange Fußnägel, und doch kann ich spüren, wie mir die Röte den Hals heraufkriecht. Das Bild, wie Jim sich über den Tisch beugt, geht mir nicht aus dem Kopf. Ich fühle mich so verwerflich. Immerhin stehen unsere Freunde direkt daneben.

»Übertrieben viel Kreide wird dich auch nicht zu einem besseren Spieler machen«, stellt Waldemar hinter mir fest.

»Mhm!«, entfährt es mir eine Oktave zu hoch. Kacke! Ich räuspere mich und drehe mich zu Waldemar um. »Wer weiß das schon? Hast du es ausprobiert?«

»Muss ich nicht. Ich bin auch so um Welten besser als du.« Er grinst und ich kann ihm leider nicht widersprechen.

Ich spiele noch grottiger als vorher. Zwar bemühe ich mich umso mehr, einen Spielzug auf die Reihe zu kriegen, doch all meine Bemühung bewirken das exakte Gegenteil. Es ist eine Erleichterung, als mir Waldemar schließlich den Queue aus der Hand nimmt und mich vom Billardtisch verbannt. Aus purem Mitleid bestellt er mir noch ein Bier und so ziehe ich mir einen Stuhl an den Tisch und kommentiere im Sportmoderator-Stil jede Bewegung, die die anderen machen.

Nach ein paar weiteren Runden finden wir uns vor der Tür des Billardsalons wieder. Wir wahren höflichen Abstand zu Waldemar. Es ist fast niedlich, wie nervös er mit einem Male ist. Eine hübsche, rothaarige Frau hält auf ihn zu und wir tun so, als seien wir in ein Gespräch vertieft. Wahrscheinlich sind wir dabei trotzdem ziemlich auffällig, denn sie nickt mit hochgezogener Augenbraue in unsere Richtung. Waldemar winkt ab – und rät ihr vermutlich, uns Idioten nicht näher zu beachten. Wir sind wirklich wie eine Schar Geier. Sophia ist genauso groß wie Waldemar. Ihre gesamte Erscheinung besticht durch beiläufige Coolness. Enge Röhrenjeans, abgewetzte Lederjacke; dazu locker hochgestecktes Haar und eine Brille mit runden Gläsern.

»Die ist echt hübsch«, murmelt Jim neben mir. »Aussehen wie achtundzwanzig tut sie definitiv nicht.«

»Liegt bestimmt am Licht. Und jetzt halt die Klappe, ich will hören, was die reden«, zischt Isa zurück.

Wir alle sind mucksmäuschenstill, doch mehr als Gesprächsfetzen wehen nicht zu uns herüber.

»Ich glaube kaum, dass ich das sage, aber Waldemar hat echt Geschmack.«

Liam reckt den Hals, um Sophia besser sehen zu können. Sie und Waldemar machen sich auf den Weg und spazieren in die beginnende Nacht davon. Wir starren ihnen hinterher. Wow.

»Ich hoffe wirklich sehr, dass aus ihnen was wird«, sage ich unvermittelt und Liam, Isa und Jim stimmen mir allesamt zu.

Jim fährt total auf Horrorfilme ab. Das weiß ich, weil ich mich regelmäßig dazu breitschlagen lasse, sie mit ihm zu gucken. Da ich nicht wie ein Waschlappen wirken will, tue ich so, als seien mir die ganzen

Gruselelemente egal. Jim liebt den Nervenkitzel, die bösen Vorahnungen, das Wissen, dass gleich ein hässliches Vieh aus der Ecke springt. Ich hingegen krepiere jedes Mal fast an einem Herzinfarkt. Dass ich noch nicht laut aufgekreischt habe ist alles.

Wir haben es uns auf meinem Bett gemütlich gemacht und meinen Laptop ans Fußende gestellt. Außer dem flimmernden Bildschirm gibt es kein Licht, damit auch alles schön atmosphärisch ist. Atmosphärisch, jawohl. Wenn das so weitergeht, werde ich die Schatten in meinen Augenwinkeln bald verdächtigen, dämonische Entitäten zu sein, die sich in mein Zimmer eingeschlichen haben.

Ausnahmsweise kann ich mich jedoch nur schwerlich auf das Gruselkabinett konzentrieren, das sich auf dem Laptopbildschirm abspielt. Mein Puls ist nicht zu schnell, weil ich einen langsamen, schmerzhaften Tod erwarte, sondern weil Jim sich halb an meine Brust lehnt. Ich rieche ihn, sein Deo, und kann fühlen, wie seine Körperwärme durch das Shirt dringt. Es ist schon recht spät, und draußen geht der Mond auf. Groß und gelb klettert er in die Höhe, nicht ganz voll.

Jim übernachtet heute bei mir. Tante El hat nichts dagegen, da sie ihn schon in ihr Herz geschlossen hat, als er vor einigen Wochen mit ihr am Frühstückstisch saß. Jetzt geht er bei uns ein und aus, wie es ihm gerade gefällt. Da gibt es nur eine Sache: Ich habe meiner Tante noch nicht gesagt, dass ich Jim mag. Mich befällt deswegen regelmäßig das schlechte Gewissen, aber irgendwie bin ich noch nicht soweit. Außerdem haben Jim und ich ja nicht einmal wirklich darüber geredet, ob wir ein Paar sind oder nicht. Wir nehmen die Dinge, wie sie kommen. Es ist gut so, zumindest für den Augenblick.

In besagtem Augenblick kann ich nur daran denken, wie Jim sich so schamlos über den Billardtisch gebeugt hat. Ich habe mich in Gedanken so daran festgefahren, dass ich doch ganz froh bin, wie sehr ihn der Horrorfilm ablenkt. Ein wirklich guter Gesprächspartner wäre ich gerade ganz bestimmt nicht.

Ich ertappe mich dabei, wie meine Finger über Jims Schulter streichen, eine ganz beiläufige Berührung. Wir haben uns in die Kuscheldecke eingewickelt, beide nur mit T-Shirt und Boxershorts bekleidet. Ich höre lieber schnell auf, mich gedanklich damit zu befassen. Ist immerhin total irrelevant, genau wie die Tatsache, dass Jims Handrücken die Außenseite meines Oberschenkels berührt.

Wann sind meine Finger eigentlich noch ein Stückchen höher gewandert und berühren nun flüchtig Jims Hals und Schlüsselbein? Ich muss wirklich damit aufhören. Dringend! Aber irgendwie kann ich nicht. Irgendwie möchte ich es auch nicht. Ich bin so fasziniert von seiner weichen, warmen Haut. Sie erscheint mir wie ein magnetisches Feld, das mich immer wieder in seinen Bann zieht.

Jims Wimpern flattern und das liegt nicht daran, dass er aufgrund eines neuen Schockers die Augen zusammenkneift. Ich brauche eine gefühlte Ewigkeit, um zu verstehen, warum. Er konzentriert sich nicht mehr auf den Horrorfilm. Nicht so richtig, jedenfalls. Ich lenke ihn ab. Zumindest hat er das Streicheln meiner Finger bemerkt. Und … dann? Ich weiß nicht genau. Aber er hat angefangen, im Billardsalon! Was kann ich denn bitte dafür, wenn er so einen wundervoll schlanken Hals besitzt?

Diese innere Diskussion führe ich noch gut fünfzehn Minuten. Immer wieder lasse ich Jim los, lasse meine Finger ruhen, und am Ende kann ich doch nicht an mich halten. Nur, damit das Spielchen von vorne beginnt. Als wäre ich in einer geistigen Dauerschleife gefangen, die mich langsam in den Wahnsinn treibt. Ich will etwas tun, aber andererseits auch nicht. Der Salat besteht dann darin, dass ich mich darüber ärgere, dass ich nichts tue. Es ist *wirklich* anstrengend.

Mein innerer Konflikt findet ein jähes Ende, als sich Jim zu mir umdreht und sich rittlings auf meinen Schoß setzt.

Ich starre ihn aus großen Augen an. Auf einmal spüre ich eine ganze Menge von Jim. Sehr nah. Er sieht zu mir hinab, ehe er die Lippen auf meine legt. Zärtlich wie ein Windhauch und doch so viel anschmiegsamer. Im Hintergrund stirbt irgendeine Figur des Horrorfilms laut schreiend, doch ich kriege es nicht richtig mit. Jims Hände an meinen Wangen, in meinem Nacken. Der Kuss. In meinem Kopf überschlägt sich alles. Das Chaos der letzten Stunden explodiert zu einem heillosen Durcheinander, steigt mir bis zur Nasenspitze und darüber hinaus, bis ich nicht einmal mehr weiß, wo mir der Kopf steht, oder was es außer Jim noch auf diesen Planeten gibt.

Manche Dinge kann man einfach nicht beschönigen. Man kann sie nicht umschreiben, ohne dabei wie der allerletzte Volltrottel zu klingen und die ganze Situation noch konfuser zu machen. Darum muss man sie einfach beim Namen nennen.

Ich kriege einen Ständer.

Jim lächelt in diesen Kuss hinein, weil er es ganz genau spürt. Wie sollte er auch nicht? Es passt nicht einmal mehr ein Blatt Papier zwischen uns. In der Dunkelheit wirken seine hellen Haare wie eine Art Geisterform, die direkt vor mir schwebt, und ich fühle mich auch wie von einem Geist berührt. Mir läuft eine Gänsehaut über den gesamten Körper, als Jims Fingerspitzen über meine Halsseiten streichen. Ich weiß nicht genau, wann ich angefangen habe, seinen Kuss zu erwidern. Ich weiß auch nicht, wer meine Hände fernsteuert. Sie fahren über Jims Rücken, bis hinunter zum Po, stehlen sich unter sein T-Shirt. Mein Atem stockt und für den Augenblick verliere ich jeglichen Zugriff auf die Sprach- und Vernunftzentren in meinem Gehirn.

Ich habe sehr, sehr schwule Gefühle für Jim. Er offensichtlich auch für mich, denn aus diesem harmlosen Kuss wird ein weitaus tieferer Kuss. Einer, in dem man versinkt, in denen sich Lippen und Zungen so selbstverständlich berühren, als wäre der freiwillige Austausch von Bakterien mit einem anderen Menschen nicht ein bisschen befremdlich. Dieser Kuss ist nicht einmal ansatzweise befremdlich, er ist richtig. Nicht einmal die Tatsache, dass ich so unglaublich unerfahren bin, spielt dabei eine Rolle. Es klingt banal, aber es geht so einfach mit ihm.

Schwerer werdende Atemzüge, die sich vermischen. Der Gedanke, dass meine Tante vor meiner Zimmertür herumwuseln könnte, wird von einem jener Atemzüge fortgeweht, als besäße er nicht die geringste Relevanz. Ich spüre Jims Brust an meiner, die Bewegungen seiner Hüften, als er sich ein wenig mehr gegen mich sinken lässt. Ich fange an, zu fantasieren. Irgendwie ist es nur eine Frage der Zeit, bis ich ihm das T-Shirt über den Kopf ziehen werde und er mir. Ich werde einen Arm um ihn legen, während wir uns noch immer küssen, und ich mich mit ihm umdrehe. Jim wird auf dem Rücken liegen, die Hände in meinem Haar. Wir werden in dem Gefühl von Haut auf Haut versinken, bis ich nach einer Weile nach dem Saum seiner Boxershorts taste und meine Hand in sie schiebe und …

… und ich keine Ahnung habe, was ich dann tun soll!

Es geschieht aus purer Überforderung. Mit einem dumpfen Aufschrei werfe ich Jim von mir herunter, springe auf und weiche zurück, bis ich mit dem Rücken an mein Bücherregal stoße.

»Was zum Teufel soll das, Vince?!«, blökt Jim.

»Du hast Verderbnis in der Hose!«, rufe ich kopflos.

Nein, ich rufe nicht nur, ich kreische hysterisch und bin ich so panisch, dass ich glaube, gleich in Ohnmacht zu fallen.

Die ganze Situation ist jenseits von absurd. Auf dem Laptop läuft noch immer der Horrorfilm vor sich hin, ich klebe vor Panik und mit Mörderlatte halb an der Zimmerdecke, während nur noch Jims Füße über die Bettkante ragen und er selbst auf dem Fußboden liegt.

Applaus, Vince, Applaus.

»Bitte?!«, tönt es schrill von Jim herüber. Er rappelt sich auf und streckt den Kopf über die Bettkante. Entgeistert starrt er mich an. »Ich habe was?«

»Ich weiß nicht! Also, wie und was und überhaupt!«

Es vergehen ein paar Augenblicke, in denen ich versuche, meine Schnappatmung unter Kontrolle zu bekommen. Selbst von hier kann ich sehen, dass Jim die Stirn in tiefe Falten gelegt hat und er sich wohl noch nicht ganz einig ist, ob er den Laptop nach mir werfen soll oder nicht. Plötzlich fängt er an zu lachen. Jim rappelt sich auf, setzt sich zurück aufs Bett und ich frage mich, ob er sich vielleicht den Kopf angestoßen hat.

»Oh Mann, Vince, ich weiß ja, dass ich das vor einer Weile mal behauptet habe, aber das war doch nicht wörtlich gemeint!«, prustet er.

»Ja, nein, ich weiß, aber, ich weiß auch nicht?«

Ich stottere. Ja, verdammt, ich bin wirklich durcheinander, und es befindet sich zudem auch noch eine ganze Menge Blut zwischen meinen Beinen, das bislang nicht eingesehen hat, wieder in Richtung Hirn zu fließen.

»Es könnte sein, dass ich eine vage Ahnung habe, was du meinst. Du hättest mich aber nicht gleich vom Bett werfen müssen.«

»Entschuldige«, murmle ich zerknirscht. »Panikreaktion.«

»Das habe ich gemerkt.« Jim fährt sich mit der Hand durch die Haare. »Willst du dich nicht wieder setzen? Oder möchtest du lieber noch ein Weilchen mit dem Arsch am Bücherregal stehen bleiben?«

»Hier ist es ganz nett«, lasse ich ihn wissen. Nichtsdestotrotz setze ich mich in Bewegung und gehe zum Bett zurück. Mit erhöhtem Puls lasse ich mich darauf nieder. Jim hasst mich offensichtlich nicht und das ist beruhigend.

»War es zu viel, dass ich … na ja … mich auf deinen Schoß gesetzt habe?«, fragt Jim.

Mir wird direkt wieder heiß. Jetzt reden wir wohl darüber und ich habe keine Ahnung, wie ich das ohne Schnaps überstehen soll. Als in dem Film die nächste Person laut kreischend stirbt, verdreht er entnervt die Augen und macht ihn aus.

»Nein. Das war es nicht. Nicht so richtig.« Jedes Wort ist ein Kampf. »Hast du ja, ähm, vielleicht gemerkt.«

Kreuzdonnerwetter, wie hätte Jim meinen Ständer denn nicht bemerken sollen? Er saß auf meinem Schoß, rittlings, da bleibt einem gar nichts weiter übrig, als es zu bemerken! Das ist, als würde er einem ins Gesicht springen! Sozusagen. Nicht direkt, denn das wäre wieder … oh Gott. Ich sollte dringend aufhören, nachzudenken.

»Habe ich, aber es könnte dir ja trotzdem nicht recht sein, weißt du? Körperliche Erregung hat manchmal nicht viel zu sagen.« Jim legt den Kopf schief.

»Äh … echt? Egal, das ist ja nicht … also …« Atmen soll helfen. »Ich fand das jedenfalls nicht schlimm. Und der körperliche Kram, der war auch nicht schlimm.«

»Das ist gut.« Ein Lächeln tanzt um seine Lippen. »Für mich war es übrigens auch nicht schlimm, auf deinem Schoß zu sitzen, falls dir das hilft.«

»Hm, ja, ein wenig. Also, nicht, weil du mir nicht helfen könntest, sondern einfach, weil das nicht der Punkt ist, verstehst du?«, erkläre ich hastig.

»Verstehe ich«, antwortet Jim einfach nur. Im matten Laptopschein kann ich sein Gesicht die meiste Zeit nur erahnen, aber das reicht. In der Dunkelheit ist so manches einfacher. Wenn es dunkel ist, kann man über Sachen sprechen, die man im Licht nicht anrühren möchte.

»Gut. Das ist gut.«

»Warum hast du mich denn dann vom Bett geworfen? Ich nehme an, es hat mit dem zu tun, was sich in meinen Boxershorts befindet?«, fragt Jim unerschrocken und legt den Kopf schief. »Oder eher was sich dort nicht befindet?«

Reden wir da wirklich über … *Geschlechtsorgane?* Und gibt es dafür irgendwelche Begriffe, die nicht unsexy oder total unangebracht und bescheuert sind?

»Javielleichtgenau.« Ich nuschle so sehr, dass Jim mich verwirrt anblinzelt. Mit einem tiefen Atemzug sammle ich mich.

»Genau das«, wiederhole ich wesentlich deutlicher. »Ich habe mir darüber nie recht Gedanken gemacht, aber in dem Augenblick, also, da auf einmal schon. Ich weiß doch gar nicht, was für dich okay ist?«

Jim lächelt verstehend und ich fühle mich für eine Millisekunde etwas weniger dumm.

»Wäre es für mich nicht okay gewesen, hätte ich mich ganz bestimmt nicht rittlings auf deinen Schoß gesetzt.«

Es ist wirklich gut, dass es dunkel ist, denn so kann Jim nicht sehen, wie ich einen feuerroten Kopf bekomme.

»Oh«, mache ich, als wären Jims Worte die Offenbarung schlechthin. »Macht Sinn. Ich ... warum ich so herumstottere ... ich musste daran denken, Dinge mit dir zu tun, weil ich mich sehr von dir angezogen fühle. Du weißt schon. *Dinge.*«

Mit hochgezogenen Augenbrauen betone ich dieses Wort so bedeutungsschwanger, wie ich nur kann. Jeder weiß, was mit *Dingen* gemeint ist. Ich schäme mich ein wenig dafür, dass ich das laut ausgesprochen habe, denn ich will Jim doch nicht zu nahetreten.

»Habe ich gemerkt.« Jim klingt nicht einmal ansatzweise beleidigt. Vielsagend nickt er in Richtung meines Unterleibs. Ein bisschen überfragt blicke ich an mir hinab und stelle fest, dass ich immer noch ...

Nur mit Mühe kann ich mich davon abhalten, mir die Hand vors Gesicht zu schlagen. So beiläufig wie möglich greife ich mir eins der kleineren Kissen und lege es auf meinen Schoß. Jim grinst bloß. Es ist unglaublich. Er, der wie der Unschuldigste unserer Freundesgruppe gewirkt hat, ist so abgebrüht. Wahrscheinlich hat er sich einfach schon früh damit auseinandersetzen müssen, dass er im Kopf zwar im Junge ist, aber nicht die dazu passenden Körpermerkmale besitzt.

»Hmh, ja, verstehe«, sage ich eilig und Jims Grinsen vertieft sich für eine Sekunde. Bevor mir der Verdacht kommen könnte, dass er mich aufzieht, weicht das Grinsen einem aufmerksamen Ausdruck.

»Weißt du, Vince, ich möchte auch *Dinge*«, Jim macht eine kleine Pause, damit ich kapiere, was er meint, »mit dir tun. Aber ich kann verstehen, wenn es ein Problem für dich ist, dass ich nun einmal zwei X-Chromosomen habe.«

»Die Biologie ist mir egal, du bist du«, höre ich mich sagen. Es ist die Wahrheit. »Ich will nur, dass, also ... falls wir Dinge tun sollten ... du sollst dich nicht doof fühlen, ja?«

Jim lächelt mich an. »Das sollte niemand.«

»Ja, aber du weißt schon.«

Ich habe echt nur Quark im Kopf. Aber wenn ich jetzt nicht sage, was mich so erschreckt hat, dann werde ich es vielleicht nie tun und beim nächsten Mal schubse ich Jim dann wer weiß wohin. Darum jetzt. Egal, wie peinlich es mir ist.

Tief atme ich durch.

»Wenn wir Dinge tun sollten … Jim, ich bin total unerfahren in *allem* und ich weiß halt einfach nichts! Nichts! Und ich weiß dann auch nicht, in welche … also … Scheiße, Mann, ich habe gegoogelt und da sind zwei Öffnungen, so anatomisch, und du musst mir sagen, welche die Richtige für dich ist, solltest du das Bedürfnis danach verspüren, dass ich dich … okay?!«

Jim guckt mich an. Blinzelt. Und dann lacht er erneut und ich fühle mich, als würde mir gleich der Kopf explodieren. Neben mir hat eine Tomate einen gesunden Teint. Am liebsten würde ich mein Gesicht in einem weiteren Kissen verbergen, doch das auf meinem Schoß genügt. Ich muss meine Würde ja nicht noch mehr unterminieren.

Schließlich räuspert Jim sich und fängt meinen hilflosen Blick auf.

»Entschuldige, Vince. Ich hätte nicht gedacht, dass es so merkwürdig ist, darüber zu reden«, räumt er ein. »Ich habe mir schon sehr viele Gedanken gemacht, was das Thema angeht. Ehrlicherweise weiß ich nicht, was okay für mich ist. Aber mit dir würde ich es gerne herausfinden.«

Ich starre wie ein Auto.

»Du hast die Bedeutung meiner Worte verstanden, oder?«

»Äh, ja, schon«, beeile ich mich zu sagen, »aber du hast mir gerade gesagt, dass du Dinge mit mir tun willst, und … ja.«

Natürlich habe ich mich informiert, was zwei schwule Jungen im Bett so miteinander machen können und wie das funktioniert. Das Internet ist eine ausgiebige Informationsquelle, aber die Theorie unterscheidet sich doch sehr von der Praxis und der Gedanke, es mit Jim herauszufinden, ist gleichermaßen aufregend wie beängstigend.

»Ich habe ein bisschen Angst«, gestehe ich.

»Warum?« Jim legt den Kopf schief.

»Ich will einfach nichts falsch machen. Du bist trans und ich kann mir vorstellen, dass das alles noch ein bisschen komplizierter macht. So was ist eh schon kompliziert! Und wenn man darüber hinaus noch andere Schwierigkeiten hat …« Ich beiße mir auf die Unterlippe und hoffe, nichts Dummes gesagt zu haben.

»Es wäre gelogen, würde ich behaupten, es sei leicht.« Er rutscht auf dem Bett herum. »Die meiste Zeit ist es in Ordnung, aber an manchen Tagen fühle ich mich ganz scheußlich in meinem Körper. Da ist es dann eh vorbei. Ich könnte nie mit irgendjemanden intim werden, dem ich nicht hundertprozentig vertraue. Die Chance, dass ich wegen meines Körpers als Mädchen gesehen werden könnte …«

Ein Schaudern macht es unnötig, den Satz zu beenden.

»Aber … mir vertraust du?«, frage ich.

»Ja«, gibt er offen zu.

Das lässt mich lächeln. Ich bin nicht mehr panisch, habe nicht mehr das Gefühl, vor Überforderung zu ersticken. Jim und ich erleben das zusammen.

»Das freut mich«, sage ich leise. Wir machen Fortschritte. »Vielen Dank für deine Offenheit. Ich … das … es hilft mir sehr.«

Jim strahlt mich an. »Gerne. Weißt du, ich sehe es so: Entweder wir reden vor Peinlichkeit nicht miteinander und alles wird schrecklich oder wir sagen uns einfach die Wahrheit.«

»Apropos Wahrheit.« Ich atme kurz durch. »Ich bin noch Jungfrau. Können wir darum langsam machen? Außerdem brauche ich wahrscheinlich einen leuchtschildschwenkenden Fluglotsen, um zu wissen, wo ich meine Hände hintun soll.«

Jim grinst. Still robbt er näher zu mir und nimmt mir das Kissen ab, mit dem ich mein Ständerproblem kaschiert habe. Kurzerhand setzt er sich wieder auf meinen Schoß. Mir stockt der Atem, als die Nähe von vorhin unverändert intensiv zurückkehrt. Jim nimmt meine Hände und legt sie auf seinen Hüften ab.

»Wie wäre es hier?«, fragt er mich gänsehautleise. »Das ist relativ unverfänglich und trotzdem sehr, sehr angenehm.«

Der langsame Jim gefällt mir genauso wie der spontane Jim. Eigentlich mag ich jeden Jim.

»Tut mir leid, dass ich dich vom Bett geworfen habe«, murmle ich mit trockenem Mund. »Ich bin ein Idiot.«

»Ja«, stimmt er mir nach kurzem Überlegen zu. »Aber du bist mein Idiot.«

21

Liam

Geheimnisse fressen einen auf. Zuerst glaubt man, dass es nicht so schlimm ist. Anfangs ist es auch gar nicht schlimm. Alles cool, alles easy. Man behält das Geheimnis für sich und versucht, nicht daran zu denken. Klappt auch echt gut, zumindest für eine Weile. Denn das Geheimnis wartet. Es ist immer da. Es wartet und lauert. Und wenn man einen Moment lang nicht aufpasst, beißt es das erste Stück aus einem heraus.

Ich bin auf dem Weg zu Waldemar. Wir treffen uns zum entspannten Zocken bei ihm und eigentlich sollte ich mich darauf freuen. Kann ich aber nicht, weil ich ganz genau weiß, dass diese Treffen gezählt sind.

Ja, Geheimnisse fressen einen auf. Nicht nur das Geheimnis, das Isa mir anvertraut hat. Dieses schreckliche Geheimnis, das mich noch immer nachts wachliegen lässt. Wenn ich in der Dunkelheit Isas ruhigen Atemzügen lausche, kommen ihre Worte von ganz allein zurück. Ich habe ihr Schluchzen im Ohr und mir wird so kalt. Auf einmal habe ich dann den Drang, ein ganzes verschissenes Päckchen Zigaretten zu rauchen. Als ob das irgendetwas besser machen würde.

Ich akzeptiere Isas Wunsch, niemanden davon zu erzählen. Ich akzeptiere ihn, obwohl ich es nicht nachvollziehen kann. Seit Isa mir davon erzählt hat, traue ich mich kaum noch, sie anzufassen. Ich will ihr nicht wehtun, will sie nicht noch einmal zurück in die Vergangenheit katapultieren.

Der herbstliche Wind weht mir heftig ins Gesicht und lässt mich die Augen zusammenkneifen. Schon irgendwie passend, dass es ausgerechnet heute bewölkt ist. Wie es aussieht, hat der Sommer jetzt wirklich das Feld geräumt. Es stimmt mich sehnsüchtig, irgendwie. Schließlich bin ich längst nur noch ein zerbissenes Wrack.

Meine Haare sind frisch nachgefärbt. Pink hängen sie mir in die Stirn und inzwischen pulsiert meinem Vater bei ihrem Anblick nicht mehr dauerhaft eine Zornesader auf der Stirn. Fast ein wenig schade, aber im Moment habe ich nicht den Kopf, um mich damit zu befassen. Meine Gedanken kreisen viel zu sehr um Isa.

Außerdem ist noch etwas Anderes passiert. Etwas, das mich noch viel mehr wüten und toben lassen sollte als sonst irgendetwas. Aber ich schaffe es einfach nicht, die Energie dafür aufzubringen. Nachdem ich mit der Hilfe meiner Freunde aus meinem Zimmer getürmt bin und erst zwei Tage später zurückkam, ist es mit meinen Eltern richtig eskaliert. Wie ich es prophezeit habe, sind sie vollkommen ausgeflippt. Das war Sonntagabend, nachdem Isa mir anvertraut hatte, was Furchtbares mit ihr passiert ist. Ich habe sie nicht allein gelassen und werde dafür den entsprechenden Preis zahlen.

Ich muss es meinen Freunden sagen. Auch, wenn ich das nicht will und es mich so belastet, dass ich am liebsten mein Herz auskotzen würde.

Am letzten Schultag, gleich, nachdem ich nach Hause gekommen bin, haben meine Eltern mir eröffnet, dass sie mich von der Schule genommen haben. Sie haben das einfach hinter meinem Rücken gemacht. Nach dem schlimmen Streit wussten sie sich wohl nicht anders zu helfen. Nach den Herbstferien muss ich auf ein Gymnasium am anderen Ende der Stadt gehen. Was für mich bedeutet, dass ich ewig pendeln muss, um dort überhaupt hinzukommen. Viel Zeit für andere Dinge bleibt mir nicht mehr. Freunde treffen kann ich unter der Woche total vergessen. Heißt, ich werde auch Isa wahrscheinlich nur am Wochenende sehen. Ausgerechnet Isa, für die ich mich überhaupt so tief in die Scheiße geritten habe. Das werde ich ihr natürlich nicht sagen. Ich will nicht, dass sie sich schuldig fühlt.

Meinen Freigang in den Herbstferien habe ich nicht einfach dem puren Großmut meiner Eltern zu verdanken. Ich habe ihn verhandelt, um noch möglichst viel Zeit mit meinen Freunden verbringen zu können. Im Gegenzug gehe ich dann wirklich auf diese verdammte Schule, die mein Vater so überschwänglich gelobt hat.

Ich weiß doch, wie das läuft. Man wechselt die Schule. Man verspricht sich, dass man auf jeden Fall den Kontakt halten wird.

Und dann verliert man seine Freunde mit einem Schlag komplett.

Genau wie nach dem Umzug meiner Eltern. Es wird genauso sein, auch, wenn ich dieses Mal nicht einmal umziehe, sondern bloß von der Schule genommen wurde. Ich will nicht lügen – es geht mir damit mehr als nur mies. Das ist es, das mich schon die ganzen letzte Tage auffrisst. Zusammen mit der Angst um Isa. Was ist, wenn ich nicht mehr da bin, weil ich in so einer blöden S-Bahn sitze und durch die Gegend fahre und es ihr richtig dreckig geht? Was ist, wenn niemand da ist, der weiß, warum es ihr so geht und sie einfach in den Arm nimmt?

Es kommt mir so vor, als wäre ich gar nicht mehr ich. Ich fühle mich wie Wasserdampf, der sich an einer Scheibe niederschlägt. Durchsichtig, aber auch nicht so richtig. Man kann nur verschwommen erahnen, was sich dahinter abspielt. Und wenn man mit der Hand darüberwischt, bin ich verschwunden. Alleine deswegen muss ich endlich ehrlich mit meinen Freunden sein, und auch mit Isa. Nicht einmal ihr habe ich es gesagt. Vince auch nicht. Ach, Vince, der jetzt sogar wegen uns ein Smartphone hat und WhatsApp benutzt. Er vergisst zwar dauernd, zu antworten, aber das ist okay. Immerhin ist er nun erreichbar und das ist für mich alles, was wichtig ist. Denn wenn ich jetzt die Schule wechsle und ihn nur per Festnetztelefon erreichen könnte, wäre das ein ziemliches Desaster.

Vorausgesetzt, dass das mit dem Kontakt funktioniert. Ich würde so gerne daran glauben.

Es fühlt sich an wie eine Trauerveranstaltung. Wir sitzen zusammen in Waldemars schmalem Zimmer, zocken und doch schaffe ich es kaum, etwas anderes zu tun, als trübsinnig vor mich hinzustarren. Wenigstens kann ich das ganz gut kaschieren, indem ich auf den Fernseher starre, wo Waldemar und Vince sich gerade bei *Streetfighter* verprügeln. Vince liegt vorne und schon vor einer ganzen Weile hat Waldemar damit aufgehört, großspurige Kommentare von sich zu geben. Anfangs hat er noch geglaubt, mit Vince den Boden aufzuwischen, aber jetzt ist er auf einmal doch sehr konzentriert bei der Sache. Wäre ja auch zu blöd, wenn er nach all den Sprüchen verliert.

Vince lächelt einfach nur seelenruhig vor sich hin, während er Waldemars Figur das Leben aus dem Leib prügelt. Vermutlich ist es besser, wenn ich den Controller heute nicht anrühre. Ich bin so müde, ich habe eine Reaktionszeit von gut fünf Sekunden und das verträgt sich mit einem Spiel, wo es um blitzschnelle Aktionen geht, eher nicht so gut. Jim und Isa haben vor Waldemars Filmesammlung Stellung bezogen und sind gerade dabei, eine dreitägige Filmsession durchzuplanen.

Ich mache die Augen zu und sauge die vertraute Geräuschkulisse in mich auf. Das wilde Hämmern und Drücken auf den Knöpfen der Controller, Waldemars gelegentliches Schnaufen. Isas und Jims gedämpfte Diskussion, das Surren der Konsole. Am liebsten würde ich diesen Moment einfrieren und mitnehmen, oder einfach für immer hierbleiben. Wahrscheinlich gibt es nirgends eine Person, die wehleidiger ist als ich.

Trotz schrecklicher Übermüdung bin ich bislang noch nicht eingenickt. Der Quell brodelnder Unruhe in meiner Brust wird nicht versiegen, bis ich meinen Freunden endlich die Wahrheit erzähle, aber es fällt mir so unheimlich schwer. Obwohl ich in den finalen Zügen liege, kaut das Geheimnis noch einmal schön auf mir herum, wie auf einem Kauknochen für Hunde, der eine ganze Weile bearbeitet und anschließend halb zerrupft und deformiert in irgendeiner Ecke landet.

Waldemar und Vince spielen die Runde durch und dann noch eine. Und noch eine. Und ich kriege die Zähne immer noch nicht auseinander. Oh, wie weit ich mich wegwünsche. Wie sehr ich mir wünsche, dass das alles nicht so gekommen wäre. Aber so funktioniert die Welt nicht. Wunschkonzerte waren schon immer ausverkauft. Also atme ich tief durch und bereite mich darauf vor, die Bombe platzen lassen.

»Leute«, sage ich, »ich muss euch dringend etwas sagen.«

Vince pausiert das Spiel, was Waldemar zunächst mit einem protestierenden Brummeln kommentiert. Jim und Isa blicken zu mir herüber, und ich setze mich ein wenig in dem Sitzsack auf, damit ich nicht wie eine in sich zusammengesunkene Flunder wirke.

»Schieß los«, kommt es von Waldemar, der zum Pausenbildschirm des Spiels schielt.

Anscheinend hat er es eilig, die Revanche gegen Vince zu verlieren. Jim pflanzt sich neben den Fernseher und Isa setzt sich zu mir. Wir sind keins von diesen gruseligen Paaren, die auf einmal zu einer Einheit verwachsen und sich ununterbrochen antatschen. Na ja, nicht mehr. Auf einmal wünsche ich mir, dass mich einfach jemand k.o. schlägt und ich das alles nicht mitbekommen muss. Irgendwie ist das hier noch tausendmal schlimmer als das Gespräch mit Isa, als meine Eltern sie rausgeworfen haben. Ich schaffe es nicht, irgendeinen von meinen Freunden anzublicken.

»Tja. Ich denke, ich mache es kurz. Wie mit einem Pflaster.« Ich sammle mich und mein Herz zuckt unkontrolliert vor sich hin. »Meine Eltern haben mich hinterrücks von der Schule genommen. Heißt, wenn die Herbstferien vorbei sind, werde ich auf so ein Gymnasium am anderen Ende der Stadt gehen müssen und keine Zeit für gar nichts mehr haben.«

Es ist raus. Jetzt ist es endlich raus und ich fühle mich kein Stück erleichtert. Das Blut rauscht in meinen Ohren und ich traue mich fast nicht, den Kopf anzuheben. Bislang habe ich mich eigentlich ganz gut geschlagen. Der Anblick von Jim, Vince, Waldemar und Isa versetzt mir allerdings den Todesstoß. Meine Augen fangen an zu brennen und ich atme noch einmal tief durch. Nicht flennen.

»Was?«, fragt Isa neben mir und berührt mich am Arm.

Ich sehe in ihr hübsches Gesicht, das mich so verletzlich anblickt. Ich bin mir ziemlich sicher, dass sie vorhin noch nicht so blass gewesen ist. Mein Lächeln scheitert fürchterlich. Darum nehme ich ihre Hand und drücke sie leicht.

»Sie haben dich von der Schule genommen? Einfach so?«

Vince' Stimme klingt rau, viel rauer als normal. Die Erschütterung in seinen dunklen Augen raubt mir den Atem. Der Boden unter meinen Füßen beginnt zu wackeln, und ich weiß echt nicht, wie lang ich das noch durchhalte, ohne doch noch weicheimäßig zusammenzuklappen. Egal, wie heftig ich schlucke, der Klos in meinem Hals will einfach nicht verschwinden. Die unsichtbaren Eisengewichte auf meiner Brust bleiben auch, wo sie sind.

»Nicht einfach so«, gebe ich widerstrebend zu. Leise, weil sich nun, wo ich das Geheimnis, das seit Tagen an mir gefressen hat, offenbart habe, eine seltsame Erschöpfung über mich legt. Und sie reicht so tief. »Der Ausbruch aus meinem Zimmer. Das war der letzte Auslöser.«

»Scheiße«, wispert Jim. Nur ein Flüstern und trotzdem stimme ich ihm aus tiefster Seele zu.

Man kann Vince das schlechte Gewissen ansehen. Es kriecht über sein Gesicht, in sein Herz hinein, und schließlich gesellt sich pures Entsetzen dazu. Er fährt sich mit den Fingern durch die Haare, ohne mich anzublicken, starrt einfach nur ins Nichts und macht sich selbst vermutlich für die Idee fertig, mich aus dem Hausarrestknast zu befreien.

»Ich will nicht, dass ihr euch Vorwürfe macht. Es ist nicht eure Schuld, echt nicht, und selbst, wenn ich wüsste, worauf es hinausläuft, ich würde wieder aus dem Fenster steigen.«

Meine Stimme klingt belegt und gen Ende droht sie sogar zu brechen, aber irgendwie gelingt es mir, den Satz zu beenden. Es ist ein surrealer Albtraum. Einer jener Sorte, wo man nicht genau weiß, warum man so schaudert. Man tut es schlicht und wenn man aufwacht, bleibt neben einem bitteren Nachgeschmack im Mund auch ein hohles Gefühl in der Brust. Die entspannte Stimmung ist vollkommen verschwunden, gekippt, verbrannt.

Auf einmal kommt Bewegung in Waldemar. Will heißen, er lehnt sich zu mir, packt mich bei der Schulter und zieht mich in die bärigste Bärenumarmung, die ich bis dahin erlebt habe. Ich bin nun wirklich kein wandelnder Strich, aber ich verschwinde einfach in seinen Armen und vielleicht tut das gut und vielleicht will ich das nicht zugeben.

Seit er und seine Freundin vor ein paar Tagen nach seinem Geburtstag zusammen abgedampft sind, herrscht Frieden im Paradies. Sophia und er sind nun offiziell zusammen. Waldemars Stimmung ist verständlicherweise ziemlich gehoben. Ich ertappe mich dabei, zu hoffen, dass ein wenig seines Hochgefühls durch Osmose auf mich übergeht.

»Wir bleiben doch in Kontakt, oder?«, fragt Jim in die Stille hinein. »Ich meine, nicht nur das, wir treffen uns doch weiterhin, wenn es geht, oder?«

»Natürlich tun wir das«, brummt Waldemar. Er tätschelt mir den Rücken, ehe er mich wieder loslässt und ich mich zurück in den Sitzsack fallen lasse.

»Wenn es nach mir geht, unbedingt. Ich will euch und das hier«, ich mache eine Handbewegung, die die gesamte Situation einfasst, »auf keinen Fall verlieren. Ich weiß noch nicht, wie mein Stundenplan aussieht, aber ich werde es euch dann sagen. Wir können dann planen und so weiter.«

»Es tut mir so leid, Liam«, sagt Vince. Er wirkt sogar noch verlorener als Isa.

Das zersticht mir das Herz auf ganz neue Weise, denn er ist mein bester Freund und glaubt, er habe mich verraten.

»Nein, Mann, das muss dir nicht leidtun. Die Sache mit der Leiter war unglaublich und ich werde es nie vergessen, darauf kannst du Gift nehmen.«

»Besser nicht«, wirft Jim ein. »Der Spinner würde sonst aus Versehen noch wirklich dran krepieren.«

Es ist der erste Witz, der seit meiner Verkündung gerissen wird. Es tut gut, ein bisschen zu lächeln. Müde nur, aber immerhin.

Während Jim, Vince und Waldemar beginnen, darüber zu fachsimpeln, wie man unsere Treffen am besten möglich machen kann, wende ich mich zu Isa. Ich kenne ihre in sich gekehrte, abwesende Miene nur zu gut.

»Es ist auch ganz bestimmt nicht deine Schuld«, lasse ich sie leise wissen und suche ihren Blick.

Beinahe erschreckt es mich, dass so viel Zerbrechlichkeit in ihren hellbraunen Augen liegt. So offen und direkt, wie man es sonst nicht an ihr sehen kann, wenn sie in Gesellschaft ist.

»Aber du bist wegen mir das ganze Wochenende nicht nach Hause gegangen«, erwidert sie leise und so schmerzhaft sanft. »Weil ich dir … weil ich es erzählt habe und du bei mir geblieben bist.«

»Ich bereue das nicht ein bisschen, Isa. Es ist okay. Wir kriegen das hin, irgendwie, hörst du?«

Isa nickt langsam, aber ich bin mir nicht sicher, ob sie wirklich daran glaubt. Sie sieht so traurig aus. Wie ein einsames Fabelwesen, das den Weg ins Wunderland nicht mehr findet.

»Rückt mal zusammen«, kommandiert Vince auf einmal und klingt dabei ungewohnt bestimmt. Wir alle blicken ein bisschen verwirrt auf. Er hat seine Polaroidkamera in der Hand und wedelt damit. »Ich finde, wir sollten ein Selfie zusammen machen. So ganz analog.«

Es folgt jede Menge Herumgerutsche. Am Ende schaffen wir es irgendwie, unsere Visagen so eng aneinander zu drücken, dass wir alle auf das Polaroid passen. Menschliches Tetris, so fühlt es sich an. Kaum, dass die Kamera das Sofortbild ausgespuckt hat, nölt Jim Waldemar auch schon an, dass sein Bart schlimmer steche als Drahtwolle.

Es ist alles wie immer und trotzdem erfasst mich pure Wehmut. Es fühlt sich an wie Abschied. Ich weiß, es ist kein Abschied, aber trotzdem schmeckt dieser Augenblick so sehr danach, dass sich schon wieder Staub in meine Augen verirrt. Ich muss heftig blinzeln, um die Fassung zu wahren. Plötzlich ist da Isa, die die Arme um mich schlingt, und ich lege die Stirn auf ihrer Schulter ab. Ihr vertrauter Duft steigt mir in die Nase, ich spüre ihre Wärme, und zum ersten Mal seit einer gefühlten Ewigkeit fühle ich mich beinahe wohl in meiner Haut.

Es ist immer noch merkwürdig, durch die Tür ins Haus zu gehen. Ich schleiche hinein – nicht, weil ich unrechtmäßig lange weggeblieben bin, sondern einfach, weil ich darauf hoffe, so der Aufmerksamkeit meiner Eltern zu entgehen. Ich möchte einfach nur alleine sein. Ausnahmsweise ist das Glück mir hold. Meine Eltern sind zu sehr in die Serie, die sie schauen, vertieft, um mich zu bemerken. Ich lasse bloß meine Schuhe im Flur stehen, damit sie wissen, dass ich tatsächlich nach Hause gekommen bin. Nicht, dass sie mir meinen Ferienfreigang entziehen. Das würde mich innerhalb eines Wimpernschlags einfach umbringen.

Mit schweren Schritte gehe ich die Treppe hinauf. Mein Kopf ist so leergefegt, dass er einer Einöde gleicht. Es ist nicht die angenehme Art von Ruhe, die durch meinen Verstand geistert. Es ist einfach keine Energie für irgendwelche aufwendigen, tiefergehenden Gedankengänge übrig. Ich bin so leer. So müde und leer und verbraucht.

Wie vertraut es sich anfühlt, in mein dunkles Zimmer zu schlüpfen. Ich mache mir nicht die Mühe, Licht anzuknipsen. Ich brauche kein Licht, will kein Licht. Ich gehe einfach im Dunkeln zu meinem Bett und bleibe vor dem Nachttisch stehen. Vorsichtig, ganz vorsichtig ziehe ich das Polaroid aus meiner hinteren Hosentasche. Es ist unbeschädigt geblieben. Ich stelle es auf meinen Nachttisch und lehne es gegen meinen Radiowecker, so, dass ich im Liegen nur den Kopf zur Seite drehen muss, um es zu sehen. Fünf Mondgesichter, die Grimassen schneiden oder dumm grinsen. Meine Freunde.

Vince hat mir das Bild geschenkt. Viel hat er dazu nicht gesagt, er hat es mir einfach gegeben und das hat schon gereicht.

Bevor ich mich ins Bett fallen lasse, ziehe ich mich bis auf die Boxershorts aus. Kein Stern ist am Himmel zu sehen. Sie sind alle hinter der dichten Wolkendecke versteckt und das kühle Licht der Straßenlaternen ist nur ein billiger Ersatz für die Silberpunkte am Nachthimmel. Ich krieche unter die Bettdecke, ziehe sie mir bis ans Kinn hoch, und mache die Augen zu.

Die Tränen kommen trotzdem.

Und ich weine, weine, weine. Weine, wie ich seit Jahren nicht mehr geweint habe und nicht einmal die Sterne sehen zu.

22

Vince

Fünf Wochen später

Die Tage sind trist. Aus buntem Laub ist brauner Matsch auf dem nassen Straßenpflaster geworden. Der Himmel ist eine Leinwand aus sich auftürmenden, dunklen Wolken. Schon seit Wochen regnet es wie aus Eimern und alles ist kalt und ungemütlich. Man spürt deutlich, dass der Winter Einzug hält. Mein einziger Lichtblick ist Jim. Mit ihm macht mir das ekelhafte Depressionswetter nicht mehr so viel aus. Es fehlt mir zwar, mit ihm skaten zu gehen, aber wir haben zum Glück auch genügend andere Beschäftigungen. Musikhören, Filme, das Übliche. Inzwischen bin ich auch wesentlich abgebrühter, was Horrorfilme anbelangt. Heißt, ich erschrecke mich nur noch so dreimal pro Film.

Wir zocken viel zusammen und ich sehe Jim beim Zeichnen zu. Es ist schön. Wir sind Freunde und trotzdem kriege ich dieses hartnäckige Kribbeln im Brustkorb, wenn ich mit ihm zusammen bin, als würde ich vor lauter Gefühl überlaufen. Wenn er sich dann noch unerwartet an meine Seite schmiegt, während ich gerade dabei bin, virtuelle Mächte des Bösen zu bekämpfen, könnte ich auf der Stelle totumfallen, ohne es zu bereuen.

Mit Isa und Waldemar treffen wir uns auch regelmäßig, aber irgendwie ist es nicht mehr dasselbe. Selbst, wenn Liam am Wochenende dabei ist. Es ist einfach anders.

Liam hat eine Lücke hinterlassen. Anders kann man es nicht sagen. Der Gedanke reicht schon, dass ich automatisch zu dem leeren Tisch hinter mir blicke. Die Schule ist so bedrückend ohne ihn. Irgendwie ist es wie vorher, als hätte es ihn nie gegeben, als wäre er nie Teil dieser Klasse gewesen. Zwar haben wir über WhatsApp Kontakt, aber es ist nicht dasselbe. Egal, wie viele lachende Smileys Liam schickt, wenn er über seine neuen Klassenkameraden lästert, ich weiß, dass er genauso einsam ist wie ich.

Abwesend verfolge ich den Biounterricht, ohne wirklich zuzuhören, was Frau Höllebrandt da vorne eigentlich genau redet. Ja, *Höllebrandt.* Jeder Witz bezüglich Hölle, der irgendwie möglich ist, wurde mindestens vier Mal über ihren Namen gerissen. Dabei ist sie sogar noch eine unserer erträglichsten Lehrerinnen und trotzdem wird kein gutes Haar an ihr gelassen. Beinahe tut sie mir leid. Sie kann doch nichts für ihren Namen und macht auch nur ihren Job.

Ich habe die Arme auf meinem Tisch abgelegt und mein Kinn darauf gebettet. Mein dunkelroter Wollstrickpulli schmiegt sich weich an meine Wange. Das ist auch so ziemlich das Einzige, was mir an sinkenden Temperaturen gefällt – man kann endlich wieder Pullis tragen. Die Verlockung, kurz auf mein Handy zu blicken, ist ziemlich groß, aber ich versuche zu widerstehen. Nachher kassiert Frau Höllebrandt es noch ein und ich habe keine Chance, mit Liam in Kontakt zu bleiben.

Meine Stimmung war definitiv schon einmal besser.

So plätschert der Unterricht dahin. Irgendwann blicke ich nicht einmal mehr nach vorne zur Tafel, sondern wende meinen Blick nach rechts, zu den Fenstern, an denen dicke Wassertropfen hinablaufen. Spaß machen die Pausen draußen nicht mehr so wirklich und ich bin froh, dass wir uns bei Regen in der Aula aufhalten dürfen. Es ist leicht, dort ein ruhiges Plätzchen zu finden und Musik hörend darauf zu warten, dass der Unterricht weitergeht.

Eine Bewegung am Rande meines Sichtfelds reißt mich aus meiner Trübsinntrance. Florian sieht mich sehr direkt an. Mir wird schlagartig heiß und ich würde gerne unsichtbar werden. Florian grinst süffisant, als er die Hände ans Gesicht hebt. Mit geschlossenen Fäusten ahmt er die universell verständliche Heulgeste nach. Ich sehe zu und weiß genau, was er damit meint. Seit Liam weg ist, piesacken er und seine Freunde mich ununterbrochen damit, dass ich ihm hinterherweine. Jetzt bin ich wieder das komische Kind ohne Freunde, das sich ein wenig mehr anstrengen soll, normal zu sein. Denn dann würde ich auch mehr als einen Bekloppten finden, der sich mit mir abgeben möchte.

Mit einem soliden Eisenklumpen im Hals wende ich den Blick ab. Mein Herz schlägt so bitter, dass ich es im Rachen schmecke. Ich habe gehofft, dass es aufhört, jetzt, wo Liam weg ist. Aber es hört nicht auf und ich weiß nicht, was ich tun soll. Es sind diese kleinen Nadelstiche, immer und immer wieder, und es wird nicht besser. Ich versuche, nicht darauf zu reagieren, versuche, es einfach an mir abprallen zu lassen, aber sie hören trotzdem nicht damit auf.

Ich will nach Hause.

Heimlich ziehe ich mit einer Hand mein Handy aus der Hosentasche und tippe unter dem Tisch eine Nachricht an Jim ein, die ihm mitteilt, dass er mich nicht an der Schule abholen muss, weil ich erst noch nach Hause gehe. Es dauert nicht lang, bis er mir zusagt. Vor Erleichterung atme ich langgezogen aus. Jetzt kann ich mich ganz in Ruhe in mein Schneckenhaus zurückziehen und muss einfach nur diesen Schultag überstehen. Abwesend richte ich den Blick zurück zur Tafel, ohne wirklich zu sehen, was dort passiert.

»… glaube, Vincent weint«, reißt mich die Nennung meines Namens unsanft zurück auf die Erde.

Was?

Irritiert hebe ich den Kopf an und stelle fest, dass mich die gesamte Klasse anstarrt. Eingeschlossen Frau Höllebrandt. Ich sitze wie auf dem Präsentierteller an meinem Tisch und kann mich keinen Zentimeter rühren.

»Nein, Florian, ich denke, Vincent weint nicht«, bemerkt Frau Höllebrandt nach einem Moment in die drückende Stille hinein.

Florian. Ich hätte es wissen müssen. Das kann doch nicht sein Ernst sein. Wie in Zeitlupe sehe ich, wie dieses miese, kleine Arschloch sein allerschönstes Entschuldigungslächeln zeigt.

»Oh«, sagt er mit einem Erstaunen, das ich ihm keine Sekunde abkaufe. »Ich hätte schwören können, dass er heult. Tut mir leid, Frau Höllebrandt, ich wollte Ihren Unterricht nicht unterbrechen. Seit Liam weg ist, ist Vincent ziemlich Emo drauf und da weiß man ja nie.«

Vereinzeltes Kichern brandet durch die Klasse. Ich glaube, ich muss sterben. Ich starre Florian vollkommen fassungslos an. Er zieht diese Scharade eiskalt durch. Als würde er sich wirklich Sorgen machen, aber ich weiß es besser. Ich weiß es verdammt noch mal besser.

»Ich denke, Vincent wird sich schon melden, wenn es ihm nicht gut geht.« Frau Höllebrandt nickt kurz und damit ist die Sache für sie erledigt. »Fahren wir fort – wer kann mir eine Antwort auf meine Frage geben?«

Florian erwidert meinen Blick mit diesem festgefrorenen, falschen Lächeln und hebt nur leicht die Schultern an. Als würde das irgendetwas rechtfertigen. Ich kann es nicht glauben. Ich kann es einfach *nicht* glauben. Ich sehe, wie Raphaela und Leonie für einen Moment die Köpfe zusammenstecken, um zu tuscheln. Bestimmt reden sie über mich.

Ich werde zu einem Nichts. Das Schlimmste ist jedoch die Hilflosigkeit. Sie nagt in meinen Eingeweiden, pocht wie ein zweiter, verdrehter Herzschlag und meine Finger und Gedanken werden davon so taub wie nach einem Eisbad, aus dem man nicht entkommen kann.

Der Teller dreht sich langsam um sich selbst und ich stehe wie ein bettelnder Hund vor der Mikrowelle. Irgendwie habe ich das Gefühl, dass die Sekunden heute extra langsam vergehen. Mein knurrender Magen ist derselben Ansicht und der verlockende Geruch des Currys, das langsam warm wird, macht es nicht besser.

»Warum dauert das denn so lange?«, jammere ich wehleidig und drehe mich zu Tante El um.

Heute Mittag ist sie im Homeoffice, will heißen, sie arbeitet von Zuhause aus. Nun macht sie kurz Pause, damit wir zusammen essen können. Bis heute habe ich nicht richtig kapiert, was genau El arbeitet. Irgendwas mit Marketing bei einer großen Firma, die viel Wert auf diesen Work-Life-Balance-Kram legt, weswegen es den Mitarbeitern jederzeit freisteht, ihre Aufgaben auch von Zuhause zu erledigen.

»Weil wir unser Essen gern warm essen wollen und nicht ziemlich fußkalt?«, schlägt sie vor.

»Das war eine rhetorische Frage. Ich habe Huuuuunger.«

»Mein Gott, Vince, jetzt tu doch nicht so, als hättest du dich drei Tage ohne Nahrung durch die sibirische Tundra geschleppt.«

»Aber … Hunger?«

Tante El verdreht schmunzelnd die Augen, aber sie kommt nicht dazu, mich weiter aufzuziehen. Das Telefon klingelt und sie seufzt leise.

»Ruft dieser unfähige Verein jetzt sogar schon bei mir Zuhause an?«, murmelt sie in sich hinein und rauscht eilig an mir vorbei. »Wenn das so weitergeht, muss ich sie noch auf die Toilette begleiten und …«

Die Tirade verstummt, als sie die Küche verlässt. So ist das mit Tante El: Zuerst wettert sie leise vor sich hin, doch wenn sie dann den Hörer abnimmt, flötet sie in den lieblichsten Tönen in die Leitung. Mit einem leichten Kopfschütteln wende ich mich wieder der Mikrowelle zu. Tante Els Curry gehört zu meinem Lieblingsessen und ist nach diesem beschissenen Schultag genau das Richtige. Gleich gefolgt von dem Treffen mit Jim. Bestimmt wird er mich wieder dazu überreden, dieses unsägliche Horrorspiel zu spielen, damit er mir dabei zusehen und sich über mich und meine schreckhaften Reaktionen totlachen kann.

»Vince? Es ist für dich.«

Überrascht drehe ich mich um. Ich muss nur Tante Els ernste Miene sehen, um zu wissen, wer dran ist. Fuck. Ausgerechnet heute, wo ich eh schon keinen sonderlich guten Tag habe. El hält mir das Telefon entgegen und ich bin schlagartig so nervös, dass meine Finger zittern, als ich den Hörer nehme. Bevor ich mich melde, gehe ich aus der Küche aber dann gibt es kein Pardon mehr.

»Hi, hier ist Vince«, sage ich mit gespielter Gelassenheit.

»Ich bin es«, entgegnet die leicht rauschige Stimme meines Vaters.

Eigentlich will ich nicht nervös sein, aber ich kann es nicht kontrollieren. Es passiert einfach und ich tigere durch den Flur in mein Zimmer.

»Was gibt es?«, frage ich und spare mir jegliche Telefonfloskeln. Nein, ich freue mich nicht darüber, dass er anruft. Und nein, es ist auch nicht schön, ihn zu hören.

»Vincent, sag mir, dass du nicht schwul bist.«

Dass ich das Telefon nicht fallenlasse, ist alles. Die Worte hallen durch meinen Verstand und trotzdem erfasse ich ihren Sinn nicht. Sie werden wie Schneeflocken durch die Windungen meines Gehirns gepustet und ich umklammere das Telefon so fest, dass ich es leise knirschen höre. Mein Körper gehört nicht mir, mein Kopf ist mir fremd. Für einen Moment kann ich einem dunkelhaarigen Jungen mit Wischmopp-Frisur dabei zusehen, wie er sich auf mein Bett setzt und blicklos aus dem Fenster starrt. Ich kann ihn atmen hören, so leise und schwer. Irgendwann realisiere ich, dass ich das bin.

»Was?«, bringe ich nach einer viel zu langen Pause irgendwie heraus.

Ein kleines, schwaches *Was*, ein unbewaffneter Zivilist, der mitten in einen Schusswechsel gestoßen wurde und nicht weiß, hinter welcher Barrikade er sich verstecken kann.

»Du hast mich schon verstanden. Warum muss ich von Eric hören, dass du in der Klasse seines Sohnes als Schulschwuchtel verschrien bist?«

Oh Gott, er klingt so wütend. Er klingt so schrecklich wütend und trotzdem liegt schneidende Kälte in seinen Worten. Eric. Das ist der Vater von einem der Idioten, die ich mal zu meinen Freunden gezählt habe. Er und mein Vater haben sich früher ab und zu zum Essen getroffen. Ich dachte, dass sie sich nicht mehr sehen, dass…

»Ich weiß nicht, ich …«

»Jetzt höre mir mal gut zu. Das ist ekelhaft und du bist ganz sicher nicht schwul. Ich fasse es einfach nicht, Vincent. Wie kannst du dich nur so benehmen? Weißt du, dass ich wahrlich andere Probleme habe, als mich um so etwas zu kümmern? Ich will solche Gerüchte niemals wieder hören, nicht einmal ansatzweise, hast du das verstanden? Wenn du dich so sonderbar aufführst, ist es kein Wunder, dass dich alle für eine Tunte halten! Mein Sohn ist nicht schwul und …«

Ich lasse den Hörer sinken und kann trotzdem noch hören, wie mein Vater Gift und Galle spuckt. Obwohl ich eh kein enges Verhältnis mehr zu ihm habe, geht etwas ganz tief in mir drinnen kaputt. Es zerspringt mit einem ganz unspektakulären Knacken. Vielleicht ist das der Überrest meiner Hoffnung, dass er sich doch irgendwann wieder an den Mann erinnert, den ich »Papa« genannt habe. Der Mann, der mit mir stundenlang auf den Spielplatz gegangen ist. Der mich auf der Schaukel so hoch gestoßen hat, dass ich laut jauchzend kurz vor dem Überschlag stand und mir hinterher an der Bude immer ein Eis gekauft hat. Der mir abends immer vorlas und mir heimlich nicht jugendfreie Videospiele gezeigt hat. Der Mann, von dem ich die dunklen Haare und ebenso dunklen Augen geerbt habe. Aber als meine Mutter ging, ist er mit ihr gegangen. Übrig geblieben ist nur eine überarbeitete Hülle.

Vielleicht muss ich mich damit abfinden. Manchmal gibt es kein Happy End, keine überraschende Wendung, die all die zerbrochenen Dinge wieder zusammenfügt. Manchmal bleiben nur Scherben, an denen man sich die Finger aufschneidet.

»Ich muss los«, sage ich mit hohler Unterweltstimme in den Hörer hinein. Höre nicht auf das, was mein Vater ausspeit. Ich höre nicht hin, sperre ihn aus, drücke ihn von mir weg. »Das Essen ist fertig und Tante El wartet. Sorry. Mach's gut.«

Dann lege ich einfach auf, denn ich bin ekelhaft und sonderbar und das tut man doch, wenn man ekelhaft und sonderbar ist. Ich kann nicht einmal weinen. Selbst, als die Leitung still ist, brechen die Scherben nicht aus mir heraus. Sie verfangen sich in meiner Brust und jeder Atemzug schmerzt. Ich habe einfach nicht die Kraft, um zu weinen.

Mechanisch stehe ich auf und verlasse mein Zimmer. Das Telefon stelle ich ordnungsgemäß in die Ladestation zurück, mit einer eigentümlichen Vorsicht. Es ist schon genug kaputtgegangen. Tante El sitzt am Tisch in der Küche, das Essen dampft auf den Tellern vor sich hin. Ich setze mich still zu ihr und kann fühlen, dass sie mich beobachtet.

»Alles in Ordnung, Vince?«, fragt sie nach einer kleinen Weile behutsam.

Mir wird bewusst, dass ich mich nicht gerührt habe, und so greife ich nach dem Besteck.

»Es lief alles wie immer«, antworte ich und das ist vielleicht das Traurigste: Es ist nicht einmal gelogen. »Guten Hunger.«

Fast jeder Bissen bleibt mir im Hals stecken. Das Curry, das ich sonst so liebe, schmeckt nach Staub. Ich zwinge mich dazu, alles aufzuessen und räume sogar den Tisch ab. Irgendwo weiß ich, dass ich eigentlich mit Jim verabredet bin, aber ich kann nicht. Es geht einfach nicht. Ich rühre mein Handy nicht an, kann es nicht, als wäre es Plutonium. Ich stecke in mir selbst fest und ich wünsche mir, ich wäre jemand anderes. Ich wünsche mir, ich wäre nicht ich, als ich mit Jacke, Kopfhörern und Kamera nach draußen gehe.

Ich bin ein Geist in dieser Großstadt, nur eins der vielen Gesichter, nur eine der vielen Geschichten.

Nur ein Freak, der Polaroids von grünen Glasscherben am Straßenrand macht.

23

Liam

Ich hasse alles.

Mein Kopf lehnt an der Fensterscheibe der S-Bahn und die Welt zieht an mir vorbei. Dicke Wassertropfen zerplatzen an dem Glas, laufen daran herab. Ich habe schon lange aufgehört zu wetten, welche Perle als Erste aus meinem Sichtfeld verschwinden wird. Ich bin einfach so erledigt. Jeden Morgen stehe ich um sechs Uhr auf, mache mich in Rekordzeit fertig und verlasse um kurz vor halb sieben das Haus. Mit der Straßenbahn fahre ich zur nächsten S-Bahnhaltestelle, fahre von dort dreißig Minuten, weil wir an jedem kleinen Drecksbahnhof halten, und danach steige ich noch in einen Bus, der zu dem neuen Gymnasium gurkt. Mit etwas Glück bin ich pünktlich da. Die Rückfahrt dauert dank der bescheidenen Uhrzeiten, zu denen die Stunden enden, noch länger.

Seit einem Monat gehe ich nun auf die neue Schule und kann ohne Übertreibung sagen, dass ich seit der ersten Minute ein Außenseiter bin. Anscheinend kommen pinke Haare bei reichen Schnöseln nicht gut an. Dieses Gymnasium verkörpert alles, was ich hasse. Alles. Ich habe aufgehört, mich zu fragen, wie es meinen Eltern überhaupt gelungen ist, dass ich dorthin wechseln konnte.

Ich glaube nicht, dass ich schon mal so viele Markenklamotten auf einem Haufen gesehen habe. So viel Schein, so viele belanglose Probleme, bei denen mich das kalte Grausen überkommt. Ich frage mich, wie viele der Mädchen Angst vor ihrem eigenen Großvater haben. Aber wenn ich ehrlich bin, will ich es gar nicht wissen. Es gibt Dinge, die will ich wirklich, wirklich nicht wissen.

Ich vermisse meine Freunde so sehr, dass es wehtut. Ein Blick auf mein Handy verrät mir, dass Vince noch immer nicht zurückgeschrieben hat. Die anderen Underdogs halten sich gerade auch eher bedeckt. Es genügt, dass die alten Sorgen in mir hochkochen, und ich muss mich dazu zwingen, tief und ruhig einzuatmen, damit ich nicht schon wieder das Gefühl habe, dass mir eine riesige Hand die Brust zerquetscht. Vielleicht treffen sie sich ja auch gerade ohne mich und haben Spaß, während ich in diesem Zug festhänge und auf dem Zahnfleisch krieche.

Im Zug fühle ich mich momentan heimischer als bei mir Zuhause. Mit meinen Eltern rede ich kaum. Warum auch? Es endet nur im Streit, weil ich sie nicht umstimmen kann, weil sie nicht verstehen. Wir haben uns komplett entfremdet, sie sind kalt, ich bin kalt. Die Kluft wächst von Tag zu Tag und inzwischen kann ich nicht einmal mehr erahnen, wie es auf der anderen Seite aussieht.

Meine Eltern haben mir von Anfang an klargemacht, dass das Lehrpersonal über meine vergangenes Verhalten Bescheid weiß und mich darum auf dem Kieker hat. Wenn ich fehle, ruft die Dame vom Sekretariat umgehend bei meinen Eltern an und informiert sie darüber. Schwänzen kann ich also komplett vergessen. Umgekehrt müssen meine Eltern im Sekretariat anrufen und mich krankmelden, wenn ich wirklich krank bin. Es fühlt sich an wie eine Entmündigung, obwohl ich ja noch nicht volljährig bin.

Ich habe Angst, dass meine Eltern mich mit Hausarrest bestrafen, wenn ich schulisch irgendwie auffalle. Es wäre die absolute Hölle, mich am Wochenende nicht mit den Underdogs treffen zu können. Und mit Isa. Wenn mir dieser kümmerliche Überrest Freiheit auch noch genommen wird, kann ich mich direkt begraben. Unter der Woche habe ich noch immer Ausgangssperre und ich *kann* meine Wochenenden einfach nicht aufs Spiel setzen.

Ich stehe in einer Sackgasse, kann weder vor, noch zurück, und laufe im Hamsterrad. Bleibt nur die Frage, wann ich endgültig den Verstand verliere. Vielleicht habe ich es an manchen Stellen tatsächlich übertrieben. Vielleicht habe ich nicht gedacht, dass meine Eltern wirklich Konsequenzen aus meinem Verhalten ziehen würden und jetzt sitze ich hier. Das bedeutet es wohl, die Suppe auszulöffeln, die man sich eingebrockt hat.

Müde setze ich mich auf und für einen Moment kann ich mein Spiegelbild in der Fensterscheibe des Zugs sehen. Pinkes Haar fällt mir zerzaust und feucht in die Stirn. Von meiner Sommerbräune, von all den Nachmittagen draußen im Skatepark, ist nicht mehr viel übrig. Da ist keine Sehnsucht mehr in meinem Blick, kein Funkeln, nur … Grün. Stumpfes, lebloses Grün.

Auf einmal frage ich mich, wer ich überhaupt bin.

Es ist neunzehn Uhr und ich sitze noch immer an meinen Hausaufgaben. Nicht, weil sie so furchtbar kompliziert sind, sondern weil ich absolut keine Energie dafür übrighabe. Mein Gehirn weigert sich, zu arbeiten. Ich sehe die Zahlen, ich sehe die Wörter, und trotzdem ergibt nichts davon einen Sinn. Was ziemlich ungünstig ist, denn ich kann es mir nicht erlauben, ohne Hausaufgaben zum Unterricht zu kommen. Außerdem habe ich eh nichts Besseres zu tun. Nicht unter der Woche, jedenfalls.

Skypen mit Isa wäre eine Alternative, aber das macht es irgendwie nur noch schlimmer. Ich vermisse sie so sehr. Ich vermisse es, ihr zuzuhören, wenn sie begeistert über irgendetwas spricht, wenn sie lacht und ihre bunten Haare dabei wie Luftschlangen wirbeln. Und ich vermisse es, sie zu umarmen und zu küssen und ihre Meinung zu der Sache mit meinen Eltern zu hören. Ich vermisse sogar ihre wohlmeinenden Schläge.

Kurz gesagt: Meine gesamte Existenz besteht aus Vermissen. Vermissen und Selbstmitleid, das fasst es ganz gut zusammen. Ab und zu versinke ich auch in Grübeleien, lasse die letzten Wochen und Monate Revue passieren, und ertappe mich immer häufiger dabei, wie ich mich frage, ob das alles nicht anders hätte kommen können. Gleich gefolgt von Wut, dass es so wenig braucht, damit ich nicht mehr richtig zu mir selbst stehe. Alles ist aus gutem Grund so gekommen, wie es gekommen ist. Ich habe meine Überzeugung verteidigt. Oder?

Mit einem tiefen Seufzen lege ich den Kuli zur Seite und gönne mir eine kleine Pause von diesem Durcheinander. Ich hätte gerne … ich weiß nicht. Alles. Nichts. Mein Blick wandert zum Fenster, wo nur die nächtliche Dunkelheit wartet. Der Baum hat als Erster bezahlen müssen. Ich habe es durchgezogen und der Ast war ein Kollateralschaden.

Es klopft leise an meine Tür. Mein Blick verweilt noch einen Moment auf dem nachtschweren Fenstviereck, ehe ich mich von dem Anblick losreiße.

»Ja?«

Ich staune nicht schlecht, als meine Mutter den Kopf in mein Zimmer streckt. Vorsichtig, als erwarte sie, von einem feuerspuckenden Drachen empfangen zu werden. Alles, was ich tue, ist auf meinem Schreibtischstuhl sitzen zu bleiben. Vor mir sind meine Schulsachen ausgebreitet, die ganzen Zettel und Bücher und Hefter. Nur meine Schreibtischlampe brennt. So gesehen ist es ein ziemlich tristes Bild.

»Ich habe dich heute Abend noch gar nicht unten gesehen«, bemerkt meine Mutter.

»Viel zu tun.«

»Das habe ich mir gedacht.« Jetzt, wo sie sich vergewissert hat, dass ich ihr nicht gleich an die Kehle gehe, kommt sie herein. »Und ich habe mir auch gedacht, dass du mittlerweile bestimmt Hunger hast.«

Erst jetzt bemerke ich den Teller in ihrer Hand. Vor Überraschung sehe ich einfach nur stumm dabei zu, wie sie ihn auf einer freien Ecke meines Schreibtischs abstellt. Zwei Brote mit Käse und dazu ein paar sauren Gurken. Das habe ich schon immer gern gegessen. Ist das so etwas wie ein Friedensangebot?

»Danke«, sage ich leise.

Irgendwie schaffe ich es kaum, sie anzusehen. Aber das, was ich aus den Augenwinkeln so aufschnappe, sieht nach einem flüchtigen Lächeln aus. Meine Mutter dreht sich wieder um, geht Richtung Tür, und plötzlich sind da Worte, die mir aus dem Mund purzeln.

»Auf einer Skala von eins bis zehn, wie sehr hasst ihr mich?«

Sie bleibt stehen und dreht sich noch einmal zu mir um. Mit gerunzelter Stirn betrachtet sie mich, schüttelt mit dem Kopf.

»Wir hassen dich doch nicht. Glaubst du das wirklich?«

Vielleicht ist es Wunschdenken, aber sie klingt fast schon erschrocken. Zumindest ein bisschen.

»Keine Ahnung«, antworte ich und greife nach meinem Kuli. Ich tue so, als konzentriere ich mich wieder auf meine Hausaufgaben, auch, wenn ich jetzt nicht einmal eine simple Addition lösen könnte.

»Nein, Liam, es ist nur gerade ziemlich schwierig«, meint sie ruhig.

»Und wir wissen nicht so recht, warum. Wir haben Vermutungen, aber … nun. Keine Gewissheit.«

Ich verstehe den Wink mit dem Zaunpfahl – ich soll es erklären, aber ich bin so müde. Mir kommt es so vor, als habe ich es schon zehntausend Mal erklärt, immer umsonst, immer für die Katz. Inzwischen bin ich mir nicht mal mehr sicher, was ich alles gesagt und was sich nur in meinem Kopf ereignet hat.

»Hm«, mache ich darum bloß. Male ein paar Kreise und Kugeln auf den Rand des Zettels, schraffiere einige davon, lasse andere unberührt. Mehrere Sekunden verstreichen in absoluter Stille.

»Ich gehe nun wieder nach unten«, lässt meine Mutter mich wissen. Auf eine Antwort wartet sie nicht, sie verlässt mein Zimmer einfach und zieht die Tür leise hinter sich zu.

Keine Ahnung, was ich davon halten soll. Heute Abend habe ich definitiv nicht die nötige Kraft übrig, um mir darüber noch tiefschürfende Gedanken zu machen. Eigentlich würde ich ganz generell gerne damit aufhören, mir Gedanken zu machen, kann es aber nicht mehr. Es geht immer und immer weiter und so langsam frage ich mich, ob man eine Art Gehirnkater davon bekommen kann, wenn man zu viel denkt. Wie mit Alkohol.

Himmel, wenn das so weitergeht, werde ich noch zum Philosoph.

Erneut seufze ich, ehe ich meine Schultern durchdrücke und mich wieder ans Werk mache. Nebenbei esse ich und merke überrascht, dass ich wirklich hungrig bin. Es fühlt sich seltsam an, zum ersten Mal seit einer Ewigkeit ein Brot zu essen, das ich mir nicht selbstgeschmiert habe. Wenn ich meiner Mutter Glauben schenken darf, ist es sogar ein Brot ganz ohne Hass.

Eine gefühlte Ewigkeit später bin ich endlich fertig. Im Halbschlaf putze ich mir die Zähne. Es ist schon ziemlich gut, dass solche Dinge auch ohne geistige Anwesenheit funktionieren. Ein Blick auf mein Handy zeigt nur eine Nachricht, die ich in den letzten Stunden verpasst habe. Ich bin sogar zu müde, um mich zu fragen, ob sich die Underdogs wirklich ohne mich getroffen haben. Im Gruppenchat wünsche ich einfach eine gute Nacht und lasse mich dann ins Bett fallen. Mein Kopf hat kaum das Kissen berührt, da bin ich auch schon eingeschlafen.

Mein Handy klingelt und für einen Moment habe ich keine Ahnung, wer und wo ich bin. Ich sitze senkrecht im Bett, mit wildem Marathonherzschlag, und versuche zu kapieren, was gerade los ist. Panisch huscht mein Blick zum Wecker. Es kann unmöglich schon Morgen sein. Ist es auch nicht. Es ist gerade mal halb vier und mein Handy klingelt immer noch. Vor Müdigkeit bin ich so unkoordiniert, dass ich das blöde Ding fast vom Nachttisch werfe, als ich danach greife. Zur Krönung blendet mich der Bildschirm danach mit der Helligkeit von ungefähr tausend Sonnen und dann endlich sehe ich, wer mich mitten in der Nacht anruft.

Es ist Isa.

Auf einmal bin ich hellwach. Hellwach und mindestens doppelt so alarmiert. Obwohl ich Angst davor habe, nehme ich den Anruf entgegen und halte mir das Handy ans Ohr.

»Isa? Was ist los?«

Ich höre sie schluchzen und es trifft mich geradewegs in die Brust. Perfekt in die Mitte, absolut gnadenlos.

»Hey, ich bin ja hier, tief durchatmen«, versuche ich sie zu beruhigen, und hoffe, dass ich dabei nicht so erstickt klinge, wie ich mich fühle.

Fuck, ich kann nichts tun. Ich kann mir nur das Handy ans Ohr pressen, ihr beim Weinen zuhören und ihr gut zureden. Hilflos zuckt mein Blick durch die Dunkelheit meines Zimmers, und ich versuche, mich auf irgendetwas zu fokussieren, aber nichts vermag meine Aufmerksamkeit über längere Zeit zu fesseln. Wie lange ich ihrem Weinen lausche, bis sie es schafft, ein paar Worte zu formulieren, weiß ich nicht.

»Li … Liam …«, höre ich aus dem nächsten Schluchzen heraus. »Ich, ich kann das nicht mehr … es … es geht einfach nicht mehr, ich kann nicht, es geht nicht …

»Was kannst du nicht mehr?«, frage ich mit hohler Stimme, die aus meinem ebenso hohlen Brustkorb hinaufhallt. Ich schwinge die Beine aus dem Bett und stehe auf.

»Weiter … ich … es …«

Auf einmal wird sie leiser, und ich bin mir sicher, dass sie das Handy hat sinken lassen. Oh mein Gott. Ich bekomme kaum mit, wie ich durch mein dunkles Zimmer tigere, die Hand an die Stirn gepresst, weil ich so eine furchtbare Vorahnung habe, weil ich eigentlich schon weiß, warum Isa so außer sich ist, aber ich will es nicht wahrhaben. Es ist so unvorstellbar, es übersteigt mein Verständnis, meinen Mut, und ich bin auf einmal mehr denn je ein Gefangener. Mein Zimmer ist plötzlich ein Ort voller Albträume, voller Monster, die sich hinter Schränken verstecken, unter Tisch und Bett verschanzen, und sie lauern darauf, mich mit Haut und Haaren zu verschlingen.

»Isa? Isa, warst du heute Nachmittag bei deinen Großeltern?«, stelle ich diese eine Frage, die ich nicht stellen möchte, auf die ich keine Antwort hören will. Jedes Wort ist eine Rasierklinge, die von innen meinen Mund zerschneidet. »Ist … es … wieder passiert?«

Ein Wimmern wie das eines verwundeten Tieres weht durch die Mobilfunkverbindung unserer Handys. Übelkeit, Wut, blanker Horror, das alles zuckt im Bruchteil einer Sekunde durch mich hindurch, und *ich kann einfach nicht anders.*

Ich schlage mit der geballten Faust gegen die Wand und unterdrücke einen Aufschrei, von dem ich nicht sagen kann, ob er den Schmerzen in meiner Hand oder in meiner Brust geschuldet ist. Ich stehe kurz vor dem Zerspringen und nur der Gedanke, dass es dann niemanden mehr gibt, der Isa beisteht, verhindert, dass ich es tue.

»Ich kann einfach nicht mehr«, flüstert Isa, »ich kann nicht, ich will nicht, ich will sterben, bitte, ich kann …«

»Nein, ganz ruhig«, entgegne ich vielleicht einen Hauch zu panisch. Ich schwitze und mir ist kalt. Ich zittere, ich sacke mit den Rücken gegen die Wand, stoße mich wieder davon ab und renne fast schon im Stechschritt von einem Ende meines Zimmers zum anderen. »Bleib am Handy, ja? Ich bin da, Isa, ich bin da und ich gehe nicht weg, hörst du?«

Eine artikulierte Antwort bleibt aus. Ich höre sie nur weinen, auf eine Art und Weise, die mir das Herz bricht und es anschließend wieder zusammenfügt, um es noch einmal zu brechen. Es brennt sich in mich hinein, tief und tiefer, wie ein widerliches Brandeisen. Immerhin bleibt sie am Telefon. Sie klammert sich an diese Verbindung zwischen uns, an diesen einen Strohhalm, der geblieben ist, und ich lasse nicht los.

Ich.

Lasse.

Nicht.

Los.

»Isa, ich weiß, dass du das nicht willst, aber ich *flehe* dich an – sag es deinen Eltern. Du musst es ihnen sagen. Sie müssen es wissen und sie müssen dich beschützen«, rede ich eindringlich in das Mikrofon. Trotzdem klinge ich so zittrig, so außer mir, dass sich mich selbst nicht wiederkenne. »Bitte. Bitte, Isa.«

»I-ich … ich habe solche Angst«, wispert sie zurück.

»Ich weiß. Aber ich bin bei dir, ja? Du gehst jetzt zu deinen Eltern, und ich bleibe am Handy, bis du bei ihnen bist, und dann sagst du es ihnen, okay?«

»Das wird alles kaputtmachen, es wird kaputtgehen, einfach alles und … ich …«

»Es ist doch schon kaputt«, spreche ich die hässliche Wahrheit aus, die mich seit Wochen auffrisst. »Es ist schon kaputt und du kannst es nicht mehr retten! Du kannst nur noch dich retten und ich brauche dich, okay? Okay?!«

Ich weiß nicht, ob ich schreie. Ich weiß gar nichts mehr. Ich weiß nur noch, dass ich das nicht mehr aushalte. Wenn sie es ihren Eltern nicht sagt, werde ich es tun. Ich kann das nicht mehr mitansehen. Ganz egal, wie sehr sie mich dafür hassen wird. Es ist mir egal. Schwer atmend stehe ich mitten in meinem Zimmer, habe meinen Kopf verloren, ein ausgefranstes Loch in der Brust, und höre meine Freundin atmen und fürchte so sehr um sie.

»Okay«, haucht Isa so kraftlos durch die Leitung, dass es mir einen Schauer über den Rücken jagt und gleichzeitig peitscht eine wilde Hoffnung durch mich hindurch. »Ich … Ich sage es ihnen … Ich kann nicht mehr …«

»Du schaffst das. Ich weiß es.«

Ich höre, wie Isa aufsteht. Das Rascheln von Stoff, eine Tür, die geöffnet wird. Ihre Atemzüge. Noch eine Tür. Meine Finger krallen sich um mein Smartphone und wenn ich es noch heftiger an mich presse, wird es mit mir verschmelzen.

Noch eine Tür.

»… Mama?«

Es ist nur leise. Als hätte Isa das Handy sinken gelassen. Noch viel vager kann ich hören, wie eine andere Frauenstimme darauf antwortet. Ihre Mutter. Eine andere Stimme, tiefer. Isas Vater.

Mein Kopf rauscht.

Auch ich lasse das Handy sinken. Ich setze mich auf den Boden, lehne mich mit dem Rücken gegen mein Bett und ziehe die Beine an. Drücke das Gesicht gegen meine Knie, lege das Handy neben mich, ohne das Gespräch zu beenden. Ich weiß jetzt schon, dass ich morgen nicht zur Schule gehen werde.

Heute Nacht werde ich kein Auge mehr zu tun.

Ich bin erleichtert. Ich bin erschöpft. Geschockt. Aus dem Leben gefallen. Plötzlich möchte ich in das Schlafzimmer meiner Eltern gehen, um ihnen zu sagen, was gerade passiert ist. Möchte ihnen von den Monstern in der Dunkelheit erzählen.

Aber ich kann nicht. Auch, wenn sie mich nicht hassen.

24

Vince

Ablehnung ist eine sonderbare Sache. Ich meine, warum sollte man jemandem hinterherweinen, der einen ganz offensichtlich nicht will? Es ist verschenkte Lebensmüh und Schmerz, den man sich nun wirklich nicht zufügen muss. Loslassen, das ist der Trick. Einfach auf den Zug aufspringen, Lebewohl sagen und nicht weiter darüber nachdenken.

Das ist zumindest die Theorie. In der Praxis sieht das leider anders aus. Man kann Gefühle nicht auf Knopfdruck abstellen und darum leide ich wie ein Hund. Alleine der Gedanke, dass ich schwul sein könnte, ist für meinen Vater unerträglich genug, um mich zur Sau zu machen. Als würde das etwas daran ändern, wer und wie ich bin. Ich hatte in dieser Angelegenheit kein Mitspracherecht. Wenn ich die Wahl gehabt hätte, wäre sie auf ein entspanntes Heteroleben gefallen. Ich fühle mich so absolut wertlos, dass ich mich selbst nicht mal haben will. Nur ein Freak, der nun entsetzlich darum fürchtet, dass sein Vater seine Tante anruft und schlimme Dinge in Gang gesetzt werden. Es ist alles meine Schuld. Weil ich bin, wie ich bin.

Schon wieder Schule, schon wieder die alte Leier. Liams Platz hinter mir ist leer, der Unterricht zieht an mir vorbei, die Idioten machen ihre Bemerkungen. Heute kriege ich sie nicht einmal wirklich mit. Da ist ein anderer Schmerz, in dem die kleinen Sticheleien untergehen. Momentan ist hintenanstellen angesagt, wenn es darum geht, mir in die Eier zu treten.

Mein Handy liegt Zuhause. Vielleicht habe ich es wirklich vergessen, vielleicht wollte ich es auch vergessen. Gerade komme ich nicht damit zurecht, einen Blick auf die Nachrichten zu werfen. Ich weiß, dass ich Jim versetzt habe. Und ich weiß auch, dass ich mich deshalb schlecht fühle. Aber ich kann ihn nicht sehen. Er ist mein Freund, die Person, mit der ich eine schwule Beziehung führe. Ich kann mich selbst im Augenblick so wenig leiden, dass ich einfach nicht verstehen kann, was er an mir findet, oder was das alles überhaupt für einen Sinn hat. Ich sollte vielleicht einfach wieder die Schnauze halten und zu meinem Eremitendasein zurückkehren.

Wie ich diesen Schultag überlebe, ist mir schleierhaft. Als die Schulklingel ertönt das Ende meiner letzten Stunde verkündet, stürme ich nach draußen. Durch den Flur, ab zum Ausgang, und ich kümmere mich nicht einmal um den grauen Himmel, um den Wind, der unerwartet eisig geworden ist. Es fehlt nicht viel und ich renne zur U-Bahnhaltestelle. Schnell weg, einfach nur weg, einfach …

»Vince!«

Wie angewurzelt bleibe ich stehen. Ich kenne die Stimme nur zu gut. Es ist Jim. Als ich mich umdrehe, steht er am Schultor und sieht mich mit großen Augen an. Ich starre stumpf zurück. Ein Funke Überraschung kämpft sich in meiner Brust an die Oberfläche. Jim schließt zu mir auf, und ich stelle beiläufig fest, dass er eine viel zu dünne Jacke trägt. Bestimmt friert er.

»Hey«, sage ich lahm und frage mich, ob man mir ansieht, dass es mir beschissen geht. Augenringe habe ich mit Sicherheit.

»Hey, Vince, da bist du ja«, antwortet Jim. Er klingt so besorgt, dass ich fraglos so aussehe, wie ich mich fühle. »Du bist gestern nicht vorbeigekommen und … Oh, Mann, ich habe mir echt Sorgen gemacht.«

»Tut mir leid. Mir ging es nicht so gut.«

»Das sehe ich.« Jim beißt sich auf die Unterlippe und hebt eine Schulter an. »Isa ist krank, du reagierst nicht und siehst auch ziemlich daneben aus … was ist denn hier nur los?«

Jims Anblick taut mich auf. Was dazu führt, dass der Schmerz wieder ziemlich lebendig in meiner Brust pulsiert, so wund und widerlich, aber ich kann mich auch selbst wieder besser spüren. Auf einmal weiß ich, dass ich noch da bin. Jims Anblick ist auch gar nicht schlimm. Ganz im Gegenteil sogar. Er beruhigt mich, erinnert mich daran, was wir uns versprochen haben: Die Wahrheit.

»Mein Vater hat angerufen und … na ja.« Oh, wie zerrieben meine Stimme klingt. »Es ist aus dem Ruder gelaufen.«

Mehr kann ich nicht sagen. Ich kann nicht, weil es mir die Kehle zuschnürt, aber Jim versteht auch so. Seine Miene wird weich, mitfühlend, und bevor ich weiß, wie mir geschieht, legt er die Arme um mich. Jim umarmt mich so fest, als wollte er mich niemals wieder loslassen. Ich brauche das so sehr. Plötzlich spüre ich, wie in mir etwas nachgibt, und ich verberge das Gesicht in seiner Halsbeuge, spüre den Stoff seiner viel zu dünnen Jacke.

Entschieden blinzle ich die Tränen weg. Ich will nicht heulen. Zwar habe ich Jim die Wahrheit versprochen, aber ich habe ihm noch immer nicht erzählt, was an meiner alten Schule genau passiert ist. Wenn ich ihm also das Telefonat schildere, wird das nicht dazu führen, dass ich ihm auch davon erzählen muss? Sollte ich es ihm nicht ganz allgemein langsam anvertrauen? Auf einmal dreht sich in meinem Kopf alles.

»Sieh an«, sagt Florian neben uns. »Jetzt macht es gleich noch viel mehr Sinn, warum du Liam so hinterherweinst.«

Mir bleibt das Herz stehen. Ich lasse Jim so schnell los, als habe ich mich an ihm verbrannt und gehe auf Abstand.

»Ähm … was?«, fragt Jim verwirrt.

Er betrachtet den breit lächelnden Florian, betrachtet Dominik, Raphaela und Leonie, die in Hörweite warten. Mir kriecht etwas den Nacken hinauf. Langsam, sich mit spitzen Klauen haltend, und es klettert mir auf die Schulter, legt seinen Schuppenschwanz um meinen Hals. Drückt mit einem spitzzahnigen Grinsen zu, bis ich keine Luft mehr kriege.

»Es ist ganz schön krass, dass du dir jetzt schon einen Neuen gesucht hast. Echt, Vince, so hätte ich dich nicht eingeschätzt«, spielt Dominik das Spiel mit.

Er und Florian tauschen einen Blick, der für meinen Geschmack viel zu widerlich ist. Jim steht einfach nur mit zusammengezogenen Brauen da. Ich kann ihm ansehen, dass er diesen Typen kein Wort glaubt. Mit Sicherheit lässt er gleich irgendeinen Kommentar fallen, mit dem er ihnen verbal vors Schienbein tritt, und ich weiß, dass Jim ihnen notfalls auch wirklich vor die Schienbeine tritt, wenn sie ihn dazu zwingen.

Nicht Jim ist die Schwachstelle.

Ich bin es.

Irgendjemand hat mir den Mund zugenäht und die Worte meines Vaters hämmern in meinem Kopf. Sie hämmern und schlagen Ecken, Kanten und Risse in mich hinein. *Ekelhaft. Sonderbar. Tunte.*

Florian sieht mich an und ich blicke mit zusammengebissenen Zähnen zurück. Ich bin in die Enge getrieben worden und er weiß es. Ich will wegrennen, aber ich bleibe wie festgewachsen an Ort und Stelle stehen. Obwohl ich sollte, kann ich mich nicht bewegen.

»Schwuchtel«, sagt Florian herablassend. Sein Lächeln wird zu einem rasiermesserscharfen Dolch, den es nicht interessiert, welche Wunden er schlägt. »Du bist also eine schwanzlutschende Schwuchtel. Ich habe doch von Anfang an gewusst, dass etwas mit dir nicht stimmt.«

Nein. *Nein.*

Der Dolch trifft geradewegs in die bereits vorhandene Wunde, in diesen blutigen Spalt, der dort vor sich hin eitert und schwärt und es tut so weh. Ich kann hören, wie sie lachen, und dieses Gelächter dreht mir den Magen um. Es ist genau dasselbe wie damals, eine nicht enden wollende Hölle. Ein Teufelskreis in Ewigschleife, dieselbe, verdammte Leier, ein Leben ohne Ausweg.

Ekelhaft. Sonderbar. Tunte.

Schwuchtel. Schwanzlutscher.

Verachtenswerte, minderwertige Existenz. Dreck. Platzverschwendung. Nur ein atmender Unfall.

Ich. Bin. Nichts.

In meinem Kopf schnappt etwas über. Irgendetwas schmort mit einem lauten Knall durch, katapultiert mich aus mir selbst hinaus, und ich bin einfach nur Schmerz, ein einziger Schmerz, und es soll aufhören. Die unsichtbaren Scherben in meiner Brust lockern sich, drängen nach oben, in meinen Mund, und ich speie sie aus, bevor ich an ihnen ersticke.

»Das ist ein Mädchen! Ein *Mädchen,* das sieht man doch!«, brülle ich, ohne brüllen zu wollen, aber es bricht einfach panisch und verzweifelt aus mir heraus.

Ich deute auf Jim und bin außer mir. Ich bin alles außer mir. Sie lachen immer noch. Es interessiert sie gar nicht. Sie machen sich einfach über mich lustig, äffen mich nach. Lachend und köstlich vergnügt ziehen Florian, Dominik, Leonie und Raphaela weiter und lassen mich stehen.

»Das bin ich also für dich?« Nur eine dünne Stimme neben mir. Dünn und fragil wie Raureif am Morgen. »Ein Mädchen? Damit du nicht sagen musst, dass du schwul bist?«

Jim tritt einen Schritt nach hinten. Er weicht vor mir zurück, das Gesicht eine starre Maske. Mir wird solcher mit einer Heftigkeit bewusst, was ich getan habe, dass es sich wie ein Meteoriteneinschlag anfühlt.

»Jim, ich …«, beginne ich brüchig, flehend, aber ich habe verspielt.

»Lass stecken, Vince«, unterbricht er mich. Jedes Wort ist eine leere Patronenhülse, die klimpernd zu Boden fällt. »Lass es einfach, du rückgratloses Arschloch.«

Und dann dreht Jim sich um. Er dreht sich von mir weg und geht. Wie im Delirium starre ich ihm hinterher.

Was habe ich getan?

Vielleicht habe ich gerade eine Panikattacke. Ich weiß es nicht. Ich weiß nur, dass ich irgendwann losgehe, dass ich mich wie ferngesteuert in Bewegung setze und jede Silbe wie ein überwältigendes Donnergrollen in meinem Kopf widerhallt. Wie konnte ich nur. Wie habe ich das nur sagen können, ich verstehe es nicht. Ich bin wirklich ein rückgratloses Arschloch, das lieber seinen Freund ausgeliefert hat, als einmal zu sich selbst zu stehen. Ich habe den Dolch aus meiner Brust gezogen und geradewegs in Jims wunden Punkt gerammt. Ohne mit der Wimper zu zucken.

Plötzlich bin ich wieder da. Plötzlich fällt diese Lethargie von mir ab und ich habe den ersten klaren Gedanken. Eher am Rande stelle ich fest, dass ich quer durch die Stadt gelaufen bin, ziellos, kopflos. Mein Herz schreit mich förmlich an. Mir ist kotzübel vor schlechtem Gewissen, denn ich weiß ganz genau, was ich getan habe. Vielleicht bin ich irgendwie nicht ganz bei mir gewesen, aber das ändert nichts daran, dass ich es ausgesprochen habe. Es ist purer Horror. Oh Gott. Was habe ich nur getan. Wie konnte ich nur?

Ich muss zu Jim. Ich habe ihn und uns in tausend Teile zerschlagen, als ich gesagt habe, was niemals mehr ungesagt sein wird. Ich muss sofort zu ihm, muss mich entschuldigen, muss retten, was zu retten ist.

Und ich renne, als wäre der Fürst der Hölle persönlich hinter mir her.

Es ist lange her, dass ich so viel und so lange gerannt bin. Die kalte Luft zerschneidet mir die Lungen, lässt mich husten, aber ich renne einfach weiter. Ich muss zu Jim. Ich habe keinen Blick für die Reihenhäuser übrig, an denen ich vorbei haste. Wahrscheinlich halten mich alle Leute, denen ich unterwegs begegnet bin, für völlig irre, aber das ist mir egal. Es ist mir alles so egal, denn ich habe die schlimmste Scheiße gebaut, die man nur bauen kann. Ich habe Jim … nein, ich kann es nicht einmal denken. Besonders, weil es nicht stimmt. Er ist für mich kein Mädchen, ist es nie gewesen.

Endlich stehe ich vor Jims Haustür. Schwer atmend ringe ich um Sauerstoff, beuge mich vornüber, um nicht doch noch meine Lungen oder mein schlechtes Gewissen auszukotzen. Meine Beine fühlen sich an wie Pudding. Plötzlich bekomme ich Angst. Schreckliche, alles verzehrende Angst. Was ist, wenn Jim nicht aufmacht. Was ist, wenn er nicht hier ist. Was ist, wenn es vorbei ist.

Nein. Das darf ich nicht denken. Nicht, bis es wirklich so kommt. Ich muss das wieder geradebiegen. Darum reiße ich mich zusammen und drücke auf den Klingelknopf. Jim ist gerade wichtiger als alles andere. Mein Wolkenjunge.

Mit jeder Sekunde, die verstreicht, wird das schmerzschuldige Pochen in meiner Brust schlimmer. Wie viel Zeit vergeht, bis ich anfange, stumm zu betteln, weiß ich nicht. Ich fühle mich wie ein ausgesetztes Haustier, das verzweifelt an der Tür kratzt. Von ganz allein stelle ich mir vor, wie Jim in seinem Zimmer sitzt und sich die Augen aus dem Kopf weint. Wie das zerborstene Vertrauen in seiner Brust schmerzt. Wie gallig mein Name auf seiner Zunge schmeckt.

Als die Tür aufgeht, mache ich vor Schreck und Überraschung fast einen kleinen Satz. Aber es ist nicht Jim, der mit verschränkten Armen vor mir steht. Es ist Waldemar. Er bedenkt mich mit einem Blick, der dafür sorgt, dass ich am liebsten zurückweichen würde und dabei strahlt er keine besondere Feindseligkeit aus.

»Tag, Vince«, sagt Waldemar. »Ich nehme mal an, dass du zu Jim willst?«

»Ja«, antworte ich mit kratziger Stimme. »Dringend. Ich habe … Scheiße, ich habe es verkackt. So richtig. Und dafür will ich mich entschuldigen, auch, wenn man das, was ich getan habe, eigentlich nicht entschuldigen kann. Aber vielleicht kann ich es zumindest erklären, weißt du? Ich stand furchtbar neben mir.«

Waldemar ist Gentleman genug, um mich ausreden zu lassen. Er sieht mich an, hört mir zu, lässt mich sagen, was ich zu sagen habe.

Dann haut er mir eine rein.

Es geht so schnell, dass ich nicht reagieren kann. Ich kriege einfach nur Waldemars Faust ins Gesicht und taumele zurück. Schmerz explodiert in meinem Kopf. Im nächsten Augenblick finde ich mich auf dem kalten Boden wieder. Mit einer Hand halte ich mir die Wange, blinzle, bis ich wieder scharf sehen kann, und starre geschockt zu Waldemar hoch.

»Vince, ich habe dich gern«, meint er ruhig. »Aber ich habe dir gesagt, dass ich dir die Fresse polieren werde, wenn du ein Problem mit Jim hast. Und jetzt rate ich dir ganz stark, dich zu verpissen. Jim hat absolut keinen Bock auf dich.«

Jetzt verstehe ich, was in seinem Blick liegt. Es ist Härte. Beschützerinstinkt. Weil ich Jim heftiger getroffen habe, als ein Faustschlag es bei meiner Visage jemals könnte.

Ich habe es verdient. Ich habe es so verdient, dass ich wie ein weggeworfenes Spielzeug auf dem Pflaster sitze und mir die Nässe langsam in die Kleidung kriecht. Ich kann nichts mehr sagen, kann nicht mehr denken. Kann einfach nur noch dabei zusehen, wie Waldemar die Tür hinter sich zumacht und vermutlich wieder zu Jim hochgeht, um ihn zu trösten.

Weil ich alles kaputtgemacht habe.

Irgendwann rapple ich mich auf. Mir ist kalt und mein Gesicht ist wund. Die Hand habe ich mir auch aufgeschürft, als ich gestürzt bin, aber ich spüre es nicht mal. Ich gehe einfach weg, weg von Waldemar, weg von Jim. Weg von den besten Freunden, die ich jemals hatte. Freunden und noch mehr. Jim wird niemals wieder ein Wort mit mir sprechen, nie. Nicht, nachdem ich etwas derartig Schlimmes gesagt habe.

Er hat Recht. Ich bin ein rückgratloses Arschloch.

Ich frage mich, ob Jim mir jemals vergeben wird. Weil ich es mit Sicherheit nicht tun werde.

Könnte ich doch nur die Zeit zurückdrehen und einmal Mut haben, damit ich mich nicht aus Panik gegen den einen Menschen wende, der so vorbehaltlos an mich geglaubt hat.

Wann genau ich anfange zu weinen, bekomme ich nicht mit.

Mit letzter Kraft schleppe ich mich das Treppenhaus hinauf, bis ich endlich vor der Wohnungstür stehe. Ich stolpere nach Hause und weine nur noch unkontrollierter, weil all die Tränen, die nach dem Telefonat mit meinem Vater ausblieben sind, nun mit aller Macht geweint werden wollen. Ich weiß nicht einmal genau, um wen ich mehr weine. Um meinen kaputten, aufgeriebenen Vater oder um den verratenen Jim, der nun wahrscheinlich nie wieder derselbe sein wird.

Oder um mich.

Verschwommen sehe ich, wie Tante El aus dem Wohnzimmer kommt. Mit geweiteten Augen stürzt sie auf mich zu.

»Oh Gott, Vince, was ist denn passiert?!«

Ich falle meiner Tante heulend in die Arme und klammere mich an ihr fest wie ein Schiffbrüchiger an einem Stück Treibholz. Das Schluchzen schüttelt meinen ganzen Körper, macht die Kopfschmerzen noch schlimmer, bis ich das Gefühl habe, den Verstand im wahrsten Sinne des Wortes zu verlieren.

»Ich habe alles kaputtgemacht«, würge ich hervor, kaum in der Lage, ein Wort klar auszusprechen.

Und ich erzähle ihr alles. Einfach alles.

25

Liam

Isa ist blass, zittert, und sieht aus, als wäre sie gestern gestorben. Wirre Haare, ein zu großer Pulli. Sie rührt sich kaum, ist halb unter ihrer Decke vergraben, und lehnt sich an mich. Wir sitzen auf ihrem Bett und gucken seit heute Morgen »Harry Potter«. Viel bekomme ich nicht mit. Ich bezweifle, dass es Isa anders geht, aber es lenkt ab. Es sind vertraute Bilder, Heimatszenen. Kühles Winterlicht sickert hinter dem heruntergezogenen Rollo hervor. Hier drinnen ist es behaglich. Auf dem kleinen Tisch neben dem Bett steht Tee und die Lichterkette über dem Schreibtisch strahlt, als wären Glühwürmchen wie ein Rudel Schlittenhunde angeschirrt worden.

Ich fühle mich leer. Irgendwo weiß ich, dass meine Eltern wohl schon vor ein paar Stunden den Anruf von der Schule bekommen haben. Inzwischen sind sie darüber informiert, dass ich schwänze. Vermutlich ist es gut, dass ich seit Stunden nicht mehr auf mein Handy geguckt habe. Darum werde ich mich kümmern, wenn es soweit ist. Jetzt geht es nur um Isa. Nur um dieses zerbrechliche Mädchen in meinem Arm. Mein gesamtes Sein dreht sich ausschließlich um sie. Unser Telefonat von letzter Nacht kann ich nicht vergessen. Es spukt mir ständig durch den Kopf.

Isas Eltern sind bei der Polizei. Ich weiß nicht genau, was jetzt passiert, aber ich vermute, dass sie diesen Bastard anzeigen. Vielleicht müssen sie Aussagen machen, vielleicht muss Isa eine Aussage machen … ich weiß es nicht. Im Augenblick will ich es auch gar nicht wissen. Ich will einfach nur bei Isa sein. Immer wieder fallen mir die Augen zu und ich verschlafe ganze Szenen, nur, um jedes Mal hochzuschrecken. Aber Isa ist noch da. So zieht der Tag dahin, verliert sich zwischen Magie, Freundschaft und Opferbereitschaft.

Meine Hand ist blau verfärbt. Der Schlag gegen die Wand gestern Nacht hat seine Spuren hinterlassen. Zwischen halb geschlossenen Lidern betrachte ich die Blutergüsse, schließe die Finger zur Faust und spüre dem schmerzlichen Ziehen unter der Haut nach. Ich bin noch da. Ich bin noch ich. Aber irgendwie auch nicht. Gerade existiere ich, damit Isa nicht alleine ist. Wir warten darauf, dass ihre Eltern wiederkommen. Nachdem sie gehört haben, dass ich Isa dazu überredet habe, die Wahrheit zu sagen, haben sie sie mir anvertraut. Jetzt sitze ich hier und weiß nicht, wo ich bin – Realität, Traum, Paralleluniversum, ich kann es nicht sagen. In meinem Kopf drehen sich Scherben, Fragmente, Fetzen. Ein Konfetti aus Glasbruchstücken. Wie ein Kaleidoskop aus Erinnerungen, Wünschen und Blut.

Irgendwann kommen Isas Eltern wieder. Es ist schon dunkel, als die Tür aufgeht und Isas Mutter zu uns ins Zimmer tritt. Sie hat kurze Haare, trägt eine randlose Brille, und lächelt mich so angestrengt an, dass es mir kurz den Atem nimmt. Die Falten um ihre Augenwinkel treten deutlich hervor. Ich weiß nicht, ob sie schon immer so alt ausgesehen hat. Als sie Isa betrachtet, steigen ihr schon wieder die Tränen in die Augen und ich erinnere mich daran, was für eine liebe Frau sie ist. Sie hat uns häufig Waffeln gebacken, einfach so. Hat mich regelrecht dazu genötigt, zum Abendessen zu bleiben.

Es ist alles so weit weg.

Erst, als ich aufstehe, merke ich, wie verspannt mein Nacken ist. Isa blickt mir stumpf hinterher. Als ich das Zimmer verlasse, geht ihr Vater zu ihr – ein großer, inzwischen schon grauhaariger Mann, der aussieht, als müsse er eine Woche durchschlafen, um wieder mit dem Leben zurechtzukommen. Wie tapfer er versteckt, dass er eine genauso offene Wunde ist wie wir alle. Dürfen wir das überhaupt sein? Dürfen wir das, wo doch Isa die schlimmste Last trägt?

Isas Mutter umarmt mich fest, und flüstert mir dabei noch einmal zu, wie dankbar sie mir sind. Für alles. Dass ich für Isa da bin, dass ich sie dazu gebracht habe, die Wahrheit zu sagen, dass ich den Tag über bei ihr geblieben bin. Sie machen sich nicht einmal Gedanken darüber, dass ich eigentlich in der Schule gewesen sein müsste und ich kann es nur zu gut verstehen. Mache ich ja auch nicht. Als sie mich nach Hause schickt, sträube ich mich nicht.

Die Stadtlichter ziehen wie in Trance an mir vorbei. Ich sitze in der Straßenbahn und starre aus dem Fenster, in die Dunkelheit der Nacht. Ob ich mich jemals wieder anders fühlen werde? Ich bin in einer Ebene erschöpft, die bis tief in die Glieder reicht, tief in den Kopf, und ich weiß nicht, ob Schlaf sie kurieren kann. Überhaupt weiß ich nicht, ob ich je wieder schlafen kann.

Beinahe verpasse ich meine Haltestelle.

Die kalte Nachtluft hilft, mich aus meiner Apathie zu reißen. Ich gehe die Straße entlang, bis mein Zuhause in Sicht kommt. Meine Eltern werden außer sich sein, aber ich werde es ihnen erklären. Ich werde ihnen sagen, warum ich die Schule geschwänzt habe. Vielleicht können sie begreifen, warum ich so gehandelt habe. Hoffentlich verstehen sie, dass dahinter nicht die Absicht gelegen hat, ihnen stupide eins auszuwischen. Nicht mehr.

Ich mache mir nicht die Mühe, mich ins Haus zu schleichen, sondern schließe einfach die Tür. Ich habe nichts mehr zu verlieren. Ich will nichts mehr verlieren. Ich will …

Ruhe.

Ich will einfach nur Ruhe. Will nichts mehr hören, nichts mehr sehen, aber ich bin immer noch nicht zu den Wunschkonzerten eingeladen.

Der Flur ist hell erleuchtet, als ich eintrete. Still und mit bleischweren Händen hänge ich meine Jacke auf, ziehe meine Schuhe aus. Trete aus dem Flur und treffe auf meinen Vater, der wartend auf der Treppe sitzt. Beinahe bin ich erstaunt, wie unordentlich seine Haare wirken, so als habe er sie sich gerauft, wieder und wieder.

Er hebt den Kopf und ich bleibe stehen. Noch nie zuvor habe ich eine solche Wut in seinen Augen gesehen. So eine hilflose und unbändige Wut, als hätte ich ihn den Wölfen zum Fraß vorgeworfen.

»Was *glaubst* du eigentlich, was du tust?«, fragt er mich fassungslos.

Es ist nur ein Flüstern. Ein Flüstern vor dem Sturm. Selbst dem bin ich nicht gewachsen. Vage kann ich mich daran erinnern, wie ich vor wenigen Wochen noch eine patzige Antwort parat gehabt hätte, aber jetzt sind da nur noch lose Fäden im Wind.

»Ich …«, fange ich an, doch er lässt mich nicht ausreden. Nicht mehr. Mit einem Ruck erhebt er sich, wie eine dunkle, tosende Welle, die sich vor mir aufbaut, um mich hinfort zu spülen.

»Ich erkenne dich nicht mehr, Liam. Ich weiß nicht mehr, wer du bist. Mein Sohn ist das nicht. Mein Sohn hatte schon immer eine große Klappe, aber er war kein gleichgültiges Arschloch!«

Wie ehrfurchterregend die Welle in ihrer Unbarmherzigkeit doch ist. Sie raubt mir den Atem, die Sprache, die Worte. Ich kann nichts weiter tun, als an Ort und Stelle stehenzubleiben. Auch, wenn ich es nicht schaffe, meinem Vater in die Augen zu sehen. Ich blicke an ihm vorbei, und nehme einfach hin, was er mir an den Kopf wirft.

»Wir haben dir trotz allem vertraut, wir haben dir die Freiheit gelassen, dich an den Wochenenden mit deinen Freunden zu verabreden, und es war dir trotzdem nicht genug! Nach all dem, was passiert ist, ist es dir immer noch nicht genug!«

Eine solche Wut habe ich bei ihm wirklich noch nicht erlebt. Sie lodert so heiß und ist doch eiskalt. Es gelingt mir nicht, mich zu wehren.

Ich bin nackt. Und ich frage mich, warum er es nicht sieht. Haben wir uns in den letzten Monaten gegenseitig so sehr geblendet? Sind wir wirklich so blind geworden? So unfähig jeder Objektivität, so verloren in unserer Kränkung? Auf einmal erkenne ich, warum er noch immer wütend ist. Warum er immer noch brüllt und tobt und warum es dieses Mal sogar schlimmer ist als je zuvor.

Mein Vater glaubt noch immer an mich. Oder hat geglaubt. Bis dieser Anruf von der Schule gekommen ist und ihn mit den harten Fakten konfrontiert hat.

»Sieh mich an, verdammt noch eins! Hör mir zu!«, herrscht mein Vater mich an und ich kann die Verzweiflung hören, die abgrundtiefe Enttäuschung. Es ist so ein seltsamer Moment der Klarheit. Obwohl die Welt um mich herum zusammenbricht, ergibt alles einen schmerzhaften Sinn. Ich betrachte sein verzerrtes Gesicht, das so gar nicht aussieht wie seins. »Ich verstehe dich einfach nicht und ich bin es leid, zu raten und zu fragen, ohne je eine Antwort zu bekommen! Ich habe mit Sicherheit meine Fehler gemacht, aber du mit deiner Arroganz … du bist so selbstsüchtig!«

… Selbstsüchtig?

Ich habe die Schule nicht geschwänzt, um mir einen entspannten Tag zu machen ich habe sie für Isa geschwänzt. Für meine Freundin, die mich gestern Nacht vollkommen verwüstet angerufen und davon gesprochen hat, dass sie sterben möchte. Vielleicht bin ich arrogant. Aber ich bin *nicht* selbstsüchtig. Ich bin auf keinem kindischen Rachefeldzug, nicht mehr.

»Nein«, sage ich entschieden. »Nein, bin ich nicht! Ich bin nicht selbstsüchtig, nur, weil ich die Schule geschwänzt habe und …«

Weiter komme ich nicht. Mein Vater versetzt mir eine derart schallende Ohrfeige, dass mir die Ohren klingeln und Tränen in die Augen schießen.

»Eberhard!«

Das ist meine Mutter. Ein einziger Ruf, der diesen Moment zerschneidet. Ich starre meinen Vater an, der die Hand sinken lässt, und ich weiß nicht, wer von uns beiden schockierter aussieht. Meine Wange pulsiert und ich bin unfähig, zu verstehen, was gerade passiert ist. Mein Vater ist mir gegenüber noch niemals handgreiflich geworden. Niemals. Er starrt zurück, starrt mich an, als wäre ich ein Geist, und wird dabei so grau wie die Wand hinter ihm.

Ein Schluchzen ballt sich in meiner Kehle zusammen. Es drängt darauf, in die Freiheit entlassen zu werden, aber ich presse die Lippen zusammen und blinzle die Tränen weg. Das Herz flattert wie ein panischer Vogel gegen meinen Brustkorb. Meine Mutter muss den Streit gehört haben, als sie oben gewesen ist. Sie rauscht die Treppe herunter und tritt vor meinen Vater, zwischen ihn und mich.

»Bist du denn von Sinnen?!«, fährt sie ihn in einem Tonfall an, den ich noch nie gehört habe. Es ist ein einziger Peitschenschlag. Sie fängt damit an, meinen Vater zusammenzustauchen, doch ich bleibe nicht, um mir das anzuhören. Ich will einfach nur weg. Weg von ihm, weg von der Situation, weg von der Entschlossenheit, die er mir aus dem Gesicht geschlagen hat.

Auf der Treppe stolpere ich fast, so eilig habe ich es, und flüchte in mein Zimmer. Meine Wange brennt und ich fange an zu zittern. Ganz von selbst krame ich mein Handy aus der Hosentasche, tippe wie wild darauf herum, bis ich die Nummer endlich gefunden habe. Ich kann das hier nicht mehr. Nicht allein.

Das Freizeichen tutet und tutet. Bis der Anruf endlich angenommen wird und mir durch Musiklärm und Partygeräuschen die Stimme meines großen Bruders entgegenweht.

»Liam? Alles in Ordnung?«, fragt Noel und ich kann mir nur zu gut vorstellen, wie er bei dieser Frage die Stirn kraust.

»Ich brauche dich«, quetsche ich brüchig hervor. »Ich brauche deine Hilfe, Noel.«

26

Vince

Die Wärme des Kaffees dringt durch die Porzellantasse. Bewegungslos sitze ich am Küchentisch und starre abwesend in das schwarze Gebräu, als könne es mir all die Antworten und Lösungen liefern, die ich so dringend benötige. Da es aber nicht einmal ein vernünftiger Kaffeesatz ist, bringt mir das alles rein gar nichts.

Tante El hat mich davon befreit, heute in die Schule gehen zu müssen. Nachdem ich gestern so vor ihr zusammengebrochen bin und ihr wirklich alles, haarklein erzählt habe, hat sie kurzerhand entschlossen, dass ich zuhause bleiben darf.

Lange geschlafen habe ich trotzdem nicht. Eigentlich grenzt es ohnehin an ein Wunder, dass ich überhaupt eine Sekunde die Augen zu machen konnte, ohne die Szenen des gestrigen Tages vor mir zu sehen. Der Schmerz auf Jims Gesicht, seine bitteren Worte. Das hämische Gelächter meiner sogenannten Klassenkameraden. Waldemars Schlag, der mich vollkommen verdient getroffen hat.

Tante El macht sich gerade für die Arbeit fertig. Ausgerechnet heute hat sie irgendein wichtiges Kundenmeeting, das ihre Anwesenheit erfordert. Wenn ich ehrlich sein soll, bin ich darüber gar nicht so unglücklich. Es hat auf merkwürdige Art und Weise gutgetan, sich in ihren Armen auszuweinen, alles, was sich seit so langer Zeit in mir angestaut hat, aus mir herausfließen zu lassen, aber gerade möchte ich für mich sein. Wunden lecken oder wie auch immer man das nennen möchte.

In diesem ganzen Chaos, das ich zum größten Teil selbst verursacht habe, ist die Tatsache, dass ich schwul bin, auf einmal vollkommen irrelevant geworden. Ich habe es Tante El gesagt und sie hat nicht einmal mit der Wimper gezuckt. Als wäre es das Normalste von der Welt, dass ich Mädchen nicht auf *diese* Weise mag.

Ich weiß gar nicht, womit ich das verdient habe.

Mein Auge ist halb zugeschwollen und ziemlich blau. Ich sehe nicht nur aus, als wäre ich gerade aus dem Boxring gestiegen, ich fühle mich auch so. Komatös hebe ich die Kaffeetasse an meine Lippen und genehmige mir einen Schluck. Es ist eine Krux, langsam wach zu werden. Einerseits ist es gut, zu sich zu kommen, aber dadurch erwachen auch meine Schuldgefühle. Alles wird noch präsenter, noch realer und ich fühle mich wie Pferdemist.

Es ist die kalte, hässliche Wahrheit. Durch Feigheit habe ich mich wie Pferdemist benommen und damit Jim verletzt. Irgendwie habe ich die vage Ahnung, dass meine Freunde zu ihm halten werden. Er ist schließlich schon so viel länger Teil unserer Freundesgruppe. Und ich muss nicht mal sonderlich kreativ werden, um mir vorstellen zu können, wo die Loyalität liegt, wenn man sich wie das letzte Arschloch benimmt.

Meine trübsinnige Gedankenspirale wird unterbrochen, als Tante El in die Küche kommt. Das schwarze Kostüm sieht ziemlich schick aus. Manchmal würde ich sie schon gern heimlich bei ihrer Arbeit beobachten.

El hat nicht immer alleine gelebt. Also, abgesehen von meiner Wenigkeit. Ich erinnere mich nur noch schemenhaft an meinen Onkel, einen Mann mit dunklen Haaren, blauen Augen und schier unwiderstehlichem Halunkengrinsen. Er hat mit mir all die Sachen gemacht, die Eltern die Haare zu Berge stehen lassen. Wir haben zusammen alte Rockmusik gehört, Luftgitarre gespielt und gerauft, bis ich nicht mehr konnte. Allem voran sind wir einmal eine Runde auf seinem Motorrad gefahren. Ich war vielleicht sechs Jahre alt und habe vor Freude laut gekreischt. Meine Mutter und El sind ihm beinahe an die Kehle gegangen, als er mich wieder abgesetzt hat. Nicht ganz ungerechtfertigt, denn kurz darauf ist er durch einen Motorradunfall gestorben. Es ist eine hässliche Ironie des Schicksals, dass er für diesen Unfall nicht einmal etwas konnte. Der LKW-Fahrer hat ihn einfach übersehen.

Vielleicht kommen Tante El und ich darum so gut miteinander zurecht. Wir sind beide verlassen worden. Wir sind die Zurückgebliebenen und das schweißt uns auf einer Ebene zusammen, von der die meisten nicht einmal etwas ahnen.

»Guten Morgen«, begrüßt sie mich und gießt sich Kaffee ein. »Wie geht es deinem Auge?«

»Fühlt sich ziemlich weichgeschlagen an. Ich bin mir nicht sicher, ob ich das wiederholen möchte.«

»Mir wäre es sehr lieb, wenn nicht.«

El schmunzelt, ehe sie sich neben mich setzt. Mit einem Löffel rührt sie in ihrer Tasse herum und betrachtet mich dabei aufmerksam. Da ich nicht recht weiß, wie ich darauf reagieren soll, trinke ich noch einen Schluck. Und noch einen.

»Wie geht es dir sonst?«, fragt meine Tante schließlich, als ich wieder einmal nicht von selbst den Mund aufbekomme. Daran muss ich wirklich arbeiten. Es ist mir noch nie so recht bewusst gewesen, aber ich halte *wirklich* ziemlich allumfassend die Schnauze.

»Eher mies«, antworte ich wahrheitsgemäß und spüle den faden Nachgeschmack mit einem weiteren Schluck Kaffee weg. »Ist gerade irgendwie alles ein ziemlicher Albtraum.«

Tante El legt mir die Hand auf den Unterarm. »Das habe ich mir schon gedacht.«

Ich muss ihr etwas Wichtiges sagen. Auch, wenn ich eine irrationale Angst davor habe – warum soll sie jetzt, wo ich ihr quasi alles vor die Füße gekotzt habe, was mich bewegt, noch blöd reagieren? Wäre das wirklich ihre Art, hätte sie mich schon gestern zusammenfalten können.

»Tante El, ich habe Angst, dass mein Vater mich wieder zurückholt. Ich will echt nicht noch mal bei ihm wohnen, wirklich nicht, das würde mich innerlich sterben lassen«, sage ich so hastig, dass ich mich dabei beinahe verhasple.

»Was?«, entgegnet sie verblüfft. »Oh, Himmel, nein. Vince, wenn du nicht willst, musst du nicht zurück. Ich werde alles tun, was in meiner Macht steht, damit es nicht so kommt. Glaube mir, dein Vater kann sich warm anziehen, wenn er so etwas versucht.«

»Wirklich?«

»Wirklich.«

Vor Erleichterung weiß ich gar nicht, was ich sagen soll. Ich höre mich nur ausatmen und ich glaube, Tante El hört es auch. Dann spuckt sie fast ihren Kaffee aus, als ihr Blick auf die Uhr fällt. Hastig springt sie auf, rafft Tasche und Jacke zusammen und stürmt nach einer schnellen Umarmung aus der Wohnung.

Da sitze ich nun also, meine Hand noch immer um die Tasse gelegt, und weiß nicht so recht, wohin mit mir.

Nach einer Weile stehe ich auf und schlurfe in mein Zimmer. Es mieft wie im Pumakäfig und so reiße ich erst einmal das Fenster auf. Kalte, klare Luft weht mir entgegen, lässt mich frösteln. Ich habe das Bedürfnis, mich wieder in mein Bett zu legen und mir einfach die Decke über den Kopf zu ziehen. Bevor ich jedoch in Selbstmitleid versinke, gehe ich zu meinem Schreibtisch. Zögerlich betrachte ich mein Handy. Will ich es wirklich wissen? Gestern Nacht habe ich Jim um die tausend Nachrichten geschickt. Vielleicht auch mehr. Bestimmt hält er mich jetzt für völlig gestört.

Mein Herz schlägt lächerlich schnell, als ich auf mein Handy gucke. Es schlägt völlig umsonst. Keine Nachricht von Jim, keine Nachricht von Waldemar oder Isa. Es ist nur eine von Liam, und ich bin gleichsam enttäuscht wie erleichtert.

Liam (07:56): Hey Vince. Ich hoffe, dir geht es gut. Bei mir geht gerade völlig die Welt unter, anders kann ich es nicht sagen. Kann ich heute nach der Schule zu dir kommen?

Meine Erleichterung verpufft. Bei ihm geht die Welt unter? Was soll das denn heißen? Haben die Underdogs ihn vielleicht einfach direkt aus ihrem Kreis rausgekickt? Weil er durch mich erst hineingelangt ist und ich nun einmal alles vergeigt habe, was man nur vergeigen kann?

Vince (08:14): Bin heut nicht in der Schule, weil bei mir auch die Welt untergeht. Scheint momentan in Mode zu sein.

Liam (08:16): … Fuck. Ich komme vorbei.

Vince (08:17): Jetzt?

Liam (08:19): Wenn es okay ist?

Vince (08:20): Klar. Lass dich nicht überfahren.

Ich hinterfrage nicht, warum er ganz offensichtlich zu schwänzen gedenkt. Da ich tendenziell masochistisch veranlagt bin, öffne ich den Chat mit Jim, lese mich durch meine letzten Nachrichten, die tausend Entschuldigungen und betrachte sein Profilbild. Die Schuldgefühle treffen mich wie eine Abrissbirne, schlagen mich aus dem geöffneten Fenster hinaus auf die Straße. Es kostet mich eine immense Portion Kraft, das Handy zur Seite zu legen und nicht noch eine jämmerliche Nachricht an Jim zu schicken. Waldemar hat es ja gesagt. Es ist besser, wenn ich mich verpisse.

Da wären wir wieder. Liam und ich sitzen in meinem Zimmer, auf dem Fußboden. Es fühlt sich fast wie der alkoholgetränkte Nachmittag an, an dem ich ihn geküsst habe. Seitdem ist so viel passiert. Im Guten und jetzt wohl auch im Schlechten. Wir wissen nicht wirklich, wo wir anfangen sollen, und wir sehen beide ziemlich demoliert aus. Dieselben Schatten haben sich unter unseren Augen eingefressen, die Frisur sitzt nicht einmal ansatzweise und ich habe ein Veilchen, während Liams Wange leicht bläulich aussieht.

Wir sitzen uns im Schneidersitz gegenüber und ich fühle mich, als wären wir Kriegsveteranen, die in der Deckung ihre Wunden versorgen. Ich mustere ihn. Vielleicht bilde ich es mir ein, aber er sieht verändert aus. Nicht bloß wegen Müdigkeit und Erschöpfung, da ist mehr. Umgedreht betrachtet Liam mich genauso. Still, mit einem nachdenklichen Zug um die Lippen herum. Es ist schon merkwürdig. Alles ist anders, aber irgendwie auch nicht.

»Du küsst mich aber jetzt nicht, oder?«, bricht Liam das Schweigen und hebt den Mundwinkel zu einem kleinen, müden Halblächeln. Es ist so unpassend, dass ich grinsen muss.

»Halt die Klappe«, rate ich ihm.

Er lacht ein bisschen, ich auch, und danach fühle ich mich um ein paar Gramm leichter. Neben all den Dingen, die gerade wehtun, gehört die Sache zwischen uns nicht mehr dazu.

»Tja.« Liam seufzt und reibt sich über den Nacken. »Soll ich oder willst du?«

»Als wäre das eine Art makabrer Schwanzvergleich«, murmle ich und sage lauter: »Ich kann den Anfang machen. Ich glaube, mein Weltuntergang lässt sich relativ kurz zusammenfassen.«

Ich lege los und lasse kein Detail aus. Egal, in welchem Licht mich das dastehen lässt. Ich bin endlich ehrlich. Darum erzähle ich ihm auch, dass Waldemar mir eine gelangt hat und dass Jim mich vermutlich niemals wieder auch nur mit dem Arsch angucken wird. Liam hört mir zu, stellt ab und an ungläubige Fragen oder verzieht das Gesicht, wenn ich eine besonders schmerzhafte Episode erzähle. Er ist einfach da. Er ist ein Freund. Vielleicht der Einzige, den ich gerade noch habe.

Als ich fertig bin, bläht Liam die Wangen und lässt die Luft durch den Mund entweichen.

»Alter Schwede«, sagt er und seine Stimme klingt seltsam rau. »Ich will dir ja nicht zu nahetreten, aber du hast echt Scheiße gebaut.«

»Ja, ich weiß.«

»Und Waldemar hat dir echt ohne zu zögern eine runtergehauen?«

»Na ja, er hat mich noch ausreden lassen, bevor ich seine Faust kennengelernt habe. Zählt das?«

Liam wiegt den Kopf hin und her. »Ein bisschen.«

»Wenn dem so ist, doch, dann hat er gezögert«, antworte ich mit einem leichten Schulterzucken. Liam zupft an dem Saum seines Pullis herum.

»Jim hat sich echt noch gar nicht gemeldet?«, fragt er mitfühlend.

Ich schüttle mit dem Kopf. Das genügt schon, damit sich in meiner Brust wieder alles zusammenkrampft.

»Ich glaube, mehr kann ich dazu auch gerade nicht sagen. Sonst fange ich noch an zu heulen und ich bin mir relativ sicher, dass du das nicht möchtest«, teile ich Liam recht ungerührt mit. Wie es aussieht, habe ich wirklich keine Kraft mehr, um mich hinter vorgetäuschter Selbstbeherrschung zu verstecken.

Liam holt tief Luft. Jetzt liegt es an mir, ihm still zuzuhören. Auch, wenn ich aus allen Wolken falle. Die selbstbewusste, starke Isa, die die ganze Zeit … Oh Gott. Liam erzählt mit leiser Stimme, als fürchte er, sie würde brechen, wenn er sie nur ein wenig zu sehr erhebt. Ich höre davon, wie ihn dieses Geheimnis Stück für Stück zerfressen hat. Wie Isa ihn letztlich nachts angerufen hat und er sie dazu bewegt hat, es ihren Eltern zu sagen. Wie er es sich damit gleichzeitig mit seinen eigenen Eltern verspielt hat, da sie ihm nach all seinen kindischen Trotzaktionen nicht mehr glauben. Und dass seinem Vater die Hand ausgerutscht ist.

Mit einem langsamen Kopfschütteln lasse ich mich gegen mein Bett zurücksinken. In meinem Kopf dreht sich alles und ich weiß kaum, welcher Weltuntergangsschnipsel zu welcher Geschichte gehört. Trotz allem fühle ich mich Liam näher als jemals zuvor. Egal, wie schlimm es ist, wir haben immer noch uns.

»Alter.« Ich schüttle immer noch mit dem Kopf. »Das ist krass. Einfach nur krass. Ich meine … Isa. Fuck. Kann man denn jetzt zu ihr?«

»Nein … nicht so richtig. Sie ist echt völlig fertig und dann kommt ja noch der ganze Polizeischeiß auf sie zu«, lässt Liam mich wissen. »Danach geht sie wohl in eine Klinik. Isa hat selbst danach gefragt, was mich irgendwie sehr beruhigt.«

»Krass«, wiederhole ich erschüttert.

»Allerdings.«

»Kann man Isa denn dann in dieser Klinik besuchen?«

Liam reibt sich mit der Hand über das Gesicht. »Das wird sich zeigen. Ich kann mir zwar nicht vorstellen, dass man die Leute da komplett einschließt, aber … abwarten.«

»Woher weißt du das alles?«

»Ich stehe mit ihrer Mutter per WhatsApp in Kontakt. Wenn ich das nicht tun würde, wäre ich wahrscheinlich schon längst durchgedreht.« Liam lächelt schief, aber irgendwie habe ich das Gefühl, dass seine Worte ernstgemeint sind.

»Wissen die Anderen schon Bescheid? Also … Waldemar und Jim?«

Liam schüttelte mit dem Kopf. »Nein. Nicht von mir, jedenfalls. Ich weiß nicht, ob Isa sich eventuell bei ihnen gemeldet hat. Vielleicht, vielleicht auch nicht, aber so Kacke es auch klingt, ich habe da gerade echt nicht so den Kopf für.«

»Das klingt nicht Kacke, sondern ziemlich verständlich.« Ich schweige kurz. »Danke, dass du es mir erzählt hast.«

Liam lächelt erneut und dieses Mal wirkt sein Lächeln viel lebendiger. »Wenn nicht dir, wem denn dann?«

Zum ersten Mal seit einer gefühlten Ewigkeit wird mir warm ums Herz. Plötzlich kommt mir ein Gedanke. Schwerfällig richte ich mich auf, gebe dabei ein Ächzen von mir, das von einem Achtzigjährigen hätte stammen können, und klettere auf mein Bett.

»Was machst du da?«, fragt Liam neugierig.

Es dauert nicht lang, bis ich das Polaroid gefunden habe. Vorsichtig nehme ich es von meiner Pinnwand und steige zurück auf den Fußboden.

»Hier«, sage ich, und halte Liam das Polaroid hin. Kurz blinzelt er mich nur an, dann rutscht er näher und nimmt es entgegen.

Sein Blick sagt mehr als jedes Wort.

»Danke. Vince, das … danke.«

»Jederzeit. Zumindest für dich.«

Es fühlt sich richtig an, das zu tun. Es ist das Polaroid, dass ich am Tag unseres Kennenlernens von Isa in der U-Bahn gemacht habe, jenes, das Liam so neugierig angestarrt hat, als er an mir vorbei zu seinem Platz gegangen ist. Eine Art Anfang, wenn man so will.

Unvermittelt steht Liam auf und pflanzt sich direkt neben mich auf den Fußboden, so dicht, dass sich unsere Schultern berühren.

»Weißt du«, fängt er bedächtig an, »dieser Penner Florian ist ein ziemlich armes Licht, wenn du mich fragst. Ich weiß auch, dass es bestimmt seht schwer ist, sich nicht einschüchtern zu lassen, aber was zählt die Meinung von so einem Penner schon? Scheiß drauf, Vince. Scheiß einfach drauf. Deine Freunde sind für dich da.«

»Vorausgesetzt, sie reden noch mit mir.«

»Ich werde es jedenfalls tun. Die Anderen … das wird wieder. Sag es Jim einfach. Sag ihm, was du mir gesagt hast.«

Ich würde ja. Aber Jim will mich nicht sehen. Mache ich nicht alles noch viel schlimmer, wenn ich mich ihm wieder und wieder aufdränge, wenn ich ihm keinen Raum zum Atmen lasse?

Normalerweise wäre dies der Punkt, an dem mein Kopf überschnappt und ich mit Herzrasen zu kämpfen habe. Nicht dieses Mal. Auf einmal ist da Liams Hand, die nach meiner greift und sie einfach festhält. Sein Kopf ruht ohne jede Berührungsangst auf meiner Schulter. Ein paar Sekunden lang bin ich viel zu perplex, um irgendetwas zu tun, aber dann lehne meinen Kopf einfach gegen seinen.

Es ist so unschuldig, ohne jeden Hintergedanken. Es ist Freundschaft.

»… Wir erzählen aber niemanden, dass wir hier wie die letzten Weicheier kuscheln und Händchen halten, oder?« Ich kann einfach nicht aus meiner Haut.

»Gott, nein.«

Wir lachen, weil wir so blöd sind. Blöd und angeschlagen und müde. Vor allem bleiben wir jedoch so sitzen – kuschelnd und händchenhaltend wie die letzten Weicheier und es ist völlig in Ordnung.

27

Liam

Noel ist für mich schon immer ein leuchtendes Vorbild gewesen. Es ist ein Klischee, dass der kleine Bruder den älteren vergöttert, aber in unserem Fall trifft es einfach perfekt zu. Was er getan hat, habe ich auch tun wollen. Was er gut fand, habe ich gut gefunden – und logischerweise habe ich das verteufelt, was auch er verteufelt hat. Inzwischen denke ich, dass dort ein Teil des Problems liegt. Noel hat seine Differenzen mit unseren Eltern und eine dementsprechende Attitüde. Als ich sie übernahm, fehlten mir noch die Gründe für ein solches Verhalten.

Nach dem Umzug habe ich all meine Freunde verloren und ab diesem Punkt hat dieses Antiverhalten auf einmal wirklich Sinn gemacht. Ich habe schon tief dringesteckt. Es hat sich hochgeschaukelt, immer mehr und mehr, bis alles in die Luft geflogen ist und mein Vater mir eine Ohrfeige verpasst hat.

Es ist kurz nach Mittag, als ich mich nach Hause begebe und feststelle, dass meine Eltern nicht da sind. Mir fällt eine kleine Steinlawine vom Herzen. Eine weitere Konfrontation hätte ich jetzt nicht überstanden, auch, wenn ich schon wieder die Schule sausen gelassen habe. Sicher haben sie den betreffenden Anruf bereits bekommen. Schlimmer kann es gerade nicht mehr werden. Seit dem Streit gestern bin ich ihnen aus dem Weg gegangen und bin heute Morgen in aller Frühe aus dem Haus.

Es hätte mich beinahe auflachen lassen, als Vince erwähnt, dass Jim und er seit einer Weile zusammen sind. Das wäre angesichts der Situation jedoch sehr unangemessen gewesen und so habe ich es mir verkniffen. Aber hey, ich habe doch einen ziemlich guten Riecher gehabt, als ich Isa vor einigen Monaten vorgeschlagen habe, dass man Vince und Jim verkuppeln könnte.

Der Gedanke an Vince und unser Weicheigehabe lässt mich lächeln. Ich wäre liebend gern noch länger geblieben, aber ich habe eine Nachricht von Noel bekommen. Er ist da. Nachdem ich mich gestern Nacht völlig außer mir bei ihm ausgeheult habe, hat er sich direkt heute früh in den ersten Zug gesetzt. Einerseits freue ich mich wie verrückt, aber andererseits habe ich auch ein leicht flaues Gefühl in der Magengrube. In den letzten Monaten hat er mich unglaublich hängenlassen. Seit er sein Studium begonnen hat, ist es, als hätte er mich vergessen. Als wäre der Kontakt zu mir eine schmerzhafte Erinnerung daran, wie oft er sich mit unseren Eltern in den Haaren gelegen hat.

Mitten im Flur steht eine schwarze Reisetasche und ich kann nicht anders, als zu grinsen. Es ist wie immer. Chaos folgt Noel auf dem Fuß. Das hat es schon immer und ich denke, ich muss nicht erwähnen, wie sehr das meine Mutter auf die Palme gebracht hat.

Küche und Wohnzimmer sind leer. Ich will gerade nach meinem Bruder rufen, da höre ich ihn die Treppe herunterbollern – und mit bollern meine ich *bollern.* Es klingt, als stürze ein wildgewordener Elefant die Stufen hinab. Ein Grinsen breitet sich auf meinem Gesicht aus.

Noel springt die letzten Stufen herunter und schon liegen wir uns lachend in den Armen. Er riecht vertraut, nach Sommerferien vor der Playstation und durchgemachten Nächten. Wir haben eimerweise Cola in uns hineingekippt und uns erst dann ins Bett gelegt, wenn unsere Eltern aufstehen mussten. Oh, wie randlegal und draufgängerisch wir uns gefühlt haben.

»Alter, du zerdrückst mich!«, ächze ich. Zur Strafe drückt Noel noch fester, ehe er mich loslässt.

»Was bist du auch so ein Spargeltarzan?«

Er grinst mich an und wir mustern uns gegenseitig. Sein Blick bleibt an meinen gefärbten Haaren hängen und im Gegenzug blinzle ich, als mir der mattschwarze Ring in seiner Unterlippe auffällt.

»Seit wann hast du ein Piercing?«, frage ich verdattert.

»Bessere Frage: Seit wann hast du einen Kübel Zuckerwatte auf dem Kopf?«

Wir strahlen uns wie zwei kleine Jungen an. Noel hat kastanienbraunes, zerzaustes Haar, blaue Augen und markante Gesichtszüge. Der Dreitagebart ist neu, die kleine, gut sichtbare Narbe an seinem linken Wangenknochen nicht. Mein sechsjähriges Ich hat sie während eines hitzigen Ritterkampfs mit einem Stein verbrochen.

»Krasse Hütte. Ich habe mir ja gedacht, dass das Haus sehr groß sein wird, aber …« Noel stößt einen leisen Pfiff aus. »Das toppt meine Erwartungen.«

»Ja, gemütlich hier, nicht?«

»Total«, sagt er sarkastisch.

Auf einmal schrumpft meine anfängliche Freude, ihn wiederzusehen, in sich zusammen und ich kann nur daran denken, dass er noch nie hier gewesen ist. Nicht einmal wegen mir. Ich muss an all die WhatsApp-Nachrichten denken, auf die ich nie eine Antwort bekommen habe. Nur Schweigen.

»Mh.«

Als wäre mein Stimmungsdämpfer ansteckend, wird auch Noel ernster. Wir wissen beide nicht so recht, was wir sagen sollen und stehen uns bloß gegenüber, er in seiner schwarzen Jeans und dem weißen Shirt mit den roten Ärmeln und ich in meinem zu großen Pulli.

»Sollen wir in dein Zimmer gehen und du erzählst mir noch mal in Ruhe, was eigentlich passiert ist?«, macht er den ersten Schritt.

Mit einem Nicken stimme ich zu.

In meinem Zimmer sieht mein Bruder sich erst einmal neugierig um. Mein Bett ist ausnahmsweise einmal ungemacht und ich lasse mich müde darauf fallen, während ich ein Gähnen unterdrücke. Es ist ein wenig merkwürdig, dass Noel in meinem Zimmer steht, jetzt, wo wir uns so lange nicht mehr gesehen haben. Beinahe kommt er mir fremd vor. Es ist normal, dass man nicht für immer ein Herz und eine Seele ist. Das hat sich schon gezeigt, als wir beide älter geworden sind und ich auf einmal meinen eigenen Freundeskreis hatte. Zwischendurch haben wir aber immer noch zusammen abgehangen. Dann hat er Abi gemacht und sich direkt zum Wintersemester verpisst.

»Wie läuft es mit deinem Studium?«, frage ich widerwillig.

Noel schnappt sich meinen Schreibtischstuhl, dreht ihn um und setzt sich verkehrtherum darauf. Die Arme legt er locker verschränkt auf der Rückenlehne ab.

»Ehrliche Antwort?«

»Ja, klar.«

»Rückwärts und bergab. So sehr, dass ich vor einigen Wochen abgebrochen habe«, räumt Noel ein. In Summe wirkt er gelassen, cool wie immer, aber ich kenne ihn einfach zu gut. Er ist nervös.

»Du hast hingeworfen?« Ungläubig starre ich ihn an.

»Architektur hat einfach nicht zu mir gepasst.«

»Und ... jetzt?«

»Ich, hm, möchte eine Ausbildung machen. Ich habe auch schon etwas in Aussicht, weil ich mich mit dem Ladeninhaber gut verstehe. Ich jobbe dort schon seit einer Weile und kann dann nächstes Jahr die Ausbildung beginnen.«

»Okay, heißt, du bist jetzt erst einmal nicht obdach- und mittellos«, stelle ich erleichtert fest und fahre mir durch die Haare. »Wow. Damit habe ich jetzt nicht gerechnet.«

»Ich auch nicht, aber so ist es halt. Was ich damit sagen will ... Tut mir leid, dass ich in der letzten Zeit so ein beschissener Bruder war. Ich hatte echt viel um die Ohren. Ich hoffe, du verstehst das vielleicht.«

Noel klingt dabei so ehrlich, dass ich gar nicht anders kann, als ihm sofort zu verzeihen. Es passiert so schnell, dass es mich fast schon ein wenig ärgert.

»Stimmt, du warst echt ein ziemlicher Penner«, streue ich erbarmungslos Salz in die Wunde. Ich genieße es, dass er sich schuldbewusst den Nacken reibt. »Aber ich vergebe dir. Vorausgesetzt, wir sind dann endlich quitt, was die Sache mit dem Stein anbelangt.«

Im ersten Moment guckt Noel verdutzt, dann lacht er auf. Ich habe nicht vergessen, dass er mich bei jeder Gelegenheit damit aufzieht, dass ich ihm mal einen Stein durch die Visage gezogen und danach vor lauter Scham mehr geflennt habe als er.

»Schweren Herzens stimme ich zu«, antwortet er. »Aber nur schweren Herzens! Mann, ich werde es vermissen, dir das unter die Nase zu reiben.«

»Passt«, grinse ich.

Ein Weilchen schweigen wir einträchtig vor uns hin und schließlich gewinnt die Neugier.

»Was wird das denn für eine Ausbildung sein?«, erkundige ich mich.

»Goldschmied.« Noel lächelt schief.

»Goldschmied?«, wiederhole ich erstaunt. »So mit Schmuck und so?«

»Ja, genau das. Als ich vor ein paar Monaten gemerkt habe, dass es mit dem Studium nicht richtig läuft, habe ich mir einen Nebenjob gesucht, um den Kopf etwas freizubekommen. Da bin ich beim Juwelier gelandet. Als Mädchen für alles, wenn man so will. Es war eigentlich nur eine befristete Stelle, aber es hat mich unglaublich interessiert und ich habe Dieter etwa fünftausend Löcher in den Bauch gefragt. Irgendwann hat er mir angeboten, mich auszubilden.«

Es liegt so viel kindliche Freude in seinen Worten, dass es mir richtig das Herz aufgehen lässt.

»Dieter ist dann also der Inhaber?«

Noel nickt. »Exakt. Er hat einen wirklich beeindruckenden Schnurrbart, wäre seine Engelsgeduld mit mir nicht schon Argument genug gewesen.«

»Klingt sympathisch«, befinde ich grinsend – und dann stelle ich die Frage, die wie ein Damoklesschwert im Raum schwebt: »Hast du es unseren Eltern schon gesagt?«

»Bist du irre?« Er schüttelt mit dem Kopf. »Nein, bislang nicht. Aber das werde ich nun nachholen. Immerhin ist der Zeitpunkt günstig. Du hast so viel Scheiße gebaut, dass ein abgebrochenes Studium daneben bestimmt nicht mehr so schlimm ist.«

»Du linkes Arschloch!«, lache ich und werfe mein Kissen nach Noel. Es verfehlt ihn um gutes Stück, aber auf einmal schnürt es mir die Kehle zu.

»So viel Scheiße habe ich gar nicht gebaut«, murmle ich in mich hinein. »Also … schon. Aber nicht nur ich.«

»Du hast es mir ja gestern schon erzählt.« Noel legt den Kopf schief. »Er hat dir echt eine gelangt?«

»Sieht man das nicht?«

»Fuck, er kann froh sein, dass ich gestern noch sehr weit weg war. Ich wäre ihm direkt an den Hals gesprungen«, knurrt er.

Ich habe kein Problem, ihm das abzunehmen. Es hat in der Vergangenheit schon so ein, zwei Gelegenheiten gegeben, wo er für mich in die Bresche gesprungen ist. Vielleicht ist es sogar ganz gut, dass er gestern noch nicht hier war.

»Ich weiß«, entgegne ich. »Aber darum geht es mir nicht. Ich will es ihnen erklären, ja? Dass ich das in letzter Zeit nicht mehr gemacht habe, um ihnen auf der Nase herumzutanzen.«

»Sondern wegen deiner Freundin«, bemerkt er und mustert mich nachdenklich. »Du hast sie ziemlich gern, nicht wahr?«

»Das ist eine milde Untertreibung.« Mehr muss ich nicht sagen. Noel versteht schon.

Ich ziehe das Polaroid aus meiner Hosentasche, das Vince mir heute geschenkt hat, das Bild von Isa. Ungelenk rutsche ich von meinem Bett herunter und halte es Noel entgegen. Vorsichtig nimmt er es. Still betrachtet er meine Freundin, während ich mich zurück aufs Bett setze.

»Sie ist ziemlich hübsch«, sagt er schließlich leise. »Ich muss mir gerade vorstellen, was ihr passiert ist, und ich glaube, ich höre besser wieder damit auf.«

»Es ist so furchtbar. Einfach nur …« Ich verstumme, weil ich kein Adjektiv finde, was meinen Horror in angemessener Intensität zum Ausdruck bringt. Aber selbst ich bemerke, wie verletzlich ich klinge.

»Weißt du was, Liam?«

»Hm?«

»Du hast dich ganz schön gemacht. Vor einem Jahr noch hättest du dich bestimmt nicht so für sie eingesetzt«, meint Noel und lächelt. »Klar, du bist immer noch ein kleiner Vollidiot, aber du hast dich weiterentwickelt.«

»Ähm … danke, denke ich.«

Ich bin nicht mehr in der Stimmung, um ihn wohlmeinend anzupöbeln und beschränke mich darauf, sein Lächeln zu erwidern. Wenn ich ihn mir so ansehe, könnte ich dasselbe auch über ihn sagen, doch ich bezweifle, dass er das ernstnehmen würde.

»Na ja, das ändert leider nichts daran, dass unsere Eltern mir einfach nichts mehr glauben«, füge ich an meine Danksagung an. »Ich habe es komplett in den Sand gesetzt. Mama meint, dass sie mich nicht hassen, aber glauben tun sie mir auch nicht.«

»Ich kann es ja irgendwie nachvollziehen.« Mein Bruder hebt schuldbewusst die Schultern. »Bitte nicht schlagen, doch du hast ihnen ja eine Menge Schwierigkeiten bereitet, wenn ich das richtig verstanden habe.«

»Ja, das hast du«, antworte ich genervter als gewollt und seufze anschließend. Ich weiß doch, dass ich es übertrieben habe. Meine bislang leicht pochende Wange erinnert mich sehr gut daran.

»Ich glaube«, Noel setzt sich auf und legt das Polaroid auf meinen Schreibtisch, »es wäre gut, wenn ich mit ihnen darüber rede. Als neutrale

Person. Gut, ganz neutral bin ich nicht, aber ich war zumindest nicht anwesend, als der Scheiß zwischen euch eskaliert ist.«

»Das würdest du tun?«

»Sicher. Ich kann dir zwar kein Wunder versprechen, aber ich kann es zumindest versuchen.«

Auf einmal bin ich so gerührt und dankbar, dass ich kein Wort mehr sagen kann. Es drückt mir einfach den Hals zu und zum ersten Mal seit einer halben Ewigkeit fühlt sich dies nach einer guten Sache an und nicht nach aufgestautem Schmerz.

»Das wird wieder. Immerhin reden sie immer noch mit mir und ich war auch ein Drecksack.« Noel hebt vielsagend die Augenbrauen.

Zum Glück finde ich meine Stimme wieder. »Warum sind sie nur so ätzend manchmal?«

»Warum geht die Sonne im Osten auf? Ist halt so. Und sie werden mir wegen des Piercings auch unter Garantie den Kopf abreißen.«

»Ohne jeden Zweifel«, bestätige ich mitleidlos.

»Tja, Lilli, aber das ist der Punkt: Sie reißen ihn dir erst ab und am Ende nähen sie ihn wieder dran, weil sie nicht wollen, dass es dir schlecht geht.«

»Noel!«, protestiere ich. »Nenn mich nicht Lilli! Ernsthaft, die Zeit ist so was von vorbei!«

Er grinst. »Für mich wird diese Zeit nie vorbei sein, darauf kannst du wetten.«

Stöhnend lasse ich mich nach hinten auf mein Bett kippen und Noel lacht dreckig. Dieser Kerl! Ich lege mir die Hand über die Augen und die Worte meines großen Bruders echoen durch meinen Kopf. Es ist neu, so etwas von ihm zu hören. Neu und nur ein weiteres Indiz dafür, dass auch er sich auf die eine oder andere Art verändert hat. Ich stütze mich auf die Ellenbogen.

»Ehrlicherweise hätte ich nicht gedacht, dass du in diesem Leben noch ein gutes Wort über unsere Eltern verlierst«, gestehe ich.

»Ha.« Noel streicht sich die Haare aus der Stirn. »Es ist spannend, wie sich deine Sichtweise auf manche Dinge verändert, wenn du erst einmal ein wenig Distanz gewonnen hast. Unsere Eltern nerven bisweilen sehr, sie versuchen, uns in Kostüme zu stecken, aber inzwischen bin ich davon überzeugt, dass es keine böse Absicht ist.«

»Sondern?« Es ist mir fast peinlich, wie ich an seinen Lippen hänge. Vielleicht verehre ich ihn immer noch ein kleines bisschen.

»Wir sind ihre Kinder, du Depp. Sie wollen, dass es uns gutgeht und dafür greifen sie halt manchmal zu Mitteln, die sie völlig legitim finden, während wir am liebsten kotzen würden. Aber das ist die Sache.« Könnte er aufhören, alle paar Sekunden eine Sprechpause einzulegen, für die ich ihn am liebsten erwürgen würde? »Eltern«, Noel wirft mir einen verschwörerischen Blick zu, »sind auch nur Menschen. Menschen machen Fehler und haben Ecken und Kanten. Und ich glaube, wenn man das kapiert, ist man fast ein bisschen erwachsen.«

Stumm starre ich ihn an. Ich hoffe sehr, dass ich dabei nicht wie ein bewundernder Vollpfosten aussehe. Ich hasse das, aber ich kann es nicht abstellen. Zwar verstehe ich nur die Hälfte von dem, was er da redet, aber es klingt schon ziemlich weise.

»So, und jetzt muss ich mir den Mund mit Seife auswaschen gehen.« Er steht von meinem Schreibtischstuhl auf. »Verrate unseren Eltern bloß nicht, was ich dir gerade gesagt habe, sonst bilden sie sich noch etwas darauf ein.«

Ich lache, Noel zwinkert mir zu, und dann verschwindet er ins Bad. Aber nur zum Pinkeln, denn die Sache mit der Seife wäre schon ziemlich eklig.

Wenn ich so weitermache, habe ich mir in absehbarer Zeit die Unterlippe durchgekaut. Ich liege auf meinem Bett und starre an die Zimmerdecke, während Noel unten mit unseren Eltern spricht. Schon seit gut einer Stunde geht das so und mich kann nichts mehr ablenken. Weder Handy, noch Laptop, noch Bücher oder Zeichenpapier. Alles, was durch meinen Kopf geistert, ist dieses Gespräch.

Ich vertraue Noel. Ich weiß, dass er meinen Eltern die Wahrheit sagen wird, dass er versuchen wird, es ihnen verständlich zu machen. Aber ich weiß nicht, ob ich meinen Eltern dasselbe Vertrauen entgegenbringen kann. Dafür ist einfach zu viel schiefgelaufen. Und ich frage mich, ob es jemals wieder anders sein wird.

Draußen ist es schon ziemlich dunkel. Dabei haben wir erst späten Nachmittag. Das mag ich am Winter nicht. Schnee und Kälte sind in Ordnung, aber diese ewige Dunkelheit kann mir gestohlen bleiben. In den letzten Wochen ist es ohnehin komplett untergegangen, aber ich war seit einer Ewigkeit nicht mehr im alten Skatepark, um dort an alte, bröckelige Steine zu sprühen. Im Winter ist es einfach nicht das gemütlichste Hobby – einmal ganz davon abgesehen, dass ich mit dem Kopf wirklich woanders war.

Wie von selbst wandern meine Gedanken zu Isa. Ihre Mutter hält mich zwar auf dem Laufenden, aber es ist die absolute Zerreißprobe für Isa und ihre gesamte Familie. Daran kann ich rein gar nichts ändern. Vielleicht setzt es mir deshalb auch so zu. Ich kann nicht helfen, jedenfalls nicht so, dass sofort alles wieder gut wird. Ich kann nur Isa beistehen. Es erleichtert mich unheimlich, dass ihre Eltern meinen Besuch weiterhin wünschen. Vielleicht habe ich doch wenigstens in einer Sache mal etwas richtiggemacht.

Für mich besteht also noch Hoffnung.

Mich verlässt schlagartig aller Optimismus, als es klopft und meine Tür einen kleinen Spalt geöffnet wird.

»Darf ich hereinkommen?«

Es ist mein Vater. Ich kriege Panik, obwohl ich mich um Fassung bemühe. Die Stunde der Wahrheit. Nach allem nun endlich die Wahrheit. Wahrscheinlich wird sie ziemlich niederschmetternd sein. Wer weiß, ob Noel wirklich etwas hat bewirken können. Mein Puls macht ungesunde Dinge und ich muss mich sammeln, ehe ich eine Antwort über die Lippen bekomme.

»Ja, komm rein.«

Das lässt sich mein Vater nicht zweimal sagen. Während ich mich aufsetze, tritt er in mein spärlich beleuchtetes Zimmer. Weiß nicht so recht, wohin mit sich, dann setzt er sich auf meinen Schreibtischstuhl. Ich nutze die Gelegenheit, um ihn zu mustern, ob es etwas in seinem Gesicht gibt, das verrät, was auf mich zukommt. Bis auf ein Pokerface finde ich nicht viel. Ich entdecke nur Augenringe. Ist mein Vater etwa übernächtigt?

Ich kann meinen heftigen Herzschlag bis in die Zehenspitzen spüren, so sehr erschüttert er mich. Und ich traue mich nicht, irgendetwas zu sagen.

»Ist es wahr?«, fragt mein Vater unvermittelt und mit weitaus ruhigerer Stimme, als ich erwartet hätte. »Dass du es wegen des Mädchens mit den bunten Haaren getan hast? Isabell war ihr Name, richtig?«

»Isa«, korrigiere ich automatisch. »Ich hätte nicht gedacht, dass du ihren Namen noch weißt.«

Er lächelt nur ein dünnes, abgemagertes Lächeln.

»Ja. Es ist wahr. Ich kann dir den Chatverlauf mit ihrer Mutter zeigen, wenn du mir nicht glaubst.«

»Nein, es ist schon in Ordnung. Ich glaube dir.«

Man kann die Anspannung, die zwischen uns im Raum schwebt, beinahe mit einem Messer zerschneiden und als Appetithäppchen auf einer hübschen Servierplatte anrichten. Unbehaglich rutsche ich auf meinem Bett hin und her. Ich weiß nicht, was ich sagen will. Genau genommen weiß ich nur, dass ich einfach weiteratmen sollte. Schließlich seufzt mein Vater sehr lang und so tief, dass mich all die Erschöpfung in diesem einem Laut beinahe davonwirbelt.

»Liam, es tut mir so leid, dass mir gestern die Hand ausgerutscht ist. Das hätte unter gar keinen Umständen passieren dürfen. Ich habe mich vergessen und dafür möchte ich mich bei dir entschuldigen«, sagt er matt.

Ich glaube kaum, was ich höre, aber ich möchte es. Sehr dringend. Ich möchte so sehr daran glauben, dass nicht alles kaputt ist.

»Danke«, erwidere ich leise.

Automatisch fasse ich mir an die Wange, berühre die geschwollene Stelle vorsichtig, und lasse die Hand lieber wieder sinken, als ich den schmerzerfüllten Blick meines Vaters bemerke. Da liegt nicht nur Schuldbewusstsein in seinen Augen, sondern echte Reue. Es fühlt sich unwirklich an, und gleichzeitig ist es mir so viel lieber als diese verzweifelte Wut von gestern, die sich ein so hässliches Ventil gesucht hat.

Das Gespräch ist schwierig. Wir beide sind es so gewohnt, einander anzufahren, dass wir beinahe verlernt haben, wie man normal miteinander spricht.

»Hat Noel euch alles erzählt?«, frage ich. »Wenn ja, ich weiß inzwischen, dass ich ein echtes Arschloch war. Ich hatte nicht einmal einen Grund, so zu sein, ich habe einfach nur Noel nachgemacht. Erst als wir dann weggezogen sind, hatte ich wirklich einen Grund, um wütend auf euch zu sein.«

»Du hattest schon immer ein enges Verhältnis zu deinem Bruder«, erinnert mein Vater sich. Dann bedeutet er mir, fortzufahren.

»Ich war so wütend, dass ich meine alten Freunde verloren habe. Was aber an den alten Freunden lag und nicht an euch. Ich weiß jetzt, dass man

Freundschaften auch über Distanz aufrechterhalten kann und sie haben es einfach nicht gewollt. Es war so angenehm, einfach dir und Mama die Schuld zu geben. Bis Isa sich mir dann anvertraut hat und das auf einmal alles verändert hat«, fließt es aus mir heraus. Der Damm ist gebrochen und endlich sage ich, was wirklich in mir vorgeht. »Es wusste niemand außer mir und ich musste einfach für sie da sein. Ganz ungeachtet, dass ich mich damit eure Regeln verletze und die Absprachen breche. Ich habe es für Isa getan.«

»Das sehe ich jetzt auch«, entgegnet mein Vater schlicht. Vielleicht ist es gerade diese Schlichtheit, die mich ins Schwitzen bringt.

»Ich *war* selbstsüchtig und arrogant.« Es tut weh, das zuzugeben. »Aber nur bis zu einem gewissen Punkt. Als ich den überschritten hatte, konnte ich aber nicht mehr mit euch reden, weil wir alle … du weißt schon, oder?«

»Deine Mutter und ich haben die ganze Zeit vermutet, dass du uns wegen des Umzugs bestrafen möchtest«, erklärt er. Mit dem Daumen reibt er sich nebenbei über die Handfläche der anderen Hand, abwesend, als nehme er die Geste nicht bewusst wahr. »Damit lagen wir ja nicht zwingend falsch, aber wir sind nicht mehr an dich herangekommen.«

»Ich weiß«, gebe ich kleinlaut zu. »Ich wollte ja auch nicht, dass ihr an mich herankommt.«

»Das hat man gemerkt.« Jetzt ist sein Lächeln eine Spur weniger dünn.

»Ich schätze«, ich beiße mir noch einmal auf meine mitgenommene Unterlippe, »wir alle haben ganz schön viel falsch gemacht.«

»Haben wir. Und ich fürchte, es hat bei uns allen seine Spuren hinterlassen.«

Vielleicht hat Noel ja das mit seinem kryptischen Gequatsche über Menschen und Fehler gemeint.

Ich atme noch einmal tief ein. Es ist verdammt schwer, zu sich zu stehen. Besonders, wenn man Dinge falsch gemacht hat. Nicht ohne Grund, vielleicht, aber das macht sie nicht richtiger.

»Es tut mir leid«, sage ich aufrichtig. »Ich war Scheiße. Bis ich dann nicht mehr Scheiße war, aber, na ja, Scheiße bleibt Scheiße.«

Mein Vater lächelt erneut. Das Lächeln vertieft die feinen Falten in seinem Gesicht, die ihn sonst eher streng aussehen lassen, aber auf einmal muss ich daran denken, wie er mich damals auf den Schultern durch den Zoo getragen hat. Die Erinnerung weckt ein warmes Gefühl in meiner Brust und auf einmal bin ich furchtbar erleichtert.

»Wenn man jung ist, macht man viele Fehler und das ändert sich nicht unbedingt, wenn man älter wird«, bemerkt mein Vater, weil ein simples *Danke* nicht geschliffen genug ist. Am Ende bleibt Eberhard Langenfeld eben Eberhard Langenfeld.

»Toll, und wofür wird man dann alt?«

Darauf gibt er keine Antwort. Vielmehr betrachtet er mich abschätzend, überlegt, ehe er sich auf dem Schreibtischstuhl zurücklehnt.

»Deine Mutter und ich haben uns eigentlich darauf geeinigt, dir nichts zu erzählen«, beginnt er, »doch ich denke, du solltest es erfahren. Weißt du, warum Noel damals so wütend auf uns war?«

»Ihr habt versucht, ihn zu Sachen zu zwingen, die er nicht wollte«, entgegne ich im Brustton der Überzeugung. Schließlich habe ich es miterlebt, wie sie ihm den Kontakt mit seinen Freunden verboten haben – schlechter Umgang, so haben sie es genannt.

»Das trifft es nicht ganz.«

Ich blinzle. »Wie meinst du das?«

»Erinnerst du dich, wie draufgängerisch Noel damals war?«, tastet mein Vater sich weiter vor.

»Natürlich«, sage ich und verdrehe die Augen. »Wie könnte ich das vergessen? Es war total nervig, immer nur als der kleine Bruder vom coolen Noel Langenfeld bekannt zu sein. Sein Schatten war größer als der Mount Everest.«

Er schmunzelt flüchtig. »So kann man es wohl beschreiben. Er war draufgängerisch und dabei sehr, sehr kurzsichtig. Wie man es als Teenager eben oftmals ist.«

Unwillkürlich fühle ich mich angesprochen und senke den Blick auf meine Bettdecke. An die Zeit, von der mein Vater spricht, erinnere ich mich. Ich war damals dreizehn, vierzehn Jahre alt und Noel gehörte zu den beliebtesten Jungs der Schule. Die Mädchen flogen ihm genauso sehr zu wie der Ärger.

»Ja, und?« Ratlos sehe ich meinen Vater an. Ich weiß wirklich nicht, worauf er hinauswill.

»Noel hat sich nicht viel dabei gedacht, als er mit seinen Freunden das erste Mal gekifft hat. Es ist nichts, was deine Mutter und ich in irgendeiner Form befürworten«, er bedenkt mich mit einem eindringlichen Blick, »aber wir sind davon ausgegangen, dass es zu den Dingen gehört, die man aus jugendlichem Leichtsinn heraus probiert. Als er sich aber mit dem Dealer angefreundet hat und der ihn für seine Botengänge einspannen wollte …«

»Warte«, platzt es aus mir heraus. »Noel hat mit Gras *gedealt*? Du verarschst mich doch!«

»Das hat er nicht, aber er war auf dem besten Wege dorthin.« Mein Vater seufzt. »Als wir es herausfanden, waren wir entsetzt. Wir haben versucht, es ihm auszureden, haben ihm den Umgang mit den betreffenden Personen verboten … nichts half.«

Entgeistert starre ich ihn an. In meinem Kopf rattert es und ich brauche einige Sekunde, um zu verarbeiten, was ich gehört habe. Noel war dabei, auf die schiefe Bahn zu rutschen? Auf einmal beginnen sich die Puzzlestücke zusammenzusetzen. Der Grund, warum meine Eltern so strikt mit ihm wurden. Weshalb sie ihm so viel Freiheit nahmen und er dagegen mit aller Kraft rebellierte. Und auch, warum er vorhin meinte, dass unsere Eltern letztlich trotz allem um unser Wohlergehen besorgt sind.

»Was passierte dann?«, frage ich gebannt.

Mein Vater seufzt. »Wir haben keinen anderen Ausweg gesehen und seinen Dealer-Freund angezeigt. Noel war außer sich. Aber das war uns lieber, als dabei zuzusehen, wie unser Sohn kriminell wird und sich weiß Gott welche Steine in den Weg legt.«

»Und Noel konnte euch das nicht verzeihen.« Ich schüttle langsam mit dem Kopf. »Er hat mir nie etwas erzählt.«

»Er wollte dich schützen. Genau wie wir.«

»Was mich aber nicht davon abgehalten hat, sein rebellisches Verhalten nachzumachen«, bemerke ich. Das gesamte letzte Jahr läuft wie ein Film vor meinem inneren Auge ab. »Weil ich ihm alles nachgemacht habe.«

»Darum waren wir so streng mit dir, Liam. Nicht, weil wir dich zu jemandem machen wollen, der du nicht bist – auch, wenn deine Manieren manchmal wirklich zu wünschen übriglassen.«

Ich verdrehe wortlos die Augen.

»Wir hatten Angst, dass du Noel auch in dieser Hinsicht nacheiferst«, fährt mein Vater fort. »Deshalb waren wir lieber zu streng als nicht streng genug.«

Ich kann es verstehen. Das macht all die Auseinandersetzungen nicht ungeschehen, aber zum ersten Mal verstehe ich die Motivation meiner Eltern.

Sorge.

»Mann, Papa, hättet ihr mir das nicht früher sagen können? Meine Manieren sind vielleicht nicht die Besten, aber ich bin nicht blöd! Sogar ich weiß, dass es eine dumme Idee ist, sich mit Drogendealern einzulassen«, blöke ich ihn halbherzig an.

»Das sehe ich jetzt auch«, erwidert er. Ein Schmunzeln spielt um seine Lippen und es fühlt sich fast so an wie früher.

»Danke, dass du mir das erzählst.« Jetzt bin ich ernst. »Es hilft, zu verstehen. Aber, echt jetzt … könnt ihr eure Sorge in Zukunft bitte etwas weniger überkompensieren?«

»Ich denke, das ist ein Anfang.«

Mein Vater steht auf, aber er geht nicht sofort. Fragend blicke ich zu ihm hoch. Der Moment ist so fragil. Wir sind offen miteinander und Offenheit bedeutet, dass man sich verletzbar macht. In den letzten Monaten haben wir uns zu oft wehgetan, um das auf die leichte Schulter nehmen zu können.

»Was du für Isa getan hast, war das Richtige. Du bist sehr viel erwachsener und mutiger, als Noel es in deinem Alter war. Ganz gleich, was ich im Zorn gesagt habe, du wirst immer mein Sohn sein.« Er legt mir die Hand auf die Schulter. »Ich bin stolz auf dich.«

Ich bin so überrumpelt, dass ich meinem Papa nur unbeholfen zunicken kann. Vielleicht liegt das aber auch an dem Kloß in meinem Hals. Es ist nur seine Hand auf meiner Schulter, doch es genügt. Es ist ein Anfang. Ein kleiner, zerbrechlicher Anfang, auf den wir alle gut aufpassen müssen, um ihn nicht zu zerquetschen.

Ich blicke ihm hinterher, als er mein Zimmer verlässt.

Und vielleicht gibt es doch Hoffnung.

28

Vince

Eine Woche später

Es ist merkwürdig, wie viel ein Gespräch verändern kann. Welche Durchschlagskraft ein einziges Wort haben kann, verwendet man es gegen die richtige Person. Wie fragil und beschädigt manchmal ausgerechnet die Menschen sind, denen man die meiste Kraft zuspricht. So viele Dinge, die gar nicht so sind, wie sie auf den ersten Blick scheinen. So viele Dinge, die nie wieder sein werden, wie sie mal gewesen sind. Man kann die Zeit nicht zurückdrehen, man kann all die Fehler nicht ungeschehen machen.

Gestern hat es das erste Mal geschneit. Auf einmal sind dicke, weiße Flocken durch die Luft getanzt und ich habe in meinem Zimmer stumpf nach draußen gestarrt. Schneegestöber, statisches Rauschen, alles sehr passend für den Zustand, in dem ich mich nach der Schule viel zu häufig befinde. Allerdings gibt es neben der Angst, die mich an jedem Schultag befällt, noch etwas Anderes. Ab und zu flackert es in meiner Brust. Ein kleiner Funken Wut und vielleicht kommt ja irgendwann der Tag, an dem sie größer ist als meine Panik vor Florian und seinen Leuten. Was dann passiert, wer weiß. Aber irgendetwas verändert sich.

Nur eins hat sich nicht verändert. Jim schweigt und antwortet mir nicht. Ich weiß nicht, was ich tun soll. Bis vor drei Tagen habe ich ihm jeden Tag eine kurze Nachricht geschrieben, irgendetwas, um ihm zu zeigen, dass ich nicht lockerlasse. Leider hat es nicht gereicht und mit jedem Tag ist das Gefühl, ihm zu nahe zu treten, immer übermächtiger geworden. Jetzt schreibe ich ihm nicht mehr. Was mich nicht davon abhält, alle drei Sekunde auf mein Handy zu gucken. Hoffnung ist so ein zweischneidiges Schwert. Einerseits sorgt sie dafür, dass man nicht so leicht aufgibt, aber andererseits ist es die schlimmste Folter. Man hofft und hofft und es ist immer wieder ein Stich in die Brust, wenn sich an dem Schweigen nichts ändert.

Mit tief in den Jackentaschen vergrabenen Händen wandere ich durch den Schneematsch und unterdrücke ein Frösteln. Der Winter dauert mir jetzt schon viel zu lang. Ich möchte wieder Frühling und Sonne und warme Brisen. Nein, nicht nur das. Ich möchte zu dem zurück, was ich im Sommer hatte. Nur, dass der Sommer von selbst wiederkommt, während das andere irgendwo zwischen damals und heute verloren gegangen ist.

Liam ist der Einzige, der sich noch mit mir trifft und mir schreibt. Ich weiß gar nicht, was am Ende schlimmer ist – dass ich Jim mit meiner verdammten Feigheit so vor den Kopf gestoßen habe oder dass ich damit die besten Freunde, die ich jemals hatte, gleich mit verloren habe. Bis auf Liam eben, aber der ist seit unserem letzten Treffen auch gut beschäftigt.

Ohne jeden Elan steige ich das Treppenhaus hinauf und nestle mit kalten Fingern am Türschloss herum. Als ich es endlich schaffe, die Wohnungstür zu öffnen, gerate ich geradewegs in ein Gewitter.

»… sicher nicht, Richard, darauf kannst du Gift nehmen! Weißt du, worüber du dir stattdessen Gedanken machen solltest? Vincent will nicht zurück zu dir! Das ist ein Thema, was dir den Dickschädel zerbrechen sollte und nicht, dass dein Sohn Jungen mag!«

Tante El klingt nicht nur aufgebracht, sie ist fuchsteufelswild. Auf einmal fühle ich mich wie eine Ameise, obwohl diese wütende Tirade nicht einmal gegen mich gerichtet ist, und ein klammes Gefühl manifestiert sich in meiner Magengrube. Richard ist der Vorname meines Vaters.

So leise wie möglich schließe ich die Wohnungstür und ziehe meine dicke Jacke aus. Auf Zehenspitzen schleiche ich durch den Flur. Die Wohnzimmertür steht ein Stück offen und durch den Spalt hindurch kann ich Tante El sehen, eine Hand auf die Hüfte gestemmt – und in der anderen das Telefon im Würgegriff haltend. Sogar auf diese Distanz kann ich hören, dass mein Vater irgendetwas in die Leitung raunzt. Ich bin sehr froh, dass ich nicht verstehe, was. Dafür schnaubt meine Tante umso empörter.

»Wie bitte?!« Sie ringt nach Luft. »Das hat doch nichts damit zu tun, dass ich dir deinen Sohn wegnehme! Er ist keine Trophäe, Himmelherrgott! Es liegt daran, dass du ihn aufs Schlimmste verletzt hast! Weißt du … hallo?«

Tante El nimmt das Telefon vom Ohr und atmet tief durch. Während sie sich in den Nasenrücken kneift, bleibe ich wie paralysiert an Ort und Stelle stehen. Ich weiß nicht, was ich fühlen soll. Sorge, Angst und Trauer, weil mein Vater sich tatsächlich noch einmal gemeldet hat? Oder besser Wut, weil er sich direkt an El gewendet hat und mich dabei übergeht? Ich hätte dieses Telefonat nicht an ihrer Stelle führen wollen, doch es geht ums Prinzip.

Es hat aber auch etwas Gutes. Tante El hat es wirklich ernst gemeint. Sie lässt nicht zu, dass mein Vater irgendetwas Dummes tut und versucht, mich zu ihm zurück zu zwingen.

Ich bin mir nicht sicher, ob irgendjemand schon einmal so etwas Selbstloses für mich getan hat.

Vorsichtig, um meiner Tante nicht mit einem Herzinfarkt den Rest zu geben, klopfe ich mit den Fingerknöcheln gegen die Tür.

»Hey«, begrüße ich sie.

Überrascht dreht sie sich um, doch sie fängt sich rasch.

»Vince«, erwidert sie und seufzt leise. »Du hast es gehört, hm?«

»Nicht alles, aber genug, denke ich.« Ich reibe mir über den Hinterkopf.

»Das tut mir leid.« Meine Tante seufzt leise. Manchmal bin ich erstaunt, dass ihre Augen trotz der eher kühlen Farbgebung so warm sein können. »Ich wünschte, dein Vater wäre etwas weniger stur und dafür verständiger. Vielleicht reicht das Telefonat, damit er nun endlich einmal weiter als bis zur Nasenspitze denkt.«

Ich weiß nicht, was ich darauf sagen soll. Ich kann dazu nicht einmal wirklich etwas sagen. Was auch, dass ich das ebenfalls hoffe? Mein Vorrat Hoffnung für diesen Monat geht schon für eine andere Sache drauf.

»Vermutlich sollte ich das gar nicht laut sagen, aber manchmal wünsche ich mir, ich hätte dich direkt zu mir genommen, als deine Mutter gegangen ist«, bemerkt El. Sie schüttelt leicht mit dem Kopf, die Miene auf einmal seltsam in sich gekehrt.

»Machst du dir deswegen etwa Vorwürfe?«, frage ich verblüfft.

Darauf antwortet sie nicht. Jedenfalls nicht sofort. Erst einmal nimmt sie mich am Arm und ich lasse mich widerstandslos zum Sofa führen. Die Vorstellung, dass Eleanor sich tatsächlich Vorwürfe macht, ist für mich völlig absurd. Zuneigung breitet sich in meiner Brust aus und lässt wenig Raum für Anderes.

»Ja, Vince, das tue ich«, gibt Tante El zu. »Ich habe nicht gewusst, wie schlecht es dir bei deinem Vater ging, aber ich tue es trotzdem. Du bist so ziemlich das Beste, was deine Eltern zustande gebracht haben, weißt du das?«

Nein, weiß ich nicht.

Es ist schon eine Weile her, seit ich mich zuletzt im Zustand der totalen Überforderung befunden habe, aber jetzt ist es wieder soweit. Ungelenk lege ich die die Arme um meine Tante und drücke sie fest. Irgendwie kommt es mir so vor, als brauchen wir diese Umarmung beide und darum dauert sie auch eine halbe Ewigkeit.

Solange, bis meine Gnadenfrist abläuft und meine Gedanken zurück zu Jim wandern. Das genügt, um den Stöpsel aus meiner Brust zu ziehen. Die ganzen warmen Gefühle laufen in den Abfluss. Zurück bleibt nur ein leerer Rippenkäfig und ich lasse Tante El langsam los.

»Nur ist das Beste trotzdem manchmal nicht gut genug«, stelle ich stockend fest. Mein Blick sinkt zu meinen Händen hinab.

»Du sprichst von Jim«, stellt Tante El sanft fest.

Beinahe zucke ich zusammen, als sein Name fällt und die obligatorische Welle aus Schuldgefühlen spült auch sogleich über mich hinweg.

»Ja.«

»Du hast ihn wirklich gern, nicht?«

Es ist wahrlich kein Vergnügen, es zuzugeben. Nicht, weil es mir vor ihr unangenehm wäre, darüber bin ich schon lange hinweg. Vielmehr ist es einfach das verdammte Salz in der Wunde.

»Ja, sehr sogar. Nicht einmal nur, weil wir irgendwie zusammen gewesen sind, wir waren Freunde«, erkläre ich.

»Dann steh auf und geh zu ihm.«

»Was?«

Entgeistert sehe ich Tante El an und weiß sofort, dass sie das völlig ernst meint. Sie blickt mich so durchdringend an, dass ich mich bis auf die Hirnrückwand durchleuchtet fühle.

»Geh zu ihm hin und entschuldige dich. Nicht bloß per WhatsApp und Handy, sondern von Angesicht zu Angesicht«, führt sie ihren Vorschlag aus.

Will sie mich auf den Arm nehmen?

»Ich habe genau das schon einmal versucht und mir von Waldemar dafür eine gefangen, falls du dich daran erinnerst?« Minimal hysterisch tippe ich mir unter das Auge, wo man die gelblichen Reste des Veilchens erahnen kann. »Außerdem hat er gesagt, dass Jim keinen Bock auf mich hat. Also … Nein?!«

»Das war vor einer Woche. Heute ist Waldemar bestimmt nicht da und eine Woche Abstand kann eine Menge bewirken.«

»Aber Jim antwortet mir doch so schon nicht«, klage ich.

»Es ist ja auch bequem und einfach, schnell ein paar Worte ins Handy zu tippen, findest du nicht?« Tante El legt den Kopf zur Seite.

»Ja, vielleicht schon«, räume ich widerstrebend ein, »aber ich will ihn doch auch nicht bedrängen.«

»Vincent.« Es passiert eigentlich nie, dass sie meinen vollen Namen ausspricht. Wenn sie es doch tut, bin ich in der Regel in Schwierigkeiten. Automatisch spanne ich mich an. »Weißt du, was man am Ende noch mehr als seine Fehler bereut?«

»Ähm … nein.«

Tante El hebt die Augenbrauen. »Die Dinge, die man nicht getan hat, obwohl man es eigentlich wollte.«

»Und was, wenn das nicht reicht? Zu Jim zu gehen und zu klingeln und sich zu entschuldigen. Was ist, wenn er dann noch immer nicht mit mir reden will? Wenn es«, ich schlucke, »dann endgültig vorbei ist?«

»Dann ist es so«, beschert sie mir die harte Wahrheit. »Aber du hast es aufrichtig versucht. Du hast alles in deiner Macht Stehende getan, um für deinen Fehler geradezustehen.«

Ich habe wirklich eine verfickte Scheißangst, dass Jim mir nicht nur im tatsächlichen, sondern auch übertragenen Sinne die Tür vor der Nase zuschlägt. Dass er mich endgültig aussperrt und wir das Ende erreicht haben. Unumstößlich. Weil ich nicht loslassen will. Dafür bedeutet er mir zu viel und alleine der Gedanke, ihn zu verlieren, reicht aus, um mir schon wieder die Kehle zuzuschnüren.

Tante El greift nach meiner Hand. »Vince, ich weiß, du hast in den letzten Monaten und Jahren eine ganze Menge mitmachen müssen. Du hast nicht nur deine Mutter verloren, du hast auch deinen Vater auf eine gewisse Weise gehen sehen. Gegen beides konntest du natürlich nichts tun. Du warst hilflos. Ich kann verstehen, dass dich Ablehnung und Verlust ängstigen. Aber ich kann dir garantieren, dass du Jim ganz sicher verlieren wirst, wenn du *jetzt* nichts tust.«

Auf einmal fängt mein Herz an, ganz schnell zu schlagen.

»Warum ist das so?«, frage ich. »Das alles? Warum ist es so schwer, wenn es doch eigentlich leicht sein sollte?«

Ich sehe sie an und auf einmal ist da ein Lächeln. Ein Lächeln, das aus so vielen verschiedenen Gefühlen zusammengenäht ist, dass ich sie unmöglich alle benennen kann. Auf merkwürdige Art erinnert sie mich in genau diesem Moment sehr an meine Mutter, aber gleichzeitig auch nicht. Weil sie so viel mehr ist.

»Das habe ich mich auch schon sehr häufig gefragt und ich denke, ich bin zu einer Antwort gekommen, die wenigstens für mich zufriedenstellend ist«, erwidert sie.

Stumm betrachte ich sie und ich erkenne einige Fragmente in ihrem Lächeln. Wehmut. Stolz. Frieden.

»Das, was wir wirklich wollen, liegt nur selten in unserer Komfortzone. Wir müssen einen Schritt ins Ungewisse wagen und das braucht Mut. Ich bin mir sicher, dass auch du diesen Mut besitzt, Vince.«

Plötzlich muss ich an meinen Onkel denken, Tante Els Mann, der einfach aus dem Leben gerissen worden ist. Niemand hat etwas tun können. Am allerwenigsten Tante El. Sie hat sich mit diesem Verlust arrangieren müssen, der sie so gnadenlos getroffen hat. Sie hat lernen müssen, damit zu leben, und vielleicht hat sie auch lernen müssen, überhaupt wieder zu leben. Plötzlich ergibt ihr Lächeln so viel Sinn. Wehmut, weil er ihr noch immer fehlt. Stolz, weil sie trotzdem weiterlebt. Und Frieden, weil sie nicht ändern kann, was geschehen ist.

Sie hatte nie die Chance, zu kämpfen.

Aber ich habe sie jetzt.

Ich weiß, was ich tun muss.

»Danke fürs Fahren«, sage ich zu Tante El, ehe ich die Autotür zuschlage. Durch die Scheibe sehe ich, wie sie mir zuwinkt und dann fährt sie los.

Ich stehe vor Jims Haus, und habe eine ganze Wagenladung Steine im Magen. Vor Nervosität merke ich nicht einmal die Kälte, die meine Finger in kürzester Zeit halb einfrieren lässt. Mein Puls rast jetzt schon. Dabei habe ich doch noch nicht einmal geklingelt. Genau das werde ich nämlich tun, bei Jim klingeln.

Irgendwie kriege ich das hin. Auch, wenn eine sehr panische Stimme in meinem Kopf auf höchster Frequenz vor sich hin kreischt. Ich kriege es schon hin.

Meine Knie sind weich wie Wackelpudding, als ich den Weg zur Haustür mit Mühe bewältige. Bei jedem Schritt stößt die zusammengerollte Pappe, die in meinem Rucksack steckt und ein beachtliches Stück herausragt, gegen meinen Hinterkopf, und eventuell werde ich gleich umfallen und sterben. Hat es alles schon gegeben.

Todesmutig drücke ich auf den Klingelknopf, bevor ich mir überhaupt Gedanken über die Auswirkungen machen kann. Drinnen im Haus schrillt es. Gleich darauf überkommt mich das dringende Verlangen, auf dem Absatz umzudrehen und wie vom wilden Affen gebissen davonzurennen.

Aber ich renne nicht weg. Ich trete bloß von der Tür zurück und warte darauf, dass mir irgendjemand aufmacht. Dabei muss ich eigentlich mit allem rechnen. Dass niemand da ist, dass Jim nicht da ist, dass seine Eltern mich nicht zu ihm lassen, alles. Es gibt nur mich und meine außer Rand und Band geratene Hoffnung, die mich nicht trotz aller Angst nicht fortlaufen lässt. Meine Hände zittern und ich bin mir sicher, dass das nicht den winterlichen Temperaturen zuzuschreiben ist.

Ich starre die Tür an. Die Tür starrt zurück.

»Komm schon«, murmle ich leise.

Wie in einem schlechten Film, als könne man so etwas bewirken, aber es fühlt sich einfach richtig an. Ich muss es versuchen. So kann es nämlich nicht enden. Nein, so *darf* es nicht enden. Es darf einfach nicht mit einer geschlossenen Tür und unüberwindbarem Schweigen enden.

Die Tür geht auf und ich halte die Luft an.

Jim steht in Pulli und Jeans vor mir, die Hand noch an der Klinke. Wie verschlossen seine Miene ist. Die Lippen erinnern mich an einen Kreidestrich und seine weißen Haare sind zu zerzaust, um noch einer Wolke zu ähneln. Mein Herz steht für eine Sekunde still, ehe es mit doppelter Geschwindigkeit zu schlagen beginnt. Jeder Schlag will mich zu Jim treiben, will, dass ich ihn in die Arme nehme, auch wenn ich dafür vermutlich einen Tritt in die Eier kassieren würde. Jim sieht nicht sehr erfreut aus, wie er mich so betrachtet. Trotzdem zerrt mein Herz an mir wie ein junger, aufgeregter Hund an seiner Leine und es grenzt an ein Wunder, dass es mir nicht aus der Brust springt.

»Was willst du?«, fragt Jim und die Schärfe in seinen Worten lässt mich schlucken. Aber ich bin nicht hier, um mich einschüchtern zu lassen. Tief hole ich Luft, erinnere mich endlich wieder daran, zu atmen, und tue, was ich tun muss.

»Ich kann verstehen, wenn du mich zum Kotzen findest«, steige ich in das Gespräch ein, »aber ich möchte dir etwas erzählen und ich bitte dich darum, dass du dir das bis zum Schluss anhörst. Danach kannst du mir sagen, dass du mich nie wiedersehen willst und mir die Tür vor der Nase zuschlagen. Von mir aus kannst du mir dann auch selbst noch eine reinhauen. Aber bitte höre es dir an.«

So etwas wie der Anflug eines schlechten Gewissens huscht über Jims Miene. Er schweigt und ich winde mich innerlich unter seinem Blick.

Endlich nickt er leicht. »In Ordnung. Sag, was du mir sagen willst.«

Das ist mehr, als ich erwartet habe. Mein nicht besonders hilfreiches Kopfkino hat im Auto nämlich jede katastrophale Version dieser Situation durchgespielt, hat mir immer wieder gezeigt, wie Jim meine Bitte einfach abschmettert und ich allein vor seiner Tür zurückbleibe, und so fühle ich mich jetzt fast schon ein wenig erleichtert. Aber auch nur fast.

»Ich habe dir ja erzählt, dass ich von dem Dorf weggezogen bin, weil ich von den Leuten mies behandelt wurde«, erinnere ich Jim. »Es war so: Ich habe mich in einen Jungen verliebt, aber er hat meine Gefühle nicht wirklich erwidert. Er hat nur so getan, damit ich bloßgestellt werden konnte. Danach hat er mich wie die anderen dafür gemobbt, dass ich schwul bin. Jeden Tag. Es gab einfach niemanden, mit dem ich darüber reden konnte. Da war nur ich.«

Jim hört mir tatsächlich zu. Mit der Schulter lehnt er sich gegen den Türrahmen, die Arme locker vor der Brust verschränkt, und hört sich an, was ich zu sagen habe.

»Meine Mutter ist abgehauen, als ich zwölf war, und mein Vater hat das nicht gepackt. Also habe ich mich so durchgeschlagen, bis zu dem Mobbing jedenfalls. Das habe ich nicht mehr ausgehalten und bin zu meiner Tante gezogen. Vor lauter Angst, dass die ganze Ablehnung von vorne beginnt, habe ich weder ihr noch sonst wem erzählt, dass ich schwul bin.«

Meine Stimme zittert, aber ich erzähle weiter. Es fühlt sich so an, als würde ich mich komplett ausziehen, zumindest emotional. Es ist ein Seelenstriptease in klirrender Kälte und trotzdem ist mir furchtbar heiß. Ich schwitze, mein Puls rast.

»Deswegen hatte ich auch kein Handy. Ich wollte mich einfach von allen Menschen fernhalten. Bis Liam dann kam und ich euch alle kennengelernt habe. Das hat alles durcheinandergebracht. Ich wollte euch die Wahrheit sagen, aber habe mich nicht getraut. Ein paar Leute in meiner Klasse haben damit angefangen, mich dafür zu piesacken, dass Liam sich mit mir und nicht mit ihnen angefreundet hat. Das wurde immer schlimmer, besonders, als Liam die Schule wechseln musste.«

Ziemlich hilflos und ein bisschen außer mir raufe ich mir die Haare. Ich kriege nicht einmal mehr mit, ob Jim darauf irgendeine Regung zeigt, zu sehr befinde ich mich in dem Tunnel, alles endlich loszuwerden.

»Es war dieselbe Hölle wie an meiner alten Schule. Es hat mich völlig blockiert. Dann hat auch noch mein Vater angerufen, weil er erfahren hat, dass ich die Schulschwuchtel war. Er hat mich so zur Sau gemacht, als habe ich etwas Schlimmes verbrochen, für das er sich schämen müsse. Darum bin ich nicht zu unserem Treffen gekommen. Ich habe mich so ekelhaft gefühlt«, gestehe ich. »Als du dann nach der Schule aufgetaucht bist und Florian mich als Schwuchtel bezeichnet hat … da ist mir eine Sicherung durchgebrannt. Es war zu viel und darum habe ich diese unverzeihliche Sache gesagt. Ich wollte nur, dass es aufhört und ich war so, so bescheuert. Du musstest darunter leiden, dass ich nicht zu mir stehen konnte, und das tut mir so unendlich leid. Bitte entschuldige.«

Jetzt ist es raus.

Komplett.

Schwer atmend stehe ich vor Jim, fühle mich, als müsse ich gleich kotzen, aber ich habe endlich die Wahrheit gesagt. Ich habe den Schritt ins Ungewisse gemacht, ganzgleich, was mich dort erwartet. Später, ungeachtet dessen, wie diese Sache hier ausgeht, werde ich Tante El einen Orden dafür verleihen, dass sie mir das zugetraut hat.

Jim sieht mich an. Mit der Hand reibt er sich überwältigt über das

Gesicht und schüttelt langsam mit dem Kopf. Aber er schlägt die Tür nicht einfach zu.

Ich hoffe so sehr.

Es ist das verrückteste, wildeste Gefühl, das ich jemals gefühlt habe. Alles gipfelt in diesem Moment. Begonnen bei dem Polaroid von Isa in der Bahn, geendet bei dem Nachmittag mit Liam. Jeder Atemzug schmerzt und belebt mich gleichermaßen. Ich bin mir nicht einmal mehr sicher, ob ich sie geistig noch alle beisammenhabe. Nur bei einer Sache bin ich mir sicher.

Ich habe nicht vor, Jim gehenzulassen. Wie er entscheidet, kann ich nicht beeinflussen. Aber ich habe meine eigene Entscheidung getroffen.

»Ich … ich weiß nicht, was ich sagen soll«, meint Jim mit belegter Stimme. »Scheiße, das erklärt so viel. Aber auch nicht. Verdammt, wenn Isa und Waldemar kein Problem mit meiner Transsexualität haben, was sollen sie dann gegen dich haben?«

»Ich konnte es einfach nicht. Diese Mauer in meinem Kopf war so unüberwindbar. Weißt du, was das Ironische ist?« Ich lache erstickt auf. »Sie hat mich nicht davor beschützt, verletzt zu werden. Sie hat nur dafür gesorgt, dass ich einsam bin.«

»Hast du eine Ahnung, wie sehr du mich verletzt hast? Ich habe dir so vertraut und von allen Personen, die ich kenne, hätte ich nie …«

Jim schafft es nicht, den Satz zu Ende zu bringen. Tränen glitzern in seinen Augen. Heftig schüttelt er mit dem Kopf, schon wieder, und es tut so weh. Jetzt wirkt die Verschränkung seiner Arme eher so, als wollte er sich selbst zusammenhalten, als wollte er verhindern, dass er direkt vor mir zerfließt, und ich habe diesen Anblick mehr als nur verdient.

»Ich weiß. Und ich kann nur wiederholen, wie unendlich leid mir das tut. Und, dass ich mir eher die eigene Zunge abbeißen würde, bevor ich das noch einmal sage. Du bist mir wichtig.«

Jetzt weint Jim doch. Unwirsch wischt er sich die Tränen aus dem Gesicht, erbost, dass sie ihm einfach ungefragt aus den Augen kullern. Fast wünsche ich mir, dass er mir einfach in die Eier tritt. Damit könnte ich wesentlich besser umgehen als mit dem Anblick, der sich mir bietet. Als würden da zwei Herzen in Jims Brust schlagen, eins, das vergeben will und eines, was es nicht kann.

»Wie soll ich bitte glauben, dass du das nicht noch einmal machst? Dass du nicht noch mal genau dahin schlägst, wo ich es am wenigsten ertragen kann? Nach allem, was ich dir über diese ganze Trans-Sache anvertraut habe?!«, schnauzt Jim mich an.

»Du hast Recht«, sage ich mit brüchiger Stimme. »Ich habe so grandios verkackt, dass ich es vollkommen verstehen kann, wenn du mich nie wiedersehen willst. Aber ich verspreche es dir. Ich werde diese Grenze niemals wieder überschreiten, niemals.«

Ich setze meinen Rucksack ab und ziehe die zusammengerollte Pappe hervor. Jim sperrt mich noch immer nicht aus. Irgendetwas lässt ihn zögern, und darum gebe ich nicht auf. Ein letztes Mal atme ich tief durch.

»Ich liebe dich, Jim, und ich bin schwul. Du warst nie ein Mädchen für mich und wirst nie eins sein«, sprudelt es aus mir heraus. »Keine Mauer und kein Vollidiot dieser Welt wird etwas daran ändern. Es ist völlig unwichtig gegen das hier.«

Zittrig entrolle ich die viel zu große Pappe. Mehrmals lasse ich sie beinahe fallen, weil mir die Kontrolle über meine Finger abhandengekommen ist.

Es sind meine Polaroids. Nicht alle, weil dafür der Platz nicht reicht, aber es sind die besten. Dicht an dicht füllen sie die Pappe. Es sind alles Aufnahmen, die ich in der Zeit vom Sommer bis heute gemacht habe. Ein Bild von grünen Glasscherben, rosa Kirschblüten vor azurblauem Himmel. Das Adler- und Superman-Graffiti, das Liam in den Skatepark gesprüht hat, bevor ich ihn überhaupt kennengelernt habe. Jim, der im Bernsteinlicht zeichnet. Die Pappe läuft beinahe über vor lauter Polaroids.

In der Mitte ist etwas mehr Platz. Auch dort klebt ein Foto, aber es grenzt sich deutlich von den anderen ab, hat sein eigenes, kleines Reich. Es zeigt Jim und mich im Park, unseren leicht verwackelten Selfie in der prallen Sonne, auf dem wir beide von einem Ohr bis zum anderen grinsen. Der erste Nachmittag, den wir nur zu zweit verbracht haben, mit Döner, Vanille-Cola und einem Gespräch, in dem Jim so offen zu mir gewesen ist. Seine weißen Haare neben meinen dunklen.

Der Anfang.

Mit bebendem Herzen blicke ich zu Jim. Verblüfft starrt er auf die Pappe, auf all die Polaroids, auf das von uns im Zentrum. Zu verblüfft, um noch weiter zu weinen.

Ich rechne mit allem, als Jim aus dem Haus kommt. Mit Socken geht er über den kalten, nassen Steinboden, bis er direkt vor mir steht und die

Polaroids in aller Genauigkeit betrachtet. Das Blut rauscht in den Ohren, mein Herz hämmert so laut, dass es eigentlich die ganze Welt aus der Umlaufbahn werfen müsste.

Jim sieht zu mir hoch. Seine Nasenspitze ist rot vom Weinen und von der Kälte, aber seine hellblauen Kristallaugen sind ganz klar.

»Glaube ja nicht, dass jetzt alles vergeben und vergessen ist!«, blökt er mich so unvermittelt an, dass ich vor Schreck leicht zusammenzucke. »So schnell geht das nicht, du Blödmann!«

Und dann fällt er mir um den Hals.

Die Pappe zerknickt, vielleicht auch ein paar Polaroids, weil sie so ungünstig zwischen uns eingeklemmt sind, doch ich scheiße auf die Polaroids. Genau genommen scheiße ich gerade auf alles.

Ich schließe die Arme um Jim und drücke ihn so fest an mich, wie ich nur kann.

Es ist nicht nur merkwürdig, es ist absolut atemberaubend, wie viel ein einziges Gespräch verändern kann. Ein einziger Schritt ins Ungewisse, um das Außergewöhnliche im Leben nicht zu verlieren – auch, wenn das Außergewöhnliche bisweilen sonderbare Gestalten annehmen kann. Manchmal erkennt man es nicht sofort. Manchmal tut es fürchterlich weh und manchmal jagt es einem schreckliche Angst ein.

Doch all das ist es wert, wenn das Leben dadurch am Ende auf eine Art bereichert wird, die man nie für möglich gehalten hätte.

»Du bist so ein Idiot«, murmelt Jim an meiner Halsbeuge.

»Ich weiß«, flüstere ich zurück. »Aber ich bin dein Idiot.«

Epilog

Vince

Das Schuljahr ist wie im Fluge vergangen. Endlich beginnen die Sommerferien und als würde die Welt mit all den gebeutelten Schülern feiern, die nach einem Jahr voller langweiliger Schulstunden und gegrillten Köpfen für sechs Wochen in die Freiheit stolpern, ist das Wetter absolut perfekt. Keine Wolke am knallblauen Himmel und die Sonne scheint schon den ganzen Tag. Selbst jetzt, am Abend, ist es noch immer unerträglich warm.

Heute hat es Zeugnisse gegeben. Es ist glimpflich für mich ausgegangen. Trotz einiger verkackter Arbeiten und eher mieser mündlicher Mitarbeit befindet sich mein Schnitt im Zweierbereich. Zur Feier des Tages haben Tante El und ich bei unserem Lieblingsitaliener zu Mittag gegessen. Sie war regelrecht enttäuscht, dass Jim Pläne mit seinen Eltern hatte. Was soll ich sagen, sie *liebt* Jim. Ich bin stets gleichermaßen fasziniert und abgestoßen, wenn sich die beiden unterhalten, als sei ich nicht anwesend. Oftmals verbünden sie sich auch noch gegen mich.

Es sei denn, es geht um meinen Vater. Er hat immer noch nicht akzeptiert, dass ich schwul bin. Wenigstens raunzt er mich dafür inzwischen nicht mehr an, doch es wird vermutlich noch eine ganze Weile dauern, bis er seinen Frieden damit geschlossen hat.

In den letzten Monaten hat sich eine ganze Menge getan. Jim und ich sind wieder zusammen, dieses Mal ganz offen. Es hat gedauert, bis wir uns wieder angenähert haben, aber das war vollkommen in Ordnung. Nach allem, was ich Blödes von mir gegeben habe, ist es das Mindeste gewesen, ihm die Zeit zu geben, die er gebraucht hat. Auch er war geduldig mit mir.

Ich habe noch eine ganze Weile Schwierigkeiten gehabt, mich von den Klappspaten in der Schule nicht einschüchtern zu lassen. Inzwischen geht es ganz gut. Florian und ich werden zwar nie Freunde sein, aber nachdem ich ihm vor einigen Wochen lautstark die Meinung gegeigt habe, ist er fast höflich geworden. Immerhin verfalle ich nicht mehr in absolute Schockstarre, wenn ich ihn sehe und das ist ein Fortschritt.

»Da seid ihr ja endlich, wir warten hier schon seit einer Ewigkeit!«, ruft uns Liam zur Begrüßung ungeduldig entgegen. Sein Grinsen ist so breit, dass jedes Honigkuchenpferd vor Neid erblassen würde. Mittlerweile hat er sich von seinen pinken Haaren verabschiedet und ist zu seiner hellbraunen Naturhaarfarbe zurückgekehrt. Nur gegen die große Klappe hat er bislang nichts tun können und ich bezweifle, dass es dafür eine Heilung gibt.

Liam läuft Jim und mir entgegen und ich springe ihm in die Arme.

»Ihr seid so schwul«, kommentiert Waldemar.

»Aber so was von«, stimmt Isa zu.

Jim lacht nur und Liam und ich lassen uns nach einer ausgiebigen Umarmung los.

»Die haben einfach keine Ahnung«, sagt Liam mit hochgezogenen Augenbrauen zu mir.

»Absolut nicht«, bestätige ich.

»Banausen.«

»Meine Rede.«

Liam und ich treten zu den anderen. Isa lässt sich mit einem Schmunzeln umarmen. Die bunten Regenbogenhaare fallen ihr in altbekannter Farbenpracht über die Schultern und es tut so gut, sie wieder dabei zu haben. Seit einer Weile ist sie aus der stationären Behandlung raus. Keine leichte Zeit, aber es hat ihr geholfen.

Soweit ich weiß, befindet sich ihr Großvater in Haft. Die Verhandlung steht noch aus. Danach findet hoffentlich auch dieser Albtraum sein Ende. Es ist gut, dass sie und Liam noch immer zusammen sind. Der Junge hat zwar manchmal echt Schnapsideen, aber er bis über beide Ohren in sie verliebt. Wenn ich mir noch eine Kitschgeschichte darüber anhören muss, wie sie in seinen Armen eingeschlafen ist, kotze ich ihm ins Gesicht.

»Dann mal los«, verkündet Jim fröhlich und marschiert schnurstracks auf die Tür des hohen Bürogebäudes zu. Waldemar und ich klopfen als Umarmungsäquivalent noch kurz die Fäuste gegeneinander. Nachdem Jim und ich uns ausgesprochen haben, hat Waldemar sich umgehend bei mir entschuldigt. Allgemein haben wir uns danach alle wieder zusammengerauft und niemand war nachtragend.

Gemeinsam marschieren wir durch den unbesetzten Empfangsbereich des Hochhauses in Richtung Aufzug. Wir alle tragen Rucksäcke mit uns. Irgendwie müssen wir den ganzen Kram, den wir für den heutigen Abend eingekauft und zusammengepackt haben, ja auch transportieren. Die Musikbox, Wein aus dem Tetrapack, Tequila und bereits in Plastikflaschen abgefüllten Wodka-O. Daneben noch Wasser, Cola, Sandwiches, die Waldemar liebevoll geschmiert hat, Wassermelone … wir alle freuen uns schon seit Wochen auf diesen Abend.

»Na, so was! Hallo … Jim?«, sagt Frank, der Nachtwächter, und mit einem Male bin ich mächtig stolz.

»Jim, genau«, erwidert mein Freund und schenkt Frank ein unbekümmertes Lächeln. »Das sind meine Freunde. Mein Vater hat dich ja schon vorgewarnt, dass wir die Sommerferien auf dem Dach einläuten.«

»Sicher, sicher.« Frank wirkt kurz erleichtert, ehe er uns anstrahlt. »Aber keinen Unsinn machen, hört ihr?«

»Niemals«, antwortet Jim verschmitzt. »Hab einen entspannten Abend, Frank!«

»Ihr auch«, brummt er uns hinterher, während er lächelnd mit dem Kopf schüttelt.

Es geschehen offensichtlich noch Zeichen und Wunder. Jims Vater hat seinen Arbeitskollegen endlich erzählt, dass er nun einen Sohn hat, und zudem zugestimmt, dass Jim mit der Hormontherapie beginnen darf. In zwei Wochen geht es für ihn endlich los. Ich habe ihn noch nie so glücklich gesehen. Dabei weiß ich gar nicht genau, was ihn glücklicher macht – dass sein Vater ihn endlich so akzeptiert, wie er ist, oder dass er in absehbarer Zeit in den Stimmbruch geraten wird. Ich freue mich wahnsinnig für ihn und bin außerdem ziemlich gespannt auf die Veränderungen.

Wir fahren mit dem Fahrstuhl hoch und gehen aufs Dach. Ich weiß schon, was für eine atemberaubende Aussicht uns erwartet, aber Liam, Isa und Waldemar rasten fasst völlig aus, als wir nach draußen treten. Die

Stadt liegt uns zu Füßen, die Sonne spiegelt sich in den anderen Hochhäusern und die Brise ist sommerlich warm. Zum Klang von tropischer Musik, die aus der Box dringt, breiten wir unsere Picknickdecken aus. Es ist perfekt.

Waldemar verteilt die erste Runde Wein in Plastikbechern. Wir sitzen im Halbkreis, sodass wir den Sonnenuntergang in all seiner Pracht genießen können.

»Auf einen scheißguten Sommer«, sagt Isa. Es wärmt mir das Herz, sie mit einem so sorglosen Lächeln zu sehen.

»Auf einen scheißguten Sommer«, echoen wir und trinken den ersten Schluck Rotwein. Er schmeckt fast so mies wie erwartet und wir verziehen lachend die Gesichter.

Jims Knie berührt meins und ich muss ihn einfach beobachten. Hier haben wir uns schließlich das erste Mal geküsst. Das goldorangene Licht senkt sich langsam über uns und fängt sich in Jims weißen Wolkenhaaren, taucht uns alle in einen warmen Schein, der uns der Unendlichkeit ganz sicher ein Stück näherbringt.

Der Wein fließt in Strömen, der Tequila mit Sicherheit bald auch. Wir essen, trinken und lachen, und ich verliere jegliches Zeitgefühl. Es zählt nur noch der Moment, das Lachen meiner Freunde, und plötzlich bin ich mir sicher: Das wird definitiv ein scheißguter Sommer.

»Freunde, hört mal her!«, tönt Liam unvermittelt. Mit einer Plastikgabel schlägt er gegen seinen Becher, was nur dazu führt, dass er einen Schluck Wein vergießt. »Ich habe Neuigkeiten.«

»Schieß los«, ermuntert Jim ihn und stellt dafür sogar für eine Sekunde seine Balgerei mit Waldemar ein. Auch Isa wendet ihm mit hochgezogener Augenbraue den Blick zu. Mit einem Drecksackgrinsen lässt Liam uns noch ein paar Sekunden zappeln, bis Isa ihm einen ungehaltenen Schlag gegen den Oberarm verpasst.

»Au! Schon gut. Also.« Liam reibt sich über den Arm. »Ihr werdet es nicht glauben, aber mein Vater kann noch etwas anderes, als mir auf die Nerven zu gehen.«

»Ich dachte, ihr versteht euch wieder besser?«, frage ich.

»Ja, ja, aber das meine ich nicht.«

»Was denn dann?« Jim klingt ungeduldig und Liam genießt das eindeutig viel zu sehr.

»Nun«, sagt er gedehnt, »mein Vater besitzt ja den einen oder anderen Kontakt und ist durch seine Arbeit allgemein auch recht überzeugend. Und das heißt …«

Waldemar wirft ihm einen eindringlichen Blick zu. »Keule, komm zum Punkt. Da warten Tequila und Kippen auf mich, und beide sind interessanter als dein Gelaber.«

»Hey!« Liam lacht. »Na gut, ihr habt es so gewollt. Ab nächstem Schuljahr werde ich wieder bei Vince auf der Schule sein! Kein Pendeln mehr, kein abartig frühes Aufstehen. Ist das nicht genial?«

»Nicht dein Ernst!«, platzt es aus mir heraus. »Nicht! Dein! Ernst!«

»Doch!«, platzt er zurück.

Während Jim jubelt und Waldemar grinsend zugibt, dass das doch besser als Alkohol und Zigaretten ist, wendet Liam sich zu Isa. Sie lächelt ihn an, schüttelt mit dem Kopf und dann liegen die beiden sich in den Armen.

Ich kriege das Grinsen nicht mehr aus dem Gesicht. Für den Moment kann ich nicht anders, als die Augen zu schließen und den Kopf in den Nacken fallenzulassen. Vor Gefühl dreht sich alles. Vielleicht bin ich nicht gut darin, es zu zeigen, aber der Gedanke, dass ich Liam ab nächsten Schuljahr wieder jeden Tag in der Schule sehe, macht alles noch besser. Vielleicht ist das heute wirklich der Superlativ.

Jim sieht mich an. Ein Lächeln schleicht um seine Lippen und ich erwidere es automatisch. Wir blicken uns an, versinken in den Augen des anderen und …

Ohne jede Vorwarnung zerrt Waldemar Jim auf die Beine. »Oh mein Gott, dieses Lied! Das ist doch das mit dem Saxophon! Weißt du, wie ewig ich das schon suche?«

»Äh …«

»Nicht reden, tanzen, Jim!«

Jim prustet los, während Waldemar schon anfängt, vollkommen bescheuert zu dem Lied tanzen, und lässt sich das nicht zweimal sagen. Auf einmal wackelt er komplett schambefreit neben Waldemar her. Die zwei sehen derart *dumm* aus, dass ich lachen muss. Es wird noch schlimmbesser, als Isa auch mitmischt und ihre bunten Haare nur so durch die Luft fliegen. Vor dem wunderschönsten Himmel, den ich seit langem gesehen habe, tanzen die Menschen, durch die mein Leben so viel besser geworden ist. Mitten auf dem Dach, neben Lüftungsrohren und Alkohol, während der Beat des Lieds sie trägt.

Liam sitzt neben mir und betrachtet das Schauspiel grinsend.

»Schon verrückt, oder?«, sagt er.

»Wenn du die drei Butterbirnen da meinst, dann ja.«

Er lacht. »Ja, die auch, aber darauf wollte ich nicht hinaus. Ich sprach eher davon, dass es ganz schön verrückt ist, wie sich das alles entwickelt hat.«

»Findest du es schlimm?« Ich werfe ihm einen fragenden Blick zu.

»Nein, ganz sicher nicht. Und du?«

»Ich auch nicht.«

So sehen wir uns an, er und ich. Auf einmal fällt mir etwas ein. In all dem Trubel habe ich es vollkommen vergessen, doch jetzt, wo wir hier so sitzen, ist es wieder da. Mit einer Hand taste ich nach meinem Rucksack und greife hinein.

»Sag mal«, ich zögere kurz, »würde es dir etwas ausmachen, wenn ich deine Augen fotografiere? Ich glaube, sie würden ein gutes Bild abgeben.«

Liam blinzelt überrascht. Nur einen Augenblick später funkeln mich seine grünen Augen vergnügt an.

»Machst du Witze? Es wäre mir eine Ehre.«

Ich lächle schief.

Und dann hebe ich meine Kamera.

Ende

POLYGON
noir
EDITION